이효석문학상 수상작품집
2014

이효석문학상 수상작품집 2014

1판 1쇄 인쇄 2014년 9월 15일
1판 2쇄 발행 2015년 3월 2일
—
지은이 황정은 외
—
발행처 문학의숲
발행인 고세규
—
신고번호 제300-2005-176호
신고일자 2005년 10월 14일
—
주소 (121-896) 서울특별시 마포구 동교로13길 34(서교동 474-13)
전화 02-325-5676
팩스 02-333-5980

값은 표지에 있습니다.
ISBN 978-89-93838-35-0 03810

이효석
문학상
수상작품집
2014

황정은 외

문학의숲

차례

수상작

누가

....

황
정
은

1976년 서울에서 태어났다. 2005년《경향신문》신춘문예에 단편 소설 〈마더〉가 당선되
며 등단했다. 단편집《일곱시 삼십이분 코끼리열차》《파씨의 입문》, 장편 소설《야만적
인 앨리스씨》《百의 그림자》를 출간했다. 한국일보문학상, 신동엽문학상을 수상했다.

초인종이 울렸을 때 그녀는 잘 닦이지 않는 얼룩을 닦고 있었다. 일주일 전에 그녀는 이 집으로 이사했다. 방이 두 개, 베란다가 있고 낡은 세면대와 긴 거실 창, 녹슨 경첩으로 간신히 고정된 문짝이 달린 신발장이 있는 집이었다. 이사를 온 뒤로 며칠은 일이 바빠 그녀는 이 집에서 잠만 자고 나갔다. 아침에 머리를 말리고 바로 집을 나간 뒤 저녁에 돌아와 씻고 다시 잠자리에 든 나날이었다. 이사 왔을 때 도배 풀 흔적으로 끈적끈적한 거실 바닥만 대충 닦고 지냈는데 일주일이 지나자 풀기가 방으로 확장되어서 침대 바로 앞까지 바닥이 끈적끈적했다. 시큼한 냄새도 났다. 그녀는 스프레이 통에 담긴 세제를 바닥에 뿌린 뒤 물티슈와 걸레를 사용해 바닥을 닦았다. 물티슈로 훨씬 잘 닦인다는 것을 알아낸 뒤로는 주로 그걸 사용했는데 잘 닦인다는 것은 어쨌든 걸레보다는 잘 닦인다는 의미였다. 이미 굳어 버린 풀 흔적은 닦아도 말끔하게 닦이지 않았다. 묘한 무늬로 굳은 풀에 걸레를 대고 문지르면 얇은 막으로 고르게 번졌다.

8

없어지는 듯해도 없어지지 않아서 닦아 내고 닦아 내도 마르고 보면 끈적였다. 그녀는 그날 정오부터 시작해서 일곱 시간째 그걸 하고 있던 참이었다.

그녀는 풀을 먹어 끈끈해진 걸레를 쥔 채로 인터폰 앞에 서서 화면을 바라보았다. 흑백의 조악한 화질로 문 바깥이 보였다. 위층으로 올라가는 계단 일부와 스테인리스 난간, 옆집 초인종이 달린 벽이 오목한 화면으로 떠올라 있었다. 머리를 뒤통수에 당겨 묶은 여자가 그 벽 앞에 서 있었다. 그녀는 처음에 그 여자를 어린아이라고 생각했다. 작아 보였다. 카메라에서 떨어져 있어서인지도 몰랐다. 누구세요? 그녀가 인터폰을 통해 묻자 그 여자가 화면 쪽으로 다가와 윗집이라고 말했다. 둥근 얼굴, 둥근 목에 깊은 주름이 몇 개 보였고 두 팔을 어색하게 늘어뜨리고 있었다. 무슨 일로? 그녀가 다시 한 번 묻자 여자는 뭘 좀 찾고 있다면서 나와 보라고 말했다.

그녀는 걸쇠를 건 채 문을 열었다. 여자가 한 뼘 열린 틈으로 얼굴을 들이대고 그녀를 바라보았다. 이 집에서 어제 누가 싸우지 않았어요? 어제요? 누가요? 누가 막 싸우고 울면서 우리 애기 불쌍해서 어쩌나 그러지 않았어요? 어제요? 몰라요 이 집에 애기 없는데. 남자는요 남자하고 싸우지 않았어요? 막 울고? 저 어제 집에 없었어요. 없었다고? 언제 언제 없었는데? 낮에요. 낮에 없었다고? 저녁엔? 저녁엔 있었겠네. 저녁엔 있었죠. 저녁에 그랬는데 못 들었어요?

무슨 일이신데요?

그녀가 재차 묻자 여자는 위쪽을 향해 눈을 흘겼다. 내가, 하고 여자가 말했다. 내가 저기 윗집 사는데 어제 우리 윗집에서 지랄을 하는 거야. 시끄럽다고. 우리 십이 그랬내. 소리 시르고 울고 애기 불쌍하다고. 우리 집 쪽에서 들렸대. 우리 집에 우리 딸하고 나하고 둘이 사는데 내가 장사를 하느라고 낮엔 집에 없고 딸이 집에 있거든. 딸이 서른다섯인데 공부하고 직장 다니다가 집에 있어요. 우리가 개를 세 마리 키우는데 개들이 짖지는 않아. 여기는 개 없나? 개가 없어? 개 안 키워요? 우리 개들은 짖지를 않아. 그런데 어제하고 그제는 개새끼들이 지랄병이 나 가지고 어머 나는 정말 개가 그렇게 지랄인 거는 또 처음 봤네. 개들이 말도 못 하게 워, 워, 워, 워, 지랄을 하고 무슨 일인지 그런데 무슨 여자가 울면서 저녁에 소리를 지르는 거야. 그걸 우리 딸한테 따지고 욕하고 어떤 남자랑 싸우면서 윗집에서 우리 애기 불쌍하다 불쌍하다.

네?

윗집에서 시끄럽다고 우리 집이.

윗집에서 아주머니한테요?

아니 내가.

네?

아니 내가 딸하고 둘이 사니까 어미가 딸을 데리고 나왔네 뭐네 말도 많고 찧고 까불어들, 그래서 그렇게 따졌거든.

저 무슨 얘긴지……

못 알아듣겠는데요, 라고 그녀가 중얼거리고 있을 때 감색 양복을 입은 남자가 계단을 내려왔다. 그가 계단을 내려와서 다시 계단을 내려가는 동안 여자는 그의 뒤통수를 향해 침을 뱉는 것처럼 말했다. 인간들이 뭐가 어쩌고저쩌고 말도 많고 까불지들. 그래서 내가 지금 찾으러 다니는 거야 범인을. 어느 집에서 그렇게 해 가지고 내가 욕을 먹었는지 잡고 말 테다. 왜냐하면 이 집 인간들이, 이봐요

집이.

들어가도 돼? 나 좀 들어가도 돼요?

여자가 그녀를 돌아보더니 문틈으로 간절하게 물었다. 아뇨, 그녀는 깜짝 놀라서 문손잡이를 꾹 쥐며 거실을 돌아보았다. 그녀가 일곱 시간 동안 기다시피 엎드려서 닦은 바닥엔 더러워진 물티슈 조각들과 걸레가 널려 있었다. 아뇨, 지금 뭘 좀 하고 있어서…… 그녀가 대답하자 여자가 문틈으로 거실을 들여다보았다. 침묵이 흘렀다. 그녀는 한 손을 문손잡이에 얹은 채 언제라도 그걸 당겨 문을 닫을 준비가 되어 있는 상태에서 윗집 여자를 바라보았다. 그런데, 하고 여자가 말했다. 이 집에선 못 들었다는 거지? 무슨 여자가 곡을 하고 싸웠다는데 응? 물어보면 다 아니라지. 도대체 그 지랄을 들은 집은 있는데 지랄을 했다는 집은 없어. 내가 이번엔 그냥 넘어가지 않을 거야. 아주 범인을 잡을 거라고. 어느 염병할 집에서 우리를 모함하고 모욕을 주고 괴롭히는지, 내가 이번엔 넘어가지 않을 테다 두고 봐…… 그렇게 말하면서 여자는 실례했다거나 이제 가겠다는 말도 없이 중얼거리며 계단을 올라가기 시작했다. 그녀는 여자의 뒷모습을 보고 있다가 문을 닫았다.

밤에 그녀는 침대에 누워 천장을 바라보았다. 조용했다. 이 집은 참 조용했고 그녀는 그게 좋았다. 그런데 윗집에 개가 있다고? 세 마리나? 그녀는 귀를 기울였다. 아무런 소리도 들려오지 않았다. 일주일 동안 이 방에서 잤는데 개 짖는 소리 같은 것은 듣지 못했다. 다만 이따금 천장에서 또르르…… 하고 뭔가 단단하고 둥근 것이 구르는 소리가 났고 이제 그녀는 그 소리의 이유를 알 것 같았다. 개들이 가지고 노는 장난감 아닐까. 볼 같은 거. 철공 같은 거. 그런데 개들이 그렇게 묵직한 것을 가지고 노나? 그녀는 철공을 굴리며 노는 세 마리 조용한 개들에 관해 생각을 해 보았다. 아 그런데 윗집 여자는 좀 이상했지. 미친 것 같았다. 미친 게 틀림없다. 어쩌라고…… 미친 년이 별것도 아닌 용건으로 문을 두드리고 아 사람 바쁜데. 내일 아 침이나 저녁에 그 여자를 만나게 되면 어떡하지 계단에서. 아 싫다. 아 피곤하다. 만나기 싫고 마주치기도 싫다. 요즘은 어디나 이상한 사람들 천지다. 미친년에 아 미친놈, 천지다.

위기의 행성을 구해 낼 단 한 명의 지구인.
그녀는 그걸 떠올렸고 어디서 그걸 봤는지 생각하기 시작했다. 전철 에서 봤을 것이다. 전철에서…… 그녀는 사람들의 뒤쪽에서 문이 열 리기를 기다리고 있었다. 문이 열리자 사람들이 문을 통해 바깥으로 빠져나갔는데 거기는 사실 바깥이 아니었으니까 정말 바깥으로 나 가려는 사람들의 긴 행렬이 다시 만들어졌다. 그녀는 다시 사람들의 뒤쪽에서 앞사람이 움직이기를 기다렸다. 반 폭도 되지 않는 걸음으 로 느리게 전진하느라고 그녀의 몸이 좌우로 흔들렸고 그녀는 바로 앞사람의 머리와 어깨가 좌우로 둔중하게 흔들리는 것을 바라보았 다. 앞사람의 앞사람, 그 앞사람의 앞사람, 앞사람의 옆사람, 옆사람 의 뒷사람. 대체로 검은색을 띤 머리들이 좌우로 흔들리며 느릿느릿 이동하고 있었다. 지상으로 향하는 마지막 에스컬레이터를 타기 직 전에…… 아마도 그때였을 것이다. 그녀는 영화를 광고하는 문구를 읽었다. 읽을 생각도 없었는데 그게 머리 곁에서 번쩍였고 순식간에 그것을 읽게 되었다. 위기의 행성을 구해 낼 단 한 명의 지구인.
좋아하네.

어둠 속에서 천장을 바라보며 그녀는 생각했다. 위기의 행성을 구해내는 것이 어째서 단 한 명의 지구인이어야 하는 걸까…… 좋다, 구해라 지구인. 성공해라…… 영웅이 되어 봐. 행성은 지구인의 활약으로 위기를 벗어난 뒤엔 영웅의 후손으로 뒤덮일 것이다. 두고 봐. 알에서 깨어난 뭐처럼 행성 전체로 번진 지구인의 후손들이 결국은 위기에서 벗어난 행성을 다시금 위기에 처하게 만들 것이다. 그녀는 오늘 아침 아니야 어제 아침이었나, 에스컬레이터 끄트머리에서 핸드폰을 들여다보느라고 느리게 움직였던 청년을 생각했다. 뒤에서 올라오는 사람들에 관한 조바심에 그녀가 가방 모서리로 그의 등을 건드렸을 때 무표정하게 돌아보던 그 얼굴을 그녀는 생각했고 더는 생각하지 말자고 눈을 감았다. 내일 아침에도 그녀는 그런 사람을 만나게 될 것이다. 심지어 같은 사람이 아닌데도 똑같이 행동하는 누군가와 맞닥뜨리거나 충돌해서 말할 수 없이 불쾌해질 것이고 속이 상할 것이고 싫어질 것이다. 다시금 사람이 싫어질 것이다.

그녀는 본래 사람을 싫어하는 사람은 아니었다. 아니었다고 그녀는 생각하고 있었다. 싫어져서 싫은 거다. 이제 사람이 싫다, 싫어졌다. 결정적으로 그렇게 된 것은 이전에 살던 집에서였다. 일주일 전까지 살던 집, 그 동네, 거기 살던 사람들. 그녀는 그 동네에서 15년을 살았다. 정류장이 있는 대로변에서 산책로가 있는 야산까지 500미터 직선으로 이어진 완만한 오르막이었는데 그녀가 처음 그 동네로 들어갔을 땐 아무것도 없었다. 세탁소 하나. 구멍가게 하나. 철물점 하나. 중화 반점 하나. 연탄과 쌀을 파는 시커먼 가게 하나. 그 밖엔 뭐가 아무것도 없는 동네. 그게 그녀가 그 동네로부터 받은 첫인상이었다. 동네 옛 이름이 월촌(月村)이었다. 그녀가 월촌에 사는 동안 월촌은 여러 차례 변했다. 길이 변했다. 아니야 길은 그대로 있었는데 길가가 변했다. 아무것도 없던 길에 분식점이 들어섰고 나들가게가 생겼고 무지막지한 양으로 빵을 구워 대는 빵집이 생겼고 책도 빌려 볼 수 있는 비디오 대여점이 생겼고 그 밖에도 여러 가지가 생겼는데 대부분 오래지 않아 업종을 변경하거나 문을 닫았다. 이름이 무려 빵빵빵이었던 빵집의 빵은 남아돌고 음식 만드는 솜씨가 없었던 부부의 분식점은 언제나 한가했다. 비교적 나중에 들어선 나들가게와 비디오 가게는 처음부터 의욕적이었는데 그녀는 이 두 가게의 주인들을 가장 불편하게 여겼다. 웬만한 회사에서 과장급으로 일하다가 명예퇴직을 하고 자영업을 시작했다는 그들은 가게를 찾는 손님들에게 과도하게 친절하고 친밀하게 굴었다. 그들의 의욕적인 모습은 그녀를 불편하게 만드는 면이 있었다. 의욕적일수록 보기에 괴롭고 심정적으로 그랬다. 그녀는 그 가게 주인들이 손님을 향해, 그녀를 향해 싱글싱글 웃는 모습을 피해 비스듬히 서 있거나 시선을 다른 데 두고는 했다.

비디오 대여점, 거긴 그녀가 살던 집 맞은편이라서 이따금 들른 적이 있었다. 처음에 대여점 사장은 그녀의 고향을 물은 뒤 방향이 같으니 그 정도면 동향(同鄕) 사람이라고 우겼다. 그는 대여점에 들어서는 대부분의 손님들에게 동향 사람, 형이나 누님이라고 부르며 붙임성 있게 굴더니 나중엔 빨대를 꽂은 우유 팩에 소주를 담아 대낮부터 그걸 먹으며 계산대 안쪽에 침울하게 앉아 있고는 했다. 하루는 그녀가 사흘쯤 연체된 책을 들고 가서 늦었을 거예요, 봐 주세요, 라고 말하며 책을 건네자 그가 갑자기 볼펜을 내던지고 얼굴을 붉혔다. 모두 봐주고 그러면 어? 대여료가 얼마라고 일일이 그러면 나더러 어떻게 먹고살라고 어? 요즘 사람들 진짜 뻔뻔하고…… 너무들 하네! 귓불까지 빨개져서 그녀를 노려보는 그를 바라보다가 아뇨 봐 달라는 것은 연체료가 얼만지 봐 달라는 거였는데……라고 설명하지도 못하고 가게를 나선 그녀는 너무하네, 라고 생각했다. 그녀는 다시는 그 대여점을 방문하지 않았고 대여점 사장은 머잖아 장사를 접고 월촌을 떠났다.

대여점이 빠져나간 자리엔 부동산이 들어왔고 그 옆으로 하나씩, 하나 건너 하나씩, 부동산 중개 사무소가 들어서면서, 아니야 그런데 어째서 그렇게 많은 부동산이, 그런데 정말 어느 틈엔가 갑자기 그렇게 되었지, 하고 그녀는 생각했다. 어느 순간 갑자기 부동산이 많아져서 앞을 보아도 부동산, 옆을 보아도 부동산, 뒤를 돌아도 부동산, 그 길이 온통 그렇게 되는 바람에…… 대여점 자리에 들어왔던 부동산도 가게를 빼서 나가고 마지막엔 핸드폰 매장이 되었지…… 하고 그녀는 계속 생각했다. 핸드폰 매장은 처음부터 최저가 판매, 사거리 어느 집보다 싼 집, 어떻게 하면 안으로 들어와 보실래요? 등등의 문구를 유리에 덕지덕지 바르더니 얼마 지나지 않아 공기를 넣어 부풀리는 풍선 간판을 세우고 LED 조명등을 설치하고 바깥을 향해 스피커 두 개를 설치해 음악을 틀어 대기 시작했다. 그녀는 그즈음 실업 급여를 받으며 집에 머물고 있었고 그 음악에 고스란히 노출되었다. 쿵 칙 쿵 칙 쿵 직 쿵 직 붕 지 붕 지, 하는 소리들. 소음들. 음악 말고 소음들. 아이돌 그룹의 최신 곡으로 그중엔 그녀가 호감을 가지고 있는 곡도 있었으나 그녀는 견디기가 어려웠다. 끝없이 이어지고 반복되는 그 음악들은 누군가의 플레이리스트였으니까. 누군가의 취향으로 소합된 플레이리스트. 그녀가 사는 집 창가에 서면 건너편 건물 1층의 핸드폰 매장에서 일하는 사람들이 다 들여다보였는데 무료한 듯 앉아서 컴퓨터 화면을 들여다보고 있는 남자가 둘, 여자가 하나였다. 그 재생 목록은 그들 중 누군가의 취향이었고 그녀는 자기 집 안에서 그걸 어쩔 수 없이 듣고 있어야 한다는 게 너무도 고약하게 여겨졌다. 특별히 유행하는 곡이 몇 번이고 반복될 때도 있었고 그녀는 그것으로부터 차단될 방법을 찾아낼 수 없었다. 이불 속에 머리를 묻어도 들리고 욕실에 들어가서 문을 닫아도 들렸다. 소리는 소리라기보다는 공기의 떨림이자 외벽과 내벽의 진동으로 다가왔고 집이라는 공간 자체가 붕 지 붕 지, 하고 흔들렸으므로 그 공간에 갇힌 그녀의 몸도 흔들릴 수밖에 없었다. 두 달 동안 그녀의 몸엔 특별한 증상도 없이 미열이 이어졌다. 그녀는 그게 소음들 때문이라고 믿었고 공기관에 민원도 넣어 보았는데 그때뿐이었다. 어떻게 막을 도리가 없었다. 그녀는 그때 자신이 계급적 인간이라는 것을, 자신이 속한 계급이라는 걸 알았다. 이런 거였구나. 이웃의 취향으로부터 차단될 방법이 없다는 거. 계급이란 이런 거였고 나는 이런 계급이었어. 왜냐하면……

왜냐하면 더 많은 돈을 가져서 더 많은 돈을 지불할 수 있다면 더 좋은 집에서 살 수 있을 테니까. 더 좋은 집에서 산다는 것은 더 좋은 골목, 더 좋은 동네에 살게 된다는 것이고 더 좋은 동네라는 것은 이웃의 소음과 취향으로부터 차단될 수 있는 방법이 있는 동네일 테니까. 그런 동네에서는 서로 간섭하거나 간섭되는 일이 없으니 사람들의 표정은 편안하고 너무하네, 라고 외친다거나…… 너무 친절하게 구는 일도 없을 것이고 지속적인 소음에 시달리는 일도 없을 것이다. 그런 세계는 좋을 것이다. 내게도 권리가 있어. 남들에게 시달리지 않을 권리가 말이다. 예컨대 잡상인, 이런저런 방문객, 확성기 소음, 핸드폰 매장의 무자비한 플레이리스트, 사람들이 망해 가는 모습, 그런 것으로부터 해방…… 해방이라기보다는 차단될 수 있는 권리…… 그런 게 있고 그것이 내게도 분명 있는 권리인데 그걸 확실하게 실현하려면 돈을 가지고 있어서 돈으로 그 권리를 실현할 수 있어야 하는 거야. 그렇게 할 수 있는 인간이라야 비로소 그 권리를 가지고 있다고 할 수 있는 계급인 거야. 그런데 나는 그게 아니지. 나는 지금 그게 아니고 아마 죽을 때까지도 그게 아니다. 나는 그래 그거다. 그렇게 할 수 있는 방법이 없는 계급…… 하고 그녀는 그 집에서, 어쩔 수 없게도 계급에 속하는 계급적 인간으로서의 나, 라는 생각을 하게 되었다.

그런데 이 집은 좋았다. 조용해서 좋았다.
집을 보러 다닐 때 그녀가 가장 중요하게 여긴 조건이 그것이었다. 조용할 것. 처음 이 집을 보러 왔을 때 그녀는 다른 것은 거의 보지 않고 그것 한 가지를 염두에 두었다. 석양이 가장 밝을 무렵이었고 창들은 전부 닫혀 있었다. 그녀는 밝은 벽을 바라보며 거실에 서 있었다. 너무 조용해서 노랗게 고인 물에 잠긴 것 같았다. 귀가 먹먹할 정도로 아무런 소리가 없었고 그게 좋았다.
그녀가 들어오기 직전엔 노인이 이 집에서 혼자 살았고 그녀는 집을 보러 왔을 때 그를 보았다. 동행한 중개인이 초인종을 눌렀는데도 대답이 없었다. 열쇠로 문을 열고 들어갔더니 노인이 러닝셔츠 차림으로 거실 구석에서 밥을 먹고 있었다. 가장자리가 우그러진 양은 밥상에 밥과 보리차와 심지 한 가시를 두고 먹고 있던 그는 방문객을 보고 놀라지도 않고 다만 불쾌하고 귀찮다는 듯 미간을 찡그렸다. 키 크고 마른 노인이었다. 그는 이 집에서 5년을 살았는데 5년 동안 작은 방 하나를 사용하고 나머지 공간은 전혀 사용하지 않았다고 말했다. 사용하지 않았다는 방엔 구리 장식이 달린 낡은 목재 가구가 서너 점 놓여 있었고 바닥은 먼지로 덮여 거무스름한 빛깔을 띠고 있었다. 거실과 부엌 바닥도 마찬가지였는데 그녀가 잘 보니 현관에서 노인의 방까지 좁다란 길이 나 있었다. 산속의 짐승이 자기도 모르게 늘 오가는 덤불에 길을 내듯 노인이 발을 끌며 오간 흔적이었다. 그 부분만 바닥재의 본래 색깔이 드러나 밝은색을 띠고 있었다. 그녀는 그런 광경을 전에 본 적이 없었고 깜짝 놀라 그걸 못 본 척했다. 노인이 이 집에서 죽었다면 아무도 몰랐을 거라고 그녀는 지금 이 집에서, 생각하고는 했다. 노쇠로 죽든 자살하든 실수로 죽든 어쨌든 그의 시신은 그에게 무언가를 청구하고 그 빚을 받으려는 사람들에게나 발견되었을 것이다. 연체금이 있을 때나 호명되는 사람들. 노인은 아마도 그런 사람이었고 죽은 지 몇 달 만에 죽은 채로 발견되었다고 뉴스에 나올 만한 사람이란 그런 모습으로 살아가는 사람일 거라고 그녀는 생각했다.

계약할 때는 노인이 나타나지 않고 집주인이 홀로 왔다. 집주인은 점잖은 사람이었지…… 하고 그녀는 계속 생각했다. 점잖은 척을 하는 새끼…… 5년 동안 노인이 홀로 살던 집엔 그의 냄새가 배어 있었다. 창을 꼭꼭 닫고 살았으므로 갇혀 있던 먼지와 공기를 뒤집어쓴 벽지는 노랗게 굳어 있었고 바닥에도 얼룩이 있었다. 계약서에 도장을 찍기 직전에 장판과 도배를 새로 해야겠다는 이야기가 나오자 집주인은 글쎄요…… 꼭 새로 해야 할 필요가 있을까 싶습니다만…… 제 생각엔 그게 다 자원 낭비이고…… 하며 입을 다셨다. 전세도 아니고 월세로 세입자를 들일 때엔 도배 작업을 새로 해 주는 것이 임대인의 의무로 되어 있다고 중개인이 말하자 글쎄 그게 모두 자원 낭비인데……라며 영 불편한 표정이었다. 그녀는 입을 다물고 그를 바라보았다. 차라리 자신도 형편이 좋지 않으니 사정을 좀 생각해 달라고 했더라면 나도 생각을 해 보았을 거라고 생각하며 그녀는 그를 노려보았다. 사람들은 왜 이렇게 할까. 대체 이 사람들은 사람에게 왜 이렇게 하는 걸까. 이날의 계약은 어쨌든 벽지를 갈아 주는 것으로 마무리가 되었지만 막상 이사하는 날이 되어 그녀가 빈집에 도착하고 보니 일부만 도배가 새로 되어 있었다. 노인이 5년 동안 머물렀던 방은 벽지도 바닥재도 그대로였다. 바싹 마른 벽에 둥글게 자국이 남아 있었고 그녀는 바로 그 자리에 노인이 머리를 대고 앉았을 거라고 생각했다. 노랗다 못해 붉은색을 띤 기름 얼룩. 거기에 머리를 대고 노인은 도대체 뭘 보았을까. 그 방엔 텔레비전도 없었는데…… 그 방향으로는 맞은편에 벽감이 있을 뿐이었다. 모퉁이 방이라서 방의 형태가 일그러져 있었고 세 개의 벽이 그 벽감으로부터 발생된 것처럼 그 벽엔 남은 공간 없이 오로지 벽감뿐이었다. 두 개의 문짝이 달린 길쭉한 벽감. 그녀는 노인처럼 벽을 등지고 서서 그걸 보고 있다가 그게 관처럼 보인다고 생각했다. 생각하고 보니 다른 것이라고는 생각할 수 없었고 그건 꼭 관이었다. 한 사람이나 두 사람이 들어가 누울 수 있는 관. 그녀는 그 방에 자질구레한 짐들을 넣어 두었고 노인이 사용하지 않았다는 방에 침대를 들여 놓고 지내고 있었다. 그런데…… 하고 그녀는 계속 생각했다. 그런데 이상하기도 하지. 나는 성냥게 세늘 내고 이 십으로 들어왔을 뿐인데 노인을 내쫓았다는 기분이 든다…… 여기를 나가서 노인은 아마 더 좋지 않은 곳으로 갔을 것이다…… 잘 모르면서 그녀는 그렇게 생각했다. 다른 가능성도 있을 수 있었지만 다른 어떤 가능성보다도 그것이 그녀에게는 더 리얼하게 여겨졌으므로 그게 유일한 가능성인 것처럼 생각되었다. 그렇다고 하더라도…… 그게 내 탓인가. 내가 내쫓았나. 그녀는 이불을 발로 차며 돌아누웠다. 노인은 방을 유지할 능력이 없었을 뿐이고 내게는 있었을 뿐. 그냥 그것뿐. 만사가 그뿐.

얼핏 잠들었을 때 그녀는 윗집이 이사 가는 꿈을 꾸었다. 조그만 트럭에 밧줄로 동여맨 짐이 실려 있었고 개가 세 마리 있었다. 트럭 짐칸에 실린 커다란 백구들. 이쪽을 향해 개 세 마리가 짖었다. 헉, 헉, 헉.
헉, 헉?
큰 입을 벌려 맹렬하게 짖고 있는데도 그뿐이었다. 헉, 헉, 헉. 그녀는 전에 성대 없이 돌아다니는 개를 본 적이 있었고 그때 그 개가 그렇게 짖었다는 것을 꿈속에서 기억해 냈다. 그래서 그랬구나, 라고 그녀는 생각했다. 그래서 안 들렸어. 개들이 머쓱하다는 듯 입을 다물고 그녀를 보았다.
개들이 다시 헉, 헉, 짖기 시작했을 때 그녀는 베란다를 바라보는 자세로 눈을 떴다. 아직 밤이었고 아주 약간의 시간이 흘렀을 뿐이었다. 그녀의 침대가 놓인 방엔 베란다로 통하는 넓은 유리문이 있었고 바깥에서 비쳐 든 가로등 불빛으로 그 문이 주홍색이었다. 유리문을 통해 보이는 베란다 창에 이웃집 감나무 그림자가 번져 있었다. 그녀는 베란다에 누가 있지는 않은지 불안하고 무서웠다. 수상하게 서 있거나 움직이는 것은 없는지 베란다 속 어둠을 유심히 바라보며 생각했다. 내가 문을 잠갔나. 창을 모두 닫았나. 걸쇠를 모두 걸었나. 이 집은 창과 출입구가 너무 외졌으니 더 튼튼하고 더 완벽하고 더 철저한 자물쇠를 달아야겠다. 아 씨 빨리 자야 되는데…… 내일…… 내일 때문에라도 빨리……

그녀는 금융권의 도급으로 전화 상담을 하고 있었고 하는 일은 연체금 독촉이었다. 신용 카드를 사용하고 할부금을 갚지 않는 사람들, 현금 서비스를 한계까지 끌어 쓰고 갚지 않는 사람들이 있었고 그런 사람들과는 통화 연결도 쉽지 않았다. 어렵사리 연결이 되면 없는 걸 어쩌라고…… 없으니까 썼지 있으면 내가 썼나……라고 애먼 탓을 하거나 화를 냈다. 그녀는 그들을 상대로 고객님…… 없으면 쓰지 말아야지 없는데 왜 써…… 달게 써 놓고 왜 갚으라는 사람한테 소리를 지르세요 고객님…… 하고는 말할 수 없고 어디까지나 친절하게, 왜냐하면 딱딱하게 독촉하는 것보다는 친절하게 독촉하는 것이 인간적인 면에서, 어필이 되고 훨씬 수금이 잘된다는 업계 보고가 있었으므로, 친절하게 독촉했다.

채무자들은 마지막엔 대개 내일 넣을게요, 내일, 이라고 대답했는데 그렇게 되지 않는 경우가 대부분이었고 그런 뉘앙스의 내일을 매일 수차례 접하고 보니 그녀에게는 내일이라는 말이 가장 뻔뻔한 거짓말처럼 여겨졌다. 어제…… 어제도 그랬지. 어제도 내일, 이라고 말한 사람이 수십 명은 되었을 것이고 내일…… 날이 밝으면 그녀는 그들에게 다시 전화를 걸어 친절하게 독촉해야 할 것이었다.

그게…… 하고 그녀는 계속 생각했다.

그제는 건너 자리의 상담원이었던 선배의 계약이 해지되었다. 기간 만료 해지. 이게 참 법이 바뀌어 가지고…… 이렇게 되어 가지고 우리로서도 참 곤란해요…… 적응해서 쓸 만하면 뭐 잘라 버려야 하는 사정이니까 우리도…… 라고 부장은 말했지. 정말로 진심으로 곤란하고 미안하고 당신의 고통에 공감한다는 것처럼 말했지. 안 그랬더라면 좋았을 것이다. 안 그러니까. 안 그러니까 안 그랬더라면 좋았을 건데 그는 그러지 않았지. 재수 없는 새끼…… 고객 같은 놈…… 선배가 고개를 숙이고 자기 자리로 돌아갔을 때 그녀는 그 선배의 자리에서 자기 자리까지 남은 거리를 생각하지 않을 수가 없었고 안 됐다고 생각했다. 안됐다…… 거기까지. 그 너머는 벼랑이니까.

니가 내 입장이 되었다고 생각해 봐……

어제…… 선배는 그녀를 맞은편에 앉혀 두고 술을 마시며 말했고 그녀는 잠자코 들었다. 그걸 한번 상상해 봐, 라고 말하는 것을 아무런 감흥 없이 아니야 실은 얼마간 불쾌한 기분으로 들으며 앉아 있었다. 바로 옆 테이블에서는 남자들이 식은 고기를 앞에 두고 핸드폰으로 동영상을 들여다보며 빠아빠빠, 라고 외치는 소녀들 가운데 누가 C컵이고 D컵인지 다투고 있었다. 그중에 한 남자가 핸드폰을 차지하더니 그걸 들여다보면서 쯥, 쯥, 쯥, 이를 빨기 시작했다.

밤이 깊어 가고 있었다.

그녀는 쿵, 소리를 듣고 다시 눈을 떴다. 처음에 그녀는 누군가 망치로 계단을 내리치며 올라오고 있다고 생각했다. 망치나 무쇠 공 같은 것으로 꿍, 꿍, 꿍, 하고 힘껏 바닥을 때리는 소리로 아니야 진동으로 그녀의 침대가 흔들렸다. 이 야밤에. 어둠 속에서 그녀는 눈을 커다랗게 떴고 그게 누군가의 발소리라는 걸 알았다. 하나가 아니었다. 두껍고 딱딱한 굽이 달린 장화 같은 것을 신은 여자들이 계단을 오르면서 웃고 헐떡거리고 기침을 하며 떠들고 있었다. 적어도 셋이었다. 위층 어딘가에서 문이 열리는 소리가 났고 그녀는 그녀들이 얼른 안으로 들어가 문을 닫기를 바랐으나 한참이 지나도 그런 기척은 없었고 바로 문밖에서 떠들어 대는 듯한 목소리와 웃음소리가 이어졌다. 야…… 저거 좀 치우고 이거 좀…… 나도 줘라 그거…… 아 시원하다…… 그래서 야 걔가 나한테 뭐랬는지 아냐 어 진짜…… 그녀는 침대에서 발을 내리고 앉아 천장을 바라보았다. 쿵, 쿵, 쿵, 쿵, 하고 누군가 위층 바닥을 뒤꿈치로 찍어 가며 그녀의 천장을 가로질렀다. 무라무라무라, 누군가 그렇게 말하는 소리도 들려왔다.

무라무라무라?

정확하지는 않았다. 그녀는 침대 모서리를 손으로 붙들고 있다가 거실로 나갔다. 어두운 거실에 서서 문을 바라보았다. 다른 사람들은…… 이 집에 사는 다른 사람들은 어떻게 된 거지. 저 소란을 왜 다들 잠자코 듣고 있지. 다시 한 번 쿵, 소리가 났을 때 그녀는 문을 열었다. 뭔가를 굽는 냄새가 났다. 계단 위쪽에 불빛이 번져 있었고 연기가 고여 있었다. 그녀는 망설이다가 계단을 올라갔다. 바로 윗집이었다. 여자애들, 20대 초반으로 앳된 여자애들이 문을 열어 두고 거실에서 고기를 굽고 있었다. 전기 불판에서 기름 튀는 소리가 났고 실내엔 연기가 자욱했다. 그녀의 집과 마찬가지로 살림의 기미가 별로 없는 살풍경한 거실이었다. 그녀가 계단에 서서 그 집 현관 마닥에 쓰러신 구투와 폭 짧은 부즈를 날없이 보고 있사 여사애들이 그녀를 알아채고 돌아보았다. 그녀는 조용히 해 달라고 말했다. 늦었잖아요.

네 네.

젓가락을 쥐고 불판에 놓인 고기를 뒤적이던 여자애가 죄송하다고 외쳤다. 죄송합니다, 가 아니고 죄송합니다아아아아, 하고 길게 늘인 말이었다. 그녀는 그렇게 말한 여자애를 물끄러미 보고 있다가 작게 말했다. 계단에 울려서요 소리가 크게 들려요 더 크게.

네 죄송해요.

그런데……

그런데…… 하고 그녀는 그 집 거실을 들여다보며 물었다.

개는요?

개요?

개.

무슨 개?

이 집에 개 없어요?

개?

그녀와 가장 가까운 곳에 앉아 있던 여자애가 얼굴을 이상하게 비틀더니 일행을 돌아보았다. 이건 또 무슨 또라이야…… 여자애들이 그렇게 말하듯 자기들끼리 시선을 교환했다. 없는데 개……

그녀가 그 집을 등지고 첫 번째 계단참까지 내려왔을 때 쾅, 하고 문이 닫혔다. 야 야 야…… 하고 뭔가를 두들기며 요란하게 웃는 소리가 들려왔다. 야 야…… 그녀는 그게 자기를 비웃는 소리 같았고 아니야 거의 틀림없이 그렇다고 생각했으므로 계단참에 서서 닫힌 문을 노려보았다. 다시 가서 두드릴까? 지금 뭐라 그랬냐고 따질까? 개…… 개가 없다고? 사실은 저 계집애들이 개를 감추고 있는 거 아닐까. 사람을 병신 만들려고 개가 있으면서도 없다고…… 웃는 얼굴로 사람을 모욕하고 병신 만들려고. 그녀는 등이 차가워진 채로 자기 집에 당도해서 현관에 서 있다가 계속 소리가 들려오는 것을 확인하고 도로 올라갔다. 딩동 딩동, 벨을 누르자 여자애들 중 하나가 내키지 않는다는 표정으로 문을 열었고 그녀는 늦었잖아요, 라고 다시 말했다. 네 네.

죄송합니다아아아아.

그녀는 몸을 돌려 계단을 내려갔고 이번엔 문이 닫히기도 전에 킥킥거리며 웃는 소리가 들려왔다. 미친년들이…… 그녀는 집으로 돌아와서 문손잡이를 잡고 서 있다가 다시 올라가서 벨을 꾹 눌렀다. 얼굴을 찡그린 여자애가 문을 벌컥 열더니 그녀가 뭐라고 하기도 전에 알겠다고요, 라고 말했다. 그런데요 이렇게 늦은 시간에 남의 집 벨 누르는 거 실례라고 생각하지 않으세요?

요즘 들어, 하고 그녀는 생각했다.

왜 내게 이런 일이 생기는 걸까. 왜 이렇게 참을 수 없는 일이 많아졌을까. 다른 사람들은 이런 걸 어떻게 참고 있는 걸까. 그보다 나는 여태까지 어떻게 참아 왔지? 뭔가 요령 같은 것을 잃어버린 것 같다는 생각이 든다 완전히……

그녀는 침대에 누워서 어두운 천장을 바라보았다. 고기 굽는 냄새가 그녀의 방에 가득했고 연기도 조금 내려온 것 같았다. 무라무라, 하고 크게 떠드는 소리는 더는 들려오지 않는데 그게 위로가 되지는 않았다. 그녀는 가슴에 손을 올렸다. 그녀가 완전히 피로해진 상태에서 눈을 감았을 때 딩동, 하고 누군가 벨을 눌렀다.

그녀는 두 번째 벨소리가 들려왔을 때까지 눈을 감고 있다가 침대에서 빠져나와 거실로 나갔다. 자동으로 점등된 인터폰 불빛으로 거실이 푸르스름했다. 세 번째 벨이 울렸고 그녀는 인터폰을 통해 누군가의 넓은 이마와 다급히 계단을 오르는 뒷모습을 보았다. 야야…… 웃는 소리가 들려왔고 위층 어딘가에서 쿵, 문이 닫혔다. 그녀는 인터폰 화면으로 떠오른 텅 빈 계단과 스테인리스 난간을 보고 있다가 인터폰에 연결된 코드를 뽑았다. 거실이 어두워졌고 고요해졌다. 이게 무슨 일이지…… 하고 그녀는 생각했다. 내가 왜 이러고 있지. 사람들이 왜 이렇게 하지. 대체 이 사람들이 나한테 왜 이렇게……

나는 평생 누군가에게, 하고 그녀는 계속 생각했다.

나는 평생 누군가에게 특별하게 해를 끼친 것도 없는 사람인데.

무라무라무라.

쿵.

쿵.

쿵, 하고 머리 위에서 발을 구르는 듯한 소리가 들려왔고 그게 반복되었다. 그녀는 잠시 서 있다가 가장 가까이 있는 것부터 집어 천장을 향해 던졌다. 어둠 속에서 뭘 집었는지도 모르게 거실에서 부엌으로 부엌에서 방을 오가며 구두, 달력, 상자, 책…… 컵, 숟가락, 숟가락과 젓가락을 손에 잡히는 대로 다시 한 줌, 국자, 의자…… 접시들, 쓰레기통, 토스터, 책, 책을 몇 권 더…… 베개, 극건성용 크림 대용량, 작은 서랍, 가방, 지갑, 사전, 기타, 기타, 기타…… 장난이지, 하고 그녀는 천장을 향해 말했다. 이게 다 장난 같지? 내가 미

친 것 같지? 정말 미친 것 같은 얘기가 있는데 해 줄까? 내가 그걸
해 줄까? 어떤 할아버지가 여기 살았거든? 근데 지금은 어디 갔는
지 몰라. 나는 모르고 어쩌면 그 노인도 몰라. 나는 그 노인보다 낫
지만 지금의 나하고 그 노인 사이엔 거의 아무것도 없다. 아무것
도 없으니까 언제고 나는 그 노인이 있었던 곳에 스무스하게 당도
할 것이다. 그 거리를 최대한 유지할 수 있는 방법은 돈뿐인데 나는
돈이 없지. 이상하게 지금 돈이 없고 어쩌면 영원히 없지. 그러니까
말하자면 방법이 없는 거야. 나는 미래에 아주 매끄럽게 그 노인처
럼…… 어? 그렇게 될 것이다. 그런 예감이고 그런 예지다. 그 와중
에 니들 같은 인간들한테 시달리면서…… 니들 같은 이웃한테 시달
리면서…… 그냥 죽 사는 거야. 니들은 다를 줄 알지? 다른 줄 알고
다를 것 같지? 그런데 니들하고 나하고는 다른 게 없지. 완전 같지.
서로가 서로에게 고객이면서, 시달리면서, 100퍼센트의 고객으로는
평생 살아 보지도 못하고 어? 나는 이게 다 무서워서 불쾌한데 니들
은 이게 장난이고 나만 미쳤고 내가 우습지? 웃어라. 우스우니까 웃
어. 우스우니까 웃고 계속 우스우니까 웃으라고. 계속 웃고 더 웃고
웃어 웃어 보라고.

마침내 그녀가 숨을 몰아쉬며 팔을 늘어뜨렸을 때…… 사방은 다른
밤처럼 고요했다. 그녀는 헝클어진 사물들 속에 서 있다가 자야지,
하고 생각했다. 빨리 자야지……라고 생각하며 침대로 기어들었고
눈을 감았다.

그녀가 다시 눈을 떴을 땐 방이 특별하게 어두웠다. 베란다로부터
비쳐 들던 빛도 사라지고 아주 깜깜했다. 그녀는 벨소리를 들었다고

생각했고 일어나 앉았다. 발에 뭐가 밟혀서 불을 켜려고 했는데 전등 스위치를 찾을 수 없었다. 컴컴한 벽에 손을 대고 이리저리 쓸어보았지만 항상 있던 자리에 그게 없었고 너무 어두워서, 항상 있던 자리 자체를 잘 가늠할 수가 없었다. 그녀는 벽을 더듬으며 거실로 나갔다. 인터폰에 불이 들어와 있었고 그 빛이 거실에 번져 있었다. 내가 저것을 껐나 끄지 않았나. 그녀는 머뭇거리다가 그걸 외면하고 문 쪽으로 살금살금 걸어갔다. 소리를 죽이며 다가가 얼굴을 대 보았다. 아무런 소리도 들리지 않았다. 그녀는 시험 삼아 누구세요, 라고 물어보았다. 뜻밖에도 대답하는 목소리가 들려왔는데 뭐라고 하는지 잘 들리지 않았다. 그녀는 열쇠 구멍 쪽에 바짝 귀를 대고 누구시냐고 다시 한 번 물었다. 아주 가까운 곳에서 누군가 대답했다. 아래층이야 씨발 넌아.

수상작가 자선작

낙하하다

황정은

떨어지고 있다.

3년은 지났을 것이다. 검은 공간을 하염없이 떨어져 내릴 뿐이니 시간이 얼마나 흘렀는지는 알 수 없다. 3년은 지났을 것이다. 그렇게 생각하자고 생각해 두었다. 30년은 지났을 것이라고 생각하면 아득하다. 3일 정도 지났을 거라고 생각해도 아득하다. 3년은 지났을 것이다. 생각에 생각을 거듭한 끝에 그렇게 생각하기로 생각해 두었다. 3년째 떨어지고 있다.

어째서 떨어지고 있는지 모르겠다.

3년 전, 떨어지고 있네, 라고 생각하며 떨어지고 있는 자신을 깨달은 뒤로 계속 떨어지고 있다. 이따금 금빛으로 빛나는 검은 공간을 밑도 끝도 없이 떨어져 내린다. 떨어지고 떨어지길 거듭하다 보니 직선이라기보다는 곡선으로 떨어진다는 느낌이 들 때도 있다. 떨어지는 방향으로 발을 두고 배를 내민 자세로 떨어진다. 고개를 숙이고 발을 보려고 해도 잘 되지 않는다. 배와 가슴이 보이고 발은 저 멀리 아득하다. 떨어진다고는 해도 상당히 큰 원심력에 휘둘리며 결국은 둥근 원을 그리고 있는지도 모르겠다. 떨어지고 떨어지며 떨어지기 직전까지 무엇을 하고 있었는지 열심히 생각해 보았지만 아무래도 생각나지 않는다. 운 나쁘게 웜홀이라거나 무슨 차원의 터널에 빨려 들어 전혀 다른 공간으로 이동하는 중인지도 모르겠다. 이를테면 밟지 말아야 할 금을 밟았다거나 묘한 경계에 걸린 거미줄 같은 것에 머리가 걸려서 본래 내가 머물던 곳과는 우주적 의미의 거리가 있는 공간으로 이주해 가고 있는 중인지도 모르겠다. 떨어지기 직전의 기억 따위 이곳에 빨려 들 때의 충격으로 어디론가 떨어져 나갔을 것이다. 그것도 아니라면 이것은 결국 꿈일지도 모르겠다. 세상에서 가장 지루하게 이어지는 꿈을 꾸고 있는지도 모르겠다.

깨라.

깨라, 하며 떨어지고 있다.

죽었는지도 모르겠다고 생각할 때가 이따금 있다.

죽었을지도 모른다.

죽는 순간도 인식하지 못할 정도로 순식간에 죽어서 죽었는지 죽지 않았는지 확실하게 말할 수는 없는 상태로 이런 암흑 속을 떨어져 내리고 있지만 결국은 죽었는지도 모르겠다. 죽는 순간도 인식하지 못할 정도로 순식간에 죽었다면 그것은 좋은 죽음인 걸까. 죽음의 형태로 말하자면 행운이라고 말할 수 있을까. 호상이라고 말할 수

있을까. 장례식에 참석한 사람들은 내 죽음을 두고 호상 호상 호상
이라며 만족스러워했을까.

그런 광경을 생각하면 입맛이 달아난다. 달아나는 입맛이라도 느낄
수 있는 입이 여태 남았는지 어떤지도 모르겠으나 빈틈없이 달아난
다. 예컨대 이런 기억 덕분이다. 도무지 호상이라고 말할 수는 없을
것 같은 죽음을 두고 호상이라고 말하는 장례식에 다녀온 적 있었
다. 죽음을 맞은 사람은 수년간 손가락도 발가락도 움직일 수 없는
병에 시달리다가 6인용 병실에서 질식해 죽은 사람이었다. 장례식에
모인 사람들은 서로 눈치를 보며 그의 죽음을 두고 호상이라고 말
하고 있었다. 살아서 누린 나이 88세나 되었으므로 마땅히 호상이
라고 말하고 있었다. 죽어도 이상하지 않을 나이가 되어 죽었으므
로 호상이라면 호상의 의미란 결국 죽은 사람의 처지가 아니고 산
사람의 처지에서 정리되는 것인지도 모르겠다. 염을 할 때 보니 그
의 입이 크게 벌어져 있었다. 고독해 보였다. 더는 그 정도로 고독할
일 없으니 결국은 잘되었다고 말할 수 있을지도 모르겠다고 생각했
다. 호상이라고 말할 수 있을지도 모르겠다고 생각했다. 나로 말하
자면 줄기차게 호상을 소망했다. 잘 죽고 싶었다. 장래 희망이 무엇
이냐고 묻는 사람에게 잘 죽고 싶다고 대답한 적도 있었다. 장래 희
망이 죽는 것이냐고 되묻는 사람에게 죽고 싶은 것이 아니고 잘 죽
고 싶은 것이라고 설명했다. 잘 죽으려면 잘 살아야 한다고 생각했
다. 죽을 때만은 한도 여한도 없었으면 좋겠다고 생각했다. 여름엔
복숭아를 듬뿍 먹고 가을엔 사과를 양껏 먹을 수 있는 정도로 만족
하며 살다가 양지 바른 곳에서 죽고 싶다고 생각했다. 느닷없이 불
에 타거나 물에 쓸려 가거나 무너지는 건축물에 깔리는 일 없이, 조

금 더 바란다면 길고 고통스러운 병에 시달리지 않고 죽음을 맞았으면 좋겠다고 생각했다. 그렇게 말하자 대화를 나누던 사람들 가운데 하나가 내게 요즘처럼 사람의 죽음이 험한 세상에서 평생을 좋은 일을 하고 정갈하게 살아도 찾아올까 말까 한 지복을 바라는구나 너는, 하며 웃었다. 그 정도가 지복이라면 요즘의 인생이란 서글픈 것이로구나, 지나가듯 생각했다.

죽는 순간을 인식하지 못할 정도로 순식간에 죽었다면 바라던 죽음과는 좀 다른 형태로 죽음을 맞이했는지도 모르겠다.

결론적으로는 좋지 않은 죽음을 겪었는지도 모르겠다.

고통스러운 병에 시달리지 않고 순식간에 죽었다면 결국은 좋은 죽음을 겪었는지도 모르겠다.

좋거나 좋지 않거나 이미 죽었다.

나쁜 꿈일지도 모른다.

세계에서 가장 지루한 꿈을 꾸고 있다고 생각하다가도 역시 죽지 않았나, 생각할 때가 종종 있는 것이다.

떨어지고 있다.

어딘가에 부딪히는 일 없고 닿는 일도 없다. 소리도 기척도 없이 떨어지고 떨어진다. 이대로 계속 떨어지다 보면 언젠가는 바닥에든 무엇에든 충돌할 거라고 생각했지만 벌써 3년째나 떨어져 내리고 보니 조금 회의적이 되었다. 밑도 끝도 없다. 줄곧 떨어지다가 어디든 닿기 전에 결국 희미해질지도 모를 일이다. 공허한 마찰을 거듭하다가 나날나날해져 이윽고 사라져 버리는 순간이 올지도 모르겠다.

그렇게 생각하면 두렵다. 외롭고 두렵다. 세 개의 점이 하나의 직선 위에 있지 않고 면을 이루는 평면은 하나 존재하고 유일하다. 그런 것을 외운다. 세 개의 점이 하나의 직선 위에 있지 않고 면을 이루는 평면은 하나 존재하고 유일하다. 어째서 이런 것을 아직까지 기억해 두고 있는지 모르겠다. 세 개의 점이 하나의 직선 위에 있지 않고 면을 이루는 평면은 하나 존재하고 유일하다. 말하고 말해도 의미를 알 수 없다. 세 개의 점이 하나의 직선 위에 있지 않고 면을 이루는 평면은 하나 존재하고 유일하다. 이 문장은 어딘가 꼬였다. 미묘하게 꼬여서 애매하다. 어디가 애매할까 생각하면 역시 두 번이나 반복되는 하나라는 부분이 재수 없는 거라는 생각이 들다가도 평면은 결국 어디에, 라는 생각으로 아득해진다. 애매한 것을 외우다 보면 외로운 것도 애매해지지 않을까. 세 개의 점이 하나의 직선 위에 있지 않고 면을 이루는 평면은 하나 존재하고 유일하다. 애매한 것을 멍하게 외우며 떨어지는 모습이란 아름답지 않다. 아름답다거나 아름답지 않다거나 봐 줄 누군가도 없으므로 아름답지 않은 채로 떨어진다.

떨어지고 떨어진다. 소리도 없고 기척도 없다.

빗방울 같다.

야노 씨가 말해 주었다.

애초 빗방울이란 허공을 떨어져 내리고 있을 뿐이니 사람들이 빗소리라고 말하는 것은 사실 빗소리라기보다는 빗방울에 얻어맞은 물질의 소리라고 할 수 있지 않을까요. 아무런 물질에도 닿지 못하는 빗방울이란 하염없이 떨어져 내릴 뿐이라는 이야기였다. 생각해 보세요, 야노 씨는 말했다. 허공을 낙하하고 있을 뿐인 빗방울들을 생각해 보세요.

우주처럼 무한한 공간을 끝도 없이 낙하할 뿐인 빗방울을.

그 이야기를 들은 밤엔 무서웠다. 술집에서 고기구이에 맥주에 야노 씨를 앞에 두고 이야기를 들을 때에는 그렇구나, 생각했는데 집으로 돌아와 씻고 잠자리에 들어서도 생각을 멈출 수 없었다. 불을 끄고 나면 아무런 빛도 들지 않는 깊은 방에 누워서 위쪽의 어둠을 올려다보았다. 빗방울이 떨어져 내렸다. 우주처럼 무한한 공간을 야노 씨의 목소리처럼 부드럽게 떨어져 내렸다. 다만 떨어져 내렸다. 아무런 소리도 없이 아무 곳에도 닿지 못하고 떨어져 내릴 뿐이었다. 얼핏 잠들었다가 짧은 낙하를 감각하고 놀라서 깬 뒤로는 더욱 사로잡힌 채로 눈을 뜨고 누워 있었다. 하지만 야노 씨 우주 같은 공간이라면 중력이랄 것도 없으므로 물방울은 물방울로 떠돌아다닐 뿐 빗방울이 되어 어디론가 떨어지는 일은 없지 않을까요. 나름대로 열심히 생각해서 반박해 보기도 했으나 마찬가지로 무서웠다. 끝도 없다는 부분이 아무래도 무서웠다. 그즈음에 읽은 어떤 이야기와 닮았다고 생각했다. 이런 이야기였다. 늙은 남자가 있었다.

늙은 남자가 방에 있었다.

그 방에 하나뿐인 의자에 늙은 남자는 앉아 있었다. 바닥과 벽과 천장이 널빤지로 덮여 궤짝 같은 모양을 띤 방이었다. 난로가 있고 탁자가 있고 개수대가 있다. 개수대는 벽돌 더미에 시멘트를 두껍게 발라 만들어졌다. 그렇게 만들어졌을 거라고 늙은 남자는 생각한다. 이 시멘트 개수대엔 개수 구멍이 없어서 그는 이따금 개수대 앞까시 걸어가서 구멍이 있을 만한 곳을 물끄러미 들여다보다가 의자로 돌아온다. 늙은 남자는 방을 둘러보며 생각에 잠긴다. 얼룩이 묻고 역청 냄새가 밴 벽엔 못이 박혀 있다. 철사를 꼬아 만든 옷걸이가 그 못에 걸려 있고 옷걸이엔 양복저고리가 걸려 있다. 난로는 싸늘하게 식었고 탁자엔 손잡이 달린 양철 컵이 놓여 있다. 늙은 남자는 컵을 집어 안을 들여다본다. 컵 바닥엔 물이나 기타 맑은 음료의 흔적이 남아 있다. 늙은 남자는 탁자에 컵을 내려놓는다. 벽에 걸린 양복저고리를 바라본다. 그는 오후에 그것을 입고 외출할 것이다. 늙은 남자는 의자에서 일어나 양복저고리 앞으로 걸어간다. 저고리 주머니에서 무게감 있는 작은 브러시를 꺼내 옷감의 결을 살피며 저고리를 빗는다. 단추에 달라붙은 먼지까지 꼼꼼하게 빗어 내고 그는 브러시를 도로 주머니에 넣어 둔다. 의자로 돌아온다. 의자에 앉는다. 개수대를 바라본다. 개수대 위쪽으로 벽에서 돌출된 수도꼭지가 있다. 수도꼭지를 비틀면 물이 흘러내린다. 물은 개수대에 잠시 고였다가 구멍을 통해 빠져나가야 한다. 그런데 구멍이 없다.

저 개수대엔 개수 구멍이 없다.

그게 그를 괴롭히고 고민하게 만든다. 이 방의 다른 것은 문제없다. 얼핏 텅 빈 듯 황량해 보이지만 사물들을 만져 보면 디테일이 또렷하고 충실하다. 꿈일 리 없다. 그런데 개수대 한 가지로 이 방은 옳지 않고 이상해졌다. 저게 뭘까. 저런 것을 누가 만들었을까. 나는 이 방에 세를 지불하며 살고 있는데 저런 것을 만들어 두고 방 자체를 아주 이상하게 만들어 버린 사람들은 잘 살아가고 있을까. 자기들이 만들어 낸 저 망측한 구조물에 관해 이야기하는 일도 있을까. 어찌됐건 늙은 남자는 생각한다. 오후엔 이 방을 나갈 것이다. 오래

36

전부터 그렇게 생각해 왔다. 그는 그 방에서 오후를 기다린다. 난로가 있고 탁자가 있고 개수 구멍 없는 개수대가 있는 방에서 생각을 거듭하며 기다린다. 이따금 개수대로 다가가 구멍의 자취를 찾는다. 근심스러운 얼굴을 하고 의자로 돌아온다. 오후를 기다린다.

그런 이야기였다.

오후를 그토록 기다리는데 어디에도 그 방에 문이 달렸다는 문장이 없어서 어떻게 되려나, 생각했다. 개수 구멍도 없고 문도 없고 아마도 시계도 없는 듯한 옳지 않고 이상한 방에서, 그는 나올 수 있을까. 오후가 되어도 오후가 되었다는 것을 어떻게 알아챌까. 오후는 이미 그 방의 바깥에서 수천 번 수만 번은 왔다가 가 버리지 않았을까. 수천 번 수만 번은 왔다가 가 버린 뒤라서 더는 오지 않는 게 아닐까. 바깥엔 무엇이 있을까. 개수 구멍도 없고 문도 없고 더는 오후도 찾아오지 않는 방의 바깥엔 무엇이 있을까. 아무도 아무것도 세계랄 것도 없는 진공이나 아닐까. 그런 진공에 갇힌 방은 어떨까. 그건 지옥일지도 모르겠다고 생각했다. 끝이 없다. 끝나지 않는다. 우주처럼 무한한 공간을 낙하할 뿐인 빗방울이나 마찬가지로 지옥적이라고 생각했다.

지옥일지도 모르겠다.

지옥에 떨어졌는지도 모르겠다.

떨어지는 중일지도 모르고 이미 떨어졌는지도 모르겠다. 이렇게 떨어지고 있는 것 자체로 이미 지옥에 당도했는지도 모른다. 지옥에 당도하고 말 정도로 나쁜 짓을 했나. 열심히 생각해 보아도 모르겠다. 소소하게 나빴던 적은 있었으나 그 정도로 지옥에 떨어지고 만다면 누구나 지옥에 떨어지지 않을까 생각하며 떨어진다. 아무리 둘러봐도 혼자서 떨어지고 있다. 뭔가 나만 할 수 있는 나쁜 짓을 했는지도 모른다. 하고도 기억조차 해 두지 않았으니 그런 면에서 나빴는지도 모르겠다. 복숭아나 사과를 너무 먹었던 것이 결정적으로 나빴는지도 모른다. 떨어지고 있다. 지옥일까. 이런 것은 지옥일까. 지옥이라는 건 없다고 생각하면서도 있다고 생각한다. 있다. 없다. 있으나 없으나 개인적으로는 이미 지옥이라고 여겨지는 곳을 떨어져 내리고 있다. 아무도 아무것도 없으니 세계랄 것도 아닌 세계를 아무에게도 아무 곳에도 닿지 못하고 떨어져 내린다. 떨어지고 떨어지고 떨어진다.

지옥에 관해서라면 아주 어렸을 때부터 들어 왔다. 일요일 아침마다 전도사가 데리러 왔다. 양복을 입은 그는 교회에 가지 않겠다고 버티는 나를 신의 눈길로 쏘아보았다. 스스로 신의 눈길이라고 믿는 인간의 눈길로 쏘아보았다. 어디까지나 편협한 인간의 눈길로 쏘아보았다. 편협하기로 말하자면 결국은 신의 눈길이라고 해도 좋을까. 그는 내게 불신과 악덕의 결과로 도래하는 지옥에 관해 설명했다. 타오르는 불길과 그 불길 속에서 고통을 당하는 인간의 몸들이라는 색감과 정황에 관한 묘사를 들으며 어딘지 촌스럽다고 생각했다. 지옥이란 그렇게 단순하게 스펙터클하거나 요란한 곳이 아닐 수도 있다고 생각했다. 지옥이란 생전에 자신이 가장 무섭다고 생각했던 것으로 이루어진 세계일지도 모른다. 각자가 무서워서 사로잡힌 어떤 것들로 넘쳐나는 세계일지도 모른다. 어떤 사람에게는 돈 어떤 사람에게는 미친 엄마 어떤 사람에게는 굶주림 어떤 사람에게는 침묵 어떤 사람에게는 돼지들 어떤 사람에게는 방법도 없이 견뎌야 하는 추위 어떤 사람에게는 사이렌 어떤 사람에게는 계란 속의 뼈 어떤 사람에게는 편협한 전도사의 눈길에 구현된 신의 눈. 이런 것들이라면 반드시 죽은 뒤 도래하는 것만은 아닐 수도 있나. 어느 것이든 밑도 없는 시작으로 끝도 없다. 내게는 야노 씨의 빗방울의 세계쯤 될까.

야노 씨와는 봄부터 가을까지 만났다. 봄부터 가을까지 빠짐없이 만났다. 야노 씨는 은백색 테에 둥글고 맑은 유리를 끼워 넣은 안경을 끼고 타박타박 걸어 다녔다. 다도를 배운 듯 단정한 자세로 앉는 사람이었다. 어느 날 가치관이 맞지 않네요, 라는 말을 듣고 헤어졌다. 어떤 면에서 가치관이 맞지 않는다는 것인지 자세한 내용도 듣지 못했다. 가치관이 맞지 않으면 안 되는 것인가요, 묻고 싶은 것도 묻지 못하고 헤어졌다. 마시던 차를 다 마시고 찻집 앞에서 조심해 가세요, 인사했다. 그 뒤로 어떻게 살고 있는지 소식조차 들은 적 없다. 어떤 면에서 가치관이 맞지 않았는지는 지금도 모르겠다. 그런 걸 아무리 생각해도 모를 정도로 섬세하지 못했기 때문에 헤어졌는지도 모르겠다.

야노 씨는 잘 있을까.

잘 살아 있거나 잘 죽었을까.

살아 있다면 다도를 가르치듯 단정한 자세로 앉아서 우리는 역시 가치관이 맞지 않네요, 라고 누군가에게 말하거나 하고 있을까. 야노 씨.

보고 싶어요.

나 벌어지고 있어요.

무척 쓸쓸하답니다.

세 개의 점이 하나의 직선 위에 있지 않고 면을 이루는 평면은 하나 존재하고 유일하다. 세 개의 점이 하나의 직선 위에 있지 않고 면을 이루는 평면은 하나 존재하고 유일하다고 거듭 말하다 보면 얼굴이 완고해진다. 거울을 볼 수 없으니 실제로 완고해졌는지는 확인할 수 없어도 느낌으로는 상당한 부분 완고해진다. 완고한 얼굴을 하고 떨어져 내린다. 세 개의 점이 하나의 직선 위에 있지 않고 면을 이루는 평면은 하나 존재하고 유일하다. 쓸쓸하고 떨어지고 떨어지고 쓸쓸하고 떨어지고 도무지 견디기 어렵다. 이따금 구른다. 다리를 껴안고 머리를 숙이면 머리와 어깨가 반원을 그리며 아래쪽으로 떨어진다. 머리의 무게를 이용해 순식간에 제자리로 돌아온다. 얼마든지 구를 수 있다. 한 번 구른 뒤 구르도록 내버려 두면 한없이 구른다. 데굴데굴 구르며 떨어진다. 차라리 떠오르고 있다는 느낌이 들 때도 있다. 어쩌면 떨어지는 것이 아니고 상승하고 있는지도 모르겠다. 정말은 상승하는 것인데 몸이 몇 차례 뒤집혀 아래위를 분간하지 못하게 된 것인지도 모른다. 상승하고 있다.
떨어지고 있다.
떨어지든 떠오르든 마지막엔 어딘가에 닿지 않을까. 올바르게 떨어지다 보면 마지막엔 무언가에 닿지 않을까. 무언가에 닿도록 올바르게 떨어지자고 생각하며 데굴데굴 구른다. 세 개의 점이 하나의 직선 위에 있지 않고 면을 이루는 평면은 하나 존재하고 유일하다. 완고한 얼굴로 떨어진다.

아마도 이런 얼굴일 것이다. 입을 꼭 다문 얼굴, 말이 졸아붙은 듯한 얼굴, 더는 꿈꾸지 않는 듯하고 실제로 꿈꾸는 데 익숙하지 않은 얼굴, 더는 꿈꾸지 않아 나도 보지 않고 남도 보지 않는 얼굴. 전철역에서 그런 얼굴을 목격한 적 있었다. 겨울 아침이었다. 전날 내린 눈으로 길은 질퍽했고 그날도 흐렸다. 오래전인 데다 3년이나 떨어져 내린 시점에 돌이키는 기억이니 날씨 정도는 사실과 다를 수도 있겠다. 따뜻하고 가볍고 부드러운 외투를 입고 걷고 있었으니 겨울은 틀림없을 것이다. 가볍고 부드러운 외투 덕분에 조금 열려 있구나 생각하며 기분 좋게 걷고 있었다. 역으로 연결된 지하상가로 내려갔을 때 그녀가 다가왔다. 아주머니, 그녀는 녹색 털실로 뜬 가방을 메고 있었다. 가방 아래쪽으로 뜨개질할 때 사용하는 대나무 바늘이 뾰족하게 돌출되어 있었다. 아주머니는 매우 완고해 보이는 얼굴로 내게 7번 출구의 방향을 물었다. 따뜻하고 가볍고 부드러운 외투 덕분에 평소보다 조금 열려 있었던 나는 내 멋대로 웃으며 아주머니의 질문을 듣고 내가 아는 바대로 방향을 설명했다. 아주머니는 무뚝뚝하게 듣고 있다가 어디라고요, 한 번 더 물었다. 아주머니는 내가 한 번 더 설명하는 방향을 향해 머뭇거리며 서 있다가 문득 울 듯한 얼굴을 하고 내 팔을 잡았다. 아가씨, 하며 조그맣게 말해서 잘 알아들을 수 없는 말을 몇 마디 했는데 그 가운데 마지막 말이 이것이었다.

친절하게 대답해 줘서 고마워요.

외로웠을까.

아주머니도 쓸쓸했을까.

평소엔 친절하게 대답해 주는 사람도 별로 없어 쓸쓸하게 살고 있었을까. 세 개의 점이 하나의 직선 위에 있지 않고 면을 이루는 평면은 하나 존재하고 유일하다, 혼자서 그런 것을 외운 적 있었을까. 세 개의 점이 하나의 직선 위에 있지 않고 면을 이루는 평면은 하나 존재하고 유일하다, 얼굴이 완고해질 때까지 외운 적이 있었을까. 완고한 얼굴이 되어 버릴 때까지 외우고 외운 적이 있었을까. 그러므로 지금쯤 어디선가 떨어져 내리고 있지는 않을까. 아주머니만의 지옥에서, 하나도 만족스럽지 않은 상태로, 혼자서 떨어지고 있지는 않을까.

다름 아니라 나였을지도 모르겠다.

나는 아주머니였을지도 모르겠다.

3년이나 떨어져 내리는 동안 기억을 뒤집고 뒤집고 뒤집어 질문과 대답의 위치를 혼자서 바꿔 놓았는지도 모르겠다. 바꿔 놓은 것을 사실이라고 기억해 두고 있는지도 모르겠다. 전철역에서 7번 출구를 찾지 못해 부드럽고 따뜻해 보이는 빨간 외투를 입은 아가씨에게 방향을 물은 아주머니란 내 쪽이었을지도 모르겠다. 뜻밖의 환대를 겪고 마음이 갈라져 난생처음 본 사람의 팔을 쓸어 보다가 7번 출구를 향해 허겁지겁 걸어간 사람은 나였을지도 모르겠다. 다른 사람이 아니고 나였을지도 모르겠다. 나는 대나무 바늘을 담은 가방을 메고 다니지 않았을까. 걸을 때는 어깨를 조금도 움직이지 않는 걸음걸이로 걷고 더도 말고 덜도 말고 입술의 형태로만 입술을 그리는 화장 습관을 가지고 있지 않았을까. 낮에는 서랍 냄새가 밴 옷을 입고 외출했다가 저녁엔 누구도 친절하게 대해 주는 사람 없는 집으로 돌아가고는 하지 않았을까. 매일 밤 딱딱한 오른쪽 어깨를 누르지 않도록 왼쪽으로 돌아누워서 세 개의 점이 하나의 직선 위에 있지 않고 면을 이루는 평면은 하나 존재하고 유일하다, 무심하게 거듭 생각하다가 잠들곤 하지 않았을까. 아무도 이야기를 들어 주지 않고 아무의 이야기를 들을 마음도 없어서 점차로 완고해지는 얼굴, 듣는 법도 잊고 말하는 법도 잊어서 한 이야기를 똑같은 문장으로 하고 또 하고 또 하는 아주머니. 그건 나였을지도 모르겠다.
다름 아닌 나였을지도 모르겠다.
친절하게 대답해 줘서 고마워요.

어쩐지 조그만 느낌이 든다.
끝도 보이지 않는 허공을 떨어지고 있으려니 그런 느낌이 든다. 실제로는 조그맣지 않더라도 끝도 보이지 않을 정도의 허공에 비하면 나는 역시 조그맣다. 원자쯤일지도 모르겠다. 양자쯤일지도 모르겠다. 원자가 작을까 양자가 작을까. 원자와 양자는 작다는 것으로 서로 비교할 수 있는 물질들일까. 어떤가요, 물어도 대답할 사람이 없다. 우주적으로 조그맣지 뭐, 라고 우긴다 해도 뭐라고 할 누군가가 없다. 원자 양자 원자 양자적으로 나는 조그맣다. 조그만 것으로 떨어져 내린다. 어쩌면 이 조그만 것 옆으로 다른 조그만 것이 떨어져 내리고 있을지도 모르겠다. 함께 떨어져 내리고 있을지도 모르겠다. 양자적으로 조그만 몸의 감각으로는 옆이라는 것도 지나치게 멀어서 함께 떨어져 내리고 있는데도 감각하지 못하는 것일 수도 있겠다. 어쩌요 어쩌요 너는 여기서 떨어지고 있어요 서기는 괜찮은가요 괜찮게 떨어지고 있나요.
외롭지 않나요.

이것뿐이다.
스스로의 목소리뿐이다.
어디에도 부딪히지 못하고 메아리로 돌아오지도 않는 독백뿐이다.
혼자서 말하고 있다. 빗방울 같다. 야노 씨의 빗방울처럼 고요하다.
우주처럼 무한한 공간을 끝도 없이 낙하하고 있다. 이것저것 기억을 뒤집고 뒤집는다. 3년째 3년을 세며 인간의 지복(至福)을 생각한다. 그 밖에 떨어진다. 세 개의 점이 하나의 직선 위에 있지 않고 면을 이루는 평면은 하나 존재하고 유일하다.

외롭고 두려운 것도 관성이 되었다.
관성적으로 외롭고 두렵다.
외롭고 두렵고 무엇보다도 지루하다.
떨어지고 떨어지고 떨어진다.
어딘든 충돌했으면 좋겠다고 생각한다. 3년째 떨어지고 있으니 슬슬 어딘가 충돌해도 좋을 것이다. 부서지더라도 충돌하는 것이 좋을 것이다. 마지막 순간엔 뭘 할까 뭐라고 말할까 고마워요 정도면 친절할까. 친절하게 충돌해 주어서 고마워요. 아무에게도 아무 곳에도 닿지 못하고 떨어져 내린다. 언젠가는 어딘가에 닿을 것이라 희망을 품었다가도 이렇게 떨어져서야 가망이 없다는 낙담뿐이다. 누가 누가 누가 없어요 나와 나와 나와 충돌해 줘.

떨어지고 떨어지고 떨어지지만 확실히 떨어진다고 말할 수도 없다. 떨어지는 중에 아래 위가 뒤집혀 본래는 위쪽인 것을 아래쪽이라고 생각하게 된 것인지도 모른다. 올라가고 있는지도 모른다. 상승하고 있는지도 모른다. 상승 상승 이거 봐 거듭 말하자 속도가 빨라진 듯한 느낌이 든다. 낙하 낙하 낙하보다는 빠른 속도로 떠오른다. 점점 더 빠르게 떠오른다.

빨라지고 빨라져서 빠르고 빠르고 빠르게.

조금도 빨라지지 않았다. 좀 전과 같은 속도로 떨어진다.

3년 전과 같은 속도로 떨어진다.

농담이 아니다.

떨어지고 있다.

상승하고 있다.

추천 우수작

이상한 정열

기
준
영

2009년 단편 소설 〈제니〉로 문학동네 신인상을 받으며 등단했다. 2011년 장편 소설 《와일드 펀치》로 제5회 창비장편소설상을 수상했고, 2014년 제5회 젊은작가상을 수상했다. 장편 소설 《와일드 펀치》와 소설집 《연애소설》이 있다.

그녀에게 그는 스물일곱 생일에 소개받아 7개월을 사귄 남자였다. 서른 살 그 남자는 이름이 무헌이었다. 그는 때로 아무 데서나 연인을 치켜세우며 자랑스러워했다. 있지, 넌 뭔가 신이 나서 말할 때 열 살은 어려 보여. 그때 네 눈은 반짝 빛이 나. 많이 먹어. 살 빼지 마. 그대로가 좋아. 주황색이 잘 어울려. 긴 머리칼 자르지 마. 샴푸도 채소도 내가 사 주는 유기농 제품만 써. 내 예쁜 별님.

그녀의 본명은 말희였다. 어떤 여자들이 옷장 저 깊숙한 데다 한두 벌쯤 처박아 둔 유행 지난 주름치마 같은 이름. 물론 정감 어린 데가 없진 않았지만 그녀는 자기 이름을 소개해야 하는 자리에서 '말희' 대신 '마리'라고 흘려 쓰거나 말하곤 했다.

무헌은 크리스마스를 어떻게 보낼 것인지에 대해 초가을부터 떠들어 대기 시작했다. 말희는 좀처럼 입을 다물 줄 모르고 떠벌리며 들떠 있는 그가 신기해서 때로 손뼉을 쳐 가면서 화답해 줬다. 그래, 그래, 그게 좋겠다. 그래, 그것도 좋겠다. 그는 일관되게 서툴렀다.

그와 키스하던 때마다 말희는 그와 자도 좋겠다는 생각을 했지만 그는 그녀에게 자자고 하지 않았다. "지켜 줄게" 했다. 그와 함께 있을 때 그녀는 때로 불타올랐다가 얼음 창고에 갇히곤 하는 벌 받은 인형 같았다.

그러다 그들은 그해 크리스마스를 함께 보내지 못하고 관계를 정리하게 된다. 늦가을 무렵이었다. 누구의 잘못이라고 꼭 집어 말할 필요가 있는가 모르겠지만 굳이 말하자면 내 탓이었다고 생각한다, 라고 말희는 친구에게 털어놓은 적이 있다. 4월부터 9월까지 그녀는 그와 이것저것 함께했지만, 10월 중순으로 접어들자 만사에 시들해져서 맥없는 시선으로 그를 바라봤다. 11월이 되자 혼자 시간을 갖겠다며 화를 냈고, 간혹 슬픈 표정으로 자기를 가만히 내버려 두라고 호소했다. 그는 그녀와 아직 해 보지 못한 일들이 얼마나 많은지, 또 앞으로 어떻게 하면 그녀가 그를 다시 받아 줄 수 있을지 묻고 되뇌며 괴로워했다. 그녀는 세련되고 성숙한 이별의 방식에 관한 책들을 서너 권 찾아 읽었지만 실전에서는 아무짝에도 쓸모가 없었다. 그래서 최대한 비겁하게 행동하기로 했다. 전화를 받지 않았고, 어쩌다 연락이 닿게 되면 새로 만나는 사람이 있는 것처럼 꾸며 댔다. 그 무렵 무헌은 프랑크푸르트 지사로 발령이 나 있었다. 최소한 1년 반 정도 해외로 나가 있게 된 마당에 결혼 계획을 꺼내 놓지 않아서 그녀가 마음을 정리한 것 아닌가 지레짐작하여 다급히 청혼을 해 그녀 마음을 돌려 보려고 했지만, 그녀는 냉담했다.

이듬해 무헌은 직속 상사와 몇 차례 불화를 겪으면서 탈모가 진행됐다. 머리털이 일찌감치 하얗게 세기 시작한 건 어쩔 수 없다고 받아들였지만 머리가 벗어지기까지 하는 데는 초연하기 힘들었다. 식이 요법, 두피 마사지, 바르는 약과 먹는 약을 가리지 않았으나 효과를 보지는 못했다. 그는 스스로 인내심이 많은 편이라고 생각해 왔지만 그게 꼭 좋은 것만은 아니라고 반추하기도 했고, 예고 없이 일어난 사사로운 일들에 과민해지며 괴팍하게 굴었다. 현지에 남을 것인지 한국으로 돌아갈 것인지를 고민해야 하는 시점이 왔을 때 그는 한국으로 돌아가 다른 일을 시작하는 것으로 마음을 정했다. 그리고 귀국하는 비행기에서 우연히 재회한 대학 동창과 2년을 사귀다 결혼했다.

결혼 5년 차에 접어들면서, 무헌은 아담한 전원주택을 지었다. 좋은 시절이었다, 라고 그의 아내는 회고했다. 그가 다니던 바이오 산업체에서는 친환경 농법으로 재배한 약초에서 추출한 성분으로 찜질 팩과 한방 화장품을 개발하여 매출 기록을 갱신했고, 그가 사 놓은 땅은 도로 개발로 값이 뛰었다. 무헌의 형은 그즈음 원목 수입과 인테리어 사업에 손대고 있던 친구와 어울려 다녔는데, 형의 친구가 무헌이 집을 짓는 데 이런저런 조언과 도움을 주었다. 지금은 폐간된 《행복을 부르는 집》이라는 월간지에는 무헌의 이 전원주택이 사진과 함께 소개되기도 했다. 그때 집 안 이곳저곳에 카메라를 들이대던 사진 기자는 안방 벽에 걸어 놓은 커다란 결혼사진 속에서 웨딩드레스를 입은 신부의 배가 불룩한 것을 보았다. 무헌은 신부의 배 속에 그때 이미 6개월 된 아기가 있었다고 기자에게 이야기해 주었다. 아기의 태명은 별님이었다. 무헌의 아버지가 곧 태어날 손녀를 위해 '현서'라는 이름을 지어 주었으나, 부부는 딸아이가 여섯 살이 되기까지 현서보다는 별님이라는 애칭으로 부르기를 즐겼다.

현서는 어릴 적에는 얌전하고 총명해서 부모의 행복이었다가 사춘기에 접어들자 공부에 별 뜻이 없는 사고뭉치로 변하면서 골칫거리가 되어 갔다. 공부가 아니면 다른 재능이라도 키워 주겠다며 이것저것 레슨을 받게 했는데, 간신히 첼로에 재미를 붙이는가 싶더니 이내 싫증을 냈다. 늘지 않는 실력을 툭하면 악기나 선생 탓으로 돌리며 자기 미래를 한탄했다. 대한민국에서는 숨이 막혀서 있기 싫다면서 뉴욕에 있는 막내 이모한테나 가서 살려고 하니 보내 달라고 떼를 쓰는가 하면, 아빠는 젊었을 때 왜 프랑크푸르트에, 아니면 파리나 밀라노 같은 데 정착하지 못했는지 따져 물었다. 자신이 진득하지 못한 것이 제 탓만은 아닌 것 같다고도 했다. 그럴 때마다 무헌의 아내는 네 이모도 타국에서 힘들게 공부하고 있는 것이다, 세상에 만만한 일이 하나라도 있는 줄 아느냐 하며 혼쭐을 내기도 하고, 비행기에서 운명의 상대를 만난 부부의 영화 같은 재회를 읊어 대기도, 오래된 잡지를 펼쳐 보이며 집을 꾸미면서 품었던 꿈을 이야기해 보기도 했다. 현서는 알아듣는 것처럼 잠잠해졌다가도 심사가 꼬이면 소리를 지르며 스트레스를 해소하거나 방 안에 틀어박혀 음악을 크게 틀어 놓고 입을 꾹 다물어 버리는 방법으로 부모의 복장을 터지게 했다.
　현서가 열여섯 살 되던 해 여름날에 무헌의 아버지가 뇌출혈로 쓰러졌다. 무헌의 형은 벌여 놓은 사업이 수습되지 않자 여기저기 돈을 융통하러 다니며 수시로 혈압을 체크했다. 여동생은 그해 겨울 아버지 장례식에나 얼굴을 들이밀었는데, 비쩍 마르고 퀭한 눈으로 그에게 이렇게 내뱉 조언해 주었다. 현서를 그냥 빛 날 내보내 보시 그래, 실제로 겪어 보면 아이 생각이 달라질 수도 있어. 여동생은 친구들 두 명과 출자해 가게를 하나 낼 생각으로 이것저것 알아보고 있는데 세상에 믿을 놈이 별로 없다고 했다. 장례식을 치르고 한 달 후, 무헌은 이혼을 했다. 현서는 제 엄마가 키우기로 했다.

　무헌은 진돗개 새끼 한 마리를 분양받았다. 오랜만에 만난 고등학교 시절의 친구가 개보다는 낚시에 취미를 붙여 보는 편이 어떻겠느냐고 하면서 커다란 참돔을 잡아 올린 자기 사진을 스마트폰에서 찾아 보여 주었다. 친구는 대구에 있는 무역 회사에 다니고 있었는데, 일이 있어서 서울에 올라왔다가 재미있는 모임에 참석하게 됐다면서 거기서 만난 부부가 마련한 저녁 식사 자리에 동석하지 않겠느냐고 물었다. 무헌은 사람 두루 알고 지내서 나쁠 것 없다는 비즈니스 차원에서가 아니라 혼자 저녁을 먹는 일이 번거로웠는데 잘되었다 싶은 생각에 친구를 따라나섰다. 그리고 거기서 말희를 만났다. 말희는 무릎까지 오는 회색 치마를 입고 그 집의 주방 한쪽에 앉아 있었다.
　"어머, 이게 누구야?"
　그녀가 먼저 말을 걸었다. 그래서 무헌은 그녀를 알아봤다.
　"아, 너 여기서 뭐 해?"
　그도 마치 어제 만났다 헤어진 사람처럼 그녀에게 되물었다. 그녀는 홀쭉하니 말랐고 머리칼도 머리통에 착 붙을 만큼 짧았다. 목소리는 약간 허스키해진 것 같았다. 회색 치마 위에는 하얀 앞치마를 둘렀다. 손가락은 여전히 가늘고 길었으나 마디에 굵은 주름이 졌고 피부는 윤기가 없이 거칠어 보였다.
　"남편은 어디 있어?"

"여기 없어."

"이 집 식구 아니야?"

"아니야."

무헌은 그럼 왜 여기서 앞치마를 두르고 있는가 묻고 싶었지만, 그때 안주인이 주방으로 들어와 말희에게 음식이 식지 않도록 주의하라고 시켰기 때문에 질문할 기회를 놓쳤다. 안주인은 무헌에게 왜 주방에서 서성대고 있는지, 혹시 뭘 찾는 건 아닌지 물었다. 그는 다 괜찮다고 하면서 테이블 위에 있던 음료수를 들어 한 모금 마셨다. 안주인이 거실로 나가자 그도 따라나서려 했다. 말희가 그때 테이블보에 가려져 있던 다리 한쪽을 드러내며 일어섰다. 다리에 세로로 길게 흉이 져 있었다.

"다쳤나 봐."

그가 중얼거렸다.

"꽤 됐어, 뭐."

말희가 짧게 대꾸하면서 뒤돌아섰다.

무헌은 거실로 나와서 사람들 속에 다시 섞였다. 치과 의사, 섬유 산업 종사자, 변호사, 수입 차 세일즈맨, 작가가 동석한 자리였다. 어느 대학의 경영자 과정에서 만난 사람들이라 했다. 작가는 지난달에 두 번 거기서 특강을 한 적 있는, 베스트셀러《낙원의 저편》의 저자라고 전해 들었다. 무헌의 친구는 안주인이 자리를 잠시 떴을 때 무헌의 귀에 대고 안주인이 보기와는 다르게 남편보다 다섯 살 연상이라고 넌지시 일러줬다. 그녀가 이번 모임을 이 집에서 갖자고 했단다. 아주 샤프한 여자야. 친구가 말했다. 무헌은 중간에 잠깐 진돗개 이야기로 주목을 끌었으나 곧 사람들에게 잊혔다. 누언이 나시 주방 쪽으로 걸어 들어갔을 때 그에게 신경을 쓰는 사람은 아무도 없었다. 그는 말희에게 다가갔다. 그녀는 냉장고에 기대선 채 앞치마 어깨끈을 매만졌다.

"애는?"

그가 물었다.

"하나 있어."

그녀가 대답했다.

"너는?"

그녀가 물었다.

"난 혼자야."

그가 대답했다.

무헌은 이튿날 병가를 내고 쉬었다. 열이 나고 목구멍이 뜨거웠지만 한 시간 정도는 개를 데리고 산책했다. 횡단보도에서 누군가 그에게 개가 크면 팔 거냐고 물었다. 그는 마당이 넓은 집으로 이사를 갈 것이라고 대답했다. 그러려면 집이 팔려야 될 텐데 하고 생각하면서 집으로 돌아왔다. 전원주택 주변의 전원은 사라진 지 오래고, 집은 낡았으며 혼자 살기에는 휑하니 넓었다. 그는 진돗개의 발을 닦고 그릇에 물을 채워 준 뒤 작은방에 들여 넣었다. 그리고 자기는 바나나를 잘라 넣은 시리얼에 우유를 부어 숟가락으로 떠먹으며 전원을 켜지 않은 채로 캄캄한 텔레비전 모니터를 쳐다보았다. 잠깐 눈을 붙였다가 일어나서 진돗개에게 사료를 주었고, 자기도 해열제를 먹고 잠자리에 들었다.

다음 날 아침에 그는 실내화에 두 발을 꿰며 몸이 가벼워진 것을 느꼈다. 체중을 재 보았더니 하루 사이에 3킬로그램이나 줄어 있었다. 거울 앞에 섰다. 약간 구부정했던 자세가 펴지면서 키가 조금 커진 듯했고, 벗어진 정수리 부분에 검은 잔털들이 솟아나고 있는 것처럼 보였다. 이마를 만져 보았다. 열은 그대로였다. 그는 회사로 나가서 휴가 신청서를 써 냈다.

"세상에, 무슨 일이 있었던 거야?"

화장실에서 마주친 다른 부서의 동료 하나가 그를 아래위로 훑어보면서 말했다.

"내 눈을 못 믿겠어. 뭘 한 거야?"

무헌은 어깨를 펴고 미소를 지어 보였다. 동료가 그의 등허리를 살짝 어루만지면서 말했다.

"너 너무 무리했어. 몰골이 이게 뭐야. 좀 쉬어 가는 것도 필요해."

무헌은 안 그래도 휴가를 신청했다고, 열흘간 쉴 것이라고 대답했다.

"어떡하냐."

동료는 회사 분위기가 요즘처럼 침체되고 동종 산업이 모두 악재를 타고 있는 때 휴가가 떨어졌다는 건 다음에는 목이 떨어질 신호라고 했다.

"이런 말, 우리 사이엔 할 수 있는 거잖아. 쉬쉬할 일만은 아니잖아. 하지만 인간적으로다가……"

청소부 아주머니가 들어와서 그들 발밑을 걸레질하려 했으므로 그들은 입을 다물고 잰걸음으로 비켜섰다. 무헌의 동료는 화장실 문을 열고 나갔다. 무헌은 거울 앞에서 잠시 더 어정거리며 자기 모습을 살펴봤다. 몸매가 호리오리해 보이는 게 괜찮았나. 수척해졌나는 동료의 표현은 잘못됐다. 그는 화장실 밖으로 나가서 동료에게 너무 컴퓨터만 들여다보지 말라고, 눈을 혹사시키면 나중에 고생한 다고 톤을 높여 말했다. 동료는 그를 힐끔 쳐다보더니 별다른 대꾸 없이 발걸음을 재촉해서 사무실로 들어갔다.

그는 회사에서 나와 곧장 집으로 돌아왔다. 그리고 지난 모임에서 건네받은 치과 의사의 명함을 찾아내 전화를 걸었다. 간호사가 오후 4시에 환자 하나가 예약을 취소해서 검진 정도면 받을 수 있겠다며 친절하게 찾아오는 길을 알려 주었다. 그는 자꾸 따라나서려는 개와 실랑이를 벌이다가 결국 개를 차 뒷자리에 태우고 논현동에 있는 치과로 향했다.

그는 개를 데리고 병원에 들어섰다. 간호사가 개는 들일 수 없다고 정색하며 주의를 주어서 되돌아갈까도 싶었지만, 의사가 나와서 알은체를 하자 간단히 문제가 수습되었다. 그는 가지고 온 입마개를 개의 주둥이에 채운 뒤 검진대에 올랐다. 그가 누워 있는 동안 다른 간호사 한 명이 개의 목줄을 잡고 그 옆에 서 있었다. 의사는 그의 입속을 이쪽저쪽 면밀히 들여다보았고, 여기저기 건드려 보면서 아프거나 시리지 않은지 물었다. 그는 검진을 마친 뒤 입안을 헹구어 내고서 될 수 있는 한 자신의 말이 자연스럽게 들리도록 신경 쓰며 물었다.

"그때 식사가 참 맛있었는데 어디서 그렇게 음식 솜씨 좋은 사람을 구하시는지! 집안 행사 때마다 저희 집사람 스트레스가 이만저만이 아니거든요."

의사는 자기네는 일주일에 두 번, 아마도 월요일과 목요일에 아주머니를 부르고 있는 것 같은데 그때 와서 음식 몇 가지를 만들어 놓고 간다고, 연락처는 부인이 알 거라고 했다. 의사는 친절하게도 부인에게 직접 전화를 걸어 무헌에게 연락처를 알려 주었다. 무헌은 개를 끌고 접수대로 가서 진료비를 냈다. 후속 조치로 병원에서 제시한 치료법을 모두 따르려면 예상보다 많은 비용을 치러야 했다. 치아 미백까지 포함하면 약간은 디스카운트가 가능하다면서 간호사가 탁상용 달력을 들췄다. 그는 스케줄을 확인한 뒤 전화로 다음 예약을 잡겠다고 하고 밖으로 나왔다.

무헌은 말희에게 세 번 전화를 걸었다. 말희는 한 번은 받더니 서둘러 끊었고, 이후 두 번은 받지 않았다. 그러자 그는 편지를 쓰기 시작했다.

말희야.

그는 그 장을 찢어 낸 뒤 다음 장에 다시 고쳐 썼다.

마리야.

그는 거기까지 적고 더는 아무 말도 쓰지 못했다. 그러다 개를 데리고 산책을 나갔고, 나간 김에 다섯 정거장을 더 걷고 걸어서 서점을 찾아 들어갔다. 베스트셀러 《낙원의 저편》을 구입해서 집에 돌아와 30페이지까지 읽었는데 편지에 써먹을 만한 구절은 없었다. 사람들이 왜 이런 책을 사서 읽는지 알 수 없었다. 그는 책을 집어 던지고 다시 펜을 들었다. 그는 두 줄을 적고 난 뒤 이부자리를 펴고 잠이 들었다.

다음 날 오전에 그는 헬스클럽 회원권을 끊었다. 젊은 남자 트레이너가 가벼운 스트레칭부터 하는 게 좋겠다고 권했지만 무헌은 아주 빠른 음악을 들으며 러닝머신 위를 달렸다. 빠져 버려, 너의 매력. 정신 차려, 나의 한숨. 그대는 핫, 핫, 핫. 나는 우후후후후.
"그만하세요."
트레이너가 그를 끌어 내렸다. 그는 심장에 손을 얹고 벽에 기대섰다가 바닥으로 주르륵 미끄러져 내렸고 사람들이 그를 매트에 눕히고 팔다리를 주물렀다.
샤워를 하고 나니 몸속의 노폐물이 싹 빠져나간 것 같았다. 그는 트레이너에게서 앞으로는 지시한 대로 따라야 운동 효과가 있다는 설교조의 잔소리를 들었지만 아랑곳하지 않았다. 젊은 사람이 노파심이 많아, 귀엽군, 하고 생각하며 미소로 응대했다. 그는 집으로 돌아와 개도 씻겼다. 진돗개에게 이름을 지어 주지 못했다는 걸 그제야 깨달았다. 그는 '탄'이라는 이름을 붙였다. 탄, 이리 와. 탄, 가만있어. 그러다 그는 말희의 전화를 받았고, 두어 시간 뒤에 자신의 차에 말희를 태워 드라이브를 했다. 목이 말라. 말희가 말해서 카페에 데려갔다. 말희는 배가 고프다는 말은 안 했는데, 그도 밥 생각은 나지 않았다.
말희는 사고로 다리를 다쳐서 한동안 병원 신세를 졌다고 말해 주었다. 그래도 미니스커트 입으면 봐 줄 만한 게 각선미는 아직 30대 같다는 농담도 했다. 말희는 명랑했다. 결혼하자마자 살림에만 매달려서 이제는 할 줄 아는 게 살림뿐이라고, 사는 게 참 웃기고도 단순하다며 미소 지었다. 그는 그 말, 참 웃기고 단순하다는 게 전혀 새로운 말이 아닌데도 듣기에 새롭고 좋았다.

그들은 무헌의 휴가 기간에 두 번 더 약속을 잡아 만났다. 한 번은 진돗개 탄을 데려갔다. 말희는 개를 좋아하지는 않는 편이지만 탄이 영리한 것 같아 마음에 든다고 했다. 그는 그 다음번 만남에는 개를 데려가지 않았는데, 그날은 집을 나서기 전에 딸이 들이닥쳐 경황이 없었다. 딸은 무헌에게 엄마가 우울한 것 같다고, 아빠가 가서 위로를 하라고, 둘이 어떻게 좀 잘 해 보면 안 되느냐고 하더니 바닥을 뒹굴며 엉엉 울었다. 탄이 짖으며 그 주위를 맴돌았다. 개와 사람의 혼돈과 소요가 공기를 덮쳤다. 끝내는 한방에 있는 그들 모두가 질식할 것 같은 슬픔으로 가슴이 미어지는 중이었다. 그는 딸을 달래고 나서 창문을 모두 열고 환기를 시켰다. 헌서야, 뭐 좀 시켜 먹고 있어. 개는 축 늘어져서 그의 발끝을 두어 번 핥았다. 개랑도 좀 같이 있어 주고. 이 녀석도 놀랐나 보다. 물지 않아. 좀 안아 줘 봐. 그는 그래 놓고 말희를 만나러 갔다. 말희는 이날 가슴과 허리의 선이 드러나는 원피스를 입고 나왔지만 그가 '너랑 하고 싶다'고 말했을 때 '그때 못 한 건 지금도 못 한다'며 거절했다. '뭘 하고 싶은지 묻지도 않냐?'고 그가 말하니 '말 안 해도 안다'며 자기는 그 부분에 관해서라면 흥이 떨어졌다고 대답했다. 말희는 그에게 종교를 가져 보라고 권유했다.

"너 너무 피곤하고 지쳐 보여. 불안하고 우울해 보여."

말희는 고개를 설핏 저으며 말했다. 그러나 그가 너는 무엇을 믿고 있는가 물었을 때, 그녀는 자기에겐 종교가 없다고 대꾸했다.

"사고당하고 나서 복잡한 생각들 다 버렸어. 인생에서 일곱 달은 별게 아니야. 너도 참 너다. 우리 그만 만나는 게 좋을 거 같아."

그는 자신이 한 말과 그녀가 한 말을 되뇌고 곱씹어 보았다. 그러다 딸의 전화를 받고 집으로 향했다. 딸은 전화로 엄마랑 대판 싸웠기 때문에 오늘은 아빠 집에서 자고 가려고 한다고 통보하듯 말했다.

현관문을 열고 들어서자 딸이 닭튀김을 만진 기름진 손으로 탁자에 얼룩을 남기면서 텔레비전 뉴스를 보고 있는 게 눈에 들어왔다. 그때는 주요 보도는 끝나고 날씨 예보가 이어지는 중이었다. 하얀 원피스를 입은 기상 캐스터가 무릎을 살짝 구부렸다 펴면서 내일은 화창하고 바람도 적당히 불어 나들이하기 좋은 날이라고 하더니 눈웃음을 지었다. 딸이 뒤를 한번 돌아보더니 중얼거렸다. 기분도 썩고 날씨도 썩었어. 그리고 물었다.

"내가 아빠 닮았어?"

밤새 딸은 쿵쿵 발소리를 내면서 방과 방 사이를 오갔다. 그는 어린아이가 잠자리에서 양을 헤아리듯이 절이나 교회의 입구, 화려하거나 고아한 신전들을 떠올리며 거기에 상상으로 자신을 세워 보았지만, 그때마다 딸의 발소리가 그 장면을 툭, 차듯이 밀고 들어왔고 이미지는 흩어졌다. 믿음, 이라는 단어는 너무 오랫동안 사용해 보지 못한 말이었기에 그는 무언가를 믿는다는 그 느낌을 불러일으키고 따라잡기 위해서 가능한 한 많은 것들을, 소리 없이 사그라져 가는 많은 것들을 호명해 보아야 했다. 손전등에 의지해 기억의 창고를 뒤지듯이 조심스럽게. 먼지 쌓인 바닥에서 빛바래고 해진 블라우스나 셔츠를 주워 올리며 그걸 입었던 사람의 육체를 불러일으켜 보듯이 집중력과 에너지를 한데 모으면서. 청춘의 어느 밤 헤맸던 거리, '다시는'이라는 단어로 시작되던 어떤 약속이나 맹세, 4절까지 욀 수 있었던 동요, 아버지의 발, 어머니의 배, 아이의 볼, 단내 나는 숨결, 입맞춤과 감탄, 한숨과 밀어들. 바깥의 소리들이 희미해지면서 내면의 소리가 부풀어 오르기 시작했고, 그는 그것을 지속시켜 보기 위해 몸을 뒤척였다. 입을 벌린 채 두 눈을 깜박이며 땀을 흘렸고, 그러다 선잠이 들었다. 그는 밤새 무언가를 쫓아다니는 꿈을 꾸었는데, 새벽녘에 눈을 뜨자 조금 열어 뒀던 창문 틈으로 바람이 새어 들어와 얇은 커튼 자락이 하늘거리는 게 보였다. 꿈의 이미지들이 빠르게 소멸되는 자리에서, 그는 알 만한 여자의 치맛자락을 떠올렸다.

아침이 되어 그는 주방으로 나와 식탁에 앉았다. 물 한 잔을 아끼듯 천천히 한 모금씩 우물거리다 목으로 넘겼다. 얼마 있다가 딸이 산발한 채 걸어나와 냉장고에서 막 꺼내 온 차가운 풋사과를 한 입 사각 베어 물고는, 아작아작 소리 내 씹으며 그의 곁으로 다가섰다. 그는 비밀을 품은 사람처럼 표정을 내보이지 않았지만, 얼굴이 익은 과일처럼 붉었다. 딸이 그의 팔을 살살 건드렸다.

"아빠 오늘 집에 있게?"

주말이었지만, 그는 딱히 갈 데가 없었다. 집은 잠시 딸과 딸의 친구들에게 내주기로 했다. 탄은 그가 데리고 나왔다. 딸과는 화해를 했다.

"그래도 아빠, 아빠 집도 있고 엄마 집도 있고 그러니끼 좋은 거

같아. 친구들이 좋아할 거야. 요즘 기분이 되게 다 시시해져 있거든. 아빠도 기분 전환하고 와. 내가 내일 아침에 해장국 끓여 줄게, 술 먹고 늦게 와도 돼. 나 국 끓이는 거 잘해. 엄마보다 잘할걸."

그는 집을 나서면서 이상한 기분이 들었다. 엊저녁 딸의 서러움과 울분으로 집의 벽이 휜 것 같았다. 밖에서 보니까 집은 조금 부풀어 오른 것처럼 보였다. 그리고 그 집의 주인은 자기가 아니라는 생각이 들었고, 자신이 딸 정도 나이의 소년이 된 듯한 기분이었다. 그는 영원히 돌아갈 데가 없는 사람의 슬픔을 생각하면서 점점 자유로워졌다. 그는 어린 날 보았던 만화 영화의 주인공처럼 개와 함께 뛰었다.

"이봐요. 조심해요!"

그와 부딪친 행인이 뒤에서 욕을 해 댔지만 그는 미안하지도 아프지도 않았다. 정말 아무렇지 않았다. 그의 동료가 그에게 전화를 걸어와 다음 주에 회사에 나오면 분위기가 많이 달라져 있을 것이라고, 서로 몸조심들 하자고 했지만, 그는 숨이 차서 대꾸하지 못하고 헉헉 입바람만 불어 댔다. 아직도 아픈 거야? 동료가 근심했고, 그는 날씨가 정말 좋다고 숨을 몰아쉬며 대꾸했다. 동료는 뭐라고 말을 더 하려는 듯했지만 무헌은 전화를 끊었다. 소형차 한 대가 길을 비켜 달라며 클랙슨을 울렸기 때문이다.

무헌은 말희에게 전화를 걸었다. 말희는 받지 않았다. 그는 전화를 걸고, 걸고, 걸고, 또 걸었다. 음성 메시지도 남겼다. 문자 메시지도 보냈다. 그러자 얼마 후 말희에게서 전화가 왔다.

"누구세요?"

그는 휴대폰을 귀에서 떼고 발신자를 다시 확인했다. 말희가 맞았다. 그런데 말희의 목소리가 아니었다. 소년과 성년의 중간 목소리가 그에게 물었다.

"누군데요? 뭔데, 어딘데요?"

무헌의 휴가는 끝났다. 아픈 데는 딱히 없었는데, 열이 내리지 않았다. 어딘가 염증이 생긴 모양이라고 걱정하면서도 병원에 갈까 말까 고민만 했지 정작 가 보지 못했다. 출근해서 몇 군데 전화를 돌리고, 미팅을 잡고, 보고서를 검토했다. 회사는 새로운 산학 협력 프로젝트를 추진 중이었고, 예산 일부를 지자체에서 지원받게 될 것이다. 신문 지상에 향후 사업 전망에 관한 보도도 나갈 것이다. 동료들이 그에게 잘 쉬었느냐고, 좋은 타이밍에 에너지를 충전하고 온 것 같다며 부럽다고 인사했다. 그러더니 갑자기 무슨 일인가 돌아가는 분위기가 조성되고 있다고, 전반적으로 그렇지 않으냐고 그에게 물었다.

탄이 장염에 걸려서 동물 병원에서 치료를 받았다. 현서가 친구들과 개를 보러 왔다. 다시 평범한 시절이 시작되고 있었다. 익숙해지는 시간. 숨 쉬어야 하는 시간.

무헌은 이후 어느 월요일에 말희를 만났다. 둘은 할 게 별로 없었다. 그는 슬퍼했고, 그 바보 같은 슬픔이 말희에게는 옛일의 향수를 불러일으켰다. 그들은 같이 잤다. 별일은 없었다. 뭘 했다고도 안 했다고도 할 수 없이, 그는 서툴렀다. 너무 성급했고, 금세 낙담했다.

말희는 그때 그를 쓰다듬는 대신 잠이 깬 탄의 머리를 쓰다듬었다. 무헌이 텔레비전을 켜자, 첫사랑을 만나 불륜으로 빠진 남녀의 이야기가 흘러나왔다. 공교로운 일은 아니었다. 흔하게 재연되는 이야기가 그네도 그들 주변에서 재연되고 있을 뿐이었다. 세상 모든 사람들이 놀라는 척하지만 실은 그다지 놀라지는 않고 남들의 생은 어떠한지 쳐다보게 되는 그런 민낯의 이야기들. 무헌과 말희는 서로의 유일한, 유일했던 사랑은 아니었다. 두 사람 다 그걸 알고 있었다. 그리고 이제 막 다른 것도 확인했다. 텔레비전을 끄자 말희는 자리에서 일어섰다. 그리고 전에 그에게 했던 말을 다시 꺼냈다.

"기운 내. 말 안 해도 알아. 종교를 가져 봐. 너 너무 피곤하고 지쳐 보여."

그러자 그는 웃었다.

"너 말 참 웃기게 하네. 내가 너 때문에 웃네. 나 좀 웃고 싶네."

무헌은 말희의 아들을 만난 적이 있다. 그는 가끔 그날에 대해 생각했다. 말희가 그의 전화를 받지 않던 날, 현서가 그의 집에 친구들을 불러들이고 신 나게 놀아 볼 요량으로 들떴던 그날, 그가 미친 듯 말희에게 끝까지 전화를 해 보려고 했던 그 주말. 그는 어린 날 보았던 만화 영화의 주인공처럼 개와 함께 뛰고 난 참이었고, 이봐요, 조심해요! 그와 부딪친 행인이 뒤에서 욕을 해 댔고, 그래도 미안하지도 아프지도 않았던 그날. 정말 아무렇지 않았던 날. 누구세요? 뭔데, 어딘데요? 말희의 휴대폰으로 그에게 묻던 변성기의 소년은 이름이 군도라고 했다. 한강 고수부지에서 두 사람은 강을 보고 앉았다.

"그러니까."

군도가 먼저 운을 떼고는 잠시 사이를 두었다.

그러니까 아저씨가 엄마 친구라고요? 군도가 마저 말했다. 무헌은 군도에게서 말희와 닮은 점을 찾아냈다. 매끈하게 뻗은 콧날, 긴 손가락, 둥그런 얼굴형과 작은 입. 군도는 강바람을 느끼듯이 가슴을 펴면서 심호흡을 했다. 군도는 열다섯 살이라고 했다. 외양만으로는 열세 살로도 보였다. 아무튼 군도는 조심스럽게 그를 뚫어 보듯 훑다가, 이내 이것저것 재지 않는 태도로 술술 말을 풀어 놓았다.

"우리 엄마도 내 친구들 다 모르는데, 내가 엄마 친구를 어떻게 다 알겠어."

군도는 그 전전날 밤 엄마의 밍크코트를 몰래 내다 팔아먹을 생각으로 싸 가지고 나왔다. 그건 외할머니가 엄마에게 물려준 거였지만 유행에 뒤처지는 터라 입을 일 없이 옷장 안에 자리만 차지하고 있던 물건이었다. 여기저기 수소문해서 괜찮은 가격에 팔아 치울 데를 알아보고, 그 돈으로 친구들하고 기분을 좀 내려고 했을 뿐이다. 자전거 한 대를 자기 몫으로 산 뒤에는 남은 돈을 모두 엄마에게 가져다주려 했는데 일이 죄다 꼬여 버렸다. 군도의 옆에는 커다란 보라색 보따리가 있었는데, 군도는 그게 바로 밍크코트라고 말하고는 한숨을 내쉬었다. 좀 더럽혀져서 속상하지만 어쩔 수 없는 일이라고도 했다. 무헌의 옆에서는 탄이 목줄을 잡아당겼다. 무헌은 탄을 끌어와 옆에 앉히고는 쓰다듬었다. 그러다 강가에서 낚시를 하는 한 남자를 봤고, 어떤 물고기가 이곳에서 잡히는지, 잡히면 그걸로 뭘 할 건지 쓸데없는 궁금증을 품다 버렸다.

"그랬구나. 그래서?"

무헌이 중얼댔다.

"어제 엄마가 나 있는 데를 찾아내서 화를 내며 이런 걸 다 내던지고 갔어요. 내 친구들 보는 앞에서. 다 내 잘못이죠, 뭐."

군도가 보따리 속에 손을 집어넣고 휘젓더니 거기서 휴대폰과 삭은 거울, 분첩, 립스틱, 손수건을 끄집어내 보여 주었다. 말희가 던진 손가방에서 쏟아져 나온 것들이라고 했다. 손가방과 지갑은 도로 말희가 챙겨 갔다는 말도 덧붙였다. 밍크코트와 잡동사니들. 말희의 것이지만 지금 말희의 아들 손에 보따리를 이룬 그것들. 무헌은 자신도 그 어떤 보따리에 속하는 물건 같다는 생각을 잠깐 했다.

"아저씨는 뭘 잘못했는데요?"

군도가 물었다.

"뭘 잘못해서 계속 전화하고 그런 거예요? 아님 우리 엄마가 아저씨한테 뭐 잘못했어요?"

무헌이 망설이니까 군도는 대답을 굳이 듣고 싶지는 않다는 듯이 자리를 털고 일어서서 다른 질문을 던졌다.

"내가 개 끌어 봐도 돼요?"

보따리를 지키는 소년과 경계하는 개, 자기의 물질성을 헤아리는 초로의 남자가 있는 강가의 풍경.

군도가 탄을 끌었고, 무헌은 군도 대신 보따리를 들었다. 그러다 두 사람은 택시를 잡았고, 탄과 커다란 보따리를 불쾌해하지 않는 마음씨 좋은 운전기사를 만난 것을 함께 다행스러워했다.

전화벨이 울리자 군도가 전화를 받았다. 말희였다. 무헌은 군도의 옆자리에 다리를 모으고 앉은 채로 군도와 말희의 통화 내용을 엿들었다. 모자는 오래 대화하지는 않았지만, 무헌은 두 사람 모두 안도했다는 걸 느낄 수 있었다. 말희는 무헌을 바꿔 달라고 하지 않았다. 무헌은 그들 모자에게 결정적인 인물은 아니었다.

"저기, 좀 기다렸다 엄마 보고 가세요."

제 집 앞에 내린 군도가 그렇게 인사한 것을 무헌이 위로의 말처럼 느낀 것은 그 때문인지 몰랐다. 그렇지만 무언가가 그때 가슴을 스치며 베고 간 것 같았고, 무헌은 그 말을 조심스럽게 받아안고 싶어졌다. 그는 그 집에 들어섰다. 오래된 연립 주택 1층이었다. 안으로 들어서니 열린 방문 틈으로 부부의 침실이 보였다. 거실 벽에는 흔한 풍경 사진이 한 장 걸려 있었다. 하늘, 산, 꽃, 바람. 탄은 문턱에서 힘을 주면서 들어오지 않으려고 버티더니 무헌이 줄을 놓아 버리고 식탁으로 다가가 의자에 앉으니까 순순히 제 발로 다가와 그 밑에 쭈그리고 엎드렸다. 군도가 어디에선가 전단지 몇 장을 찾아 들고 와 그걸 바닥에 펼쳐 놓고는 그 위에 보따리를 가만히 내려놓았다. 그러고는 냉장고에서 큰 우유 팩을 꺼내 통째로 들고 마시다가 토해 냈다.

"웨엑, 상해 버렸네."

군도는 젖은 옷을 벗어 들고 바닥에 엎드려 흘린 우유를 닦아 냈다. 그리고 화장실로 들어가 옷을 내던지더니 문을 열어 놓은 채 샤워기를 틀고 씻었다. 군도가 그 와중에 무헌에게 뭐라고 소리치고는 계속 중얼중얼댔다. 그러나 물소리에 묻혀 무슨 말인지 정확지 않았다. 잠시 후 찰칵 소리와 함께 현관문이 열리면서 머리칼이 희끗한 사내가 실내에 들어섰다.

"누구요?"

사내는 허벅지 통이 넓은 청바지를 입었고, 불룩 나온 배 밑을 허리띠로 조였다. 키가 컸고, 코도 컸고, 목소리는 굵고 낮았다.

"여기서 뭐 하는 겁니까?"

사내는 서둘지 않는 동작으로 바닥에 어질러진 전단지와 커다란 보따리를 주시하면서 그에게로 두 걸음 다가왔다. 탄이 고개를 바짝 쳐들고 있다가 몸을 일으켜 길길이 뛰면서 짖어 대기 시작했다. 무헌은 목줄을 잡아당기며 진땀을 흘렸고, 군도는 물에 젖은 채 팬티만 걸친 차림새로 화장실에서 뛰어나왔다. 사내는 멈칫했다. 세 사람이 이룬 구도 속에서 탄이 버둥거리며 짖었다. 종래엔 아픈 듯이 짖었다. 세 사람은 서로에게 침착하라는 표시로 허공을 다독다독했다. 마치 약한 날갯짓을 하듯이. 탄은 짖는 걸 멈추고는 다리가 풀린 듯 자리에 주저앉았다. 그 순간 무헌은 자기 생이 오래전에 뭔가를 건너뛰었음을, 건너뛴 그 부분에서 뭔가가 다시 시작되고 있는 듯한 기분을 느꼈다.

"선생 개가 상태가 좋지 않아 보이는데요. 병원에 좀 데려가지 그래요?"

소란스러운 첫 대면이 끝나고 이런저런 대화가 짧게 오간 뒤에 말희의 남편은 그렇게 말했다. 말희의 남편은 지금은 가전제품 판매원이지만 과거에는 사냥개를 훈련시켰단다. 그의 무용담이 시작되려는 찰나 말희가 현관문을 밀고 안으로 들어왔다. 무헌이 서툴게 인사말을 떼자마자 군도가 바닥에 털썩 무릎을 꿇었다.

"미안해요, 엄마."

무헌은 그 순간 저도 모르게 그 옆에 무릎을 꿇고 눈물을 쏟을 뻔했지만, 감정을 억누르며 숨을 골랐다. 군도는 고개를 수그린 채 어깨를 들썩이며 흐느끼기 시작했다. 무헌은 막막한 다음번을 기약하고는 개를 끌어안고 뒤돌아 밖으로 나왔다.

마리야.

무헌이 그런 애칭으로 시작해 겨우 두 줄 적다 만 편지는 주어와 술어가 어긋난 채 마침표가 아닌 쉼표에서 멈추었고, 아직 어디에 가 닿지 못했다. 그는 자신이나 자신을 둘러싼 세상이 끔찍하게 텅 빈 채로 소란스럽게 느껴질 때마다 말희의 집 앞으로 달려가고 싶은 욕구를 느꼈고, 실제로 그곳으로 달려가 보기도 했다. 상처 입고 굶주리면서도 옛집을 찾아가는 그 어떤 혈통 좋은 진돗개들처럼 탄도 그를 따라 성실하게 뛰고 또 뛰었다. 그는 오랜 시간 서성이며 그 집의 불이 켜졌다 꺼졌다, 창문이 열렸다 닫혔다 하는 모습을 반복해서 보았다. 안에서 아무런 기척도 느껴지지 않던 어느 저녁 무렵에는 그 집 앞을 오가던 이웃들의 모습을 살폈다. 그는 턱없이 더 집요해질 때도 있었다. 보라색 꾸러미를 들고 그와 한 택시에 올라탔던 소년, 가전제품과 개에 정통한 사내, 다리에 흉이 진 채로 나타난 옛사랑이 살고 있는 저편, 아니 그가 부재한 자리에서 무언가를 통과해 왔고 이제 여기 당도해서 서걱거리고 부딪치고 신음하고 비틀렸다가, 다시 환한 웃음이 되고 아무렇지도 않게 밝아오는 아침 해를 함께 맞는 것들에. 모든 것을 친애하고 싶은 그의 마음은 한순간 너무 뜨거워져 정염과 헷갈렸다. 그는 때로 열이 오르고 야윈 채로 갈팡질팡했다. 생이 덧없다는 말은 무용했다.

추천 우수작

여름을 기원함

김
사
과

2005년 〈영이〉로 제8회 창비신인소설
상을 수상하며 등단했다. 장편 소설
《미나》《풀이 눕는다》《나b책》《테러
의 시》《천국에서》, 단편집 《02》, 여
행기 《설탕의 맛》을 썼다. 2013년 《미
나》가 프랑스어로 번역되었다.

The bitch does nothing

그녀는 아무것도 안 한다.
그녀는 아무것도 하지 않는 것을 통해 누구보다 많은 것을 한다.

아침에 눈을 뜬 그녀는 생각한다. 아, 간밤에 죽어 버렸더라면 좋았을 텐데.

오늘도 살아 있네.

그것에 대해서 그녀는 남편 탓을 한다.

오, 내 남자.

나와 다르게 항상 많은 것을 하는 남자. 항상 많은 것을 함으로써 아무것도 하지 않는 남자. 나와 완전히 다른 내 남자. 그게 다 내가 아무것도 하지 않게 하기 위해서이다. 그게 내 엄마와 그의 다른 점. 엄마는 내게 항상 많은 일을 시켰는데, 해서 나는 많은 것을 할 줄 알게 되었는데, 예를 들어, 나는 편경을 칠 줄 안다. 내 편경은 지금 엄마 집에 있다. 내 편경이 엄마와 함께 썩고 있다.

그녀가 일어났을 때 남편은 이미 없다. 그는 공항에 있다. 공항에서 일한다.

확 뒈져 버리라지.
비행기 바퀴에 깔려서.

아니 그래서는 안 된다. 그가 죽으면 나는 아무것도 하지 않을 수 없게 될 테니까. 뭐라도 해야 하게 될 테니까. 그가 죽으면 내 헬스장 피티 강습비는 누가 지불한단 말인가.

게다가 그가 하는 일은 비행기와 아무 상관도 없다. 그는 컴퓨터에 얼굴을 파묻고 산다. 그의 사무실에는 화분이 많다. 특히, 라벤더, 내가 사 준 라벤더 화분이 다섯 개 줄지어 있는 그의 책상에서는 언제나 라벤더 향이 난다. 그리고 비행기 모형.

미쓰비시 A6M

그녀의 생각은 남편의 빈티지 비행기 모형을 떠나 미용실 원장님께서 해 주신 조언으로 향했다. 원장님께서는 말씀하셨다. 모근에 닿지 못하는 영양의 허무함에 대하여. 원장님은 프로틴 팩을 추천해 주셨다. 그것을 목욕할 때 사용하세요. 뜨거운 수증기는 언제나 도움이 됩니다. 팩을 머리에 충분히 얹고 뜨거운 스팀 타월을 두르고 욕조에 누워 릴렉스하세요. 프로틴이 빠르게 머리카락에 흡수될 것입니다. 그렇다면 지방은요? 그녀는 멍한 눈으로 원장님을 보며 말했다. 원장님은 그것이 농담인지 진담인지 알 길이 없었다. 하지만 지방은요 선생님? 비타민 케이는요? 제 생각에는 비타민 케이에서 에이까지 전부 다 필요할 것 같은데.

그래서 비타민 팩이라는 게 있습니다. 원장님께서 지겨운 표정으로 말씀하셨다,

하지만 사모님께서는 프로틴 팩이 필요하셔요.

프로틴 팩은 작은 초록색 단지에 들어 있었다. 반투명한 연두색의 젤리 같은 크림이 플라스틱으로 된, 위에서 아래로 향할수록 날씬해지는 타원형의 단지에 75퍼센트 정도 차 있다. 원장님께서 계속 말씀하셨다. 사모님의 머리카락은 이 시간에도 단백질을 잃고 계세요. 그것은 바로 사모님께서 착실하게 죽음에 다가가고 있다는 뜻이고…… 착실하게 죽음에 다가간다는 것의 의미는 바로 사모님께서…… 거기서 그녀는 생각을 멈추었다. 하지만 그러고 나서도 생각은 얼마간 더 미끄러져 나아갔다. 우와 이것 좀 봐, 자꾸만 생각들이 머릿속에서 돋아나. 마치 무슨 봄날의 새싹들 같아. 그리고 이게 다 내가 아무것도 하지 않기 때문이다. 그녀는 생각했다. 이 사각형 속

에서, 바다와 다리와 공항에 둘러싸인 이 크림색 사각형 속에서, 아무것도 하지 않고 있는 자신에 대해서, 병신, 쳇, 조용히 해 봐, 강풍이 불어오면 집이 흔들리는 것을 느낄 수 있지. 먼저 천장이 흔들리고 그다음 벽이 흔들리고 마지막으로 바닥이야. 그 반대가 아니야.

그녀는 다시 단백질에 대해서 생각하기 시작했다.
우리가 단백질을 잃어 갈 때 그것은 우리가 정말로 죽음에 좀 더 가까워진다는 뜻일까?
그렇다면 그 사실을 잊기 위해서 우리는 뭘 해야 하는 것일까.

그녀는 토스터를 꺼내 플러그를 꽂고 냉동실에서 꺼낸 빵을 반으로 갈라 토스터에 넣었다. 그리고 빵이 익기를 기다리며 의자에 앉아 생각했다. 이 빵의 칼로리는 대체 몇인가. 그녀가 생각하는 동안 토스터가 빵을 뱉어 냈다. 그녀는 빵 한 쪽에 버터를, 다른 한 쪽에는 오렌지 마멀레이드를 발라 딱 붙인 다음 결심했다. 오늘 나는 아무것도 하지 않을 것이다. 오늘 진정으로 나는

텅 빈 하루를 보낼 것이다.
내 영혼을 한겨울 강원도의 황태처럼 건조시킬 것이다.
미련하게 죽음에
한 발 더 다가갈 것이다.

아무것도 하지 않는 날들이 쌓여 감에 따라 그녀의 생각은 기호들의 모음에 가까워지고 있었다. 이를테면 지금 그녀는 빵을 입에

쑤셔 넣으며 엄마 집에 있는 편경에 대해서 생각한다. 지금의 그녀에게 그것은 그저 네모들과 직선들의 연합으로 느껴질 뿐이다. 그녀가 한때 붉은 도포를 입고 검은 관모를 머리에 얹고 그것을 두드릴 때 나던 소리가 전혀 기억이 나지 않는다. 단지 무대 위로 쏟아지던 조명과, 하지만 그 조명은 그녀를 비추고 있지 않았고, 그녀는 그저 몸에 익혀진 대로 두꺼운 돌조각을 두드렸다. 조명 너머 정자세로 앉아 있는 관객들은 흐릿하고 어두웠고 하지만 그건 괜찮았다. 그녀는 그들의 표정을 목격하게 될까 두려웠다. 그건 무슨 무슨 해의 무슨 무슨 교수를 위한 무슨 무슨 기념 공연이었다. 그녀는 대기실에 산처럼 쌓인 꽃다발들과 마카롱들에 대해서 생각했다. 조명은 너무 뜨거웠고 바닥에 깔린 나무는 냄비에 졸인 메이플 시럽 같은 냄새가 났다. 그 냄새를 여전히 맡을 수 있다. 하지만 그 돌조각을 두드릴 때 나던 소리는 들을 수가 없다. 그녀는 눈을 감고 귀를 기울였다. 여전히 아무 소리도 들리지 않았다. 온 세상에 그녀만 존재하는 듯 고요했다.

운동을 하러 가야 한다.

운동이 끝나고 돌아오는 길 그녀는 홀리스터에 들러 헌팅턴 해변의 실시간 풍경을 바라볼 것이다.

디지털 노이즈로 뭉개진 탁한 푸른색 바다, 파리바게뜨의 샐러드 박스 속 채소같이 궁핍한 그것을 바라보며 그녀는 마음의 평화를 얻은 다음 집으로 돌아올 것이다.

공식적으로 그녀의 현재 최대 관심사는 몸무게이며, 조금씩 탄력을 잃어 가는 그녀의 피부 상태다. 그녀는 죽음을 두려워하는데 왜냐하면 그것이 추하게 느껴지기 때문이다. 만약 죽음이 더 많은 아름다움을 의미한다면 그녀는 기꺼이 더 빠르게 열정적으로 그것에 다가갈 것이다. 왜? 아름다워야 하므로. 뭐가? 내 손과 발과 입술과, 머리카락과 어깨에서 팔꿈치로 떨어지는 팔의 선이 말이다. 그녀는 자리에서 일어났다. 그리고 찬장을 향해 다가가며 어깨를 떨었다. 그녀는 찬장을 열고 작은 알루미늄 상자를 꺼내 안에 든 니코틴 패치를 꺼냈다. 그것을 팔에 붙이며 그녀는 은색 알루미늄 상자 위에서 레고 인형들이 팝콘처럼 튀기는 환영을 본다.

J, 넌 미친 게 아니야. 그저 신경 쇠약이야.

그녀의 친구가 말했다. 그는 의사이고, 주말 경기도의 모처에서 열리는 파티를 위해 마취제를 훔치는 동료 의사들에 대해서 이야기하고 있었다. 남편은 지루해했다. 그는 아이패드를 집어 들고 플랜츠 게임을 시작했다. 탁자에 놓인 접시에는 말린 토마토와 치즈가 있었다. 의사가 말린 토마토를 하나 집으며 말했다.
이거 되게 맛있다. 어디서 샀어?
코스트코. 남편이 아이패드에서 눈을 떼지 않고 대답했다.

J는 남편의 어깨에 머리를 얹었다. 그녀의 머리는 매끄러운 타원형이었고 그녀 남편의 어깨는 직각에 가깝게 반듯했다. 말린 토마토의 형태는 좀 더 복잡했다. 그녀는 직사각형의 치즈 조각을 가늘게 썰

으며 요즘 자신이 느끼는 온갖 걱정과 우려에 대해서 설명하기 시작했다.

예를 들어, 어젯밤 나는 왼쪽 새끼발가락이 마비된 것 같은 느낌을 받았어. 혹시 이건 카페인 때문일까? 혹은 니코틴이 너무 적기, 혹은 많기 때문일까? 이 니코틴 패치에 쓰여 있는 니코틴의 함량은, 정확히 말해서 몇 퍼센트 정도가 체내에 흡수가 가능한 거야? 의사인 네가 말해 봐.

의사가 가방에서 아이패드를 꺼내 들고 수식을 그려 가며 천천히 설명했다.

이해가 안 가. 알잖아, 나 멍청한 거.
아닌데. 너 아주 똑똑했잖아.
언제?
학교 다닐 때?
무슨 학교?
우리 같은 고등학교 나왔잖아?
이것 봐. 나는 우리가 같은 고등학교 나온 사실도 까먹었어. 진짜 멍청해졌다니까. 그리고 나는 여전히 새끼발가락에 아무 감각이 없어.
어디 한번 움직여 봐.
뭘?
새끼발가락.

아아.

그녀가 발가락을 움직였다. 그것은 문제없이 잘 움직였다.

문제없어 보이는데.
그런데 왜 내 눈꺼풀이 이렇게 부들부들 떨려? 왜 레고 인형들이 팝콘처럼 튀기는 것으로 보이지?
무슨 레고?
저기 있는 거. 내가 헛것을 보는 거야?

그녀가 텔레비전 아래 놓여 있는 레고 인형들을 가리켰다. 그것은 그녀의 남편이 모으는 것이다.

왜 너는 초딩처럼 레고를 모으니. 그녀가 남편을 놀렸다.
왜 너는 초딩처럼 말하니. 남편이 그녀를 나무랐다.

그야 내가 초딩만큼 멍청하니까. 나 아무것도 할 수가 없어. 이 작은 귀걸이 하나 귓불에 찌를 수가 없다니까! 그래서 피가 났잖아. 아니 날 뻔했다고. 내 말은. 귓불에는 밴드를 붙일 수가 없어. 너무 복잡하게 생겼어. 만약 귓불이 반듯한 정사각형 모양이었다면 모든 게 훨씬 더 쉬웠을 텐데.

그런데 너는 왜 니코틴 패치를 붙이는 거야? 의사가 말했다. 너는 담배 피운 적 없잖아.

그게 말이야. 엄마가 담배를 끊으려고 니코틴 패치를 세 박스 받아 왔어, 병원에서, 내가 결혼하던 해에. 내 결혼식장에서 담배 냄새 피우면 안 된다고 담배를 끊겠다는 거야. 그리고 나서 어느 날 비가 오고 조금 우울했던 날 나는 니가 준 스틸녹스를 먹고 잠드는 대신 엄마의 니코틴 패치를 팔목에 붙여 봤어. 처음에는 조금 이상했어. 어지럽기도 하고 속이 울렁거리기도 했어. 그저 기분 탓인지도 모르겠지만. 아무튼 한 달 후에 나는 니코틴에 중독됐어. 그걸 안 붙이면 어깨가 떨려. 이 둥근 어깨가 떨려.

그녀가 치즈를 삼키고 고개를 숙인 채 떨기 시작했다.

봤지, 봤지?

우와. 의사가 신기한 듯이 그녀를 바라봤다.
제발 좀 초딩같이 굴지 마. 그녀의 남편이 그녀를 나무랐다.
걱정해야 하는 게 아닐까. 의사가 말했다
아니야, 일부러 그러는 거야. 그녀의 남편이 말했다.
왜?
사람들의 시선을 끌려고.

그녀는 계속해서 떨었다. 남편과 의사는 그녀에게서 시선을 뗄 수가 없었다.

5분 뒤에도 그녀는 여전히 떨고 있었다. 시선을 떼지 못하는 관객들 앞에서 그녀는 계속해서 떨었다.

그녀는 계속해서 떨었다, 어젯밤처럼. 시선을 잡아끌 관객이 하나도 없는데도 불구하고 그녀는 떨었다.

맞아 이 떨림은 어제의 일이지.

정확히 10분간 떤 다음 바닥으로 주저앉으며 그녀는 생각했다. 어제도 정확히 10분간 떤 다음 그녀는 바닥으로 주저앉기 시작했다. 남편이 그녀를 침대로 데려갔고, 의사가 상태를 확인했다. 그는 주머니에서 플라스틱 약통을 꺼내 남편에게 주었다.

오늘의 그녀는 침대로 데려가 줄 남편이 없었으므로, 주저앉은 채 물끄러미 거실 쪽을 바라보았다. 거실을 덮은 투명한 햇살이 흘러넘치고 있었다. 그렇게 많은 햇살이 거기 쌓여 있는데도 모든 것이 여전히 맑고 깨끗하게 보인다는 사실에 그녀는 새삼 놀랐다. 오늘은 덥지 않았으면 좋겠는데. 그녀는 중얼거렸다. 하지만 더울 것 같아. 그녀는 중얼거리며 욕실을 향해 기어가기 시작했다.

욕조에서 거품 목욕을 하며 바라보는 신도시의 멋진 야경!

그것은 이 아파트의 광고 문구에 언제나 등장하던 문구였다. 그것을 쓴 카피라이터를 찾아가 홍차를 마시며 깊은 이야기를 좀 나누고 싶다. 그녀는 그 광고 문구가 적힌 팸플릿을 들여다보며 생각했었다.

그녀는 욕조에 몸을 누인 채 창밖을 바라보았다. 대낮의 신도시 풍경은 따갑고 쓰립다. 그리고 대기는 습도가 높고 짜고 쇠 맛이 난다. 그것은 여기가 바닷가 도시이기 때문이다. 그것은 이 도시가 소금에 푹 절어 있다는 뜻이다. 수평선 위로 뾰족하게 솟아난 건물들이 소금 결정같이 날카롭게 반짝거린다. 그것들은 눈이 없다. 입이 없고, 아무 말이 없다. 뻣뻣하게 선 채로 대체 무슨 생각을 하는지 알 수가 없다.

그녀는 창가에 놓아 둔, 읽다 만 책을 집어 들고는 아무 데나 펴서 읽기 시작했다.

"그러니 내가 말하리라. 도시의 새로움에 대하여. 도시의 시민으로서. 도시에는 죽음이 없다. 이미 모든 것이 죽어 있기 때문이다. 나는 죽음에 대해서 말하지 않는다. 죽음은 도시를 감싸고 있지 않다. 도시가 죽음이다."

그녀는 책을 다시 창가에 내려놓고 욕조에서 나와 물을 틀었다. 그리고 옷을 벗고 바닥에 앉아 욕조에 물이 차기를 기다렸다. 욕조 안으로 늘어진 그녀의 손등까지 물이 차올랐을 때 그녀는 물속으로 들어갔다. 꽉 찬 따스함이 척추를 타고 온몸으로 퍼져 나갔다. 그 느낌이 너무나도 짜릿하여 그녀는 몇 번이고 반복하여 욕조에 드러눕고 싶었다. 하지만 곧 심장 박동이 느려지며 그녀는 나른한 행복감 속으로 빠져들었다. 여기에 의사 친구가 준 약을 더하면 홀리스터의 디지털 바다를 바라볼 때마다 더 좋은 기쁨을 얻을 수 있다. 하지만 그것은 익사에 조금 더 가까워진다는 뜻이라고 의사 친구가 말했다. 그리고 그녀는 아직 죽음이 두려웠다. 그녀가 몸을 움직이자 팔에 붙어 있던 니코틴 패치가 습기를 머금고 떨어졌다. 그것은 천천히 떠밀려 가 그녀의 허벅지 근처를 떠돌기 시작했다. 그녀는 팔을 뻗어 창가의 책을 집었다. 그리고 마지막 페이지를 펼치고 읽기 시작했다.

"도시는 금으로 이루어져 있다. 죽음이 아니라.
지금부터 그것에 대해서 설명하겠다.

……

여름이 오고 있다.
상상할 수 없는 열기가 도시를 덮치고, 도시는 황금빛으로 녹아내릴 것이다.

여름이라는 이름의 죽음이 도시를 덮칠 것이다.
나는 그것을 안다.
그것을 본다.
그것은 아름답다."

죽음은 막을 수 없다. 책 속 남자는 말했다. 그리고 실제로 도시에 여름이 덮쳤고 그것이 그 도시의 끝이었다. 어떤 폴란드인이 1차세계 대전 직후 그 책을 썼다. 한 남자가 한 도시로 간다. 죽기 위해서. 하지만 그는 죽는 데 실패했다. 왜냐하면 그는 이미 죽어 있기 때문이다. 그는 죽는 대신 그 도시의 시민이 되었다. 그런데 그 도시는 죽음이었고 따라서 그 또한 죽음의 일부가 되었다. 그는 결국 죽는 것보다 더 죽는 방법을 찾는 데 실패한다. 분노한 그는 도시를 저주한다. 도시가 멸망해 버리기를 기도한다. 불에 타고, 모든 게 부서지고, 침몰하기를, 그는 기원한다. 그리고 그것은 이루어졌다.

그것은 다가오는 파시즘에 대한 문학적 예언이다. 책의 해설엔 그렇게 쓰여 있었다.

뭐든지 다 파시즘에 대한 예언이라고들 하지. 그녀는 해설을 비웃었다.

그녀는 책을 내려놓고 눈을 감고 머리를 물속에 집어넣었다. 이제 그녀가 들을 수 있는 것은 오직 그녀의 심장이 뛰는 소리였다. 그녀는 눈을 감은 채로 오직 그 소리에 집중했다. 오직 자신의 신체에 집중했다.

참된 삶을 살기 위하여 우리는 독서를 해야만 합니다.

강연자가 말했다. 그에 따르면 책은 많은 것을 할 수 있었다. 혁

명을 일으키고, 자살을 방지하고, 죽음을 이해하고, 타인을 구원한다. 그것이 모두 책이 할 수 있는 일이었다. 놀라운 일이 아닐 수 없었다. 그의 목소리는 깊고, 기름지고 부드러웠다. 그의 머리를 가득 덮고 있는 은발 머리와 수염 때문에 그는 아이들의 정다운 친구 실버 레트리버처럼 보였다. 그는 마르크시스트 경제학자로서 1968년에는 캘리포니아의 버클리 대학교에, 1999년에는 시애틀에서 스타벅스의 창문을 부수고 있었다. 얼마 전 버소(Verso) 출판사에서 출간된 그의 신작은 후쿠시마 사태에 대한 것으로, 그의 오래된 친구 알랭 바디우가《르몽드》지에 그에 관한 서평을 실어 화제가 되었다. 그의 세 번째 아내는 일본인으로 그가 가장 좋아하는 술은 사케이고, 가장 좋아하는 음식은 삼겹살, 특히 된장과 마늘과 함께 상추에 싸 먹는 것을 좋아한다.

그에게서 세련된 국제화의 냄새가 났다.

강연회는 신도시에 새로 문을 연 명문 사립 대학교의 국제 캠퍼스 도서관에서 있었다. 강의는 영어로 진행되었고 통역자는 없었다. 국제화된 젊은이들이 영어로 질문했다. 그것은 HBO의 드라마 시리즈에서 자주 들을 수 있는 악센트의 언어였다. 강연자가 말했다. 빌 클린턴은 사이코패스입니다.

그럼 조지 부시는 뭔가요? 한 젊은이가 질문했다.
그는 그냥 멍청이죠.
청중들이 웃었다.
그럼 오바마는요?

그는…… 잘생겼죠.

청중들이 좀 더 크게 웃었다.

J는 옆자리에 앉은 젊은이를 바라보았다. 그의 손에는 《뉴레프트
리뷰》 여름 호가 들려 있었다. 그것은 그녀의 손에 들린 것과 같은
것이었다. 그 젊은이의 손을 꼭 잡고 있는 여자가 왼발을 살짝 움직
였을 때 그녀는 그 여자의 신발 바닥에서 랑방의 로고를 발견했다.

유럽의 긴축 정책과……

방글라데시의 대참사와……

브라질 민중들의 분노와……

후쿠시마의 교훈과……

자하 하디드가 설계한 중앙 도서관의 메인 홀은 열기로 가득했다.

강연자는 흠잡을 데 없는 태도로 강연을 마무리했다. 질문과 박
수가 몇 차례 길게 이어졌다. 강연이 끝난 뒤 J는 느릿느릿 건물을
빠져나왔다. 도서관 건너편에 주차된 자신의 차를 향해 걸어가던 그
녀가 문득 뒤돌아섰을 때, 그녀는 앞에 버티고 서 있는 거대한 암
회색 생명체를 보고 깜짝 놀랐다. 그것은 다음 순간 그녀를 덮치려
는 것으로 보였다. 으악. 놀라 뒷걸음질치던 그녀는 보도블록에 신
발 굽이 끼어 멈춰 섰다. 한참을 신발 굽이 낀 채로 허우적대던 그녀
는 가까스로 정신을 차리고 눈앞의 괴물이 다름 아닌 방금 자신이
빠져나온 도서관 건물이라는 것을 깨달았다. 그렇다. 그것은 건물이

다. 생명체가 아니다. 그녀를 잡아먹지 않을 것이다. 하지만 여전히 그녀는 알 수 없는 불안감을 느끼며 가능하면 빨리 그 건물에서 멀어지고 싶었다.

그때 다시 J의 시야를 가린 것은 한 무리의 젊은이들이었다. 그들은 도서관 입구 한쪽에 늘어선 채 뭔가를 외치고 있었다. 그녀는 호기심에 방금 전의 두려움을 잊고 그들을 향해 다가가기 시작했다.

좌파 빨갱이 양키 새끼 북한으로 꺼져라!
대한민국을 사랑하는 利대학교 평범한 학생들의 모임

그들이 들고 있는 피켓 하단에 조그맣게 쓰여 있었다.

YOU MOTHERFUCKER GO TO NORTH KOREA AND KISS 김정은'S ASS
무리의 가장 구석에 있는 단발머리 여자애가 울부짖었다.

J는 깜짝 놀랐다. 왜냐하면 그런 못생긴 말을 외치기에 그 단발머리 여자애는 너무나도 예쁘고 귀여운 인상이었기 때문이다. 호기심에 J는 단발머리를 향해 다가가며 손에 들려 있던 《뉴레프트리뷰》 여름 호를 그녀의 오래된 셀린느 쇼퍼 백에 감추었다.

저 좆같은 빨갱이 양키 새끼 강연료나 주라고 내가 피 같은 등록금을 내는 술 알아?

단발머리 옆에 선 남자가 외쳤다. 그 또한 작고 마르고 귀여운 인상이었다. 한편 반대편에서는 검고 심각한 얼굴의 남자 둘이 그들을 향해 다가오고 있었다. 하나는 수첩을 하나는 카메라를 들고 있었다. 하나는 키가 크고 하나는 작았다. 그들이 남자를 향해 뭔가 말을 꺼내려는 찰나 단발머리가 울부짖으며 두 남자를 밀쳤다.

우리는 빨갱이 신문이랑 인터뷰 안 해요!

오 꺼져라 한겨레!
오 꺼져라 한겨레!

단발머리가 외치자, 동료들이 따라 외쳤다. 단발머리의 눈에서 눈물이 흘러내리고 있었다. 한편 J는 단발머리에게 손을 뻗어 닿을 수 있는 위치까지 접근했다. 그리고 인사를 건네려는 순간 단발머리가 비명을 지르기 시작했다.

그것은 학교의 경비 업체 직원들이었다. 순식간에 J는 튕겨져 나갔고 단발머리와 동료들은 경비 업체 직원들에게 빙 둘러싸였다. 곧 강연자가 나타났다. 그는 젊은이들에게 둘러싸인 채 시종일관 미소를 지으며 도서관을 빠져나왔다. 저 개새끼! 빨갱이 개새끼! 단발머리가 소리쳤다. 그러자 경비 업체 직원이 그녀의 팔을 붙잡았다. 그녀가 소리를 지르며 그를 구타하기 시작했다.

이 미친 빨갱이 새끼들아!

빨갱이 대학!

빨갱이 정부!

FUCK OFF TO NORTH KOREA AND BE COMMUNISTS!

BE FUCKING COMMUNISTS!

......

곧 강연자는 사라졌다. 경비들도 사라졌다. 강연자를 둘러싼 젊은
이들도 사라졌다. 이제 남은 것은 단발머리 일당과 바쁘게 오가는
평범한 대학생들뿐이었다. 곧 단발머리의 동료들도 어색한 표정을
스마트폰으로 감추며 사라졌다. 이제 남은 것은 단발머리뿐, 그녀는
고개를 푹 숙인 채로 움직이지 않았다. 그것을 제외하면 모든 것이
평범했다. 꿈에서 깨어난 듯, 방금 전의 작은 소란은 깨끗하게 삭제
되어 있었다. 그리고 다시 한 번, 앞에 놓인 도서관이 J를 집어삼키려
는 것처럼 보였다. J는 두려움과 호기심에 뒤죽박죽이 된 채 단발머
리를 향해 다가갔다. 그녀는 고개를 푹 숙인 채 뭔가를 중얼거리고
있었다.

뭐라구요? J가 단발머리를 향해 몸을 구부리고 물었다.
……는 무력하다. 무력하다구요.
왜요? 왜 무력해요?

단발머리는 대답 대신 계속해서 중얼거렸다. J가 오른쪽 귀를 그녀의 입술에 바짝 갖다 대었다.

나는 무력하다.
그래서 노래한다.
노래는 무력한 자의 것이다.

무력한 자의 노래를 아무도 듣지 않는다. 하지만 불리워야 한다. 오늘 밤 뉴스를 스쳐 지나갈 죽음을 위해서.

단발머리가 고개를 들고 J를 바라보았다. J는 단발머리에게서 눈을 떼지 못한 채, 불길한 예감에 두 손으로 가방을 꼭 잡았다.

이 도시에는 죽음이 없다. 이미 모든 것이 죽어 있기 때문이다. 나는 죽음에 대해서 말하지 않는다. 죽음이 이 도시를 감싸고 있지 않다. 이 도시가 죽음이다.

단발머리가 고개를 들고 J를 바라보았다. J는 단발머리에게서 눈을 떼지 못한 채, 불길한 예감에 두 손으로 가방을 꼭 잡았다.

곧,

죽음이 도시를 덮칠 것이다.
나는 그것을 안다.

그것을 본다.

그것은 아름답다

그것은,

사산된 도시, 공항 또는 국제화. 아주 작아지는 세계, 모두가 모두를 안다. 아주 좁아지는 세계, 모두가 모두를 역겨워한다. 결여, 미래의 결여, 진리의 결여, 언어의 결여, 결여, 3세계, 금과 피로 만든, 피와 금에 덮힌, 펀자브에서 만든, 이것은 인도에 대한 노래다. 뉴 인디아,

새로운 인도와
카레의 오래됨

단발머리는 거기에서 잠깐 말을 멈추고 숨을 골랐다. 그녀는 자신을 빤히 쳐다보고 있는 J를 수상하다는 듯이 바라보았다.

왜요? J가 물어보았다.
안 가요? 단발머리가 말했다.
왜요, 제가 가야 하나요?
아니, 그냥. 단발머리가 망설였다.
그냥 계속 말씀하세요.
제가……

네?

아니에요. 단발머리가 머리를 흔들었다. 그리고 마지못한 듯 다시 말을 이어 가기 시작했다.

그것은 아시아다. 우리는 그곳에 속한다. 우리는 방향을 모른다. 괜찮다. 스마트폰이 그것을 안다. 스마트폰이 우리를 진리로 인도한다. 도서관을 향해 가며 나는 진리를 말한다. 첫째, 지구는 정육면체다. 우리는 육면의 땅을 갖고 있다. 나는 사업가, 나는 남색의 소형 여행 가방을 끌며 나아간다. 그것은 아주 부드럽게 움직여서 끌고 가는 데 아무 힘도 필요 없다. 나는 스물여덟, 아무 색깔도 없는 미국인이다. 그것은 내가 뭐든지 할 수 있다는 뜻이다. 나는 내가 원하는 모든 가랑이 속에 들어갈 수 있다. My dick is 100% waterproof, 그것은 3단계로 진동 속도를 조절할 수 있으며, 크림빛 분홍색에 친환경적이며 재활용이 가능하다.

솔직히 나는 바쁘다. 진리를 강연할 시간이 없다. 그러니 그것을 비밀로 남겨 두겠다. 진리는 결백해야 한다. 신비롭고, 사업가적이면 안 된다. 그것은 강연될 수 없다. 오직 사기꾼들이 강연한다. 만약 내가 강연한다면 그것은 불쌍한 이등 시민들을 위한 것이다. 그건 내가 그들을 동정하기 때문이 아니다. 그들을 혐오하기 때문이다. 두 번째 진리, 세계는 변화 불가능하다. 진리는 단순하다. 그것은 지구가 둥글지 않다는 것이다. 지구는 육면체다. 그건 내 탓이 아니다. 신의 탓이다. 이 모든 것이 신이 존재한다는 증거다. 인간들이 말한다.

세계는 부드럽고 구체이다. : 엑스

세계는 육면체이고 각각의 면이 한계 없는, 중단되지 않는 정사각형으로 이루어져 있다. : 동그라미

다시 한 번 신이 승리했다. 그 승리를 노래하자. 새로운 도시, 멈춰 버린, 죽어서 태어난 도시를 노래하자. 금과 피로 된, 혀 없는 쇼핑몰 도시를 노래하자. 도시는 입이 있는가. 그 입은 고통 속에 있는가. 아니 도시는 사각형의 판이며 거기 꽂힌 막대기들이다. 막대기들이여, 노래하라. 그만 멈춰 있으라. 입을 열라. 움직여라. 복수하라. 노래하라! 텅 빈 거리와 밤이여 노래하라. 아아 들린다. 사물들이 울부짖는 소리가 들린다. 사물들이 노래하고, 인간들이 침묵한다. 인간은 사물의 언어를 모르므로. 아니 그것은 잊었다. 보라, 신이 돌아왔다, 아시아의 이름으로. 그러니 들으라. 자연이 돌아온다. 역사가 퇴장한다. 노래가 남는다. 도서관이 움직인다.

도서관이 움직인다.

거기서 단발머리가 다시 말을 멈추었다. 그리고 슬쩍 고개를 돌려 도서관을 바라보았다. 그러고는 다시 고개를 돌려 J를 바라보았다. 석연찮은 표정이었다. J의 호기심이 극에 달했을때 문득, 그녀는 땅이 흔들리는 것을 느꼈다. 그녀는 놀란 눈으로 도서관을 바라보았나. 그렇나. 난발머리의 발처럼 도서관이 몸을 움직였다. 빙금 짐에

서 깨어난 동물처럼, 도서관이 몸을 털며 일어섰다. J는 굳은 채, 경악한 표정으로 그 광경을 바라보았다. 곧 도서관이 사람들을 덮치기 시작했다. 사람들의 비명 소리, 하지만 그것들은 곧 도서관이 만들어 내는 굉음에 묻혀 사라졌다. 단발머리는 사라지고 없었다.

10분 뒤, J는 잿빛 먼지에 덮힌 채, 아슬아슬하게 발목에 걸쳐진 프라다의 샌들을 질질 끌며 캠퍼스를 빠져나오고 있었다. 그녀는 떨리는 손으로 핸드폰을 꺼내 페이스북에 접속했다. 끈적한 비명 소리와 사이렌 소리를 등진 채 그녀는 핸드폰 화면에 얼굴을 묻고 해가 지는 방향을 향해 걸었다. 1분 30초 뒤 링크 하나가 페이스북 타임라인에 올라왔다. 속보. 利대학 국제 캠퍼스 도서관 건물 붕괴. 제1보. 사망자 다수 추정. 그녀는 계속해서 핸드폰에 고개를 박은 채 타임라인을 새로고침하며 집을 향해 걸었다. 6분 뒤 15초짜리 사건 당시 인스타그램 비디오클립이 올라왔다. 그녀는 그것을 플레이해 보았다. 그것은 틀림없이 그녀가 본 광경이었다. 도서관이 사람들을 집어삼키고 있었다. 실시간으로 답글들이 달리고 공유자가 늘어났다. 그녀는 좋아요를 눌렀다. 그리고 손가락을 움직여 답글을 달려고 했을때 아파트 앞에 도착했다.

아파트 입구에 선 그녀는 들어서지 못하고 망설였다. 유리문에 비친 그녀의 모습이 너무나 거지 같았기 때문이다. 이런 더러운 상태로 이 깨끗한 건물에 들어가는 것은 예의가 아닌 것 같았다. 그것이 그녀의 머리에 제일 먼저 떠오른 생각이었다. 마침 건물 앞을 지나던 경비가 그녀를 알아보고 다가왔다. 그가 뭔가 말을 했으나 그녀는 그것을 알아들을 수가 없었다.

 귀가 잘 안 들려요. 무슨 얘기 하시는지……

 그녀는 살짝 미소를 지으며 귀를 파는 시늉을 한 다음 부드럽게 경비를 끌어안은 뒤 그대로 정신을 잃었다.

 그녀가 정신을 차렸을 때, 그녀는 침대에 누워 있었고 의사 친구가 그녀를 내려다보고 있었다. 그의 얼굴에는 걱정과 호기심이 뒤섞인 표정이 떠올라 있었다. 그녀는 다시 눈을 감았다.

 그것은 이상한 일이었지. 그녀는 생각했다. 진짜.

 창문에 덮힌 수증기를 손가락으로 지우며 그녀는 생각했다.

 수증기를 지워 낸 창 너머로 보이는 것은 안개였다. 어느새 도시는 짙은 안개에 덮혀 있었다. 안개 위로 때 이른 어둠이 깔리고 있었다. 빌딩들이 하나둘씩 불을 밝혔고, 불빛들이 안개 속으로 흐릿하게 번져 갔다. 그녀는 가만히 있었다.

 아아 나는 오늘 정말로 아무것도 하지 않았구나.

 그녀는 생각했다. 참으로 그렇다. 그것이 무엇을 의미하는지 그녀는 모르겠다. 그저 정말로 아무것도 하고 싶지 않다, 그녀는. 이 세계에 대해서. 나에게는 충분한 사각형들이 있고, 그 속에서 나는 안전하다. 그걸로 충분하다.

아니 그것은 거짓말이다. 나는 안전하지 않다. 이 도시는 불안하다. 그것이 나를 불안하게 한다. 어쩌면 노래가 필요하다. 이 도시를 위한. 이 도시가 영원하기를, 남편의 건강과 가족의 평화, 미지근한 우정으로 이루어진 우리 세계의 악덕이 계속되게 하기 위한 노래가 필요하다. 오늘 밤 뉴스를 스쳐 지나갈 죽음을 막기 위한 노래가 필요하다.

그런데 나는 도시를 살리고 싶은 걸까. 혹은 그저 나 자신을 살리고 싶은 걸까.

그녀는 퉁퉁 불어난 몸을 타월로 덮은 채 욕실에서 나왔다. 그리고 니코틴 패치를 팔에 붙이고 거실에 앉아 생각했다.

사실 그날의 가장 이상했던 점은 단발머리의 말과 강연자의 말이 결국 같은 내용이었다는 것이다. 그리고 그것은 오늘 내가 읽은 책의 내용이다. 모두가 같은 것을 말한다. 그것은 망함에 대한 것이다. 아니, 망함을 비는 기도랄까. 그 망함은 실제로 벌어지고 있다. 이것은 그저 나의 망상일까. 어디서나 같은 말이 들리고 같은 것이 보이는 것은, 그저 나의 머릿속에서 일어나고 있는 일인가? 하지만 도서관이 무너졌다. 그것은 사실이다. 내가 봤다. 내가 거기에 있었다. 직접 보았고 페이스북에서 확인했고 유튜브에서, 텔레비전에서,

거듭 확인에, 확인을, 그런데 왜, 확인을 거듭할수록 모든 게 꿈처럼 느껴지는지?

　J는 혼란스러운 기분을 끝내기 위해 텔레비전을 켰다. 놀랍게도 텔레비전 화면에 비치는 것은 단발머리 여자애였다. 그녀는 노래하고 있었다. 그것은 아주 이상한 노래였다. 곡조도 박자도 가사도 없었다. 그러나 그것은 노래가 분명했다. 그녀는 경복궁 근처를 서성이고 있었다. 그녀의 앞으로 연인들이 지나갔다. 뉴스 앵커가 말했다. 오늘 아침 최리 씨는 홀로 청와대로 향했습니다. 그녀는 대통령에게 할 말이 있다고 했습니다. 그러나 그녀는 곧 청와대 앞 초소에서 경비들에 의해서 제지를 당합니다.

　저는 대한민국의 미래가 걱정이 됩니다. 그녀가 기자를 향해 말했다. 우리나라가 망하고 있다구요.

　인터뷰가 끝난 뒤 그녀는 다시 노래를 부르기 시작했다. 노래를 부르는 그녀의 표정에는 걱정과 근심이 가득했다. 그것은 매우 진실되어 보였고, J는 바로 그 점이 놀라웠다. 어떻게 한 인간이 진실될 수 있단 말인가. 그것은 허약함의 징표이고, 그 허약함이 단발머리 그녀의 인생을 망하게 할 것이다.
　J는 안타까운 마음에 핸드폰으로 구글에 접속해 최리를 검색했다. 곧 J는 단발머리의 이름과 나이 학교 심지어 그녀의 몸무게와 그녀의 오빠의 직업까지 알 수 있었다. 그녀는 평범했다. 그녀가 가장 좋아하는 향수는 마크 제이콥스의 데이지였고, 폴 바셋의 카페라테

를 좋아했다. 그녀의 최근 인스타그램에는 이태원의 브런치 카페에서 찍은 사진이 있었다. 한편 그녀는 외국인 노동자를 혐오했으며 동시에 공무원이 되는 것이 꿈이었다. 그녀의 아버지는 실직했으며 새로운 일자리를 구하고 있으나 잘되지 않는다고 그녀의 페이스북에 쓰여 있었다. 그녀는 가족을 위해서 어서 학교를 졸업하고 공무원이 되기를 원했다. 그녀는 얼마 전 남자 친구와 헤어졌다.

곧 악플들이 최리의 페이스북 페이지를 뒤덮기 시작했다.
J는 가만히 그것들을 들여다보았다.
빠르게 바뀌는 숫자들이 마치 살아 있는 듯했다.
에, 징그러워.
메뚜기 떼 같아.

J가 핸드폰을 바닥에 떨어뜨렸다.

텔레비전에서는 여전히 단발머리가 노래를 부르고 있었다. J는 물끄러미 그녀를 바라보며 생각했다. 너와 나는 다를 바가 하나도 없다. 그런데 왜 너는 거기에 나는 여기에 있나. 왜, 너는 노래를 부르고 나는 부르지 않나. J는 어느 때보다 텅 비어 버린 눈길로 텔레비전 속 그녀를 바라보았다. 노래는 계속되었고, 아, 이것은 참으로 아름다운 노래이다, 문득 그런 생각이 들었다. 자막에는 도서관 붕괴로 희생된 사람들의 이름이 빠르게 스쳐 지나갔다. 노래는 계속되었다. 화면이 바뀌고, 광고가 시작되고 나서도 노래는 계속되었다. J는 텔레비전을 껐다. 노래는 계속되었다. 그녀는 부엌으로 향했다. 니코틴 패치를 바꾸고 의사 친구가 준 약을 입에 넣었다. 그러나 노래는 멈추지가 않았다. 창밖의 안개와 어둠은 더욱더 짙어지고 노래는 멈추지 않았다. 안개 속으로 네온색 조명들이 탁하게 불을 밝히고, 노래는 계속되었다. 약 기운이 안개처럼 그녀를 감싸고, 소파에 늘어진 그녀의 눈꺼풀 위로 부드러운 졸음이 내려앉는 동안에도 노래는 멈추지 않았다. 그것은 멈추지 않았다. 그녀는 의사 친구에게 전화를 걸어 떨리는 목소리로 제발 나를 살려 달라고 말했다. 하지만 수화기 너머 들려오는 것은 희미한 노랫소리였다.

추천 우수작

어두운 밤을 향해 흔들흔들

박
솔
뫼

1985년 서울에서 태어났다. 2009년 자
음과모음 신인문학상으로 등단했다.
소설집《그럼 무얼 부르지》, 장편 소
설《을》《백 행을 쓰고 싶다》가 있다.

부산역에서 부산타워가 보이는가 그렇지 않은가 그 둘 다가 맞다고 혼자서 결정지었다. 보이는 것도 같고 아닌 것도 같고 그러고 보면 안개 속에 서 있는 부산타워를 부산역 앞에서 본 듯도 하지만 그게 언제야? 진짜 본 거야? 하고 물으면 자신이 없었다. 어떤 것은 분명하게 기억이 나는 것이 있다. 부산역을 지나 중앙동 일대 골목길에서 고개를 돌리면 보이던 부산타워. 남포동에서도 부산타워는 보였고 그 역시 기억이 난다. 부산역 앞에서 부산타워가 보이는가 봤던 것도 같아 보일 거야 생각하다가도 확실히 본 적은 없으니 보인다고 말할 수 없지! 결론을 내리면 안 보일 리가 없잖아 그래도 타워이고 높은 지대에 있고 그리 멀지도 않잖아라는 생각을 하게 되고 그렇게 몇 번이나 그런가―아닌가―그런가―아닌가―생각했다. 어떨 때는 부산타워의 모습도 가물가물했는데 곰곰이 생각해 보면 어떨 때가 아니라 늘 언제나이지 않나. 누군가가 부산타워를 들이밀고 북경의 동경의 시애틀의 그리고 또 어디의 어떤 타워를 들이밀어도 과연 그것들 사이에서 부산타워를 짚을 수 있나 자신이 없었다. 애초에 타워라는 것이 본다고 아 이렇게 이렇게 생겼지 하고 기억하게 되는 것이 아니었다. 어디의 어느 타워라도 보통은 그렇겠지. 타워를 그려 보라는 숙제를 해 간 아이들 정도가 기억할 것이다. 뚜렷한 타워의 모습은. 그런 숙제를 내 주는 학교가 도무지 부산에는 없을 것 같지만. 왜인지 외국의 독일 같은 데서 그런 숙제를 내 줄 것은 같다. 다시 생각해 보니 매일 부산타워를 보는 아이들도 왠지 타워의 모습만큼은 잘 모를 것 같고 누가 부산타워는 이런 모습이었지 하고 기억해 줄까. 아주 아무 일도 아닌 듯이 쉬운 일처럼 누구나가 그리는 것이었으면 좋겠다 하고 부질없이 바라보다 말았다.

낮에 부산타워에 한번 가 볼까 그랬나 하는 생각이 이제야 드는데. 에스컬레이터를 타고 아니면 계단을 오르고 그도 아니면 공원을 향한 산책로를 따라 걷는다 부산타워를 향해. 입장료를 내고 엘리베이터를 타면 안내원은 현재 위치와 높이를 설명해 주고 아주 빠른 속도로 오르지만 실제로 그 속도를 크게 느낄 수는 없고 엘리베이터에서 내리면 창을 통해 강하게 들어오는 햇살에 눈이 부신 얼굴을 하는 것도 좋았을 것이다. 그게 아니면 비 오는 오후 창에 빗방울이 맺히고 다른 날이면 절대 마시지 않을 타워 내 매점에서 파는 커피를 그곳에서 마실 수도 있을 것이다. 창가에서는 비 냄새가 날 것이다. 가만히 생각해 보았는데 낮에 타워에 가는 것도 좋았을 것이다 정말. 생각해 보면 내가 야경이라는 것을 보려고 애썼던 것은 아니었는데 어째서인지 늘 밤에 그곳을 향했고 엘리베이터 문이 열리면 주황색 불빛들이 창에 가득했다. 그래서 정확히 타워의 모습을 기억할 수 없는 건가. 그릴 수 있을 듯하지만 아무래도 희미한 느낌이었다. 아무래도 희미한 느낌. 뿌옇고 잡히지 않는 모습. 그런 것을 매일 밤 생각했다. 잠이 들기 전 마음속으로 연필을 들고 선을 긋듯이 천천히.

부산타워의 모습은 언제나 희미했지만 내부는 비교적 선명했다. 엘리베이터를 타고 내리면 우선 바깥을 잘 볼 수 있는 커다란 창이 보였고 창 밑으로는 목욕탕 타일 같은 크기와 색으로 단지 그보다는 좀 더 화려하고 반짝거리는 느낌의 타일이 박힌 벽이 보였고 창과 타일을 따라가면 내부는 원형에 가까운 다각형의 공간임을 알 수 있었다. 창과 창 사이 남는 공간에는 세계의 다른 타워들의 사진들도 액자에 걸려 있었다. 어디의 어떤 타워는 몇 미터이고 언제 지어졌으며 그런 것들. 하지만 무엇보다 선명한 것은 커다란 창 가득 보이는 주황색 불빛들 이런 것을 사람들은 우리들은 야경이라고 부르고 야경은 건물들이 만들어 내는 것도 같고 자동차들이 만들어 내는 것도 같았고 그 둘 다이었겠지만 부산타워에서는 언제나 가득했다는 것만은 같았다. 가만히 생각해 보면 부산타워의 창에서 야경이 보이기도 했지만 밤중의 부산타워도 밤 속에서 빛나고 있었다. 문득 고개를 돌려 빛이 나던 타워를 볼 때면 아 빛나고 있어 하고 중얼거리다가도 저곳에 올라가면 더 빛이 나는 것들을 볼 수 있겠지 생각했다. 그런 몇 가지 기억들이 사진처럼 찍혀 부산타워의 모습을 그리려고 하면 부산타워의 모습보다 먼저 기억이 나고는 했다.
엘리베이터는 내린 층에서 한 층 더 올라가서 탈 수 있었는데 그곳에 아이스크림과 커피를 파는 작은 매점이 있었다. 창에 서서 반짝이는 주황색 불빛들을 바라보면 아 저곳은 어디인가 아득하다 느끼다가 잠깐 고개를 위로 하면 저곳이 어디인지 알려 주는 이름들이 있었다. 타워 내부의 창마다 그 창에서 볼 수 있는 장소들이 쓰여 있었는데 예를 들어 부산여객터미널이라든지 부산역이라든지 그런 것들이었다. 여기까지 생각해 보면 타워에서는 부산역이 보이는 것이 당연하고 부산역에서도 타워를 볼 수 있는 것이 분명히 당연할 것이다. 그저 내가 본 적이 없어 그런가 하고 있을 뿐이었다. 후에 나는 내가 부산타워에 대해 품었던 확신할 수 없는 몇 가지 것들이 실은 너무나 간단하고 명확했다는 것을 알게 되지만 그 모든 것을 알게 되는 시간을 지나온다고 해서 바뀌는 것은 없었다. 그저 가만히 그려 보다 말게 되는 것이었다. 결국에 이르러도 말이다.

"부산타워는 꽤 이상한 모양인데?"

"그래요?"

"응. 그냥 봐도 좀 이상한데."

"그냥…… 뭔가 솟아 있는 거 아닌가요? 그냥 솟아 있고 꼭대기는 좀 뾰족하겠고 중간에 불룩한 부분도 있을 것 같고 뭐 그냥 그런 거요."

"아냐. 이거 봐. 이런 게 달려 있다고 타워에. 이상해. 이상한 모양이야 역시."

이 이야기를 해 준 것은 부산타워를 반복적으로 그리던 사람이었는데 그 사람은 흰머리가 섞인 짧은 머리에 터틀넥 스웨터와 청바지를 자주 입고 다니는 사람이었다. 우리는 서로에게 어째서 부산타워를 그리느냐 한 사람은 손으로 또 한 사람은 머릿속으로 그렇게 물었는데 우리 둘은 글쎄 하고 고개를 비스듬히 하고 한숨을 내쉬었다. 부산역에서 부산타워가 보일까요 그렇게 물었을 때 그 사람은 당연히 보이지 무슨 소리야 할 줄 알았는데 의외로 내가 할 법한 대답을 했다.

"글쎄. 당연히 보일 텐데 그 자리에서 본 적이 없는 것 같은데? 본 적이 없어서 뭐라 말을 못 하겠네." 그리고 그는 고개를 다시 스케치북으로 향했다. 부산타워를 그렸다.

부산타워를 그리는 사람들은 그 후로도 몇이고 더 보았다. 부산타워를 찍는 사람들도 보았고 영화를 만드는 사람은 두어 명 정도 보았다. 그들 전부를 만났다는 것은 아니고 아 이런 사람들이 있네 하고 알게 되었다. 고리원전 사고 이후 많은 사람들은 부산을 떠나거나 한국을 떠났고 하지만 다른 사람들은 그대로 살던 곳에서 살 수밖에 없었다. 높은 빌딩은 순번을 돌아가며 밤에 조명을 켜지 않게 되었다고 해야 할지 하기로 했다고 해야 할지 아무튼 그렇게 되었는데 그것은 조금 이상한 일이었다. 사고 이후 빛나는 야경 같은 것을 보면 아 우리는 저런 것을 위해서였어요. / 아 우리는 저런 것을 위해서였어요? 하고 한숨을 쉬거나 묻게 되고 그것은 아주 씁쓸하기도 고개를 젓게도 했지만 그렇지만 어떤 사람들은 저런 것을 위해서였어요 바로 저런 것을 위해서였다고요 저런 것이 좋았고 비교할 수 없이 좋아요 하고 말했다. 저것보다 더 반짝일 수 있다면 더욱더 그것을 위해 더욱더 무언가를 했을 겁니다. 그것을 하는 것이라고 할 수 있을지 하는 것이라고 하기에는 들어맞는 것 같지는 않지만 어쩐지 밤이 낮처럼 환하기 위해 무언가를 흘리고 멈추고 웃어 버리는 것은 그것대로 어떤 나름의 길이라는 생각이 들어요 하고 말했다. 그 사람은 아주 피곤하고 추워 보였는데 그 이야기를 하기 위해 남은 힘을 간신히 짜내어 쓰고 있는 것처럼 보였다. 바짝 마른 입술 끝은 하얗게 일어나 있었다. 그러다 죽을 것이다. 큰 회사들은 백화점들은 밤의 반짝이는 것들은 규모를 줄이거나 순번을 정해 켜는 날을 정했고 뉴스에서는 옷을 껴입는 것으로 난방 용품의 사용을 줄이자고 했다. 그 내용이 흘러나오던 전광판은 왜 일요일인지는 알 수 없지만 일요일에는 사용을 중지하기로 했다고 한다. 부산시에서 운영하던 부산타워는 타워가 반짝이기 때문인지 부산에 반짝이는 것이 사라지고 있기 때문인지 아니면 예산 문제였는지를 이야기하며 당분간 문을 닫기로 했다고 한다. 나는 그것을 뉴스가 아니라 부산타워를 그리는 사람들에게 들었는데 그 사람은 그런 것은 뉴스에도 나오지 않는다고 했다. 뭐랄까 타워를 일부러 부수는 정도의 일이 되지 않고서야 뉴스에 실리지 않을 것이다. 우리는 아주 바쁘고 안간힘을 써야만 할 것 같았다.

사고 이후 부산타워의 운영이 축소되고 무기한 운영 중지가 결정되자 왜인지 자꾸만 그것을 그려 대는 반복적으로 그리고 또 그려 대는 사람들이 나타났다고 해야 할지 생겨났다고 해야 할지 그렇게 되었고 나는 그런 것을 하지 못해 가만히 앉아 부산타워가 어떻게 생겼더라 부산에 사는 다른 모든 사람들은 부산타워라는 말을 던지면 바로 어떤 모습이 머릿속에 그려지는 것인가 생각하다가 부산타워를 그리는 사람들을 다시 떠올려 보고는 했다. 부산타워를 그리는 사람들은 타워가 보이는 계단에 앉아 스케치북을 무릎에 놓고 타워를 보다 그림을 보다를 반복하며 선을 그리나 시우고 나시 그리고는 했다. 계단 위에는 구둣방 같은 간이 건물이 두 개 있었는데 하나는 종이컵에 커피나 유자차를 타서 파는 곳이었고 다른 한 곳은 일본 문고본을 가져다 파는 곳이었는데 책의 대부분은 헌책이었다. 커피 가게에는 작은 간판이 있는데 커피잔 모양으로 된 검은 스티커가 붙어 있었다. 부산타워를 그리는 사람들은 나는 에펠탑도 유럽의 어느 거리도 밟아 본 적이 없었지만 어쩐지 에펠탑이나 성당, 미술관 앞에서 죽치고 앉아 그림을 그려서 파는 사람들처럼 너덧 명이 늘어서 앉아 부산타워를 그리고 또 그리고 있었다. 그러다 담배를 피우고 구둣방 같은 커피 가게로 가서 종이컵에 든 커피를 사 마신다. 누군가는 사진을 찍기도 했는데 그 사람은 멀리서 가까이서 부산타워를 찍고 또 찍었다. 그렇게 부산타워를 그리는 사람들 중 일부는 부산타워의 운영 재개를 위한 활동을 하는 사람들이었는데 우리에게는 위안이 필요하니까요 부산타워는 부산의 상징 중 하나입니다 실의에 빠진 사람들에게 부산타워는 작은 위안을 줄 것입니다 이런 이야기를 하였다. 아무런 도움을 주지 못하고 오히려 손해를 주는 것처럼 보이는 것들이 우리를 위로하고 다독여 줍니다. 어떤 사람들은 바로 그 이유 때문에 부산타워는 해운대의 높은 빌딩들은 서울의 63빌딩과 남산타워와 그리고 그리고 이어지는 많은 것들은 불을 꺼야 한다고 말을 했는데 사실 부산타워든 뭐든 빌딩 몇 개가 전체 전력난에 엄청난 영향을 끼치지는 않습니다 그러나 우리 모두 아주 나쁜 상태임을 절대로 잊어서는 안 됩니다 무엇이 벌어졌는지 환한 야경을 보면서 아 그러나 아름답네 고개를 돌리면 안 됩니다 발밑의 금이 간 유리를 덮으면 안 돼요 우리는 그 위에 서 있는 것입니다 하고 말했는데. 부산타워를 그리는 사람들은 둘 중 어떤 의견을 가졌건 아무 의견이 없는 사람들이건 부산타워를 반복적으로 그리는 것은 같았다. 그리고 또 그리기만 하였다. 내가 본 적이 없는 것인지 모르겠지만 유화 물감을 사용하거나 수채화를 그린다거나 하는 사람은 아직 없었고 다들 강박적으로 스케치북에 연필이나 펜으로 부산타워를 반복해서 그리고 또 그렸다. 검거나 회색의 부산타워가 흰 종이 줄 노트 신문 귀퉁이 영수증 조각에서 크고 작은 크기로 나타났다가 겹쳐졌다가 사라졌다. 그리고 다시 나타났다. 부산타워 커다란 부산타워 건물들 사이에서 멀리 보이는 부산타워 점처럼 작은 부산타워 바다 너머 부산타워 수십 수백 개의 부산타워가 겹쳐졌다 반복되었고 넘겨졌다 나타났다.

부산타워를 그리는 사람들 중 내가 가장 친하게 지낸 사람은 부산타워 그 자체였는데 아직도 이걸 뭐라고 불러야 할까 생각하다가 만다. 생각하다가 말게 되는 것은 이것 말고도 많지만 아무것도 이것만큼 난감하지는 않았다. 부산타워를 만나게 된 것은 부산타워를 그리기 시작한 사람들이 생겨난 그즈음이었다. 부산타워의 운영을 당분간 중지하게 된 그즈음이라고 해도 될 것인데 사실 뭐래도 무슨 상관인가 뭐라고 해도 조금 이상해서 어느 겨울날이라고 하는 것이 낫겠다.

그때 나는 여느 때처럼 침대에 누워 이런저런 것들을 생각하다 다시 또 부산타워를 생각했는데 그때까지 내 옆에 누워 잠을 자던 고양이가 일어나 팔을 길게 위로 뻗어서 나를 놀라게 하더니 다시 이불 속으로 들어갔는데 고양이가 팔을 뻗은 자리에 고양이와 같은 크기의 부산타워가 서 있었다. 그것은 실제처럼 시멘드로 민들이졌고 어쩌고저쩌고 이러저러해서 실물과 같았다는 것이 아니라 꼭 그와 같은 형태의 것이 서 있었다. 나는 이불을 들춰 고양이의 이름을 불러 보았지만 그 애는 가만히 있고 나는 손가락으로 눈앞에 보이는 부산타워의 형체를 따라 그려 보았고 꼭대기에서 시작한 손가락이 바닥에 왔을 때 타워의 형체는 사라지고 없었다. 눈을 감고 이불을 머리까지 뒤집은 다음 이게 뭐지 이게 뭐지 생각하다가 손가락을 감싸고 방금 그게 뭐였지 뭐였지 다시 생각하다가 천천히 숨을 고르고 다시 손가락으로 따라 그려 보았던 부산타워를 머릿속으로 떠올려 보았는데 이전보다는 뚜렷한 듯했지만 두 번 세 번 다시 떠올려 보려고 하니 처음처럼 뚜렷하게 떠오르지는 않았고 여전히 희미했다. 그러자 갑자기 베고 있던 베개가 스르륵 머리 밑에서 빠져나가 아까 고양이가 팔을 뻗던 자리로 가더니 베개 크기의 부산타워의 형태가 되고 고양이가 만들어 낸 타워와 베개가 만들어 낸 타워는 둘 다 실물이라기보다는 형태라는 것은 같았지만 아주 미세하게 미묘하게 고양이가 만든 타워는 좀 더 고양이 같고 베개가 만든 타워는 베개 같았다. 베개는 임무가 끝났는지 내가 무서워하며 이불 속으로 머리를 집어넣자 빠져나올 때처럼 다시 스르륵 침대로 돌아왔다. 아까 그 자리로.

　일주일에 두어 번 이 일은 반복되고 책이나 인형이 아니면 냄비나 주전자가 타워가 되기도 했지만 대부분은 고양이가 타워가 되었고 어느 날인가 고양이가 타워가 되기 위해 팔을 뻗을 때 나는 고양이의 팔을 붙잡고 아직 안 돼! 하고 고양이의 양팔을 잡고 말렸는데.

　"왜 안 되는 거지?"

　"그게."

"별 이유는 없는 거지?"

"네가 고양이였으면 하니까."

"응."

고양이는 스르륵 팔을 빼내고는 내 무릎으로 와 잠이 들고 타워는 타워인 채로 말을 하기 시작했다. 타워는 자신에 대한 이야기를 많이 했는데 타워를 쳐다보며 그 이야기를 들었음에도 이불을 덮고 누우면 많은 것들이 희미하기만 했고 그러면 고양이는 다시 팔을 뻗으려 하고 나는 고양이가 만든 타워를 가만히 보기도 했지만 두 번에 한 번은 고양이의 팔을 붙잡고 안 놔 주다가 발버둥 치는 고양이에 못 이겨 손을 떼고는 했다. 손과 팔에 발톱 자국이 몇 개나 생겼다. 자려고 누우면 연고 냄새가 났다.

그 어느 때라도 눕고 나면 타워의 모습은 점차 희미해졌고 나는 타워의 모습을 다시 머릿속으로 떠올려 보려 애쓰다 잠이 들었다.

사고 이전에 비해 확연하게 어두워진 길을 걸으면 그렇게 무언가라도 밝히고 있는 것이 좋은 것일지도 모르겠네 생각하다 말았다. 어두운 길은 사람을 움츠러들게 했고 가끔 길가의 쓰레기통 같은 것이 부산타워가 되기도 했다. 피난을 가는 것은 어려운 일이야 갈 곳이 없어 중얼거리면 부산타워는 고양이의 형태로 바뀌어 어슬렁어슬렁 전혀 고양이 같지 않게 마치 동물원의 사자나 호랑이의 걸음으로 어떨 때는 정말로 사자가 되어 나보다 약간 낮은 눈높이에서 골목을 걷고는 했는데 이게 뭘까 하는 생각이 들었지만 그저 같이 걷기만 했다. 시간이라는 것은 때로 아주 이상해서 어디서 시작하느냐에 따라 이미 겪은 과거도 미래처럼 느껴지고 오지 않은 미래도 아주 눈에 훤히 보이는 구닥다리처럼 느껴지기도 했다. 30년 40년 전에는 SF 소설을 쓸 때 앞자리가 2로 시작하는 시대에는 아주 상상도 못 할 일들이 벌어질 것이라고 생각하고 사건들을 꾸몄는데 그 소설들에는 정말 굉장한 일들이 있어서 그런가 이미 지나 버린 2천 몇 년 2천몇 년 그리고 또 2천몇 년들이 과거 같지가 않고 두려움과 놀라움에 어쩌면 즐거움에 눈을 가리고 보아야 할 미래처럼 여겨지는 것이다. 사고가 난 고리 1호기는 77년에 지어졌고 이미 지나 버린 2007년에 30년으로 설계했던 수명이 다 되어 잠시 운행이 중단되었는데 이런 것은 SF도 아니고 뉴스도 아니고 사실이라고 해야 할까 어떤 사건 정도겠지만 77년이라는 점에 발을 갖다 대 보면 77년이라는 시점은 과학이요 미래요 에너지요 발전이요 개발이요 선진국이요 그것이 만들어 낸 밝은 기운 같은 것에 휩싸여 우리가 옛날이라고 그때라고 부르는 과거 전혀 그런 과거 같지가 않았다. 하지만 그곳은 너무 눈부셔 뭐가 뭔지 알 수가 없어 오래 있을 수는 없었고 아마 내가 옆의 사람들과 다 같이 손을 잡고 미래의 리듬에 몸을 맡길 수 있었다면 눈부신 곳에서 웃음을 터뜨리며 살아 볼 수도 있었을 것이다. 눈부신 미래 1977년에서 말이다. 그보다 좀 더 현실감 있는 미래라면 2007년인데 그때 정말로 운행을 재개하지 않고 중지해 버렸다면 나는 어두운 골목을 사자와 걷지 않아도 되었겠지? 사자와 걷는 것 자체는 나쁠 것은 없었지만. 내가 살아갈 수 있었던 2007년이라는 미래는 사고 이전의 생활 그대로일 것이다. 사람들은 떠나지 않고 우리는 죽지 않는다. 그 모습은 아주 평범하고 별다를 것이 없었지만 2007년이라는 점에 서서 본 미래는 아주 생생하여 그대로 훔쳐서 주머니에 넣고 싶었다.

그건 그렇고 아무튼 그 사자는 갈기가 달린 수사자가 아니라 암사자였는데 집에 들어갈 때에 보니 나보다 두어 걸음 뒤에서 내가 대문을 열고 잘 들어가는지를 지켜봐 주고 있었다. 방문을 열자 기다렸다는 듯이 고양이가 침대 위에서 점프를 하여 역대 최고로 높은 타워를 만들어 냈다. 나에게 팔이 잡히는 것이 싫었나 봐.

내가 부산타워가 어떻게 생겼더라 그런 생각을 많이 했기 때문에 부산타워가 내 앞에 나타난 것인지 아니면 그렇게 되기로 되어 있는데 우연히 내게 나타난 것인지는 알 수 없었지만 한번 나타난 타워는 사라지지 않고 없어지지 않고 오히려 때로는 불어나기도 했다. 어떨 때는 그날의 암사자처럼 다른 무엇이 되어 어슬렁어슬렁 내 뒤를 따랐다. 그런 생각이 들기도 했는데 도시가 어두워지니까 점점 이상한 것들이 나오는 건가 이상한 것들이라고밖에 말할 수 없는 것들이 나올 수 있게 된 건가 싶어졌고 그런 생각이 들 때면 정부의 권고를 배반하여 커튼을 내리고 형광등을 켜고 잠이 들었다. 그렇다고 뭐 달라지는 것은 크게 없었지만 확실히 어두운 골목을 거리를 걸을 때면 암사자가 나와 함께 걷고 어느 날은 개가 컹컹거리며 뛰어나가 골목 끝에서 우리를 기다리다 그대로 부산타워가 되기도 했다. 내 어깨 위에는 처음 보는 새가 앉아 있다 날아갔다. 그것은 동화에 나올 것 같은 선명한 푸른색의 새였다. 날아간 새는 타워의 꼭대기에 잠시 앉았다가 다시 사라졌다. 나를 따라다니는 것은 동물과 부산타워뿐만이 아니었는데 또 뭐가 있었냐면 피리, 피리와 북 그리고 피아노 피아노와 트럼펫 같은 것들이었다. 북을 치는 제복을 입은 곰을 본 다음 날에는 날이 밝자마자 사람들을 만나기 위해 서리를 쏘다녔는데 이렇다 할 얼굴들은 볼 수 없었고 사람이 없나 보다 도무지 그저 허기질 때까지 걷다 지쳐 집으로 돌아왔다. 집에 돌아오니 여전히 부산타워가 서 있었고 나는 씻고 나와 드러눕는다.

"너는 몇 개나 있는 거야?"

"하나지 하나야."

"어떻게?"

"거기 서 있는 것으로 하나지."

"하나."

"그러니까 지금 나는 그림이지. 사진 같은 거야."

"내가 자꾸 못 그리니까?"

"그런 셈이지."

"다른 사람들에게도 나타나는 거야?"

"그만 좀 물어봐."

다시 또 사라졌다.

그게 꼭 재미있다거나 너무 좋았다고 말할 수는 없었지만 환한 곳이라고 재미있는 것은 아니었으므로 밤이 되면 사자와 함께 산책을 했다. 사자와 함께 걸으면 길가의 많은 것들이 대답을 해 왔는데 어떤 전봇대는 긴 막대기가 되어 장대높이뛰기를 하였다. 뛰는 사람은 보이지 않고 달려나가는 소리와 움직이는 바람과 장대가 된 전봇대가 골목 안 어느 한 지점을 짚었다 다시 바닥에 떨어지는 것을 보았다. 사람들이 떠나고 없는 빈집에서는 더 많은 것들이 대답을 했는데 북을 치는 곰을 냄비와 그릇들이 따라다니며 박자를 맞추었다. 사자는 어느 때고 나와 비슷한 걸음으로 걸었고 처음에는 사자가 내 발걸음에 맞추는 듯했지만 시간이 지나고 보니 나도 사자처럼 조금은 어슬렁어슬렁 걷고 있었다. 그러고 집에 돌아오면 타워가 된 고양이는 다시 고양이가 되어 이불 속에 누워 있었고 타워는 내가 잠이 들 때까지 자신에 대한 이야기를 했는데⋯⋯

"부산역에서 내가 보이느냐 마느냐 그 정도가 아니지. 내가 서 있는 곳에서는 대마도까지 보인다고. 물론 대마도에서도 역시 내가 보이는지 그것은 좀 다른 이야기지만. 오늘은 여기저기를 다녔지? 그래서 이렇게 일찍 잠이 드는군. 나에게는 많고도 많은 데다 길고도 긴 이야기가 있는데. 내가 본 사람들은 굉장한 사람들이었는데. 별 희한한 것들이 오기도 했는데. 벌써 자 버리는 거야 이렇게 금방!"

그리고 또 어떤 날 어떤 길에서는 어두운 거리에 외국인들이 지나다녔는데 이 사람들은 어디서 누가 불러온 것이 아니라 그저 그곳에 사는 사람들이었다. 그 사람들 중 한 명은 나처럼 사자를 부르거나 할 수 있었는데 그렇게 불려 온 것은 공작새였고 나의 사자와 그 사람의 공작새는 골목길에서 스쳐 지나가고 러시아인으로 보이는 긴 머리의 그 사람은 뒤를 돌아보니 어깨에 뱀을 얹고 있었다. 나와 사자는 다시 방향을 돌려 살금살금 공작새의 뒤를 따랐는데 한참을 따라가다 뒤를 돌아본 뱀에 왠지 잔뜩 움츠러들어서 다 관두고 집으로 돌아갔다.

내 방이 아닌 밝은 곳에서 부산타워는 나타나지 않았고. 부산타워나 암사자가 귀신이나 유령이나 도깨비라고 생각하지는 않았지만 그렇다고 암사자를 암사자는 암사자이므로 동물원이나 경찰서에 신고하겠다는 생각은 전혀 들지 않았다. 어떤 이상한 것이었다. 그렇게 일고 있었나. 나는 아는 것이 없지만 내 뒤를 냄비가 대야가 따르는 것을 무당이나 무당이 아니더라도 오래 산 할머니들이 본다면 뭔가 아주 활발하게 잘되어 가고 있다는 것을 알 수 있을 것이다. 밤이면 이상한 것들이 쏟아져 나와 할 일들을 하고 있다는 것을 말이다. 해운대구 전체에 대피령이 내려졌다고는 하는데 해운대에 집을 샀던 외지 사람들은 다시 그것을 팔러 부산에 내려왔을까. 원래 살던 사람들은 이미 밀려나서 생각보다 많지 않았다고 했다. 초량역 근처 망해 버린 입시 학원 옥상에 올라 먼 곳을 바라보며 시간을 보냈다. 대낮이라 햇살에 눈이 부셨다. 낡은 건물들이 벗겨진 시멘트들이 낮게 좀 더 낮게 등을 맞대고 있었다. 저 파란 페인트 건물에는 선원모집 선불가능이라고 쓰여 있다. 나는 그것을 알고 있다. 빈 건물을 알고 있다. 잠자코 등을 돌려 앉으면 또다시 벗겨진 페인트들이 가난하게 나란히 앉아 있었다. 나는 나중에 일을 할 것이다. 일을 잘할 수 있을 것이다. 주어진 일을 생글생글 웃으며 그럴듯하게 해낼 수 있을 것이다. 그럴 것이다. 일을 하여 돈을 벌어 내 방을 가질 것이다. 내 방에는 침대와 테이블이 있을 것이다. 커튼이 있을 것이다. 그리고 그 방에서 나는 드라마를 볼 것이다. 드라마를 보며 볶음밥을 만들어 먹을 것이다. 맛있게 볶음밥을 먹으며 드라마를 볼 것이다. 볶음밥을 다 먹으면 커피를 마실 것이다. 테이블에 앉아 커피를 마실 것이다. 커피를 꼭 마실 것이다. 그것은 내 손에 들어올 것이다 그렇게 속삭이는 나의 목소리가 들렸다. 그 목소리는 너무나 강력해서 그것의 증명을 위해서라면 이 건물도 부술 수 있을 것 같았다. 내가 뛰어오르면 건물은 서서히 금이 가 부서지고 나는 털끝도 다치지 않고 잔해를 헤치며 걸어 나올 것이다 그 정도였다. 크게 숨을 들이쉬고 내쉬고 그것을 여러 번 하다 옥상에서 내려왔다. 건물

입구에서 옥상까지는 혼자서 올라갈 수 있는 철제 계단이 놓여 있었는데 그것은 텅텅 소리가 났다. 어떤 신발을 신고 가도 텅텅 소리가 났다.

부산역에 오면 자꾸만 부산타워를 찾아본다는 것을 잊어버리게 되고. 스스로도 정말로 납득이 안 될 정도로 쉽게 잊어버리게 되고. 나는 역 안 벤치에 앉아 멀리 보이는 바다를 바라보았다. 아직 컨테이너들은 그대로 쌓여 있었고 커다란 배들이 묶여 있는 것이 보였다. 바다가 있고 바다와 같은 색의 컨테이너들이 쌓여 있고 커다란 배가 있고 그 모습은 어쩐지 77년에 발을 올려놓는 것처럼 미래요 발전이요 무역이요 수출이요 하는 선진국의 리듬을 느끼게 해 주었지만 왠지 요즘은 이전만큼 생생하지는 않았다.

"뭐가 움직이고 있네요."

고개를 돌리니 마르고 키가 큰 남자가 자신의 양 손바닥으로 졸린 얼굴을 비비고 있었다.

"뭐가요?"

남자는 내 옆으로 와 앉더니 잠시만 기다리라는 손짓을 했다. 왠지 허둥지둥하고 있는 몸짓으로 바지 주머니를 뒤지다 코트 주머니를 뒤지다 그래도 안 나왔는지 다시 코트 속주머니를 카디건 주머니를 뒤졌다.

"제가 요즘 생각하고 있는 건데요. 나중에 만나면 꼭 보여 드릴게요."

"뭐가요?"

"식물요."

"식물요?"

"네. 식물요."

"식물이 움직인다고요?"

"네. 아는 분 중에 과학자가 있거든요. 그분께 도움을 받기도 했고 저 스스로도 이것저것 찾아봤는데 식물들이 사람들이 짐작하는 것 이상으로 재생 능력이 탁월해요. 온 생태계가 그렇다고 할 수 있겠지요. 물론 사람들은 잘 모르겠지만요. 오염된 토양에서도 3세대가 지나면 원래 깨끗한 곳에서 살던 식물과 다를 바 없이 완전히 스스로 재생하는 거예요. 사람들이 요즘 다 막 걱정하잖아요? 제가 말씀드리는 것은 체르노빌에서 발견된 연구 결과인데요. 체르노빌의 식물들도 3세대가 지나면 이전과 다름없이 설사 사고 직후에 기형이 나타났다고 하더라도 3세대가 지나면 완전히 회복된다는 것이 밝혀졌어요. 저는 그걸 가지고 요즘 글을 써 볼까 하고 있는데. 아주 재미있지 않을까 그런 생각을 해요. 식물들과 거기서 나아가 사람들에게도 그것은 관계가 있는 사실이다. 그런 것들요. 생명이 가지고 있는 큰 힘과 재생 능력 그런 것에 대해서요."

움직이는 식물로 시작한 남자의 이야기는 생명은 모든 것이 다 연결되어 있다는 이야기로 넘어갔고 그것을 보여 주기 위해 어떤 공식인가를 말했다. 말하다가 내 얼굴을 보더니 내 노트를 가져가 공식을 써 주었다. 나는 알 수 없는 공식이었다. 그 사람이 저런 이야기를 해도 괜찮다. 할 수 있는 이야기이다. 웃으며 고개를 끄덕끄덕했다. 끄덕끄덕해 주었다. 우리는 다시 만나게 될지도 몰랐다. 나는 이곳에 올 것이고 또 올 것이고 그리고 다시 올 수밖에 없을 것이다. 나는 거절하는 것 없이 풀을 보러 가자면 가고 풀을 뜯으러 가자면 갈 것이다. 그 사람은 내 노트에 자기네 집 주소를 써 주었다. 금은 방이 있는 건물 2층이었다. 우리는 이곳에 올 수밖에 없을 것이다.

　부산역에서 부산타워가 보이는가 그렇지 않은가 가끔 그 문제를 생각했다. 오랫동안 가끔 그 문제를 생각했다. 보이지 않을 리가 없는데 그 자리에 서서 그것을 본 적이 없으니 보인다고 할 수가 있나 그러나 보이지 않을 리는 없을 텐데 생각은 꼬리를 물고 이어졌다. 그 문제가 어떤 쪽으로도 대답하기 힘들어진 것은 내가 부산타워를 만나기 시작한 이후로라고 해야 할지 부산타워가 내 앞에 나타난 이후라고 해야 할지 아무튼 그로부터 그리 오래되지 않은 때였다. 낮에는 누워 있다 가끔 일어나 길을 걷고 밤에도 누워 있다 가끔 일어나 산책을 했다. 밤의 산책에는 어김없이 암사자가 나와 함께했고 어떨 때는 아주 많은 무리들이 나를 따랐다. 보통 때는 암사자와 나는 나란히 어두운 골목을 걸었다. 가끔 부산타워가 나타났다. 부산타워의 모습으로 말이다. 부산타워가 어떻게 생겼더라 그것은 어떤 모습이었지 어째서 나는 그것을 오랫동안 생각했을까 눈을 감으면 떠올리고 싶어서? 그럴 수도 있겠지.
　어느 밤 문득 그렇다면 실제의 부산타워에 가 보자 하는 데 생각이 미치고 나는 시끄러운 것들을 꼬리처럼 달고 길을 걸었다. 오래된 골목들에는 빈집이 보이고 낡은 건물들에는 불빛이 없다. 나는 암사자와 부산타워를 향해 걸었고 냄비와 밥솥과 대야가 뒤를 따르고 북 치는 곰들과 색종이들이 반짝거리고 개들은 그 사이사이를 헤치고 뛰어다녔다. 부산타워를─다시 한 번─실제로─보자─못 볼 것은─없다─실제로 보자. 그런 노래를 부르면 왠지 정말 아무것도 아닌 것을 열심히 하고 있네 하는 생각이 들어서 기운이 났다.

한참을 걸어 부산타워로 향하는 에스컬레이터에 몸을 싣고 뒤를 따르는 모든 것들은 뒤를 따르고 암사자는 몸이 커서 옆의 계단을 성큼성큼 올랐다. 공원에 도착하여 고개를 위로 향해 그래서 정말 부산타워가 어떻게 생겼지 나는 그것을 똑바로 보리라 다짐하며 고개를 바로 향했다. 이상한 일이지. 부산타워가 있어야 할 곳에는 아무것도 없었고 나의 무리들은 웅성웅성했다. 암사자는 빠르게 주위를 뛰며 사방에 무엇이 있나 살펴봐 주었고 그렇게 애쓰지 않아도 아무것도 높은 것이 없다는 것은 자명했다. 부산타워는 없었고 나와 우리 모두는 아무 할 일이 없어 강강술래를 하다 다시 내려왔다. 부산타워는 어디로 갔을까 언제 사라졌을까. 누가 부산타워를 팔아먹었을까. 에스컬레이터를 타고 내려와 어둡고 텅 빈 거리를 걷기 시작했다. 거리는 곧 떠들썩해지고 어쩐지 아까보다 더 모두가 흥이 나 보였는데 지금으로부터 시간이 좀 더 흘러도 나는 가끔씩 부산역에서 부산타워가 보이는가 그렇지 않은가에 대해 한참 생각에 빠질 때가 있었고 그날 그때 이후로는 보이지 않는다고 고심 끝에 결론을 내릴 수 있게 되었다. 그런 이유로 부산타워를 생각하면 내 고개는 아니 보이지 않아라고 대답하게 되었다. 그런 이유로 밤이 되면 타워를 향해 고개를 들고 손을 흔들게 되었다.

추천 우수작

러브 레플리카*

윤
이
형

1976년 서울에서 태어났다. 2005년
중앙신인문학상에 단편 소설 〈검은
불가사리〉가 당선되며 등단했다. 소
설집 《셋을 위한 왈츠》《큰 늑대 파
랑》이 있다.

* X—Japan의 1991년 앨범 〈Jealousy〉의 삽입 곡에서 제목을 가져왔다.

오래전부터 경은 시간에 관한 표현들을 이해할 수 없었다. 시간이 흐른다면 그것은 액체이거나 기체여야 했다. 영어식 표현대로 시간이 날아간다면 그것은 날 수 있는 몸 구조를 지닌 생명체이거나 자신을 날려 보낼 수 있는 힘과 관계를 맺고 있어야 했다. 경이 이해하는 시간은 그런 특질 가운데 어떤 것도 지니고 있지 않았다. 그것은 가루, 색깔도 맛도 냄새도 없이 불균질적으로 흩어져 있는 가루 무더기에 가까웠다. 시간은 스스로의 의지로 움직이지 않았고 경의 노력에 의해서도 움직이려는 기미를 보이지 않았다.

어떤 사람들이 하는 말, 시간이 자신을 어딘가로 데려갔다거나 데려왔다는 말 역시 경이 이해할 수 없기는 마찬가지였다. 시간은 언제나 그 자리에 그대로 있었고, 그 위에 두 발을 딛고 서거나 앉거나 누운 채, 혹은 몸의 일부가 그 속에 묻힌 채 움찔거리는 것은 경

자신이었다. 그렇게 수없이 만지고 피부가 쓸리면서도 경은 자신을 둘러싼 시간과 제대로 관계를 맺을 수 없었다. 물론 관계가 아주 없었던 것은 아니었다. 시간은 가끔 경을 향해 몰려들었고 온도와 습도 같은 조건이 맞을 때면—이럴 때는 주로 경이 누군가를 사랑할 때였다—경의 몸에 엉겨 붙어 헤어지지 않겠다는 듯, 어딘가로 함께 가자는 듯 머물러 있기도 했다. 그럴 때 시간은 잠시나마 어떤 형태를 지닌 것처럼 보였다. 위아래로 길쭉하다거나 둥그렇다거나 오른쪽이 불룩하다거나 하는 식으로 말이다. 이쪽으로 계속 자라나면 근사하겠다거나 튀어나온 저 부분은 마음에 들지 않으니 튀어나오기 전으로 돌아가고 싶다거나 생각한 적이 경에게도 있었다. 그러나 그것은 단지 순간에 불과했다. 냉정히 말해 바다에서 헤엄을 치고 나와 간이 탈의실에서 수영복을 벗을 때면 사타구니에 엉겨들던 젖은 모래와의 관계보다 나을 것이 없었다. 시간은 경의 내부로 들어오지 않았다. 마른 시간들은 경의 팔다리를 타고 떨어져 혼란스럽게 뒤섞였고 젖은 시간들은 뭉쳐 덩어리를 이루고 있다가 한꺼번에 사라졌다.

사라진다. 그리고 다른 곳에 나타난다. 경이 버스를 타고 시내를 지날 때면 그것은 예전에 살던 동네의 형태로 나타났다. 방 정리를 할 때면 그것은 예전에 풀었던 문제집의 형태로 나타났다. 무료한 밤 맥주를 마시고 있을 때면 페이스북 화면에 예전에 알던 사람들의 얼굴이라는 형태로 나타나기도 했다. 그러나 그런 것들을 보는 순간 경에게 찾아오는 최초의 감정은 그리움이나 반가움이나 회한이 아니라 의혹이었다. 나는 예전에 정말로 저기에 있었던 것일까. 정말로 저곳을 드나들고, 저 책장 귀퉁이에 낙서를 하고, 저 사람과 시간을 보냈던 것일까. 그다음엔 무슨 일이 일어난 것일까. 질문이 여기에 이르면 경의 사고 회로는 기름 덩어리처럼 완고하게 굳어 더 이상 작동하지 않았다. 의혹이 지나간 곳엔 두려움이 깃들었다. 거기에는 죽음이, 그 시간에 자신이 참여했음을 경이 결코 떳떳이 주장할 수 없게 만드는 무수한 죽음이 있었다. 세부가 없이 단지 무언가가 죽었다는 사실만 남아 있는 장소들. 그 장소들이 경을 하나로 이어지지 못하고 뚝뚝 끊어진 채 간헐적으로 존재하는 사람으로 만들었다. 거기 있는 것이 누구의 죽음이었는지 알게 된 뒤로 아무것도 확신할 수 없게 됐다고 경은 말했다.

✺

사실은 그게 좋았던 건지도 모른다.

내가 무슨 말을 해도 이 사람은 금세 잊어버리겠지, 나를 판단하지도 비난하지도 않겠지, 그렇게 생각했었다. 내가 이야기를 요약하고 편집하고 포장해서 전해야 하는 사람, 돈을 받고 꼭 그만큼의 관심과 조언을 내주는 사람과는 달랐다. 경 앞에서 나는 의지를 보이지 않아도 됐고, 반성하지 않아도, 잘했다는 말을 들으려고 애쓰는 유치원생이 된 기분을 느끼지 않아도 됐다. 경은 낯선 사람이었고, 나를 아는 사람이었다가, 다시 낯선 사람이 되었다. 그래서 나는 그녀에게 그런 이야기들을 그런 식으로 쏟아 낼 수 있었다. 그래서는 안 된다는 사실도 모른 채, 내부와 외부의 구분이 없는 생물처럼.

죽었다고?

나는 물었다.

124

정말로 언니가 죽었다 다시 태어났다고 느낀다는 거야? 예수처럼?

⋯⋯아니, 그런 식은 아니고. 어떻게 설명하면 좋을까. 정확히 말하면⋯⋯ 옮겨지는 기분이야.

머리가 아픈 것처럼 눈썹을 찡그리며 눈을 감았다 뜬 경이 테이블 위 냅킨 무더기를 내려다보았다.

내가 여기 있는 동안, 누군가가 멀리 떨어진 곳에다 나를 복제해.

경이 냅킨 한 장을 집어 올려 옆 테이블로 옮겨 놓았다.

머리카락 한 올, 주름 하나까지 지금의 나와 똑같은 형태로. 그러고는 복제가 끝나면, 여기 있는 내 스위치를 끄고 저쪽의 나를 켜는 거야. 그러면,

경이 테이블 위 냅킨을 구겨뜨려 쥐고는 옆 테이블의 냅킨으로 눈을 돌렸다.

방금 전까지 나는 여기 있었지만, 이제 저기 있어. 다음 순간엔, 저기였던 곳이 이미 여기가 돼 있는 거야. 그리고⋯⋯

경이 갑자기 주위를 둘러보더니 한숨을 내쉬었다. 가슴 깊은 곳에서부터 밀려 나오는 것 같은 한숨이었다. 나는 그녀 눈동자의 움직임에서 눈을 떼지 않고 있었다.

이연아, 나는⋯⋯ 지금 이 얘기를 꼭 해야 되니? 내가 전에 너한테 이 얘기 하지 않았어?

그녀는 답답한 듯 허공으로 눈을 돌렸다.

그래⋯⋯ 알았어. 다시 할게. 그러고 나면⋯⋯ 뭔가 어긋나 있다는 생각이 들어. 제대로 옮겨지지 않았다는 생각이. 시간이 지난다는 게, 내게는 그런 뜻이야. 어떤 건지 알겠어?

아니. 나는 솔직히 내뱉었다.

미친 소리 같지…… 하긴 미친 사람 맞구나.

경은 웃었다. 잊고 있던 굉장히 웃긴 일이 떠오른 것처럼 피식 터져 나온 웃음이었다. 웃음은 경의 얼굴 위에서 조금씩 쓸쓸한 빛깔로 변해 갔으나 나는 웃지 않았다.

아픈 사람이다, 나는 생각했다. 나보다 훨씬 더 아픈 사람. 하지만 나는 경의 태연한 표정을, 그녀가 방금 사용한 단어들을, 그녀를 지금껏 알아 온 나를 참을 수가 없었다.

그런 게 아니잖아.

나는 결국 말했다.

시간이 내부로 들어오지 않고, 스위치가 꺼지고 켜지고, 옮겨지고, 뭐라는 거야. 그런 멋있는 표현들을 가져다가 아름답게 포장할 수 있는 게 아니란 말이야. 언니, 언니는 언니가 생각하는 최경이 아니야. 그 사람은 다른 사람이야. 언니랑 이름만 같아. 그 사람은 이 책을 썼고, 언니는 아니야. 모르겠어?

나는 가방에서 책을 꺼내 테이블에 올려놓았다. 구겨진 냅킨을 더 작은 공 모양으로 구기던 경의 손이 멈췄다. 책을 내려다보는 대신 경은 아주 슬픈 눈으로 나를 바라보았다. 오래전부터 이 모든 일이 일어날 것을 알았으나 일어나지 않을 수도 있다는 실오라기 같은 가능성을 끝내 버리지 못한 사람처럼.

사람이 어떻게 죽었다가 다시 태어나?

나는 말했다.

말해 줄게. 언니 그거 허언증이야. 무슨 뜻인지 알아? 아니…… 몰라도 상관없어. 언니가 다른 사람들을 만나서 무슨 얘기를 어떻게 하고 다니든 상관없어. 한 가지만 부탁할게. 나는 거기서 빼 줘. 너무, 무섭고, 그래 무섭고, 소름이 끼쳐. 나라는 사람을 만난 거, 알았던 거, 없던 일로 해 줬으면 좋겠어. 언니, 나는 언니와는 달라. 나한테는 내 감정이 있고 생활이 있어. 언니가 꾸며 낸 얘기에 마음대로 갖다 써도 되는 사람이 아니란 말이야. 알겠어?

✿

경을 생각하면 첫 번째로 떠오르는 것은 얼룩이다. 베이지색 스커트 위에 조그만 타원 모양으로 붉게 배어 나오기 시작한 얼룩이 있고 스커트 아래로는 스타킹을 신지 않아 다소 추워 보이는 그녀의 두 다리가 있다. 내가 바라보자 얼룩은 마치 내 시선을 의식하기라도 한 것처럼 조금 더 커졌다.

내 앞에는 젊은 남자 두 명이 서 있었고 경은 그들의 앞에 서 있었다. 그들이 보았는지는 알 수 없었다. 나는 잠시 망설이다가 그녀에게 다가가 어깨를 두드렸다. 저기, 뒤에 묻었거든요, 귓속말을 했다. 그녀는 깜짝 놀란 얼굴을 하더니 하려던 주문을 그만두고 화장실로 들어갔다. 내 앞의 남자 둘이 주문을 했고, 뒤이어 내가 주문을 했다. 그사이 경은 입고 있던 검은색 카디건을 벗어 허리에 두르고 화장실에서 나왔다. 카운터 직원이 그녀에게 뭐라고 말하는 게 보였다. 큰 프랜차이즈 커피숍이긴 했으나 생리대는 준비되어 있지 않은 모양이었고 손님이 많은 시간대라 직원은 정신이 없어 보였다. 경이 주위를 둘러보고 출입구 쪽으로 걸어가는 것을 보면서 나는 천천히 아이스 아메리카노를 마셨다.

그날 내 가방 속에는 생리대가 여러 개 들어 있었다. 그러나 나는 그것들을 꺼내지 않고 가만히 자리에 앉아 있었다. 생리가 끊기다니 이제 여자도 아닌 몸으로 살 작정이냐고 화를 내며 몇 달 전에 엄마가 가방에 억지로 넣어 놓은 생리대였다. 내 손으로 만지고 싶지 않았다. 가방을 열 때마다 지긋지긋한 기분이었지만 나는 이상한 오기로 그것들을 계속 가방에 넣어 다녔다. 그것들을 보고 있으면 나는 쉽게 폭력이라는 단어를 떠올릴 수 있었고 엄마를, 건강한 사람들을, 그리고 나 자신을 계속 미워할 수 있었다.

일주일 뒤 병원 대기실에서 그녀가 인사를 건네 왔을 때 미묘한 기분이 든 건 그래서였다. 지난번에는 고마웠다고 말하며 경은 고개를 숙였고, 나는 조금 당황해서 아니라고 대답했다. 그녀의 상담 시간은 나의 바로 앞 시간이었다. 그러고 보니 병원에 일찍 도착한 날 자리에 앉아 휴대폰을 들여다보며 무언가를 적어 넣고 있는 그녀를 몇 번쯤 본 것도 같았다. 경은 키가 훌쩍 크고, 머리가 길고, 동안에 선량한 눈매, 전체적으로 서글서글한 인상을 한 사람이었다. 그리고 그런 병원에 다니는 사람들이 대체로 그렇듯 겉으로는 아무런 문제 없이 평온해 보였다.

그 뒤로도 그 커피숍에서 나는 종종 그녀와 마주쳤다. 그렇게 이상한 일은 아니었다. 그 병원이 대로변에 있긴 했으나 동네 자체가 외진 곳이어서 주변에 무언가를 마시러 들어갈 장소라곤 그곳밖에 없었고, 30분 동안의 상담이 끝나면 나는 지독하게 목이 탔다. 아마 그녀도 그랬던 모양이었다.

이상한 일은 몇 주 뒤에 일어났다. 언제나처럼 혼자 커피를 마시고 있는 그녀의 테이블로 걸어가 내가 말을 걸었던 것이다. 놀란 눈으로 올려다보는 그녀를 보며 나는 생각했다. 나 뭐 하는 거지?

128

그날은 무척 더웠고 선생님은 나를 칭찬했다. 나는 천진한 웃음을 지어 보이며 그럼 월말쯤에는 상담을 끝내도 되지 않을까요? 하고 슬쩍 떠보았다. 그런 말을 한 이유는 두 가지였는데, 하나는 그런 바보짓을 계속하고 싶지 않아서였다. 나는 옛날처럼 살이 쪄서 간신히 도드라지기 시작한 골반과 쇄골이 도로 묻히게 하고 싶지 않았다. 다른 하나는 엄마로부터 일을 그만둬야 할지도 모르겠다는 말을 들어서였다. 엄마는 시내에 있는 제법 규모가 큰 산후조리원에서 산후조리사로 일하고 있었다. 3교대 근무였는데 주로 밤 시간대에 신생아를 돌보고, 갓 아이를 낳은 산모들이 수월하게 수유를 할 수 있도록 가슴 마사지를 해 주었다. 제법 솜씨가 좋아 둘째를 낳은 산모들이 멀리서 찾아오는 일도 있었고 그럴 때면 엄마는 보람을 느끼기도 했다. 그러나 기본적으로 체력을 필요로 하는 일이었고 무엇보다 손목과 손가락이 시큰거릴 때가 많았다. 그 조리원이 시내 중심가로 이전하면서 규모를 줄일 예정이었는데 아무래도 인원 감축이 있을 것 같아 불안하다고 엄마는 말했다. 대놓고 말은 안 하지만 공기가 다르더라. 내가 원장보다 나이가 많으니 실장도 아닌데 실장님이라고 부르면서 살갑게 대해 주더니 결국엔 그런 분위기더라. 그럴 거면 처음부터 아줌마라고 부를 것이지. 보통은 출근 전에 저녁을 먹고 가는데, 딱 하루 어쩌다 보니 저녁 챙길 시간이 없어 산모들 식사 시간 끝나고 주방에 샐러드 남은 걸 조금 덜어 먹었는데 그거 가지고 뭐라 하는 거야.

아버지가 있는 집에 도로 들어가는 건 아무래도 싫었다. 매일 얼굴을 보면서 그 사람에게서 받은 돈으로 등록금을 내고 있다는 사실을 상기하기 싫었다. 사�방 생활은 어떻게든 시킬 생각이었으니

월세를 내려면 조만간 아르바이트를 다시 시작해야 할지도 몰랐다. 몇 년 전에 했던 것처럼 하루 종일 서서 닭을 튀기거나 최저 시급을 받으며 서빙과 청소를 하게 될 것이었다. 그런 상황에서 호사스럽게 병원이라니. 끝내는 게 이치에 맞겠다고 나는 생각했다. 그렇게 몇 주가 흘렀다. 낫기 싫다는 마음과 나아야 한다는 당위 사이에서 나는 음식을 먹다가 말다가, 토하다가 말다가 했다. 주로 물을 마셨다. 물은 아무것도 건드리지 않고 몸을 빠져나오니까.

선생님은 몸이 조금씩 정상으로 돌아오고 있고 식단도 잘 지키고 있으니 분명 긍정적이지만 상담을 끝내는 건 천천히 시간을 두고 생각해 보자고 했다. 상담실을 나오자마자 나는 화장실로 들어갔다. 병원에 오기 전 급하게 마신 2리터의 생수가 터질 듯 아랫배를 압박해 왔다. 내 가방 속에는 한 번도 사실대로 적어 본 적 없는 식사 일지가 들어 있었고, 병원 앞 대로변에서는 대학생들이 피켓을 세워 두고 시리아 어린이들을 후원하는 회원을 모집하고 있었다. 나는 커피 한 잔으로 식사를 대신할 것이었고 그 뒤에는 자취방으로 돌아가 대여섯 가지 술과 주스를 섞어 힘들어질 때까지 마신 다음 새벽이 오면 언제나처럼 목에 손가락을 집어넣을 예정이었다.

카운터에서 커피를 받아 들었을 때, 스며 나온 땀이 흐르고 눈가에서 마스카라가 녹아내리는 걸 느꼈을 때, 문득 견디지 못하겠다는 생각이 들었다. 그 모든 일을 혼자 해야 한다는 사실을 더 이상 견딜 수가 없는데 전혀 그렇지 않은 얼굴로 걸어 다니는 내 자신을 견딜 수가 없었다. 이상하게도 그날은 토하고 싶지가 않았다. 당장 토할 정도로 토하고 싶지 않다는 생각뿐이었다. 그래서 나는 웃음을 지으려고 애쓰며 그녀에게 걸어갔던 것이다.

경은 P시의 서쪽에서 태어나 자라났고 대학 졸업 후 독립해 서울에 취업하기 전까지 줄곧 거기서 살았다. 어린아이들이 유난히 많고 집 근처에 초등학교가 있는, 밤이 일찍 찾아오는 동네였다. 새소리와 피아노 소리, 나른하고 구체적인 생활의 냄새로 가득한 낮이 지나가고 밤 10시쯤이 되면 대부분 집들의 불이 꺼졌다. 몰려다니는 남자 고등학생들은 종종 경계의 대상이 되었다. 가끔 자정이 넘어 야식거리를 사려고 인적이 전혀 없는 길을 걸어 편의점에 다녀올 때면 공기가 희박해지는 느낌이 들면서 자기 혼자만 딴 세상에 남겨진 것 같았다고 경은 말했다.

집에서 20분쯤 걸으면 지하철역이 나왔고 거기서부터 번화가의 시작이었다. 외국어로 된 간판을 단 식당과 큰 사이즈의 옷을 파는 상점 들이 있었고 시장 옆으로 유흥가가 넓게 펼쳐져 있었다. 시험 기간 도서관에서 밤늦게까지 공부를 하고 돌아올 때면 경은 좀 무서웠다고 했다. 자신만 그랬던 건 아니었을 거라고.

여자가 나오는 술집들이 있고, 거기서 뿌리는 명함만 한 광고지들이 젖은 길에 온통 뿌려져 있었어. 공기에는 언제나 담배 냄새가 섞여 있었고 취객들이 어깨동무를 하고 입간판을 함부로 걷어차며 걸어 다녔어. 술에 취해 치마가 허리까지 말려 올라간 채 쪼그리고 앉은 여자를 밀쳤다 당겼다 하면서 거래 같은 대화를 하는 남자들이 있었어. 나는 내가 그런 것 때문에 무서운 거라고 생각했어. 우리 부모님은 보수적인 분들이었고, 우습지만 난 술 같은 건 마시면 큰일 나는 거라고 믿고 자랐고, 고등학교 때까지는 그 길도 다니지 않아도 됐거든. 그런데 아니었어.

그 사람을 본 적이 여러 번 있었어. 아마 우리 집 근처에 살았던 것 같아. 동네 놀이터에서도 봤고 우리 집 맞은편에 있는 빌라 입구에서 다른 사람들과 앉아 얘기를 나누는 것도 봤어. 매일 일을 나가는 것 같지는 않았어. 가끔은 동네 아이들과 있기도 했어. 아이들이 그 사람을 좋아했거든. 아침이면 놀이터 바로 옆 공사장에 레미콘이나 포클레인 같은 걸 구경하고 싶어 하는 아이들을 데리고 나온 엄마들이 있었는데 그 사람은 그 아이들에게 중장비 이름을 하나씩 가르쳐 줬어.

그 사람이 말을 걸기 전까지는 몰랐어.

아무 생각이 없었다고 해야겠지. 자주 눈이 마주치다 보니 어느새 난 그 사람과 웃으며 목례를 나누는 사이가 됐어. 아, 그런가, 신기하네, 생각했어. 그렇게 눈인사를 나누면 경은 왠지 마음이 놓이는 기분이었다고 했다. 그 사람들이 어떤 대우를 받고 지내는지 그때쯤엔 경도 대충은 알고 있었으니까. 그 사람은 매일 욕설을 듣거나 얻어맞는 사람처럼 보이지는 않았어. 피곤에 찌들어 있지도 않았고 화난 표정도 아니었어. 좀 다른 곳에서 일하는 모양이라고 나는 생각했어. 어느 나라에서 왔느냐고 물어볼까? 그런 생각도 했어. 물론 그러진 않았지만.

수업이 없는 어느 날 친구를 만나려고 나서는데 그 사람이 집 앞에서 기다리고 있었다고 경은 말했다. 그는 자신의 이름을 말하고 남자 친구가 있느냐고, 괜찮으면 밥을 같이 먹지 않겠느냐고 경에게 물었다.

무서웠어.

아이들이 그 사람에게 다가갈 때마다 굳은 표정으로 아무 말도 하지 않던 동네 아주머니들이 아니라, 가끔씩 강간이나 살인 같은 단어를 들먹이며 과장된 말투로 주의를 주던 부모님이 아니라, 그때까지 자신은 다른 사람들과는 다르다고 믿고 있던 자신이, 그 사람의 입에서 나온 그 간단한 한국어 문장들에 무서움을 느끼는 자신이 무서웠다고 경은 말했다.

나는 그날 친구를 만나지 않았어. 그대로 집으로 들어가 문을 닫았어. 그날 밤 부모님에게 얘기를 했고, 그다음부턴 그 사람을 볼 수가 없었어.

☙

좀 도와주실래요, 토할 것 같아서요. 그게 내가 그날 오후 처음으로 건넨 말들이었다. 경은 얼마나 당황스러웠을까. 그녀 자신도 병력이 있었으니 일반적인 수준의 이해는 있었겠으나 내 사정이 어떠했든 내가 보인 그 행동들은 분명히 폭력에 가까운 무례였다. 경은 조금 곤란한 표정을 짓기는 했지만 묵묵히 내 얘기를 들어 주었다. 묻지도 자리를 피하지도 않았다. 같은 병원에 다니고 부탁을 받았다는 이유만으로 저녁 늦게까지, 모르는 사람과 마주 앉아서 말이다.

경이 그날의 일을 다시 얘기한 건 몇 달이 흘러 내가 경을 언니라고 부르게 된 다음이었다. 네가 생리대 얘기 했을 때 알았어. 보통이라면 당사자를 면전에 두고 그렇게까지 얘기하지는 않잖아. 내가 건강해 보여서 왠지 심술을 부리고 싶은 마음도 있었다고 네가 그랬을 때, 아, 토한다니, 얘 신싸도 토하는 애구나, 생각했어. 믹은 길

토하기 싫어서 다른 걸, 내 얼굴에 대고 토하는구나. 아이쿠야. 경은 웃으며 그렇게 말했다. 그럼 화를 내든지 도망치지 그랬느냐고 내가 말하자 경은 너 같으면 그러겠니? 사람이 토하고 있는데 어떻게 중간에 끊으라고 해, 그게 의지로 끊어져? 하고 대답했다. 그러고는 여전히 웃으면서, 화난 것도 그렇다고 무심한 것도 아닌 표정으로 눈썹을 조금 찡그리며 덧붙였다. 너 근데, 다른 사람한테는 그러지 마. 그 말을 하던 경의 얼굴이 또렷하게 기억난다. 아픈 사람도 건강한 사람도 아닌 평범하고 다정한 타인의 얼굴. 그 순간 나는 경이 정말로 내 언니처럼 느껴졌다. 이 사람이 나라는 번거로운 막냇동생을 오래 알고 지낸 큰언니라면 얼마나 좋을까. 매일 저렇게 웃으며 한숨을 쉬어 주면 얼마나 좋을까. 내게 형제가 없어서였는지 그건 코끝이 시큰해질 정도로 달콤한 상상이었다. 그날 이후 나는 처음으로 생각하게 되었다.

내가 부끄럽다고 말이다.

내 병에 한해 말하자면 비난보다 앞서 위로를 받아야 한다는 게 오랜 시간 동안 단단하게 굳어진 내 생각이었다. 지금은 탈퇴했으나 그때 나는 프로아나* 커뮤니티 회원이었다. 엄마의 눈물과 애원 때문에 병원에 다니고는 있었으나 내게는 낫고 싶다는 의지가 별로 없었다. 가끔은 라면 한 그릇을 바닥까지 달게 비울 때도 있었지만 대체로 음식을 먹는 날보다 먹지 않는 날이 더 많았고, 체중이 35킬로그램이 될 때까지는 계속 토하는 게 옳다고 생각했다. 하지만 그

---

* pro-ana, 거식증을 옹호하는 태도 혹은 그런 태도를 지닌 거식증 환자.

런 내 행동들이 병을 숨기려고 식사 일지를 지어내는 행동보다 특별히 더 역겹게 느껴지지는 않았다. 배가 불렀다거나 여기가 선진국이고 너희들이 할리우드 배우인 줄 아느냐는 식의 노골적인 경멸을 읽으면 정보가 부족해 그러는 거라고 생각하면서도 화가 났다. 너는 살만 빼면 조금은 사람 같아 보일 텐데, 같은 말을 10년 넘게 면전에서 반복해 들어 본 적이 없을 그 사람들의 단순한 논리가 부러웠다. 내가 원하는 건 정상인으로 돌아가는 게 아니라 완전히 다른 몸으로 갈아타는 것, 내가 아닌 사람으로 다시 태어나 다르게 사는 것이었다. 그 병 특유의 닫힌 논리가 자해적인 행동들을 아름답게 보이게 했고, 무엇보다 내게는 어린 시절 외모를 조롱했던 아버지를 비롯해 여러 가해자들이 있었다. 그리고 사회. 내가 내 몸을 아름답게 여기는 데 이 사회가 대체 무슨 도움을 주었단 말인가.

하지만 경을 알게 된 뒤로 나는 자주 부끄러웠다. 고작 나 자신 속에 갇혀서 매일 죽고 싶다고 생각하는 내가, 타인에게 해도 되는 말과 안 되는 말의 구분 같은 기초적인 상식조차 갖추지 못한 내가, 한심하고 창피해서 숨고 싶었다.

경은 달랐다.

열 살이나 많은 나이와 그만큼 쌓인 사회 경험도 있었겠으나 알면 알수록 나와는 근본적으로 다른 사람이라는 생각이 들었다. 경의 머릿속에는 아주 큰 세상이 들어 있었고, 그 세상의 면면들에 대한 의견이 마치 마트의 물건들처럼 깔끔하게 항목별로 정리되어 있었다. 하나하나가 모두 정성스레 만들어지고 손질된 의견들이었다. 그렇게 아는 게 많으면 자신을 과시하며 으스댈 법도 한데, 경은 세상일 대부분에 느리고 조심스러운 태도를 취했고 시간을 늘여 깊이 생각한 뒤에야 입을 열었다. 남을 배려하면서 자신의 기분은 뒤로 숨겼고, 나는 절대 떠올릴 수 없을 단어들을 사용했다.

깊이 생각하는 게 아니라 헤매는 거야. 배려가 아니라 그냥 겁이 많은 거고.

경은 말했지만 나는 생각했다. 저렇게 총명한 사람의 마음이 병들었다는 사실을 믿을 수 없다고 말이다. 가끔 아무 징조 없이 연락이 두절되는 일이 있었고 시간이나 신 따위의 도무지 알 수 없는 말들을 망상처럼 늘어놓는 일도 있었으나 내게 그건 병이라기보다는 경이라는 사람의 성격의 일부로 보였다. 간장을 넣고 오래 조린 반찬 같은 현실 속에 있어도 먼 곳의 일들을 생각하고 꿈꿀 수 있는 사람. 보통 사람보다 예민하고 걱정이 많고 그래서 미안해하지 않아도 될 일에 미안함을 느끼는 사람.

그 남자가 사라지고 몇 주쯤 뒤에 경은 사람들이 주고받는 대화를 우연히 들었고 동네에 거주하던 외국인들이 한밤중에 단속되어 본국으로 추방되었다는 사실을 알게 되었다. 2003년인가 2004년쯤, 불법 체류자 단속과 추방이 절정에 이르렀던 시점이었다고 했다. 그리고 1년 뒤, 경은 어느 인터넷 뉴스에서 그 남자의 이야기를 읽었다. 그의 이름은 이니셜로 처리돼 있었으나 경이 살던 동네의 지명은 제대로 표기돼 있었고, 그가 한국인 여대생에게 데이트를 신청하려고 말을 건 뒤 신고에 의해 붙잡혀 본국으로 추방되었다는 기사였다고 했다. 그는 고국에서 어떻게든 다시 삶을 시작하려 했으나 계속되는 생활고의 무게와 추방되었을 때의 모멸감을 이기지 못하고 가족에게 미안하다는 말을 남긴 채 스스로 목숨을 끊었다.

처음에는 아닐 거라고 생각했어. 경은 말했다. 내가 아니고 그 사람이 아닐 거라고. 그 뉴스의 모호한 서술만으로 어떻게 확신할 수 있느냐고. 본 적은 없지만 동네 곳곳에 나와 비슷한 여대생들이 살고 있고, 그 사람과 비슷한 다른 사람들이 있었을 거라고. 그건 그 사람들 얘기일 거라고. 한번은 그런 생각까지 했어. 그 기사를 쓴 기자한테 전화를 걸어서 물어볼까 하고 말이야. 그런데 그럴 수 없었어. 너 같으면 그럴 수 있겠어? 난…… 겁이 났어.

그 뒤로 그 일이 시작되었다고 경은 말했다. 시간이 더 이상 한 방향으로 흐르지 않았고 무슨 일을 해도 거짓처럼, 자신에게는 자격이 없는 것처럼 생각되었다고.

❦

어느 날 검색창에 경의 이름을 쳐 보았다가 나는 그 책을 발견했다. 특별한 이유는 없었다. 좋아하는 사람의 이름을 재미 삼아 검색하는 건 누구나 하는 일이었고 굳이 이유를 찾자면 그런 이야기들까지 나누었는데도 나는 같은 병원 환자가 아닌 경에 대해, 이를테면 경이 다닌다는 회사—경이 들어가기를 부모님이 원하던 곳이었고 출장이 많다고 했다—같은 부분에 대해서는 아는 것이 그렇게 많지 않았으니까.

《쁘르뜨마난, 삼백육십 일의 기록》은 2009년에 나온 책이었다. 인권 운동가 열두 명이 각각 30일씩의 시간을 할애해 열두 군데의 이주 노동자 작업장을 취재했고 거기서 만난 사람들의 이야기를 글로 써서 모아 묶었다. '친구인 상태, 우정'이라는 뜻의 인도네시아어를 넣은 제목에서 알 수 있듯 외국인 노동자들이 처한 부당하고 열악한 현실을 내세우기보다는 우리와 다를 바 없이 다양한 결을 갖춘 그들의 일상과 감정을 친숙하게 보여 주자는 의도로 기획된 책이었다. 최경이라는 이름은 책의 속표지, 열두 명의 필자 소개 가운데 두 번째에 있었다. 인권 운동가로서는 당연한 일인지 출생 연도나 학교명 같은 것은 표기되어 있지 않았다. 대학 졸업 후 개인적인 계기로 이주 노동자 문제에 관심을 갖게 되었고 몇 개의 단체를 거치며 일했다는, 내가 보기에는 지나치게 짧고 겸손해 보이는 소개글이 사진 없이 실려 있을 뿐이었다.

경의 글은 C시의 시멘트 공장에서 일하는 세 명의 사람들의 이야기를 다루고 있었다. 간단한 소풍을 나온 것인지 나무들 사이에 자리를 펴고 도시락을 먹으며 웃음을 짓고 있는 세 남자를 담은 사진이 중간에 한 장 들어 있었다. 경은 한국에 와 절친한 친구가 되었다는 그들의 이야기를 담담한 어조로 서술했다. 불필요한 감정의 과잉 없이 극도로 절제된, 어찌 보면 다소 차가워 보이는 문장들이었으나 쓴 사람이 따스한 영혼을 가졌다는 사실을 깨닫기는 어렵지 않았다. 나는 그들의 친구가 될 수 있을까. 그게 그 글의 마지막 문장이었다.

나는 그 책을 학교 서점에서 샀다. 서점에 선 채로 연속해서 두 번 읽고 며칠이 지난 뒤에 한 번 더 읽었다. 말들이 목으로 차올랐다. 아무래도 모른 척 지나갈 수 있을 것 같지는 않아서 그 주 상담이 있던 날에 경에게 얘기를 했다.

나는 끔찍하다고 생각했다.

경은 정면 돌파를 한 것이었다. 외면하거나 멀리 돌아갈 수 있는 길이 얼마든지 있었는데도, 자신의 과오를, 죄책감을 향해 곧장 달려들어 갔다. 부끄럽다고 말하는 사람은 많지만 정말로 그렇게 행동할 수 있는 사람이 세상에 몇이나 될까. 내 머릿속에는 자기 소개서를 들고 인권 단체 사무실의 문을 처음으로 두드리는 사회 초년생 경의 상기된 얼굴만이 반복해서 떠올랐다. 그 이후를 상상하는 건 내 한계를 벗어나는 일이었다. 경은 어떻게 그 일을 계속했을까. 하나의 얼굴 위에 다른 얼굴들을 겹쳐 놓으면서, 이야기 위에 다른 이야기를 겹쳐 쓰면서, 도망치고 싶은 자신을 왜 끝끝내 바라보려고 했을까.

아니야, 딱딱하게 굳어진 얼굴로 경은 말했다. 이연아, 그 책을 쓴건 내가 아니야. 다른 사람이야. 나는 그런 사람이 못 돼.

경의 얼굴은 창백했다. 창백하다는 말에 정말로 부합하는 얼굴을 나는 그날 처음 보았는데 그게 경의 얼굴이었다. 경은 슬프고 곤란한 얼굴로 아니라는 말을 반복하다가 가방을 들고 일어나 그대로 도망쳐 버렸다. 아무리 전화를 해도 받지 않았다.

나는 한 사람이 그렇게까지 괴로워야 하는 이유를 이해할 수 없었다. 설령 바닥없는 구덩이에 빠지는 것 같은 그런 일을 겪었더라도 그건 그 사람 혼자만의 잘못이 아니었다. 사람들 모두가 나눠 져야 하는 짐이었다. 그런데도 경이 껴안고 다니는 피로한 강박을 나눠 들어 주는 사람은 아무도 없었다.

나로 말하자면 경의 이야기를 듣기 전에는 이주 노동자들이 우리나라에 들어와 있다는 사실조차 알지 못했다. 먹고사는 괴로움 말고는 별로 관심을 두는 일이 없는 부모님을 나는 이런저런 이유로 경멸했으나 나 역시 크게 다르지 않은 사람이었다. 내가 어른이어서 생계나 사리가 좌우되는 본격적인 이해관계로 얽혔나던 나 또한 피부색이 다른 사람들의 미래를 걱정하기보다는 그들이 불법 체류자라는 사실을 우선적으로 고려하지 않았을까? 나는 P시에 살아 본적이 없었고 그들에 대한 몇 가지 추상적인 이야기와 이미지를 접한것만으로 나라는 인간이 바뀌었다 믿으면서 그런 일은 없을 거라잘라 말한다면 그것이야말로 기만일 거라고 그때의 나는 생각했다. 그렇지만 나는 내가 누구이며 몇 년 전에 무슨 일을 했는지는 정확하게 파악하고 있었다. 만약 경과 같은 일을 겪었더라도 나라면 어떻게든 합리화를 통해 스스로 방어할 길을 찾았을 것이다.

진짜가 아니면서 진짜 행세를 하는 것을 사이비나 짝퉁이라고 부른다면 그 반대의 개념을 가리키는 말도 있을까. 있다면 무엇일까. 적절한 단어를 찾지는 못했지만 내 눈에는 경이 그런 사람으로 보였다. 그렇게 힘든 시간을 보내며 대가를 치렀다면, 아니, 설령 그것이 정확히 그 사람의 죽음에 대한 대가를 치르는 일이 될 수는 없다고 해도 그렇게 의미 있는 일들을 했다면 경은 나아졌어야 했다. 그러나 그러지 못했다. 결코 쉽지 않았을 그 시간들을 스스로의 의지로 보낸 뒤에도 경은 여전히 기억의 병에 시달리고 있었다. 죽었다느니 다시 태어났다느니 하는 말을 중얼거리고, 자신의 좋은 부분조차 부정하고, 자기 이름을 똑바로 쳐다보지 못하는 사람이 되어 병원에 다니고 있었다.

끔찍하다고밖에 생각할 수가 없었다.

꽃

내가 정말 어떤 사람인지 너는 몰라.

몇 달이 지나 병원 대기실에서 경은 말했다. 나는 웃었다. 조금, 아주 조금 지겹다는 생각이 들었다. 그 마음을 누르고 나는 물었다.

언니, 미안해? 나한테 연락도 안 하고 잠수 타고, 뭐 한두 번도 아니지만, 그래도 너무 제멋대로잖아. 나한테 안 미안해? 미안하지?

응. 경은 작은 목소리로 대답했다.

그러면 우리 여행 가자. 언니 휴가 낼 수 있어? 나 방학인데, 언니 며칠만 휴가 내라.

여행?

응, 여행.

어디로?

글쎄, 일본 갈까?

그 순간 나는 무슨 생각을 하고 있었을까. 경에게 닿으려고 헛되이 애쓴 그 몇 달 내내 화가 나 있었다는 사실이 먼저 떠오른다. 일본, 이라고 말하면서 나는 무심결에 그 화를 뱉어 낸 것인지도 모른다. 뱉어 놓고 보니 뒤늦게 떠오르는 생각이 있었다. 하지만 경의 대답이 그것을 지워 버렸다.

일본? 그럴까? 일본 어디? 오사카? 나라?

끊어져 있었다. 경의 표현대로라면 경은 또다시 다른 곳으로 옮겨진 것이었다. 그것이 나라는 사람과는 아무 상관 없이 말 그대로 임의적인 것 같다는 생각이 들자 한편으로는 설명하기 힘든 분한 마음이 다시 차올랐고 다른 한편으로는 이래도 되는 걸까 싶어 조바심이 나기 시작했다. 그렇지만, 나는 생각했다. 이왕 이렇게 됐다면.

여기서부터 다시 가 보는 것이다.

괜찮을 거라고 나는 생각했다.

그때는 몰랐다. 나는 경을 좋아하고, 동경하고 안쓰러워하고 있었으니까. 친구처럼, 언니처럼.

⁂

작은 카페처럼 보이는 아담한 사무실이었다. 열 개쯤 되는 책상이 두 줄로 붙어 있고 회의용으로 보이는 넓은 탁자가 놓여 있었다. 벽에는 포스터와 엽서 들이 빼곡하게 붙어 있었고 대여섯 명의 사람들이 분주하게 문서를 작성하거나 전화를 하거나 달력에 포스트잇을 붙이고 있었다.

약속을 하고 오셨나요? 최경 씨는 지금 안 계신데요. 외근 중이세요.

약속은 하지 않았다고 말하자 직원은 조금 곤란한 표정을 지으며 무슨 일 때문이냐고 물었다. 무슨 일 때문일까. 나는 왜 여기 와 있을까. 뜨거워졌다 식는 일을 반복하는 집요하고 비틀린 마음을 안고 나는 인권 운동 단체 사무실에 서 있었다.

개인적으로 할 얘기가…… 책에 관해서 확인하고 싶은 게 있어서 그러는데요. 출판사에다 물어봐도 그분 연락처를 알 수가 없어서 이쪽으로 찾아왔습니다.

개인 연락처는 저희가 드릴 수가 없고요, 긴 머리를 단정하게 묶은 직원이 정수기 쪽으로 걸어가며 피곤하지만 상냥한 어조로 말했다. 정 그러시면 앉아서 조금만 기다리시겠어요? 전화를 걸어 드릴게요.

그렇게 말한 그녀는 곧장 걸려 온 다른 전화에 붙들렸다. 나는 녹차를 마시며 기다렸다. 다 마신 뒤에는 일어나서 벽에 붙은 포스터들을 구경했다. 영화제와 콘서트, 좌담회 포스터가 있었고 어디선가 한 번쯤 들어 본 적 있는 이름들이 적혀 있었다. 그 이름들을 타고 흐르듯 걸음을 옮기며 비어 있는 책상들 앞을 지났다. 그리고 스르르 전원이 켜지는 것처럼 나는 한곳에서 발을 멈췄다.

낯익은 사진이 파티션에 압정으로 고정되어 있었으므로 우선 그것부터 보였다. 경의 책에 들어 있던 세 사람의 사진이었다. 책 속에서는 흑백이던 사진이 컬러로, 좋은 화질과 두 배쯤 큰 사이즈로 인화되어 세 사람이 입고 있던 옷의 원래 빛깔과 그들의 피부 빛깔을 알 수 있었다. 명도가 조금씩 다른 무채색으로 보이던 그들의 셔츠는 각각 부드러운 크림색과 석류 같은 빨간색과 과묵해 보이는 푸른색이었다. 그들을 둘러싸고 있는 나뭇가지의 갈색과 잎사귀들의 연둣빛도 생생하게 살아 있었다. 세 사람 중 가장 나이가 많고 우쿨렐레 연주가 수준급이라고 했던 사람은 다른 두 명보다 얼굴색이 붉었다. 술을 마셨거나 기분 좋은 소식을 들은 것처럼 볼에 홍조를 띠고 있었다.

다른 사진들은 작았다. 일곱 장인가 여덟 장쯤. 보통의 3×5 사이즈였고 거기에도 서로 어깨를 감싸거나 옆 사람의 머리 뒤에 손가락으로 뿔을 만들거나 하며 다정하게 포즈를 취한 사람들이 찍혀 있었다. 함께 일했던 사람들일까. 경으로 보이는 얼굴은 없었다. 셀카로 보이는 사진이 꼭 한 장 있었다. 위에서 아래를 내려다보며 촬영한 것으로, 두 다리와 러닝화를 신은 발이 찍혀 있었다.

러닝화와 청바지. 내가 아는 경이 그런 톤으로 워싱된 청바지를 입은 적은 없었다. 언제나 엄격해 보일 만큼 단정한 스커트와 구두 차림이었다. 스트랩이 있는 메리제인 스타일도, 낡아서 앞코에 흠

집이 몇 개 있던 그 구두는 경에게 제법 잘 어울렸다. 그런 걸 떠올리고 있자니 내가 삼류 추리 소설에 나오는 탐정처럼 느껴졌다. 함께 있지 않을 때 경이 어떤 모습을 하고 있는지 나로서는 모르는 게 당연했다. 나는 경의 가족도 연인도 아니었으니까. 그런데 그 사실이 왜 그토록 거슬릴까. 처음에는 분명히 애틋한 마음이었던 것이 왜 이런 모양으로 자라났을까. 나는 궁금해하며 거기 서 있었다. 거긴 그런 걸 궁금해하라고 있는 자리가 아니었는데도 나는 멈추지 못했다.

무엇이었을까, 나를 들어 여기에 옮겨 놓은 것은. 건강한 몸과 조용한 미소, 타인의 얼굴에 어린 빛을 알아보는 눈과 섬세한 마음을 지니고 있던 경. 그런 경을 좋아하고 닮고 싶어 했던 나. 언제나 단아한 옷차림을 하고 있던 경. 거울을 보지 못하던 나. 출장이 많은 경. 비행기를 타 보고 싶어 공항 사진들을 검색하던 나. 아주 많은 곳에 있었으나 한 사람으로 살고 싶어 하던 경. 잠시라도 다른 사람이 되고 싶어 목에 손가락을 집어넣던 나. 같을 수 없다는 생각이 되살아났다. 근본적으로 같을 수 없었다.

통화하시겠어요? 전화 연결, 됐거든요.

나는 수화기를 받아 들었다.

여보세요, 저편에서 그녀가 말했다. 비슷하다고 나는 생각했다. 그러나 맞다고 확신할 수는 없는 목소리였다.

최경 씨 되시나요?

네, 그런데요.

저 서이연인데요.

네? 조금만 크게 말씀해 주시겠어요? 제가 지금 외부에 나와 있어서요. 누구시라고요?

언니, 나 이연인데.

감이 멀고 잡음이 섞여 있었다. 나는 목소리를 키웠다. 나 기억해? 병원에 같이 다녔던 이연이. 연락이 되지 않아서 전화했어요.

마이크의 하울링 같은 것이 날카롭게 귀를 찔렀다.

병원……? 병원에 누구랑 같이 다닌 적이 저는 없는데요.

없으시다고요?

네. 누구신지 저는 잘 모르겠는데, 죄송해요.

얼굴이 달아올랐다. 식었던 마음이 다시 끓어올라 나를 덮었다. 나는 큰 소리로 말했다. 저기요, 끊지 마세요. 하나만 여쭤 볼게요.

🌿

경의 자리는 창가 쪽인 24A였다. 나는 24B였다. 내가 머리 위 수납 칸에 캐리어를 집어넣는 일을 끝냈을 때 자리에 먼저 앉아 있던 경이 나를 보며 물었다. 자리 바꿀까? 창가 자리가 더 좋지 않아?

나는 괜찮다고 했다. 화장실에 가기에는 복도 쪽이 편했다. 나는 코트를 벗고 자리에 앉아 안전벨트를 채웠다. 경은 내 손을 잡아 우우, 신 난다! 하고 웃으며 조금 흔들고는 말했다. 겨울의 교토는 근사할까? 나는 여름에만 가 봤는데, 갈 때마다 좋았어, 여름에는. 아, 오랜만에 비행기 타니까 좋다.

좋아?

응. 넌 안 좋아?

나야 아직 모르지. 이게 처음 타 보는 거니까.

창밖에는 우리가 탄 비행기보다 작은 Y항공 여객기가 허리춤에 탑승교를 붙인 채 손님들을 태우고 있었다. 귀엽다 저 비행기, 경이 말했다. 심장이 빠르게 뛰기 시작했다. 땀이 배어날 것 같아 나는 슬며시 경의 손을 놓았다. 기내 방송이 나왔다. 드문드문 서 있던 승객들이 모두 자리에 앉았다. 찰칵, 찰칵, 벨트 채우는 소리가 연달아 들려왔다. 나는 창밖을 보다가 경의 갸름한 코로, 그 아래 인중으로 연결된 도톰한 입술로 시선을 옮겼다.

잊어버린 모양이었다.

비행기가 나오는 꿈을 꿔, 경은 그렇게 말했었다. 옛날 음악이 나오는 바에 나란히 앉아 늦게까지 술을 마신 밤이었다. 비행기? 나는 기침을 하며 물었다. 오랜만에 마신 보드카 때문에 머리가 아팠고 방금 토한 참이라 목구멍과 콧속에 매콤하고 서러운 기운이 남아 있었다. 응, 비행기. 조금 취했는지 느려진 목소리와 불그스름한 얼굴로 경이 대답했다.

언제나 같은 꿈이야. 비행기가 이륙하고, 스튜어디스가 카트를 끌고 천천히 기내에서 움직이며 서빙을 시작해. 풀코스 기내식일 때도 있고, 그냥 간단하게 플라스틱 컵에 든 주스랑 봉지에 든 커피맛 땅콩일 때도 있어. 굉장히 맛있어 보이는 음식들이다? 그런데 나는 먹을 수가 없는 거야.

먹을 수가 없어?

응. 나 가끔 먹을 수가 없잖아.

그 말을 듣는 순간 가슴이 두근거렸던 기억이 난다. 바에 남은 손님은 경과 나 둘뿐이었고, 바텐더는 무심한 얼굴로 잔과 접시를 정리하고 있었다. 음악은 10년쯤 전에 유행했던 것으로, 모르는 사람과도 스스럼없이 어깨에 손을 올리고 춤추기 좋은 음악이었다. 그런 곡이 커다란 볼륨으로 흘러나오고 있어서 거기에 취기를 얹으면 무슨 말이든 할 수 있을 것 같았다. 하지만 어째선지, 그게 무슨 말이냐고 물을 수가 없었다. 그렇게 묻기에 경은 너무 예뻤고 나는 너무 엉망이었다. 나는 대신 물었다. 근데 꿈에서는 왜? 왜 못 먹는데?

스튜어디스가 그녀 앞에는 음식을 내려놓지 않기 때문이라고 경은 말했다. 음식을 받은 사람들이 플라스틱 포크와 나이프를 냅킨에서 꺼내고, 주스잔을 집어 들어 편한 자리에 놓고, 포장을 풀어 천천히 음식을 입으로 가져가기 시작한다. 이 시점에서 경은 고개를 돌리는데, 창가 쪽 옆자리에는 언제나 그 사람이 앉아 있다.

밥, 없어요? 같이 먹을래요? 그가 자기 접시를 들어 보이며 이국의 억양이 섞인 한국어로 말한다. 그녀는 웃으며 고개를 끄덕일 수도, 사양할 수도 없다. 얼굴에 접착제가 끼얹힌 것처럼 고개도 입술도 움직이지 않는다. 그녀가 대답하지 않자 그는 이상하다는 듯 그녀를 쳐다보다가 자기 접시로 고개를 돌리고, 포크를 집어 든다.

꿈속에서 난 처음부터 알고 있어. 그 비행기가 그런 비행기라는 걸. 그걸 먹으면 모두 흙으로 변하리라는 걸. 그걸 아는 사람도, 음식이 주어지지 않는 사람도 나뿐이야. 그런데 난 누구에게도 먹지 말라는 말을 할 수가 없어.

경은 말했다. 곳곳에서 비명이 들리고 울음이 시작되지만 그녀는 감히 어떤 것도 느낄 수 없다고. 그녀는 옆자리 남자의 손끝이 부서지고, 손바닥이 바닥으로 떨어지고, 손목이 사라지는 것을 본다. 그가 입고 있던 흰 셔츠가 바닥으로 펄럭이며 내려앉고, 바짓가랑이로 원래는 그였던 것이 빠져나오고, 그녀를 제외한 모든 사람이 흙으로 변해 통로로 흘러나오는 것을 그녀는 가만히 보고 있다.

그러고 나면, 경은 중얼거렸다. 내가 정말로 왜 그 비행기에 타고 있었던 건지 알게 돼.

안전벨트가 풀린다. 그녀는 자리에서 일어난다. 그러고는 통로를 걸어가, 맨 앞자리부터 시작한다. 흙이 된 사람들을 원래의 형체로 돌려놓는 것이 그녀의 일이다.

붉고 알갱이가 고운 흙이다. 검은 자갈과 반짝이는 조약돌 같은 것이 섞여 있을 때도 있다. 흙은 누군가 그 위에 물을 뿌려 놓은 것처럼 드문드문 젖어 있다. 점성이 아주 없는 것은 아니지만 물기가 충분한 것도 아니어서 그것을 한데 그러모아 빚는 일은 쉽지 않다. 경은 그 일을 하면서 중간중간 머리 위에 걸린 스크린을 올려다본다. 비행기는 아무 일도 일어나지 않았다는 듯 운항 중이고, 스크린에는 대륙과 바다와 조그만 비행기가 표시되어 있다. 목적지까지 남은 비행 시간과 거리는 경이 바라볼 때마다 잘라 낸 것처럼 줄어든다.

경은 스튜어디스가 남겨 놓고 간 카트를 끌고 와 생수병을 연다. 물과 주스와 술을 부어 어떻게든 덩어리를 만들어 보려고 한다. 코와 입술을 빚고 팔과 다리를 만들어 바닥에 떨어진 옷을 주워 입힌다. 그러나 경은 알고 있다. 자신은 신이 아니라는 것을. 그들은 사람이 아니라 이제 영혼이 빠져나간 진흙 인형, 토우일 뿐이라는 것을. 한 사람을 만들 때마다 경은 그 사람의 손바닥에 자신의 이름을 새겨 넣는다. 그것은 그녀의 의무다. 서명이 하나라도 빠지면 그녀는 징계를 받게 될 것이다. 비행기가 도착하면 그녀는 천천히 장례식장으로 그들을 인도할 것이다. 누군가 중요한 사람이 죽었고, 진흙으로 만들어진 사람들은 그의 무덤에 함께 부장될 예정이다.

꿈은 경이 이런 사실을 깨닫는 데서 끝난다. 출장으로 비행기를 타야 할 때마다 영화를 본다고 경은 말했다. 그 꿈을 떠올리지 않으려고 열심히 영화를 본다고.

나는 그날 밤 경에게 택시를 잡아 주었다. 집에 와 잠을 잘 수가 없어서 그 대화를 처음부터 끝까지 다시 되새겨 보았다.

경은 자신의 이야기를 했다. 그러나 아무리 생각해도 그건 나였다.

진흙 인형이라는 비유를 입에 올린 것은 나였다. 그 몇 주 전의 일이었다. 참다 참다 배고픔을 이기지 못해 음식을 입에 넣을 때면 내가 먹을 자격이 없는 사람, 진흙으로 만들어진 사람이라는 생각이 든다고, 그런 바보 같은 상상에 갇혀 있는 내가 싫다고, 힘들게 일하는 엄마를 떠올리면 스스로가 밥버러지 같은데 이런 지랄 같은 병에서 벗어나지 못하는 내가 혐오스럽다고, 나는 말했었다. 경은 아무 말 없이 내 손을 잡아 주었다.

그 손의 온기가 그대로 있었다.

❧

그 여행을 떠올리면 이해할 수 없을 정도로 즐거웠던 기억뿐이다. 기대한 대로 눈이 내리지는 않았지만 겨울비가 내렸고, 두꺼운 옷 때문에 몸이 무겁기는 했지만 걷는 일이 괴롭지는 않았다. 우리는 오사카에 숙소를 잡고 교토와 나라에 다녀왔다. 한 접시에 100엔밖에 하지 않는 초밥집에 갔었고 기름종이를 파는 가게에 들어가 한 무더기나 되는 기름종이 세트를 샀다. 소리를 지르면서 사슴들에게 먹이를 주었고 야마노 '절약자의 놀'이 늘어 있던 냉화 제복 배눈이었겠지만 엉뚱하게도 해리 포터 얘기를 하면서 철학자의 길을 걸었다. 장갑과 털모자를 샀고 대여섯 롤쯤 사진을 찍었다.

밤에는 술을 마셨다. 너무 많이 마셔서, 니조 성에 가기로 한 날은 둘 다 오후 1시가 다 되어서야 겨우 눈을 뜰 수 있었다. 흐린 하늘에선 장대비가 쏟아지고 있었고, 그 비를 뚫고 굳이 성에 들어가는 건 무리라는 생각이 들었다. 그러기엔 너무 귀찮기도 했다. 경은 우산을 펴 들고 백화점 지하로 나를 이끌었다. 우리는 식품 매장에서 가쓰돈과 새우튀김과 연어가 들어간 주먹밥을 샀다. 숙소로 돌아와 맥주와 함께 그걸 먹었다. 그것이 그날의 유일한 외출이었다.

이러려고 여행을 온 거야? 내가 물었다.

원래 여행은 이러려고 오는 거야. 좋지 않아? 경이 대답했다.

나는 웃었다. 정말 좋았기 때문이었다. 어디에도 가지 않고 숙소에 틀어박혀 파자마 차림으로 빗소리를 들으며 따끈따끈한 튀김을 먹는 일이 그렇게 근사할 줄은 몰랐다. 말하지는 않았지만 비행기에서 있었던 일 때문이었을 거라고 나는 믿었다. 우리는 정말로 괜찮아진 거라고 말이다.

비행기가 이륙하고 스튜어디스가 기내식을 서빙하기 시작했을 때 경이 뒤늦게 무언가 생각난 표정으로 나를 보았다. 잊고 있었다는 듯, 미처 떠올리지 못했다는 듯 곤란해하는 얼굴이었다. 경의 시선을 느끼며 나는 천천히 샌드위치의 포장을 풀었다. 그러고는 붉은 햄과 인공적인 노란색을 띤 치즈가 든 빵을 한 입 베물었다. 씹고, 삼켰다. 마카로니 샐러드와 오렌지맛 젤리, 요거트와 조그만 쿠키 몇 개를 차례로 입에 넣었다.

경은 아무 말도 하지 않았다. 약간의 시간이 지나고 괜찮으냐고 경이 물었을 때, 나는 괜찮다고 대답했다. 그러면서 생각했다. 정말로 괜찮다고.

나는 토하고 싶지 않았다. 그래서 토하지 않았다. 경에게 그런 나를 보여 주고 싶다고 늘 생각했었다. 봐, 괜찮잖아. 나는 아무것으로도 변하지 않아. 그러니까 그런 바보 같은 생각은 그만둬. 나는 그렇게 말하고 싶었다. 경이 내 마음을 알아주길 바랐다.

하지만 경은 무겁고 슬픈 눈으로 나를 바라보고 있을 뿐이었다. 왜 그렇게 무리를 하니? 그렇게 말하는 눈이었다. 넌 그럴 수 없잖아, 하고 말하는 것 같기도 했다. 기내식이 다 치워지고 난 뒤에도 경의 표정이 점점 어둡게 바뀌어 가기만 해서, 나는 그녀의 손을 잡고 자리에서 일어났다.

경은 영문을 모른 채 통로 중간의 화장실까지 나를 따라왔다. 두 사람이 들어가기에는 너무 좁은 공간이었다. 승무원들은 다른 일로 바빴고 줄을 서서 기다리는 사람들도 보이지 않았다. 나는 문을 열었다. 경을 변기 위에 앉게 하고 HOT과 COLD라고 표시된 세면대 수도꼭지를 눌러 물이 나오는 것을 확인했다.

가방에서 꺼내 온 비비크림으로 경의 손바닥 위에 나는 경이 말해 준 그 사람의 이름을 썼다.

경은 가만히 있었다.

언니, 나는 말했다. 그 손을 물에 씻으면 언니는 흙으로 변할 거야. 그러면, 그러고 나면 다시 태어날 수 있을 거야.

나는 경이 기억하길 바랐다. 그렇게 바라던 대로 그녀가 자신이 누구인지, 어떤 노력과 수고 들을 했는지 떠올리고, 사람이 살아가는 동안에는 그런 일도 있을 수 있다는 사실을 납득하고, 이제 그 기억에서 자유로워지기를, 제대로 살아갈 수 있기를 바랐다. 한곳에서 다른 곳으로 과정을 모른 채 옮겨지기를 반복하는 그녀를, 그런 그녀를 의심하고 미워하기 시작했지만 좋아하는 마음에서 풀려나지 못하는 나를, 그런 불평등한 관계를, 할 수만 있다면 지워 버리고 싶었다.

경은 수도꼭지와 자신의 손과 내 얼굴을 번갈아 보다가 마침내 그 이름을 기억해 냈다. 내가 이끄는 대로 천천히 일어나 손을 씻었다. 그 이름이 지워지고, 그녀의 손이 녹아내리고, 팔꿈치가 끊어져 나가고, 얼굴이 흘러내리기 시작하는 것을 나는 가만히 보고 있었다.

나는 손을 움직여 세면대에 흘러내린 그녀를 주워 모았다. 붉게 젖은 흙으로 변한 그녀를 두 손바닥 가득 담았다. 변기에 앉은 채 울고 있는 그녀에게 그것을 내밀며 말했다.

이게 언니야. 언니, 이제 죽지 마. 이제부터는 나만 봐. 나만 기억해.

경은 그것을 받아 들었다. 그러고는 마침내 웃었다. 웃으며 고개를 끄덕였다.

❧

시간이 걸리기는 했으나 나는 몸무게가 늘었고, 생리도 다시 시작되었다. 마지막으로 상담을 받던 날, 나는 선생님에게 그동안 감사했다고, 사실은 먹지 않았는데 먹었다고 식사 일지에 적은 날도 있었다고 말했다. 선생님은 알고 있었다고 말했다. 알고 있었다고. 그래도 나중에는 정말로 노력하지 않았느냐고.

그렇지만 허언증에 대해서는 아무것도 말해 주지 않았다.

그녀는 내가 운 좋게도 아는 유일한 전문가였고, 그날 그 시간은 내가 자문을 구할 유일한 기회였다. 허언증이라는 건 보통은 부나 학력이나 유명한 사람들과의 친분 같은, 꾸며 냈을 때 자신에게 득이 되는 부분을 지어내는 병이 아니냐고 나는 물었다. 다른 사람의 죄책감이나 부끄러움, 괴로움 같은 걸 훔치고 자신의 것인 양 착각하는 경우도 있느냐고. 그게 옳은 일이냐고, 남의 이야기를 더 풍부하고 생생하게 살아 있는 것으로 만들 수 있는 능력이 있다고 해서 그렇게 쉽게 다른 사람을 우스운 존재로 만들어 버려도 되는 거냐고, 나는 물었다. 선생님의 얼굴에서 미소가 사라졌다.

나는 정말로 다른 사람이 되었다. 다른 사람들을 만났고, 다른 생활의 리듬에 몸을 실었다. 끊지는 못했으나 술을 줄였고 아르바이트를 시작했다. 서 있을 때 두 허벅지가 서로 붙지 않을 만큼 마른 사람들, 그 사람들의 쇄골과 손목과 허리를 찍은 사진들은 모두 버렸다. 더 이상 내 몸을 미워하지 않았고, 맛이라는 것을 느낄 수도 있게 되었다. 누군가가 묻는다면 나를 이렇게 바꿔 놓은 것은 그 여행이라고 대답해야 할 것이다.

나는 이제 경에게 연락하지 않는다.

그날 인권 단체 사무실에서 나는 수화기 저편의 최경에게 그 사람을 아느냐고 물었다. 약간의 침묵이 흐른 후 최경은 알지 못한다고 대답했고, 나는 전화를 끊었다. 거기 서서 그런 질문을 하고 있는 내 얼굴이 어딘가에 비칠까 두려워 도망치듯 그 자리를 빠져나왔다.

여행에서 돌아와 시간이 지나면서 나는 점점 더 분명하게 알게 되었다. 경은 내 생각과는 다른 사람이었다. 모든 게 괜찮아질 거라는 내 믿음과는 반대로 상황은 점점 나빠졌다. 경은 어디까지가 자신의 몸인지, 자신의 생각인지조차 구별하지 못하는 것 같았다. 내가 예전에 한 이야기를 아무런 자각 없이 자신의 것인 양 되풀이했고, 조심스러워하던 표정조차 어느 순간 사라졌다. 경은 보통 사람처럼 음식을 먹는 나를, 다른 사람이 된 나를 기억했다. 그 전의 나는 잊은 것 같았다. 내 이야기에서 사라진 섭식 장애라는 화제가 이제는 그녀를 주어로 해서 그녀의 입에서 나왔고 나는 듣고 싶지 않아도 그것을 계속 들어야 했다. 더 이상 무시하거나 그냥 넘길 수 없을 정도로 몇 번이나 그런 일이 반복되었기 때문에 나는 그 사무실까지 찾아가게 된 것이었다.

그녀가 최경의 삶에서 어디서부터 어디까지를 가져온 것인지는 알아내지 못했고 알고 싶지도 않았다. 알고 싶어 하는 내가 무서웠다. 밤을 새우며 검색을 하고 정보를 모으고 대화들을 복기했으나 내게도 하염없이 그런 일을 계속하는 것이 사람이 할 일이 못 된다는 최소한의 자각은 있었다. 나는 처음에 경 한 사람만 의심하고 있었다. 그러나 이제 내가 의심하는 것은 두 사람이었다. 내가 왜 만나본 적조차 없는 최경의 과거를 물어뜯고 그녀에게 있었는지 없었는지 알 수 없는 아픈 기억을 헤집어야 하는가? 그녀가 무슨 잘못을 했단 말인가? 모든 것이 경 때문이라는 생각이 들었다. 나는 예전에는 그런 괴물이 아니었던 것이다.

그러나 분노가 지나간 다음에도 그만두게 해야 한다는 생각은 사라지지 않았다. 경은 아픈 사람이었다. 이상한 모양으로 비틀린 자기애에서 빠져나오지 못하는 사람이었다. 하지만 거기까지는 그럴 수 있다고 쳐도, 내 이야기, 내 가장 은밀한 부분이 그녀의 입을 통

154

해 재생산되어 다른 사람에게 전해질 수 있다고 생각하니 두렵고 불쾌했다.

그리고 요즘 들어 나는 가끔 떠올린다.

그 외국인의 이름이 떠오르지 않는다는 사실을 말이다.

경이 힘겨운 얼굴로 내게 말해 주었고, 내가 추궁하듯 최경에게 아느냐고 물었고, 자격 같은 단어는 떠올려 보지도 않은 채 경의 손바닥에 적어 넣은 이름. 그렇게 세 번이나 잊기 힘든 과정을 통해 내게 각인되었으므로 잊을 거라고 생각조차 해 보지 않은 그 이름이, 한국어로는 두 음절이었고 발음하기도 그리 어렵지 않았던 그 사람의 이름이, 도려낸 것처럼 사라져 아무리 떠올리려 해도 떠오르지 않는다. 경은 알 것이다. 그러나 나는 모른다.

생각이 여기에 이르면 나는 기이한 감정에 사로잡힌다. 그 감정 직전에는 그녀들이 정말로 두 사람이었을까, 그 모든 말들이 실은 진실이 아니었을까 하는, 이물질이 섞이지 않은 순수한 광증과도 같은 질문이 있고, 직후에는 버릇처럼 괜찮을 거라는 생각이, 그런 일도 있을 수 있다는 생각이 따라붙지만, 그 사이에 있는 감정이 어떤 것인지에 대해서는 나는 목에 무엇이 걸린 것처럼 잘 말할 수가 없다.

그것이 정말로 내 감정이라고 확신할 수가 없기 때문이다.

추천 우수작

기린이 아닌
모든 것에 대한
이야기

이
장
욱

2005년 문학수첩 작가상으로 등단했
다. 장편 소설 《칼로의 유쾌한 악마
들》《천국보다 낯선》, 소설집 《고백
의 제왕》이 있다.

1

기린이 아닌 모든 것에 대한 이야기를 해 드릴까요?

내가 그렇게 말하면, 당신은 어떤 생각을 합니까? 정말 기린이 아닌 모든 것을 생각합니까? 목이 참 길고, 키가 껑충하니 크고, 무중력 공간인 듯 천천히 움직이는 그 동물을 제외한, 모든 것을 생각합니까? 가령 샤프펜슬이라든가 부처님 같은 것을? 또는 그 동물이 한가로이 거니는 아프리카의 초원이나 동물원이 아니라, 세상의 모든 곳을 생각합니까? 대학 캠퍼스라든가 박물관 같은?

그럴 리가. 기린이 아닌 모든 것에 대한 이야기를 해 드리겠습니다, 라고 내가 말하면 사람들은 당연하다는 듯 기린에 대한 모든 것을 생각합니다. 마치 내가 이렇게 말한 것처럼 말이죠. 이제부터 기린에 대한 모든 것을 이야기해 드리겠습니다—라고요.

나는 대체로 정확한 발음을 가지고 있습니다. 당신의 귀는 정확하게 내 말을 들었습니다. 그런데 지금 당신의 머릿속을 지나가는 것은 무엇입니까? 그건 기린이 아닙니까? 그 기린은 산책 중일지도 모르고, 배가 고파 아카시아 나무의 잎사귀를 베어 물고 있을지도 모릅니다. 암컷의 등에 올라타고 교미 중일지도 모르지요. 아니면 긴 목을 칼처럼 휘두르며 다른 기린과 싸우고 있는지도.

물론 나는 그 기린에 대해 아무런 권리가 없습니다. 그건 순수하게 당신의 머릿속에서 태어난 당신의 기린이니까요. 이상한 말이지만, 나는 그것이 내 운명이라고 생각합니다.

운명이라고 나는 말했습니다. 우스운가요? 하지만 믿어 주십시오. 나는 진실만을 말하고 있으니까요. 그렇다고 느끼고 있습니다. 만에 하나 내 말이 거짓말이라 해도, 그건 진심을 다한 거짓말입니다. 전력을 다한 거짓말입니다. 내가 이렇게 말하는 순간에도, 아름다운 기린 한 마리가 당신의 머릿속을 지나가고 있지 않습니까? 그 기린은 하늘하늘 걸어가고 있지 않습니까? 그것이 증거입니다. 기린은 지금 어디까지 갔습니까? 멀리 사라지고 있습니까? 긴 목을 돌려 당신을 바라보고 있습니까? 거기 황혼이 지고 있나요?

그래요. 그것이 나의 운명입니다.

2

나는 언제부터 그런 이야기에 탐닉한 것일까요? 기린이 아닌 모든 것에 대한 이야기 같은 것에 말입니다. 초등학교 때 파출소에 가서 "저는 담임 선생님이 내 짝을 만지고 더듬는 걸 보지 못했어요"라고 말했을 때부터였을까요? 젊은 경찰관 아저씨가 나를 톺으러니

처다보던 그날 오후부터……?

그래요. 그건 초등학교 시절의 어느 봄날, 방과 후의 일이었습니다. 나는 란도셀을 멘 채 학교 앞 파출소의 무거운 유리문을 열고 들어갔습니다. 부잣집 도련님처럼 얼굴이 희멀겋고 의협심이 넘쳐 보이는 경찰관 아저씨가 앉아 있더군요. 생각해 보면 지금의 나보다 한참 어린 의경이었고, 인생의 역경이라는 것은 한 번도 겪어 보지 못한 게 틀림없는, 그런 청년이었습니다만.

그는 철제 책상에 앉아 가만히 나를 바라보다가 학교와 반과 담임 선생님의 이름을 물었습니다. 나는 사실대로 말했습니다. 학교와 반과 담임 선생님의 이름과…… 모든 것을요. 내 짝은 예쁘고 착한 데다가 장학사님의 딸이라는 이야기도 했습니다. 경찰관 아저씨가 묻는데 감출 게 어디 있겠습니까. 성실하고 모범적인 학생이 말입니다.

아저씨가 내 말을 옮겨 적고 있을 때, 나는 무심코 창밖을 바라보았습니다. 거기 하얀 구름이 떠 있었어요. 다시 보면 전혀 그곳에 있을 것 같지 않은, 아무것도 닮지 않은, 그저 구름일 뿐인, 단순한 구름이었습니다. 이상하게 그 흰빛이 기억에 오래 남더군요.

내가 파출소를 찾아간 뒤 며칠이 지나지 않아서, 담임 선생님이 교실에서 보이지 않게 되었습니다. 교장과 싸우고 그만뒀다, 무슨 교내 스캔들이 있었다, 심지어는 자살했다, 그런 소문들이 아이들 사이에서 떠돌았습니다. 하지만 변한 건 아무것도 없었어요. 아이들은 사라진 담임을 여전히 '반(半)대머리'라고 불렀고("반대머리 어디 갔냐?"는 식으로), 나는 평소처럼 조용하고 성실한 학생이었습니다. 생활 기록부에는 언제나 '품행이 방정하여 타의 모범이 됨'이라고 쓰여 있었지요. 품행이 방정하다는 건 어딘지 안 좋은 표현 같았습니다. 방정맞은 아이라는 뜻인가?—생각하곤 했으니까요.

사람들은 정말 그렇게 말하더군요. 엄마가 일찍 죽고 아버지와 둘이서 살아온 탓이라고 수군거렸습니다. 뒷자리 까까머리도, 동네 방앗간 할머니도, 심지어 오락실 아줌마가 기르는 개새끼까지 말입니다. 그래요. 그건 확실히 방정맞은 말입니다. 품행도 언행도 방정맞은 자들의 수군거림입니다. 왜 남의 집 가정사를 시시콜콜 들먹인단 말입니까?

확실히 말씀드립니다만, 나는 아버지를 사랑했습니다. 누구보다도 사랑했습니다. 아버지에게 맹목적인 증오심을 가진 친구들도 있는 모양이지만, 나는 달랐습니다. 아버지에 대한 증오심이라니, 적의라니, 애들이 아직 어려서 그렇구나. 아버지가 없다면 자기들도 없었을 텐데……

3

그 시절, 아버지는 귀가한 뒤 언제나 구석방에 틀어박혀 시간을 보냈습니다. 저녁 먹을 때 외에는 바깥으로 나오는 일이 드물었습니다. 고독한 남자였어요. 인생에 별다른 욕심이 없어 보였습니다. 말이 없고, 여자도 만나지 않고, 고기도 먹을 줄 모르고, 술도 마시지 않았습니다. 식물성 인간이랄까요. 욕망이라든가 의욕 같은 것과는 무관한 사람처럼 보였습니다. 나에게조차 별 관심이 없었을 정도니까요. 유일한 낙은 담배였습니다. 담배만은 미친 사람처럼 피워 댔지요. 세상의 모든 식물들을 다 태워 없앨 것처럼 말이죠. 승려를 그만둔 뒤부터 그랬나고 했습니다.

승려요? 아, 스님, 스님 말입니다. 머리를 빡빡 밀고 회색 두루마기를 걸친, 바로 그 스님요. 그렇습니다. 아버지는 명문 대학을 중퇴하고 한때 출가를 했던 사람이라고 하더군요. 사실 저로서는 지금도 이해가 잘 안 됩니다. 세상에는 그런 종류의 사람도 있는 모양이지만, 그게 내 아버지라니, 이상한 느낌이 들 정도였으니까요.

아버지는 이름만 대면 알 만한 사찰의 전도유망한 승려였다고 하더군요. 여자를 만나 나를 낳고 환속할 때까지는 말입니다. 세속을 떠났다가 다시 세속으로 돌아온 것입니다, 여자 때문에 말이죠. 아버지는 해탈보다 사랑을 택한 것일까요? 온 우주를 깨닫고 자신이라는 지옥에서 자유로워지는 일보다, 겨우 한 여자에 대한 사랑이 중요했던 것일까요? 글쎄, 잘 모르겠습니다. 그런 건 물어보지 않았으니까요. 우주니 해탈이니 하는 것에는 별 관심이 없었기 때문에…… 하긴 사랑에도 관심이 없긴 마찬가지였습니다만.

사실 사랑이란 건 애써서 가 보면 감쪽같이 사라지는 게 아닙니까? 무지개나 구름 같은 것 말입니다. 너무나 선명하면서도, 선명하기 때문에 도저히 잡을 수 없는 것…… 심장을 쥐어뜯게 만들다가도, 어느 날 아침에 일어나 보면 그게 뭔지 도무지 아리송해지는……

그 여자는, 제 어머니 말입니다만, 금방 사라졌습니다. 원래 몸이 약했고, 폐에 심각한 문제가 있어서 절에 온 사람이라고 했습니다. 봄날처럼 밝고 환한 여자였다고 하더군요. 우울해하는 아버지를 오히려 위로해 주기까지 했다니까요. 대체 누가 아픈 사람인지 모를 정도였다고 아버지는 회고했습니다. 그런 건 천성이자 일종의 능력이지. 주위의 공기조차 갓 핀 산수유처럼 신선해졌으니까……라고도 했습니다. 그토록 화사한 사람이 폐에 구멍이 뚫려 있다니, 호흡 곤란을 겪어야 하다니, 맑은 공기를 마시는 것조차 힘들어해야 하다 니……

그 여자가 나를 낳은 뒤 거짓말처럼 문득 사라지더라는 것은 아버 지의 표현이었습니다. 나는 가슴이 아프지도 않았다. 그 여자는, 네 어머니 말이다만, 애초에 세상에 존재하지도 않았던 것 같았으니까. 아버지는 그렇게 말했습니다. 하지만 존재하지도 않았던 그것이 당 신을 지배하고 있다는 건, 어린 나 역시 어렴풋이 느낄 수 있었어요.

아버지는 조용히 저자거리로 돌아왔습니다. 늙은 어미의 집에, 내 할머니 말입니다만, 나를 맡겨 둔 채 일을 나갔습니다. 공사장을 쫓 아다니기도 했고, 도배 시다바리를 하기도 했습니다. 하루 벌어 하 루 사는 일들이었죠. 아버지는 언젠가 말했습니다. 이 일들이 좋다. 이 일들은 단지 그것 자체일 뿐이다. 거짓말을 할 필요도 없고 진실 도 필요 없다. 사랑이니 열정이니 하는 것도 불필요하다. 그것이 좋 다……

아버지는 점점 외로운 사내가 되어 갔습니다. 친구도 없었고 취미 도 없었습니다. 단지 담배만을 피울 뿐이라는 듯이, 담배를 피우기 위해 이 세상에 태어났다는 듯이, 그렇게 담배를 피워 댈 뿐이었습니 다. 나를 구석방에 들어오지 못하게 한 것도 방 안에 가득 배어 있 는 그 냄새 때문이었죠.

하지만 또 다른 이유가 있는 건 아닐까? 나는 의아했습니다. 담배 연기로 가득한 방에서 밤마다 틱틱, 소리가 났으니까요. 뭔가 기계 를 두드리는 소리였어요. 아버지는 무슨 일을 하는 것일까? 무선 신 호를 보내는 소리일까? 모스 부호를 밤하늘로 실어 보내는 길까?

외계인들에게 보내는 신호? 그게 아니라면…… 어린 나는 온갖 상상을 다 했습니다. 〈수사반장〉 같은 드라마의 영향인지도 모르지만, 내 상상은 점점 한쪽으로 흘러갔습니다. 뇌가 간질간질해지는 느낌이었습니다. 비밀이란 건 이상한 방식으로 인생을 풍요롭게 만들더군요.

그리고 그날이 왔습니다. 모든 게 조금씩 어긋나는 느낌이 드는 날이 있지 않습니까? 멀쩡하던 문이 삐걱거리고, 수도꼭지에서 녹물이 나오고, 유리컵에 실금이 가 있는 그런 날 말입니다. 그런 날에는 반드시 라디오가 고장 나고, 칼에 손을 베고, 고양이가 유독 눈에 자주 뜨이지요.

평소와 달리 아버지는 귀가한 뒤에도 구석방으로 사라지지 않았습니다. 대신 조용한 목소리로 나를 불렀습니다.

왜 그랬느냐?

아버지는 바닥을 바라보며 그렇게 물었습니다. 무슨 말인지 나는 이해하지 못했어요. 물끄러미 아버지의 얼굴을 바라보고만 있었지요.

왜 보지 않은 것을 보았다고 했느냐?

차분한 목소리였습니다. 궁금해서 묻는 것 같지는 않았습니다. 나는 직감으로 알았습니다. 그게 담임 선생님 얘기라는 것을 말이죠. 나는 사실대로 말했습니다. 보지 못한 것을 보지 못했다고 말했을 뿐이라고요. 아버지는 짧은 침묵 후에 중얼거리듯 입을 열었습니다.

그게 그거다.

나는 이해할 수 없었습니다. 그게 그거라니요. 어떻게 그게 그것이라는 말입니까? 그게 그것이라면, 대체 우리는 왜 말 같은 것을 해야 한다는 말입니까? 부반장의 지갑을 훔친 건 내가 아니라고 말했는데도 담임은 내 뺨을 때렸습니다. 나는 지갑을 훔치지 않았다고 말했는데도 담임은 내가 지갑을 훔친 아이라고 선언했습니다. 그래요, 그것이 나의 운명입니다. 나는 그 운명을 따라 파출소로 갔고 사실을 사실대로 말한 것뿐입니다. 담임 선생님이 내 짝을 만지고 더듬는 걸 보지 못했다고 말입니다. 그뿐입니다.

아버지는 마당의 사철나무 가지를 꺾어 와 내 종아리를 때렸습니다. 힘이 실려 있지 않았기 때문에 그리 아프지는 않았습니다. 나는 아픈 것처럼 소리를 질렀습니다. 그래야 할 것 같았으니까요. 어린 마음에도 그게 때리는 사람에 대한 예의라고 생각했을까요?

그런데 이상한 일이지요. 소리를 지르자 종아리가 정말 아파 왔습니다. 불에 덴 것처럼 뜨겁고, 따갑고, 고통스러워졌습니다. 찔끔 눈물까지 흐르더군요. 눈물은 슬픔을 부르는 법이지요. 슬픔은 또 우물처럼 스스로 차오르는 법입니다. 나는 어느 순간 울음을 터뜨렸습니다. 한번 터진 울음은 또 다른 울음을 불러왔어요. 나의 울음은 거의 통곡에 가까워졌습니다. 내 몸에 이토록 많은 물이 저장되어 있다니…… 그런 느낌이 들 정도였으니까요.

아버지는 매질을 멈추고 나를 물끄러미 바라보았습니다. 그리고 떨리는 입술을 열어 말했습니다.

선생님한테 혼이 났다고 해서…… 그런 말을 하면 안 된다.

그게 아버지의 간단명료한 결론이었습니다. 훌쩍이는 나를 좁은 마루에 버려두고 아버지는 담배 연기 가득한 방으로 들어가 버렸습니다. 나는 울음을 멈추었습니다. 종아리를 걷은 채 그 자리에 그대로 서 있었어요. 늦저녁의 황혼이 마루로 가만히 스며들더군요. 황혼은 매 맞은 송아리를 타고 올라왔습니다. 낮은 사리가 발샅게 짖어 들었습니다. 그렇게 모든 걸 위로해 주는 게 황혼의 임무라는 듯이 말입니다.

다음 날 나는 다시 파출소로 갔습니다. 부잣집 도련님처럼 얼굴이 말간 그 경찰관 아저씨를 찾아간 것이죠. 이번에는 마음을 굳게 먹고 진짜 거짓말을 했습니다. 참말을 하면 아무도 나를 믿어 주지 않는다, 그게 어린 나의 깨달음이었으니까요. 나는 아버지가 수상하다고 말했습니다. 숫자가 가득 적힌 종이와 삐라들을 증거물로 건넸습니다. 밤마다 틱틱, 소리를 내며 어디론가 신호를 보낸다는 이야기도 했습니다. 어른 필체를 흉내 내서 종이에 빽빽하게 숫자를 적어 넣은 것은 나였고, 삐라 역시 산에서 주워 온 것이었습니다만, 틱틱거리는 소리만은 아버지의 것이었습니다.

그 후 놀라운 일이 일어났습니다. 아버지가 대규모 지식인 간첩단의 일원으로 체포되었다는 뉴스가 나왔으니까요. 아버지는 대학 때 포섭을 당했고, 불교계에 잠입했으며, 정체가 드러나기 직전 환속했다는 것이었습니다. 환속 뒤 막노동이나 도배 일을 하며 숨어 살았다는 이야기는 방앗간 할머니와 오락실 아줌마한테 들은 것입니다.

홀연히 사라진 아버지는 보름 후 피폐해진 몸으로 돌아왔습니다. 한 달쯤은 자리보전을 해야 할 정도로 망가져 있었어요. 언행이 방정한 자들은 수군거렸지요. 오락실의 개새끼까지 떠드는 것 같았습니다. 전쟁 때 월북했다는 할아버지 이야기…… 간첩이 틀림없으나 증거 불충분으로 풀려났다는 신문 기사…… 그동안 필명으로 시를 발표했으며 신문에 수상한 칼럼 같은 것을 쓰기도 했다는 얘기까지……

아아, 나는 두려워졌습니다. 어떻게 두렵지 않을 수 있었겠습니까? 나의 입은 무서운 진실만을 말했던 것입니다.

4

과묵했던 아버지는 더 말이 없는 사람이 되었습니다. 아버지를 보고 있으면 깊은 물속을 유영하는 심해어가 떠오를 지경이었으니까요. 심해어에게는 눈이 없는지, 아버지는 나를 아예 보지 못하는 것 같았습니다.

그 후 저에게는 이상하다면 이상하고 이상하지 않다면 이상하지 않은 일들이 일어났습니다. 입만 열면 기묘하게도 거짓말이 튀어나왔다는 걸 말하는 게 아닙니다. 아니, 거짓말이 튀어나온 건 사실입니다. 하지만 그건 이미 거짓말이 아니었습니다. 무슨 말이냐구요?

숙제를 하지도 않았는데 숙제를 했다고 말합니다. 그러면 어여쁜 새 담임 선생님은 내 공책을 검사하고는 고개를 끄덕이며 지나갑니다. 온화한 미소를 띤 채로 말이죠. 무슨 일이 일어난 걸까요? 선생님이 돌려준 공책에는 '참 잘했어요'라는 푸른색 도장이 찍혀 있습니다. 텅 빈 공책 한가운데 말입니다.

그뿐입니까. 50원짜리 동전을 몇 개 훔쳤다가 오락실 아줌마에게 들킵니다. 아줌마가 등 뒤에서 내 어깨를 잡는 순간, 이건 거스름돈이라고 소리를 지릅니다. 방금 아줌마가 천 원짜리를 받아 동전통에 넣지 않았느냐, 아줌마가 잔돈을 내게 건네주지 않았느냐고 외칩니다. 아줌마의 미간이 일그러집니다. 실랑이 끝에 동전통을 확인합니다. 그러면 천 원짜리 지폐가 보란 듯이 아줌마의 알루미늄 동전통 안에서 발견되는 것입니다. 그때마다 오락실 개새끼가 미친 듯이 짖어 대는 바람에 기분이 나빠지긴 했습니다만.

그런 일들은 끊임없이 일어났습니다. 어느 날 내 어여쁜 짝의 고급 펜텔 샤프가 사라졌습니다. 반대머리 담임이 어루만지지 않은, 장학사님의 딸인, 바로 그 짝 말입니다. 나는 그 애의 말이라면 팥으로 메주를 쑨다고 해도 믿었을 겁니다. 거짓말이라고는 한 번도 해 본 일이 없을 것 같은 하얀 얼굴의 소녀였으니까요. 동화 속에서 갓 튀어나온 공주 같았어요. 우리 반 아이들은 그 애를 백설 공주라고 불렀습니다.

백설 공주, 나의 백설 공주…… 맹세코 나는 그 애의 펜텔 샤프 같은 것에는 아무런 욕심이 없었습니다. 그저 공주의 희고 부드러운 손가락이 제일 오래 머무는 물건이라고 생각했을 뿐입니다. 공주의 따스한 체온이 가장 깊이 배어 있는 물건, 그게 그 앙증맞은 샤프였을 뿐입니다. 공주는 그 고급 샤프를 잃어버리고 울음을 터뜨렸어요. 참으로 아끼던 물건이었으니까요.

그때 우리 반에는 일곱 난쟁이가 있었습니다. 물론 백설 공주의 난쟁이들입니다. 모두들 내 어여쁜 짝을 좋아했기 때문에 붙은 별명이지요. 나는 난쟁이들 가운데 가장 잘생긴 부반장의 이름을 공책에 적어서 조용히 백설 공주에게 내밀었습니다. 그리고 낮게 중얼거렸습니다.

얘가 훔쳐 갔어.

울고 있던 공주는 용수철처럼 벌떡 일어났습니다. 그리고 그 잘생긴 부반장 녀석에게로 똑바로 걸어갔습니다. 초등학교 소녀답게 아주 호전적인 눈빛을 띠고 말이죠. 공주는 표독스럽게 소리쳤습니다.

너지!

놀라운 일은 그다음에 일어났습니다. 부반장이 고개를 푹 숙이더니, 예의 그 펜텔 샤프를, 백설 공주의 체온이 밴 바로 그 빨간색 샤프를, 슬그머니 책상 위에 올려놓는 게 아니겠습니까. 미안. 난 그냥 네가 오래 쥐고 있던 거라서…… 그렇게 소심하게 중얼거리면서 말입니다. 나의 공주는 경멸을 담은 눈빛으로 그 난쟁이를 쏘아보다가 샤프를 낚아채 자리로 돌아왔습니다. 기어들어 가는 목소리가 난쟁이 쪽에서 들려온 건 물론입니다.

미안해, 정말로……

아아, 정말이지 어리둥절해질 수밖에요. 나는…… 나는…… 내 입을 의심하지 않을 수 없었습니다. 언제나 진실만을 말하는 내 입을 말입니다. '나는 거짓말쟁이다'라고 선언한 사람의 이야기를 알고 계시겠지요? '나는 거짓말쟁이다'라니. 참 이상한 말입니다. 그 사람이 정말 거짓말쟁이라면, 그는 진실을 말한 것이므로 거짓말쟁이가 아니게 됩니다. 그가 거짓말쟁이가 아니라면, 그는 자신이 거짓말쟁이라고 거짓말을 한 셈이 됩니다. 그는 자신이 거짓말쟁이라고 선언했기 때문에, 더 이상 거짓말쟁이가 될 수도 없고 거짓말쟁이가 안 될 수도 없는 이상한 상황에……

아아, 골치가 아파 오는군요. 그만둡시다. 이런 말장난을 하느니 차라리 진실한 거짓말쟁이가 돼 버리는 게 나을 테니까요. 나는 거짓말쟁이다—라고 소리 높여 외치는 쪽이 나을 테니까요. 거짓말쟁이가 될 수도 없고, 되지 않을 수도 없을 때까지 말입니다. 그런 궁지에 몰릴 때까지 말입니다.

그래요. 그것이 나의 운명입니다.

5

이제 그 운명에 대해 말할 차례군요.

아시다시피 나는 박물관에서 일하는 사람입니다. 동물원도 아니고, 아프리카의 초원도 아니고, 바로 박물관입니다. 시간을 보존하는 공간, 아니 진실을 보존하는 공간 말입니다. 고독하지만 멋진 일이라고 생각합니다. 재산이니 평판이니 출세니 하는 것들과는 아무런 관계가 없는 일이니까요. 진실이 태어나는 곳, 아니 그것 자체가 진실인 공간이니까요.

내가 일하는 박물관은 소규모 대학 박물관에 불과하기 때문에 소장품들이 많지는 않습니다. 급여도 형편없습니다. 그래도 나는 불평 없이 관리인 일을 해 왔습니다. 벌써 10년이 넘는 세월 동안 말이죠. 다시 말씀드리지만 조용하고 평화로운 곳입니다. 관람객 수가 하루를 다 합해 봐야 10여 명이 채 안 되니까요. 초등학생들이 단체 관람 올 때를 빼면 적막한 공기가 내내 고여 있습니다. 어둡고 은은한 조명, 청결한 실내, 푹신한 소파…… 시간은 그런 곳에 머무는 법입니다. 시간이 거처하는 유일한 곳, 시간이 자기 자신을 대상으로 삼는 유일한 장소, 그게 박물관이니까요.

박물관의 밤을 상상해 본 적이 있으십니까? 긴 밤을 고요히 보내는 유물들의 황홀한 풍경을 떠올려 본 적이 있으십니까? 기쁜 마음으로 말씀드리지만, 나에게는 그것이 생활입니다. 깊은 어둠 속의 시간과 함께 살아가는 것 말입니다. 박물관의 어둠이라는 건 부드럽고 부드러운 초콜릿에 가깝습니다. 몸을 담그고 있으면 소리 없이 녹아갈 것 같은 검고 불투명한 용액 말입니다. 모든 것이 그곳에 존재했다가 그곳에서 사라지지요. 그게 시간이라는 것의 임무라고 해도 좋습니다. 초콜릿처럼 달콤하냐구요? 글쎄요. 자기 몸이 녹아 가는 기분이 달콤하다면 그럴 수도 있겠습니다만.

박물관 관리인이란 그런 침묵의 용액 속을 말없이 걸어 다니는 사람입니다. 관람객들이 모두 떠난 심야에 마지막으로 순찰을 하는 사람입니다. 시간의 문을 잠그는 사람입니다. 고여 있는 시간이 훼손되지 않도록 관리하고 보호하는 사람이지요.

물론 사소한 문제들이 없지는 않습니다. 대학 박물관이란 곳은 또 이런 곳이기도 하니까요. 고인 시간과 적막이 주인인 곳이면서, 연인들의 페로몬 향기가 흘러드는 곳 말입니다. 젊고 풋내 나는 캠퍼스 커플들이 찾아듭니다. 어린 연인들은 팔짱을 긴 채 인적 없는 박물관 전시실을 천천히 돌아보지요. 유물들에 별 관심이 없다는 건 동선만 봐도 알 수 있습니다. 그들은 곧 외진 곳의 어두침침한 소파에 앉게 마련이죠. 그러고는 서로 껴안고, 키스를 하고, 가슴을 만지고, 깊은 곳에 손을 넣고…… 별짓을 다 하는 것입니다. 수백 년 된 불상들이 가만히 바라보는 앞에서 말이죠.

우스꽝스러운 일이라고 생각합니다. 천년의 영혼을 담은 유물들 앞에서, 금방 죽어 문드러지고 썩어 갈 육신들이 하는 짓을 상상해 보십시오. 이미 좀비에 가까운 것들이 말입니다. 잠시 살아 있는 시체들이 말입니다. 서로를 껴안고, 키스를 하고, 가슴을 만지고…… 아아, 혐오스럽고 창피한 일입니다.

그래요. 아버지라면 물론 다르게 말하겠지요. 아버지는 그런 것이 인생이라고 생각할 테니까요. 작은 마당에 황혼이 내리던 어느 저녁, 부엌 찾은 뎅지레틀 하던 아버지가 물현듯 이렇게 중얼거리는 걸 들은 적이 있습니다. 사라지지 않는다면, 그건 인생이 아니다. 거짓말처럼 사라지기 때문에, 인생은 아름다운 것이다…… 나에게 얘기하는 것인지 황혼에게 얘기하는 것인지는 알 수 없었습니다. 나는 그 말을 듣고 어쩐지 기분이 나빠졌던 것으로 기억합니다. 뭔가 말하려고 아버지를 보았는데, 그때 아버지의 얼굴은 발갛게 물들어 있었어요. 황혼이 제 임무를 다했던 것이지요. 좀 기괴한 비유입니다만, 그건 해탈한 간첩의 표정에 가까웠습니다……

6

아버지가 세상을 뜬 것은 내가 서울 근교의 작은 대학에 입학한 뒤였습니다. 몸은 거짓말을 하지 않습니다. 하루에 서너 갑씩 태운 담배와 늦게 배운 술이 아버지의 몸을 잠식해 들어갔습니다. 아버지는 침묵 속에서 죽어 갔습니다. 어머니의 병을 반복하려는 것이었을까요? 아버지의 폐는 이미 아무런 기능도 못 한다고 하더군요. 몸이 무섭게 말라 갔어요. 그런 와중에도 아버지는 담배를 끊지 않았습니다. 변할 건 아무것도 없다는 식이었어요. 하긴, 뭐가 달라질 수 있었겠습니까? 죽음이 아버지의 고독한 인생을 곧 수납해 갈 거라는 사실에 말입니다.

아버지가 세상을 뜬 후 나는 무기력한 생활에 빠져들었습니다. 연명했다고 하는 게 맞겠군요. 청춘의 열정이라든가 의욕 같은 것은 전혀 없었습니다. 동아리 활동 같은 것도 하지 않았고, 친구도 없었으며, 학점은 최악이었습니다. 그때 막 생긴 피시방에서 컵라면으로 끼니를 때우며 지냈습니다. 될 대로 되라 하는 심정이었달까요.

그런 나를 구원한 것은 뜻밖에도 공주였습니다. 그 백설 공주 말입니다. 초등학교 졸업 후 한 번도 만나지 못하던 우리는 우연찮게―정말이지 거짓말처럼―학교 근처의 피시방에서 다시 만난 것입니다. 대한민국의 수많은 대학들 중 수도권 외곽에 위치한 그 소규모 대학에서, 그것도 피시방에서 재회하게 될 줄 누가 알았겠습니까?

당연히 우리는 사랑에 빠졌습니다. 사랑이라는 무지개, 그 구름바다에 말입니다. 그녀는 변한 것이 없었어요. 장학사였던 아버지가 세상을 뜬 뒤 가세가 기울었지만, 그녀는 여전히 그때 그 시절의 공주였습니다. 표정이나 성격, 말투만 공주인 게 아니었어요. 초등학교 때와 키가 똑같았고, 얼굴이나 몸집도 거의 변하지 않았더군요. 남들은 대단한 동안(童顏)이라고 부러워했지만 실은 좀 기이하게 보일 정도였습니다. 어떤 이는 질병을 의심했을 정도니까요.

공주는 대학생으로 보이기 위해 일부러 화장을 진하게 한다고 했습니다. 나와 여인숙에 갔을 때조차 새벽마다 화장실로 사라질 정도였어요. 옆에 누워 성기를 드러내고 밤을 보냈는데도, 아침이 오기 전에 화장을 하지 않으면 안 되었던 것입니다. 민낯의 공주는 나이와 얼굴이 맞지 않아 어딘지 균형이 어긋난 인상이었습니다. 마치 나이 어린 노파라든가 늙은 초등학생을 보는 느낌이랄까요. 그녀는 여전히 예전과 같은 공주였지만, 오히려 그랬기 때문에 공주의 주위에는 난쟁이들이 없었습니다. 난쟁이들을 잃고 스스로 난쟁이가 된 공주 같았어요. 예전과 똑같기 때문에 달라지다니, 좀 이상한 일이긴 합니다만.

'사랑해'라고, 나는 자주 말했습니다. 눈이 마주칠 때마다 '사랑해'라고 말했고, 잊을 만하면 '사랑해'라고 말했으며, 밤에 통화할 때도 '사랑해'라는 말을 반복했습니다. 왜였을까요? 나는 더 이상 펜텔 샤프 같은 데 관심이 없었고, 잘생긴 부반장에게 질투를 느끼지 않았으며, 공주 앞에서 선생에게 도둑으로 몰려도 치욕이라고 생각하지 않았을 텐데 말이죠.

아니, 바로 그렇기 때문에 '사랑해'라고 외쳤는지도 모릅니다. 나의 입은 언제나 진실만을 말한다고 했던가요. '사랑해'라고 말하면 신기하게도 사랑의 마음이 되살아났습니다. 내 심장 어딘가에 숨어 있던 열기가 뜨거운 샘물처럼 솟아났습니다. 그러니 잊을 만하면 '사랑해'라고 말할 수밖에요. 불안을 느끼면 '사랑해'라고 외칠 수밖에요. 아아, 공주에 대한 나의 사랑은 다시 그렇게 깊어 갔습니다.

처음에 우리는 주로 교내 음악실에 틀어박혔습니다. 커다란 스피커로 클래식을 틀어 주는 곳이었어요. 어두컴컴한 음악실에는 연인들이 많았습니다. 코를 고는 학생들도 있었지만 그건 견딜 수 있었어요. 음악을 듣느냐 마느냐는 취향의 문제니까요. 내가 견디지 못한 건 실은 음악 자체였습니다. 바흐의 브란덴부르크 협주곡 같은 것을 생각해 보십시오. 형체도 없고 설명할 수도 없습니다. 그저 화려하고 다채로운 음들이 허공에 가득할 뿐입니다. 1번 1악장의 현란한 화사함, 2악장의 깊고 깊은 슬픔, 2번 2악장의 우아함, 그런 것들 말입니다. 그게 다 무어란 말입니까. 허공과 같은 것이…… 허공 자체인 것이…… 왜 그토록 우리의 마음을 울린단 말입니까. 내가 견딜 수 없었던 건 바로 음악 자체였습니다.

그녀와 나는 교내 박물관으로 데이트 장소를 옮겼습니다. 말씀드렸듯이 고요한 곳입니다. 우리는 손을 잡고 천천히 유물들을 구경합니다. 워낙 빈약한 컬렉션이기 때문에 전시물들을 돌아보는 데는

30분도 걸리지 않습니다. 이런 것을 박물관이라고 하다니, 조금은 한심한 기분이 들 수밖에요.

할 수 없이 우리는 구석 자리의 소파에 앉습니다. 인적은 드물고 조명은 적당히 어둡고 주위는 고요합니다. 그 무렵 CCTV라는 게 처음 설치된 모양이지만, 그나마도 입구 쪽만 비추고 있었어요. 그러니 서로를 껴안고, 키스를 하고, 가슴을 만지고, 깊은 곳에 손을 넣고…… 그럴 수밖에요. 수백 년 된 불상들이 시간을 견디고 있는 곳에서 말입니다.

그건 우리의 사랑이 또 다른 운명을 맞게 되리라고는 생각하지 못하던 시절이었습니다. 박물관 소파에 앉아 여느 때처럼 공주와 이야기를 나누던 오후였어요. 나는 문득 이상한 느낌을 받게 됩니다. 무언가가 우리를 바라보는 듯했기 때문이었죠. 처음엔 관리인 아저씨인가 싶어 주위를 둘러보기도 했습니다. 아니었어요. 이건 뭐지? 분명 어떤 시선이 우리의 몸을 훑고 있었습니다. 강렬한 시선이었어요. 타는 듯한 시선이었습니다. 나는 공주를 밀어내고 몸을 일으켰습니다. 그리고 천천히 그 시선이 어디서 오는 것인지 깨달았습니다.

그것은…… 불상이었습니다. 어린 시절 아버지가 데려가곤 했던 사찰의 불상들과는 비교할 수 없이 강렬한 느낌의…… 불상이었습니다. 종교니 부처니 하는 것에 대해서 나는 개뿔도 모릅니다만, 모르기 때문에 더 깊이 느낄 수 있는 것도 있지 않겠습니까? 솔직히 말해서 사찰의 불상들은 따분했습니다. 이건 대웅전이고 대웅전에는 불상이 있어야 하니까, 하는 식으로 앉아 있으니까요.

하지만 그 불상은 달랐습니다. 지금 이곳에 존재한다는 걸 뜨겁게 수상하는 것 같았습니다. 나는 심상 박동이 빨라지는 걸 느꼈어요. 어지러움 같은 것이, 어떤 의식의 혼란 같은 것이, 나를 사로잡았습니다. 체온이 올라갔습니다. 얼굴이 달아올랐습니다. 백설 공주를 안고 있었기 때문이 아닙니다. 전적으로 불상의 타는 듯한 시선 때문이었어요. 나는 그 뜨거운 시선에 사로잡혔던 것입니다. 스탕달이라는 작가가 그랬다던가요. 무슨 박물관에서 르네상스 시대의 그림 한 점을 봤을 때라고 했습니다. 정신이 멍해지고 다리가 후들거리고 영혼이 빨려 들어가는 듯한 체험을 겪은 게 말입니다. 〈베아트리체 첸치〉라는 그림 때문이었다고 하더군요. 나는 그런 종류의 무슨 증후군에 걸린 것 같았습니다. 베아트리체에게 홀린 스탕달처럼, 나는 그 불상에 빠져 들어간 것입니다.

7

다시 말합니다만, 독특하고 아름다운 불상이었어요. 아시겠습니까? 독특하고 아름다워서…… 눈을 뗄 수가 없는 불상이었습니다. 백설 공주를 소파에 버려 둔 채 나는 불상을 향해 다가갔습니다. 부처가 눈을 감고 어떤 짐승 위에 결가부좌로 올라타 있었습니다. 93.5센티미터 높이의 고려 시대 목조 비로자나불이라는 설명이 아크릴 판에 적혀 있었습니다.

하지만 우리를 향하던 그 뜨거운 시선은 부처의 것이 아니었습니다. 부처가 아니라, 부처가 타고 있는 짐승의 것이었습니다. 그래요. 그것은 바로…… 기린이었습니다. 동양의 상서로운 동물 말입니다. 뿔이 하나 달린 영물 말입니다. 사슴의 몸에 말의 발굽과 갈기를 지녔지요. 소의 꼬리를 갖고 있습니다. 온몸이 오색찬란한 비늘로 덮

176

여 있고, 화사한 빛깔의 털이 흩날립니다. 기린은…… 기린은 아름다운 동물입니다. 나를 사로잡은 것은 비로자나가 아니라 비로자나가 타고 있는 바로 그 동물이었던 것입니다.

아나나 다를까, 기린불이라는 별명을 가진 그 불상은 박물관의 유일한 국보급 문화재라고 하더군요. 말씀드렸듯 작은 박물관이었고 소장품들은 형편없었습니다. 그 불상이 박물관의 존재 이유였던 셈입니다. 가장 값비싼 유물이자 박물관의 자랑이기도 했지요. 총장이 외부의 귀빈들을 데려와 관람시키곤 할 정도였으니까요. 그때마다 총장의 얼굴에 떠오르던 흐뭇한 표정을 나는 지금도 기억하고 있습니다.

나중에 문헌을 찾아보고 알게 된 것입니다만, 기린을 탄 부처상은 대단히 드물다더군요. 보살이나 동자가 탄 것은 간혹 있습니다만…… 둔황 석굴에 기린을 탄 관음상이 있으나 그것 역시 부처는 아니라고 했습니다. 독특한 구도인 셈이지요. 게다가 기린의 모습이 특이했습니다. 부처는 어두운 빛깔에 오래된 목조 불상 특유의 은은함을 유지하고 있었어요. 그런데 기린만은 어쩐 일인지 금방 도료를 칠한 듯 화사하고 신선한 느낌이었습니다. 게다가 상서로운 동물답지 않게 매서운 눈과 강인한 외뿔, 도드라지게 커다란 성기를 갖고 있었습니다. 당장이라도 수십만 마리의 정자를 허공에 흩뿌릴 기세랄까요.

수많은 학자들이 그 기린불에 대해 논문을 썼다더군요. 대개의 해석은 기린의 상서로운 기운으로 부처의 자비를 세상에 널리 퍼뜨린다는 식이었습니다. 하품이 나오는 얘기지요. 개중에는 부처가 해탈을, 기린은 세속을 뜻한다고 설명한 사람도 있었다지요. 각각 영원

성과 육체성을 상징한다는 헛소리도 있었는데, 어떤 학자는 이 기린이 예수의 발밑에 깔린 뱀처럼 묘사되어 있다고 주장했다가 호된 비난을 들어야 했다더군요. 왜 동양의 영물을 서양의 사악한 상징에 빗대느냐는 얘기였습니다.

아무려나, 그런 것은 나와는 상관이 없었습니다. 그들에게는 그들의 기린불이, 나에게는 나의 기린불이 있는 것이니까요. 하느님의 것은 하느님에게, 가이사의 것은 가이사에게. 내게 황홀경을 안겨 준 것은 기린의 의미 따위가 아닙니다. 기린 자체입니다. 거기 그렇게 서서 나를 바라보던, 그 자체로서의 기린 말입니다.

나는 거의 매일 박물관에 나가 그 동물을 바라보았습니다. 그때마다 나는 혼자였습니다. 공주와는 곧 헤어졌으니까요. 사랑이란 바흐의 음악과 비슷하다고 했던가요? 음악이 사라지면, 이 세계는 순식간에 전혀 다른 허공을 가진 세계로 돌변해 버립니다.

누가 먼저 이별을 선언했는지는 기억에 없지만, 그녀가 이렇게 말한 것만은 또렷이 생각나는군요. 황혼이 내리던 교정에서였어요. 벤치에 앉은 공주가 먼 곳에 지는 태양을 바라보며 말했습니다. 초등학생 여자애의 목소리로 말이죠.

난 아직도 오리지널 펜텔만 써. 종류별로 갖춰 두고서. 그때도 난 이미 여러 자루를 갖고 있었으니까.

공주는 거기까지 말하고 잠시 숨을 골랐습니다. 다시 입을 열었을 때는 눈가가 촉촉하게 젖어 있었습니다.

그런데 지금은 아주 흔해져 버렸어. 누구나 마음만 먹으면 그 샤프를 쓰지. 너조차도. 심지어 그게 펜텔이라는 의식도 없이……

발그레한 황혼이 그녀의 옆모습에 스며들었습니다. 하지만 나는 공주가 미친 건 아닌가 생각했어요. 샤프펜슬 같은 것을 아직도 머릿속에 두고 있다니, 오리지널이니 뭐니 하면서 감상에 젖다니 말입니다. 이것은 과연 나이 어린 노파의 세계가 아닌가 하는 엉뚱한 생각까지 들더군요. 그게 공주와의 마지막이었습니다. 나는 다시 음악이 사라진 허공에 버려진 것입니다.

8

대학을 졸업한 뒤 나는 바로 그 박물관에 취직했습니다. 박물관장이던 교수님을 열심히 쫓아다닌 덕분이었습니다. 임시직이었고 수위 일이었습니다만, 그런 것은 상관없었습니다.

그때가 내 인생에서 가장 행복했던 시절은 아니었을까요? 이상하게 들리겠지만, 나는 기린을 매일 바라볼 수 있다는 기쁨으로 살았다고 해도 과언이 아닙니다. 결혼도 하지 않았고, 취미도 갖지 않았습니다. 술도 마시지 않았고, 육식도 즐기지 않았습니다. 물론 담배만은 예외였습니다만.

나는 늘 정해진 옷을 입었고, 소박한 식사를 했으며, 특별히 만나는 사람도 없었습니다. 사람을 만나서 대화를 나눈다는 것이 부질없게 느껴졌습니다. 옷을 차려입고 외출하는 건 아버지의 기일 때뿐이었습니다. 아버지가 다니던 사찰에 가서 혼자 조용히 불공을 드리고 오는 것이지요. 그렇게 원룸 전셋집과 박물관만을 오가면서 훌쩍 10여 년의 세월이 흘러갔습니다. 그토록 단조로운 생활을 10년이 넘도록 해 온 것입니다, 나라는 인간은 말입니다.

엉뚱한 얘기입니다만, 죄근 이상한 뉴스들이 많이 눈에 뜨이시 낳던가요? 웬 노숙자가 국보급 문화재에 불을 지르지를 않나, 수십 억 대 고미술품들이 위작이라지를 않나…… 문화재 가운데 진품이 아 닌 것들이 많다는 소문이 신문 방송에 끈질기게 오르내렸습니다. 신 라 시대 여래 입상이 가짜라는 둥, 목조 관음불이 중국에서 수입된 모조품이라는 둥, 안견에서 불교 미술까지 진위가 의심스러운 유물 이 많다는 둥, 그런 소문들 말입니다.

나는 그런 얘기들에 관심이 없었어요. 나의 기린이 논란에 휘말리 기 전까지는 말입니다. 누군가 문화재청과 대학 당국에 기린불이 가 짜라고 투서를 넣었다고 하더군요. 진짜는 이미 일제 때 반출되었 다는 허황된 주장이었습니다. 박물관 측과 사학과 교수들은 그 주 장을 무시했습니다. 이미 정밀한 감식을 거쳤기 때문에 위작 논란은 말도 안 된다고 일축했습니다. 기린불이 가짜라면 박물관의 존재 근거가 사라지는 것이니 당연한 일이었지요.

박물관의 존재 근거만 사라지는 게 아닙니다. 그간 그 불상에 대 해 논문을 쓴 교수들은 뭐가 되겠습니까? 수백 억의 가치가 있다며 지역 신문에 특집 기사가 실린 적도 있는데, 신문사는 또 뭐가 되겠 습니까? 기린불을 관람한 관람객들은 뭐가 되고, 내외 귀빈들에게 그 유물을 소개하던 총장의 자랑스러운 미소는 뭐가 된단 말입니 까? 무엇보다도…… 무엇보다도…… 그 귀빈들을 안내하고, 기린불 의 자리를 세심하게 청소하고, 실내 온도를 신중하게 조절하고, 매 일 그것의 안위를 확인해 온 사람이 누구입니까? 대체 그 사람은 뭐 가 된다는 말입니까?

아아, 그만둡시다. 흥분해 봐야 소용없으니까요. 내가 이해할 수 없었던 건 대학 당국의 태도였습니다. 그들은 끝까지 기린을 지켰어야 했습니다. 그런데 신문 지상에 몇 번 기사가 났다는 이유로, 진리의 상아탑인 대학에 위작으로 의심되는 작품이 있어서는 안 된다는 학계의 성명서 한 장 때문에, 그들은 기린불의 진위 조사에 착수하겠다는 기자 회견까지 열었던 것입니다. 곧 조사 위원회가 꾸려질 것이고, 탄소 측정을 비롯한 각종 첨단 감식 기술을 활용해 진품 여부를 가리겠다고 하더군요.

탄소 측정이라니요? 탄소 따위가 기린의 운명을 결정한다니요? 도대체 누가 진짜와 가짜를 나눌 권리를 그들에게 주었습니까? 누가 내 인생을 진짜니 가짜니 하면서 판정한다는 말입니까? 나는 잠을 이루지 못했습니다. 잠을 잘 수 없었습니다. 밤마다 기린의 타는 듯한 아름다움이 떠올랐습니다. 내가 대체 뭘 어떻게 할 수 있었겠습니까?

9

부슬부슬 비가 내리던 일요일 밤이었어요. 거리에는 인적이 드물었습니다. 갑작스레 날이 추워진 탓인지 을씨년스러운 분위기였지요. 나는 보일러도 켜지 않은 방바닥에 누워 원룸 천장을 바라보고 있었습니다.

왜 그런 날이 있지 않습니까? 모든 게 조금씩 어긋나는 느낌이 드는. 멀쩡하던 문이 삐걱거리고, 텔레비전이 고장 나고, 칼에 손을 베고, 길 건너편에 검은 고양이가 앉아 빤히 이쪽을 바라보는 날 말입니다.

다음 날이면 위원회에서 방문 조사를 벌일 예정이라고 하더군요.

하루 종일 아무것도 손에 잡히지 않았습니다. 아무것도 먹지 못했습니다. 나는 몸을 일으켜 주섬주섬 옷을 챙겨 입었습니다. 근무 때 입는 회색 제복이었어요. 가슴에는 내 이름과 대학명이 적혀 있지요.

그 깊은 밤에 나는 박물관으로 갔습니다. 휴일이었기 때문에 교정에도 박물관 주변에도 인적은 없었습니다. 나는 열쇠로 박물관 문을 따고 들어갔습니다. CCTV가 나를 찍도록 말입니다. 왜였을까요? CCTV를 노려보며 입꼬리를 올려 미소까지 지었던 것은? 그 검은 어둠 속에서 말입니다.

나는 박물관 내부를 거닐었습니다. 옛 추억이 아련히 내 영혼을 사로잡더군요. 백설 공주는 잘 살고 있을까? 아직도 난쟁이를 잃은 공주일까? 그녀는 내가 왜 차갑게 변해 버렸는지 이해할 수 있을까? 하긴, 나 자신조차 이해하지 못하는 걸 그녀가 어떻게? 나는 백설 공주와 키스하던 소파에 앉았습니다. 따스한 시간이 고여 있는 것 같았습니다. 다정하게 손을 맞잡고, 가만히 어깨를 감싸안고, 그녀의 희디흰 목과 발간 입술에 키스를 하고……

그리고 그 추억의 끝에 기린불이 보이더군요. 나는 기린의 시선을 정면으로 마주 보았습니다. 초콜릿처럼 어둡고 짙은 시간이 우리 사이를 흘러갔습니다. 지난 10여 년이 하루하루 떠올랐습니다. 손전등을 들고 타박타박 거닐던, 고요하고 평화롭고 적막한, 그 밤의 순례들이 말입니다. 초콜릿처럼 녹아 버린 그 무수한 시간들이 말입니다.

얼마나 시간이 흘렀을까요? 정신을 차리고 보니 모든 것이 명료해져 있었습니다. 그런 순간이 있지 않습니까? 이제 고민할 이유가 없다는 게 확실해지는 순간 말입니다. 그래요. 나는 기린의 말을 들었고 기린은 나의 말을 들었습니다. 우리의 대화에는 막힘이 없었습니다. 나는 확신했습니다. 전문가라는 자들이 탄소연대측정법이니 뭐니 난리를 피운들, 기린의 저 타는 듯한 눈빛을 지울 수는 없다고 말입니다. 저 시선의 진실을 부정할 수는 없다고 말입니다. 진실이란 그렇게 연약한 것이 아니니까요.

나는 담배를 피워 물었습니다. 연기를 들이마셨습니다. 다디달았습니다. 갓 핀 산수유가 된 듯 신선한 느낌이었어요. 건강이 어쩌고 저쩌고 떠들어 대는 속물들이, 이미 좀비나 다름없는 인간들이 혐오스러웠습니다. 차라리 누가 먼저 연기나 구름이 되는지 내기하는 게 나을 자들이 말입니다.

나는 담배를 입에 문 채 천천히 몸을 일으켰습니다. 기린을 향해 다가갔습니다. 진열창의 실리콘을 제거하고 강화 유리를 떼어 내는 데 걸린 시간은 겨우 10여 분 정도였습니다. 나는 준비해 간 휘발유 통을 손에 들었습니다. 부처의 머리 위에서 통을 서서히 기울였습니다. 비로자나의 머리부터 기린의 발굽까지, 휘발유가 서서히 흘러내렸습니다. 어떤 기분일까요? 휘발유를 뒤집어쓴 부처의 마음이란?

나는 물끄러미 기린의 눈을 마주 보았습니다. 슬픈 눈빛이었습니다. 기린의 성기는 고요히 쭈그러져 있었습니다. 더 이상 고민할 게 뭐가 있었겠습니까? 나는 물고 있던 담배를 기린불 위에 떨어뜨렸습니다. 담배는 슬로비디오 속에서처럼 천천히 낙하했습니다. 그리고 문득 붉은빛을 발하는가 싶더니, 훅 소리를 내며 순식간에 타오르기 시작했습니다.

목조 불상은 잘 탔습니다. 미친 듯이 잘 탔습니다. 마치 이런 순간을 기다리기라도 한 듯 말이죠. 기린의 발끝에 불이 붙고, 발목이 타오르고, 성기가 타오르고, 화사한 느낌의 봄눙어리가 타오르고, 뜨거운 눈동자와 단 하나뿐인 뿔이 타올랐습니다. 세상에 없는 상상 동물의 몸이 타올랐습니다. 하나의 물질인 몸이 타올랐습니다. 불길은 비로자나까지도 순식간에 삼켜 버렸습니다……

아아, 나의 기린, 나의 베아트리체, 나의 공주, 나의 아버지, 그리고 어머니, 어머니…… 나는 나도 모르게 중얼거렸습니다. 아마도 외치고 있었는지도 모르겠습니다. 절규라고 해도 좋았겠지요. 무엇이었을까요? 무엇이 나를 그렇게 만든 것일까요? 기린의 뜨겁게 타오르는 눈빛이었을까요? 품행이 방정한 자들에 대한 증오였을까요? 나 자신에 대한 환멸이었을까요?

아닙니다. 그렇지 않습니다. 그게 환멸일 리가 없습니다. 증오일리가 없습니다. 그것이 나의 운명이었을 뿐입니다. 진실만을 말하는…… 나의 운명 말입니다.

10

착각하지 마십시오. 나는 지금 당신의 선처를 바라고 이런 얘기를 하는 게 아닙니다. 당신에게는 나를 비난할 자격이 없습니다. 누가 나보다 더 그 기린을 사랑했다는 말입니까? 학자들입니까? 대학 총장입니까? 당신입니까?

그러고 보니 당신은, 내가 어린 시절 만났던 그 경찰관과 비슷하게 생겼군요. 노동이라고는 해 본 적이 없는 하얀 손가락에, 얼굴은 희멀겋고, 책임감이 넘쳐 보입니다. 혹시 당신은 그때의 그 경찰관이 아닙니까? 자유와 정의를 지킨다고 착각하는 의경 말입니다.

뭐라구요? 또 얘기해야 합니까? 그건 이미 확실히 말하지 않았나요? CCTV를 확인해 보세요. 당신들은 그런 것을 좋아하지 않습니까. 탄소니 CCTV니 하는 것들 말입니다. 화재 경보가 미친 듯이 울리는 불구덩이 속에서 천천히 걸어 나오는 사람이 있을 겁니다. 그게 누굽니까? 내가 아닙니까? 기린불의 잔해가 발견되지 않았다구요? 그게 내 책임입니까? 내가 기린을 어디에 팔아먹기라도 했다는 말입니까? 겨우 돈 따위를 벌려고?

아아, 당신은 지금까지 내 이야기를 듣지도 않은 모양이군요. 차라리 바흐의 음악이 어디로 사라졌느냐고 물으십시오. 어제의 구름이 어디로 사라졌느냐고 물으십시오. CCTV 화면 속에 내리는 빗방울들이 다 어디로 가 버렸느냐고 물으십시오.

……그만둡시다. 나는 당신의 머릿속에서 태어난 그 기린에 대해 아무런 권리도 없으니까요. 그래요. 그 기린은 사슴의 몸을 갖고 있을 겁니다. 말의 발굽과 갈기를 지녔겠지요. 소의 꼬리를 가졌고요. 온몸이 오색찬란한 비늘로 덮여 있습니다. 바로 그 짐승입니다. 외뿔을 곧추세운 동물 말입니다. 슬픈 눈을 가진 동물이지요. 그 동물은 지금 어느 구름 아래를 유유히 달려가고 있습니까? 얼마나 아름다운가요? 지금 막 고개를 돌려 당신을 바라보고 있습니까? 거기 황혼이 지고 있나요? 그런데 그것은……

정말 기린입니까?

이제 당신이 내게 대답할 차례입니다.

추천 우수작

문래

조
해
진

1976년 서울에서 태어났다. 2004년
등단. 소설집《천사들의 도시》《목요
일에 만나요》, 장편 소설《한없이 멋
진 꿈에》《아무도 보지 못한 숲》《로
기완을 만났다》등이 있다.

소설을 쓰는 K가 최초의 감각에 대해 물은 적이 있다. K를 초청한 문학 강연회에서였다. 이상했다. 학생들과 함께 청중석에 앉아 있던 나는 이상하다는 생각뿐이었다. 최초의 감각에 대해서라면 그때껏 한 번도 생각해 본 적이 없었는데도 질문을 받은 그 순간 찰칵, 하는 소리가 날카롭게 내 귓속을 파고들었다. 마치 오랫동안 울릴 때만을 기다려 온 소리처럼, 그러니까 일종의 타이머라도 장착되어 있었다는 듯 크고 뚜렷하게, 찰칵. 곧이어 기억 속 방 하나에 불이 켜지면서 그 시절의 시간이 점자처럼 만져지기 시작했다. 때로는 심심했고 때로는 무서웠던, 그러나 대체로는 끝없이 졸리기만 했던 나른한 촉감의 시간이. 기억 속 감각이 선명해지자 현실의 테두리는 모호해졌다. 내가 있는 곳이 어디이고 왜 그곳에 앉아 있는지도 잊은 채, 나는 대답을 기다리던 K를 앞에 두고 아주 잠깐 단단한 적막

속에서 몸을 웅크리고 있어야 했다.

그건, 밖에서 문을 잠그는 소리였다.

그 소리를 처음 들었을 때의 내 나이 같은 건 정확하게 알 수 없었다. 나이라는 개념이 없던 때였고 그 후로도 그 시절을 되새겨 보지 않았으므로, 그 소리와 관련된 기억의 영역에는 숫자가 입력되어 있지 않았다. 혼자서 차려져 있던 밥을 먹기도 하고 잠투정 없이 단잠을 자기도 했으니 아마도 세 살 무렵부터 그 소리는 내 하루를 알리는 타종 역할을 했을 거라고, 다만 짐작만 할 수 있을 뿐이었다.

나는 K에게 솔직하게 말했다. 솔직하게 말하되 많은 것은 말하지 않았다. 가령 그 소리의 뒤편으로 펼쳐지는 풍경이라든지 어렴풋이 떠오르는 공포감 같은 것을, 물론 문래라는 이름도. 내밀하고 사적인 질문을 받으면 나는 대개 그런 식으로 말의 범위를 최소한으로 좁혀 선택된 사실만을 말했다. 거짓은 미안하고 수다는 부끄럽다. K도, 그 자리에 함께 있던 소설을 쓰고 배우는 어린 친구들도, 다행히 그 소리에 대해 더 이상 아무것도 묻지 않았다. 배려였는지도 모르고 흔한 얘기여서였을 수도 있다. 그날 집으로 가는 길은 느렸고 내 구두 뒤축엔 낯선 이의 긴 그림자가 매달려 있었다. 집에 돌아와서는 뜨거운 물로 샤워를 했고 맥주를 마셨고, 그리고 잊었다. 찰칵, 하는 소리는 의외로 쉽게 부서졌다.

그런 줄 알았다.

하지만 그로부터 또 많은 날들이 지난 어느 가을날, 낯선 도시의 도로 한복판에서 부서져 있던 그 소리는 다시 한 번 뭉쳐져 내 귓가를 둥글게 감쌌다. 처음과 달리 날카롭지 않아서 편안했다. 그날 밤, 나는 K에게 긴 편지를 썼다. 오래진부디, 그러니까 문학 강연회에서

K의 갑작스러운 질문에 불충분한 대답을 내놓았던 그때부터 결심한 일이었지만, 다 쓴 편지는 그 어디로도 부치지 않았다.

٭

밖에서 문을 잠근 사람은 나의 어머니였다.

1974년, 부모님은 일단 서울로, 하는 막연한 마음 하나만 품고 밤기차를 타고 상경하여 문래 6가에 정착했다. 공식 서류에 등기(登記)되어 있지 않은 집들이 좁은 골목을 따라 빽빽하게 이어져 있던 동네였다. 둘째가 태어나자 어머니는 첫째를 외할머니가 살던 남쪽 도시에 맡겼고 한동안 일도 쉬었다. 어머니에게는 오랜만의 휴식이었겠지만 젊은 만큼 조급함도 컸던 그녀는 일을 못 하는 것이 불안하기만 했다. 둘째가 혼자 힘으로 상 앞에 앉아 밥을 먹는 걸 본 어머니는 칼이나 가위, 성냥 같은 것을 아이의 손에 닿지 않는 곳에 모아 놓은 뒤 다시 출근을 시작했다. 어머니가 나를 방에 남겨 둔 채 밖에서 문을 잠그면 그때부터는 하루 분량의 기다림을 견디는 것 외엔 할 일이 없었다. 다행히 나는 잠이 많았다. 구름 성분의 이불이라도 덮고 있는 듯 끊임없이 잠이 왔다.

어머니는 한 공장에서 6개월 이상 일하지 못했다. 남쪽 도시에서는 한겨울에도 미니스커트를 입고 다닐 정도로 멋쟁이였다지만 서울에서 그녀는 저임금으로도 원하는 만큼 부릴 수 있는 '시다' 무리 중 한 명에 지나지 않았다. 70년대 서울은 어디를 가나 자신의 노동력을 팔고 싶어 하는 사람들로 차고 넘쳤다. 어머니가 미싱사의 시다로 일을 나갔던 인형, 피혁, 그리고 신발 공장들은 일방적으로 노동자들에게 해고를 통고하곤 했다. 특별한 기술도 없고 집에 가두고 온 아이 때문에 야근도 할 수 없었던 어머니에게 해고의 가능성은 다른 누구에게보다도 활짝 열려 있었을 것이다. 일자리가 사라지면 어머니는 집에서 할 만한 일들을 어딘가에서 떼어 왔다. 젊은 어머니는 손끝이 야무졌고 손재주도 좋았다. 쪽가위로 옷의 실밥을 정리하거나 플라스틱 반지에 큐빅을 붙이는 일을 빨리, 그리고 실수 없이 해냈다. 일을 떼어 주는 사람들은 어머니를 선호했다. 돈을 받은 날이면 그녀는 아동복 가게에 들러 레이스나 리본이 달린 원피스를 사곤 했다.

아주 큰 가방에 짐을 싸는 어머니를 몇 번인가 본 적이 있다.

짐을 싸고 가만히 앉아 있다가 이내 도로 푸는 날도 있었고, 문을 열고 나가 아버지가 퇴근하기 직전에 돌아오는 날도 있었다. 나이가 들면서 문득문득 궁금해지긴 했다. 어머니는 바퀴도 달려 있지 않은 그 큰 가방을 이고 끌면서 대체 어디를 헤매고 다녔던 걸까. 궁금하긴 했지만 물은 적은 없다. 그 무렵 그녀는 20대 중후반이었다. 그녀가 가방에 담은 건 옷가지와 화장품 같은 것에 지나지 않았겠지만 그 가방을 진정 무겁게 했던 건 더 멀리 가 보고 싶다는 바람과 다른 삶에 대한 기대감이었을 것이다. 때로는 앞으로도 나아지는 건 없을 거라는 절망적인 두려움이 그 위에 얹히기도 했으리라. 중학교에 진학한 동네 친구들이 등교하고 나면 고향집 담벼락 아래 쭈그리고 앉아 내내 울었다는 여자아이가 어쩌면 그 가방의 가장 밑바닥에서 발장난을 치고 있었는지도 모르겠다. 상상을 한다. 가방을 끌어안고 서울역이나 버스 터미널 의자에 앉아 바쁘게 지나가는 사람들을 하염없이 건너다보다가 표 한 장 사지 못한 채 다시 버스를 몇 번씩 갈아타며 문래로 돌아왔을 어머니의 그 짧고도 긴 여행을. 그녀의 발걸음 뒤로 차근차근 밀려 나갔을 서울의 잿빛 풍경은 이제 그녀 외에는 아무도 알지 못하는 영역 속에 있다.

그러거나 말거나 어머니가 집을 비운 그동안에도 문래에서 나는 무럭무럭 자라고 있었다. 레이스나 리본이 달린 원피스는 한 계절만 지나도 못 입게 되었다. 몸은 커 갔지만 아이가 아이답지 않게 잘 울지 않아서, 제대로 말을 못 해서, 걸어 보려는 의지를 보이지 않아서, 젊은 부부는 밥 때가 되어도 깨어날 생각 없이 뉘어 준 자세 그대로 잠만 자는 둘째를 종종 걱정스럽게 내려다보곤 했다.

❧

둘째에 대한 그들의 걱정은 금세 잦아들었다. 오빠가 서울로 올라오고 얼마 뒤, 나는 두 발로 벌떡 일어나 집 밖으로 뛰쳐나갔고 친구들을 사귀었으며 저녁을 먹어야 할 시간이 되면 혼자 힘으로 집을 찾아갔다. 문래 6가의 아이들은 사교육이란 걸 몰랐다. 나와 친구들은 그저 온 마음과 온 힘을 다해 뛰어놀았다. 문래에는 큰 규모의 재래시장이 있었고 장비나 부품을 만드는 영세 공장들이 즐비했다. 미친 여자와 무당이 살고 있었으며 개와 염소를 집어넣는다고 알려진 기계들을 내놓고 하루 종일 수상쩍고 불길한 증기를 내뿜는 흑염소집이 한 길 건너 하나씩 있었다. 쇠를 깎는 소리, 떨이를 외치는 상인들의 카랑카랑한 목소리, 미친 여자의 헛소리와 무당의 신들린 웃음소리, 개와 염소의 비명, 그런 소리들 속에서 나는 친구들과 함께 흙으로 집을 짓거나 금 밖의 술래로부터 도망 다니며 하루를 보냈다.

어느 날, 어머니는 남매를 깨끗하게 씻긴 뒤 옷장에서 가장 좋은 옷을 꺼내 입혔다. 그날 어머니를 따라 얼굴이 노래질 때까지 버스를 타고 간 곳은 남대문 시장 앞 사거리였다. 제복을 입은 아버지는 그 복잡한 도로 한가운데 서서 호루라기를 불며 이상한 동작을 반복하고 있었다. 그의 제복 바지는 바람이 불어올 때마다 허랑하게 나풀거렸고 어깨에 얹어진 금속 체인은 초봄의 햇빛 속에서 희미하게 반짝였다.

아버지는 대부분의 이농민처럼 문래에 정착하고 처음 몇 년간은 건물을 짓거나 다리를 놓는 건설 현장에서 일했다. 뭐든 부수고 새로 지어야 부자가 되는 거라고 믿던 개발의 시대였다. 건설 노동을 하다가 코뼈를 다친 이후론 사료 공장에 취직하여 포대를 나르거나 창고를 정리하는 일을 하기도 했다. 노동은 고단했겠지만 아버지는 귀가한 후에도 쉬지 않고 독학으로 공무원 시험을 준비했다. 합격자 발표가 있던 날, 그는 세상에서 가장 행복한 사람이었을 것이다. 감정을 표현하는 데 인색한 그였지만 그날만큼은 목에 두르고 있던 수건을 빙빙 돌리며 그 작은 방 안을 펄쩍펄쩍 뛰어다녔다.

그가 공무원 시험에 합격하여 서울시 교통순경으로 임명된 이후로 문래 6가 사람들은 답답한 일이 생길 때마다 과일이나 휴지를 사 들고 우리 집을 찾아오곤 했다. 친척이 교통사고를 당했는데 어떻게 하면 되는지, 법원에서 웬 문서 하나가 왔는데 이게 다 무슨 말인지, 집주인이 무작정 나가라고 하는데 안 나갈 수 있는 묘안은 없는 것인지, 그들은 물었고 아버지는 대답해 주었다. 아버지가 그들에게 실질적인 도움을 주거나 올바르고 구제적인 답변을 해 주시는 못했을 것이다. 교통순경은 공무원 계급 구조에서 가장 말단에 속했고 아버지도 그들처럼 국가의 법률에 대해 아는 게 거의 없었다. 그런데도 동네 사람들이 끊임없이 아버지를 찾았던 건 그들이 기댈 만한 곳이 그만큼 없어서이기도 했고, 또한 아버지가 거절하는 법 없이 대체로 상냥하게 그들을 대했기 때문이었다.

아버지의 상냥함을, 사람들은 믿었다.

하지만 아버지는 타인과 사적인 관계를 맺는 데 서툰 사람이었다. 아니, 그저 귀찮아한 것인지도 모르겠다. 그에게는 친구가 없었다. 그 누구와도 길게 통화하지 않았고 밤늦게까지 술을 마시다가 취한 상태에서 귀가하는 일은, 내 기억이 맞는다면, 단 한 번도 없었다. 대신 그는 줄담배를 피웠고 이불 속으로 들어가 여행이나 역사와 관련된 서적 읽기를 즐겼다.

그는 가족에게도 어떤 시절에 대한 회한이나 그리움을 표현한 적이 없으며 눈물을 보인 적은 더더욱 없다. 그의 과거는 간혹 만났던 친척들을 통해 아주 작은 파편으로만 내 귀로 흘러들어 왔을 뿐이다. 그 파편들이 하나의 이야기로 완성된 적은 없지만, 나는 그가 오랜 세월에 걸쳐 정기적으로 악몽을 꾸어 왔다는 건 잘 알고 있다. 성인 남자로 하여금 신음 소리를 내게 하고 팔을 휘두르도록 조종하는 악몽의 풍경을 나는 짐작도 할 수 없다. 살가운 대화에 익숙하지 않은 부녀는 마주 앉아 서로의 나쁜 꿈을 화두로 대화를 나눠 본 적이 없다. 새벽에 거실을 가로지르다가 의도치 않게 아버지의 악몽을 엿들은 날이면 몇 번의 이사를 다니면서 잃어버리고 만 낡은 앨범 속 사진들이 떠오르곤 했다. 어떤 흑백 사진에는 하얀 가운을 입고 베트남 아이의 엉덩이에 주사를 놓는 그가 있었다. 그는 마치 진짜 의사처럼 보였다. 의무병이어서 총을 들지 않아도 되었다는 게 그나마 다행이라는 생각이 든 건, 그 전쟁이 어떻게 시작되어 어떤 방식으로 진행되었는지 알게 된 이후였다. 지나가는 늙고 병든 개를 보면서도 눈가가 붉어지는 사람은 전쟁의 시간을 얼마만큼의 무게로 감당해야 했던 것일까. 심지어 그는 술을 마실 줄도 모르고 싸움에는 눈곱만큼의 소질도 없는데 말이다. 위무 공연을 온 예쁜 아가씨들 사이에서 환하게 웃고 있는 사진도 기억이 난다. 사진 속 그는 키가 큰 호남형의 청년이다. 하지만 나는, 그가 그 예쁜 아가씨들 중 누구와도 연애를 못 해 봤을 것임을 100퍼센트 확신할 수 있다.

아버지를 만나러 남대문 시장 앞에 간 그날, 우리 가족은 중국 식당에서 함께 점심을 먹었다. 어머니는 음식에는 손도 대지 않은 채 돌아오는 휴일에는 반드시 함께 구청에 가자고 끊임없이 아버지를 설득하려 들었다. 아버지를 구청 앞 시위에 데려가는 것, 그것이 어머니가 아이들을 앞세워 아버지의 직장을 찾아간 진짜 이유였을 것이다. 아버지는 어머니의 말을 새겨듣는 것 같지 않았다. 문래 6가 골목에서 나라로부터 돈을 받는 유일한 사람이 된 이후로 아버지의 어깨엔 언제나 잔뜩 힘이 들어가 있었다. 실제로 아버지는, 여전히 건설 현장이나 공장을 떠나지 못하던 문래 6가 아저씨들 사이에선 선망의 대상이었다. 서울 한복판에서 살아 있는 허수아비처럼 기계적으로 손발을 움직이던 아버지가, 하지만 나는 하나도 자랑스럽지 않았다. 그가 서 있던 남대문 시장 앞의 풍경은 오히려 안이 비치지 않는 까만 자루에 담아 기억의 틈새에 묻어 두고 싶은 장면일 뿐이었다. 나에게 언제나 큰 기쁨을 안겨 주었던 중국 음식도 그날만큼은 아무런 위로가 되지 못했다.

문래로 돌아가는 버스 안에서 또다시 멀미가 시작됐다. 나는 버스 창가에 머리를 기댄 채 내내 식은땀을 흘렸지만 아버지의 남대문 시장으로부터 멀어지고 있다는 것에 아무도 몰래 안도하고 있었다. 그때는, 내가 남대문 시장 앞 사거리에 허약한 마음 하나를 두고 왔다는 걸 알지 못했다. 그 허약한 마음이 내게도 숨기고 싶은 파편 하나가 되어 30년 넘게 언어의 외피를 써 보지 못한 채 내 삶의 궤도를 떠돌아다니리란 것도, 전혀 짐작하지 못했다.

❧

거실에 소파랑 텔레비를 놓을 거야. 네 방도 생길지 몰라.

아침마다 내 머리칼을 빗겨서 묶거나 땋아 주는 게 어머니의 중요한 일과 중 하나였는데, 그럴 때 그녀는 혼잣말 같은 중얼거림으로 내게 말을 걸어오곤 했다. 멀리서 희미하게 철근을 세우고 벽돌을 나르는 소리가 들려왔다. 문래 6가와 큰길 하나를 사이에 두고 아파트 단지 공사가 한창이었다. 80년대가 되면서 사람들의 가슴속에선 같은 모양과 같은 크기의 열망이 집 한 채를 지었는데, 어머니의 열망으로 빚어진 그 집에서도 황금빛 조명이 환하게 불을 밝히고 있었다.

아파트들은 빠른 속도로 완공되었고 여름이 끝나 갈 즈음엔 입주자들이 이사를 오기 시작했다. 문래 6가 사람들은 어른이나 아이나 할 것 없이 자주 멈춰 서서 거인의 은신처 같은 그 아파트들을 물끄러미 올려다보곤 했다. 같은 대상을 보고는 있었지만 그 시선의 끝은 같지 않았다. 어른들에게는 그 아파트들이 미래를 보장해 주는 사유

재산의 대표적인 상징물로 보였겠지만, 아이들에게는 그저 거대하고 신묘한 장난감이 들어 있는 콘크리트 덩어리에 지나지 않았다.

그해 가을, 나는 친구들과 함께 벌어진 입을 다물지 못한 채 그 장난감 앞에 서 있곤 했다. 소문보다 두 계절 늦게 도착하긴 했지만 문래에서 아파트는 그곳이 처음이었다. 아파트에는 엘리베이터가 있다는 것뿐 아니라 그 엘리베이터를 타면 순식간에 높은 곳으로 올라갔다가 다시 그 속도로 내려올 수 있다는 것도 우리는 그때 처음 알았다. 엘리베이터가 1층에 도착하여 문이 열리면 가슴이 뛰기 시작했다. 뒤늦게 상황을 알아차린 수위가 허청거리며 뛰어와 내쫓기 전까지 엘리베이터에 탑승한 우리는 1층부터 꼭대기 층까지 쉬지 않고 왕복했다. 비행기를 타면 이런 기분일 거라고 누군가 말했다. 그러나 나처럼 버스만 타도 얼굴이 노래지다가 급기야 토까지 해 대는 덜떨어진 어린이는 죽을 때까지 비행기를 탈 수 없을 거라고도 했다. 비행기 안에서는 시간이 흐르지 않으므로 미국이나 유럽, 혹은 아프리카에 도착하면 한국에서 비행기를 탈 때와 똑같은 날짜와 똑같은 시간이 다시 시작된다는 믿기지 않는 이야기도 들려왔다. 나는 누구보다 열심히 엘리베이터를 타러 갔다. 훗날 비행기를 타려면 멀미를 하지 않아야 했고 멀미를 하지 않으려면 익숙해지는 수밖에 없었다. 그 시절 나에게 엘리베이터는 일종의 비행 체험 시뮬레이션과 다를 바 없었다. 아니다. 정지된 시간을 통과하여 새로운 세계로 가기 위한 예행연습용 상자에 가까웠다. 귀가 윙윙대다가 어느 순간 붕 떠오르는 것 같은 그 마술적인 가벼움이 좋았다. 몽롱한 어지러움이 황홀했다.

이이들이 틈민 나면 새로 지어진 아파트로 몰려가 수위의 감시와 아파트 주민의 눈총을 피해 엘리베이터를 타는 동안, 아이들의 어머니들은 세숫대야와 국자 같은 조잡한 시위 도구를 챙겨 구청으로 갔다. 보상금과 이주비를 두둑이 받아 입주권을 들고 당당히 새 아파트로 들어가겠다는 게 어머니들의 계획이었지만, 구청이나 건설 회사가 합법적인 절차도 없이 난립된 집을 차지하고 있는 가난한 사람들의 요구를 호락호락 들어줄 리 없었다. 내가 아파트 수위에게 쫓겨나고 있을 때 어머니는 구청 직원이나 건설 회사에서 고용한 용역들에게 쫓겨나고 있었다. 쫓기고 욕설을 듣고 때로는 거친 몸싸움으로 멍들거나 다쳐도 어머니는 날이 밝으면 다시 부지런히 구청으로 갔고 저녁밥을 해야 하는 시간이 되어서야 풀이 죽어 돌아왔다. 아버지는 어머니의 온갖 회유와 부탁에도 구청 앞 시위를 끝까지 모른 척했다. 비번인 날에도 그는 집 밖을 나가지 않은 채 줄담배를 피우며 가 보지 않은 나라와 경험한 적 없는 역사 속 세계를 홀로 떠돌아다녔다. 구청이나 건설 회사와의 협상 회의에 참석하는 것도, 입주권을 사고 싶어 하는 브로커들 사이를 오가며 끊임없이 변동하는 시세를 체크하는 것도 모두 어머니의 몫이었다.

그사이에 문래 6가 골목의 집들은 한 채 두 채 허물어지고 있었다. 집이 하나 없어지면 친구도 한 명 사라졌다. 어른들은 아이들의 이별에 무심하여 떠나가는 친구와 남겨지는 친구들에게 작별 인사를 나눌 만한 여유를 주지 않았다. 어머니는 버틸 수 있을 때까지 버티겠다고 다짐했지만 점점 폐허가 되어 가는 동네에 오래 머물지는 못하리란 걸 잘 알고 있었다. 이듬해 여름, 어머니는 결국 아파트 입주권을 팔았다. 보상금과 이주비는 받지 못했다. 어머니의 마음속 집에는 다른 사람이 들어와 황금빛 조명을 켠 뒤 굳게 문을 닫았다.

이층집에서 살게 될 거야.

어느 날 아침, 어머니는 여느 때처럼 내 머리칼을 빗겨 주며 말했다.

우리는 2층에 살 건데, 2층에는 집주인도 살아. 집주인 있을 땐 큰 소리 내면 안 된다.

이어지는 어머니의 당부에 나는 씩씩하게 고개를 끄덕였다. 친구들이 거의 다 사라진 후였으므로 문래를 떠나는 게 하나도 아쉽지 않았다. 그해 여름, 우리 가족은 예정대로 이삿짐 트럭에 짐을 실었다. 아버지의 무릎에 앉아 트럭의 백미러 속에서 무너지고 있는, 그래서 끝내는 마치 처음부터 없었던 것처럼 뿌연 먼지 속에서 희미하게 사라져 가는 문래 6가를 나는 오래오래 들여다보았다. 골목을 다 빠져나오자 여름의 뜨거운 햇살은 가을의 스산한 바람으로 바뀌었고 나는 새 국민학교의 2학년 교실에서 전학생 소개를 하게 되었다.

새로 이사 간 동네에는 문래와 비교도 할 수 없을 만큼 아파트가 많았지만 어른들 몰래 엘리베이터를 타러 다니는 짓은 더 이상 하지 않았다. 엘리베이터가 효율적인 이동 수단일 뿐인 그 동네에서는 그런 놀이를 이해해 주고 함께할 친구가 없었을뿐더러, 나 역시 엘리베이터란 사물에 갖고 있던 애정과 동경을 잊어 가고 있었다. 어머니가 말한 우리의 이층집은 아파트 단지들에 둘러싸인 다세대 주택이었는데, 집주인네 부부는 내가 쿵쾅거리며 계단을 밟거나 공동 거실에서 종종걸음만 쳐도 불러 세워 주의를 주었다. 아파트 단지에 사는 부류와 그렇지 않은 부류가 은밀하게, 그러나 명확하게 나뉘어 있던 학교 분위기는 적응이 되지 않았다. 뛰어노는 것 외엔 잘하는 것이 없던 내게 새로운 집과 새로운 학교는 늘 한 발 한 발 조심스럽게 걸어 다녀야 하는 껍질 밖의 세계였다. 아무리 소심해서 설어도 자주 넘어질 수밖에 없는, 넘어져 다시 일어나면 또다시 넘어질 순간을 준비해야 하는 이상한 하루하루가 이어졌다. 땅바닥만 보면서 학교와 집 사이를 오가는 동안, 문래는 내 안에서 서서히 지워져 갔다. 아니, 내가 문래를 지워 나간 것이라 해야 더 정확한 표현일 것이다. 그렇게 20년이 흐를 때까지 나는 문래를 다시 찾아가지 않았다. 그 누구에게도, 문래를 말하지 않았다.

🌿

하지만 문래는 끊임없이 내 주변을 맴돌고 있었다. 침묵 속에 유폐되어 있던 문래가 내게 다가오는 방식은 문장이었다. 강제 철거로 집을 잃은 사람들의 사연이 적혀 있던 문장, 산업화 시대의 열악했던 노동 환경과 베트남 전쟁의 어두운 맨얼굴이 기록된 문장, 무연고의 서울로 올라와 불완전한 집에서 불안한 잠을 자다가 작은 톱니 하나 굴리는 것에 만족할 수밖에 없었던 이농민들의 삶이 깃든 문장, 문장들…… 세상의 입들은 내가 읽은 소설 속 이야기들이 우리 역사의 한 단면이니 잊어서는 안 된다고 가르치려 들었지만, 내게는 무의미한 전언일 뿐이었다. 돌아서서 발꿈치만 살짝 들어도 근로기준법의 보호를 받지 못했던 어머니와 순진한 얼굴로 다른 나라의 전쟁에 떠밀려 들어간 아버지가 보였다. 그리고 거대한 아파트들 옆에서 무력하게 허물어지던 문래 6가와 또 다른 불완전한 집을 찾아 뿔뿔이 흩어져야 했던 그 골목의 사람들이 있었다.

20년 만에 문래에 가게 된 건, 사실 계획에 없던 일이었다. 그때 나는 20대의 마지막 해를 통과하고 있었고 소설을 쓰며 살고 싶다는 마음 외엔 가진 것이 없었다. 내 가슴속 열망이 짓고 있던 집은 유리성처럼 눈이 부셨지만 그곳은 주소가 없는 빈집이기도 했다. 응모작이 공모전에서 떨어진 걸 알게 된 날이면, 그 빈집 역시 어디에도 등기되지 못한 채 철거될 것 같다는 불안감이 밀려오곤 했다.

시간은 많고 할 일은 없던 그때, 내 취미는 노선을 모르는 버스를 타고 종점까지 갔다가 되돌아오는 것이었다. 가끔은 먼 지방으로 가는 고속버스에 몸을 싣기도 했다. 아무리 오랜 시간 버스를 타도 나는 이제 멀미를 하지 않았다. 버스 정류장에서 버스 정류장으로 이동하는 동안 내 머릿속은 되도록 빨리 시간을 소모해 버리고 싶다는 생각뿐이었다. 아니, 어쩌면 나는 그저 집에 있는 게 싫었던 건지도 모르겠다. 그사이에 결국 아파트를 소유하게 된 어머니의 생활력은 때때로 속물적으로 보였고, 서울의 교통순경이 급감하면서 정수 처리장의 정문을 지키게 된 아버지의 힘 빠진 어깨는 무능하게 비쳤다. 노선에서 일탈하는 일 없는 버스에서 어딘가로 도망가고 있는 거라고 믿던 나는, 그리고 한심했다. 속물도, 무능한 사람도 되기 싫었지만 닮아서 괴로웠고 괴로워서 피하고 싶었다. 그뿐이었다. 길 위에서는 나도 젊은 시절의 어머니처럼 커다란 가방 하나를 들고 다녀야 했다. 불확실한 미래에 대한 두려움, 도대체가 영원한 것이 없는 관계에 대한 환멸, 매 순간 사람을 녹슬게 하는 긴 기다림과 역시나 기대와는 정반대로 흘러가는 생의 한계…… 가방 속의 짐은 날마다 무거워져만 갔다.

그날도 나는 그렇게 몇 번씩 버스를 갈아탔고, 종점이라는 방송에 깨어나 얼결에 내린 곳이 하필 문래였던 것이다. 서울의 모든 곳이 그러하듯 문래 역시 20년 사이에 너무도 다른 공간으로 바뀌어 있었다. 쇳가루가 날리던 영세 공장들과 나와 친구들이 지치지 않고 뛰어놀던 공터를 찾을 수 없었다. 7, 80년대 서울 변두리의 전형적인 풍경이었던 미친 여자와 무당, 흑염소집은 시간의 터널 속에서 정체불명의 비행 물체처럼 흔적도 없이 사라졌고 엘리베이터 하나로 아낌없이 나를 매혹했던 문래 최초의 아파트는 한 시대가 버리고 간 고물처럼 쇠락해 가고 있었다. 그리고, 내가 태어나 10년 가까이 살았던 문래 6가의 무허가 판잣집은 끝내 합법적인 주소를 남기지 못한 채 철근과 콘크리트 속에 묻혔다. 높고 세련된 아파트들과 밤늦게까지 운영되는 상점들과 시끄러운 음악이 흘러나오는 술집 사이를 쉬지 않고 걷다 보니, 어느 순간 그 무렵 내가 살고 있던 동네가 나타났다. 문래는 사실 그리 먼 곳에 있지 않았다. 단 한 번도, 그런 적이 없었다. 나는 서울의 강서 지역에서만 줄곧 살았으므로 버스를 타면 30분 이내에, 걸어서 이동할 경우에는 두 시간이면 충분히 닿을 수 있는 거리에 늘 문래가 있었다. 그토록 가까운 곳에 고향을 두고도 20년 동안 찾아간 적 없는 사람답게 나는 문래 밖에서 만난 사람에게는 문래를 말하지 않았다. 문래의 풍경, 문래의 젊은 어머니와 아버지, 문래의 작은 방에 대해서, 그 무엇도. 내일은 없다는 듯 취하고 쓰러지고 뛰쳐나가는 20대 초반의 술자리에서도 나는 문래를 모르는 부류였다. 맥락과 동떨어진 말과 의도하지 않은 엉뚱한 행동으로 사람들을 웃게 하는 재주는 있었지만, 그 웃음이 잦아들면 나는 다시 시무룩한 얼굴이 되어 입을 닫았다. 세상 어디에도 나와 똑같은 모양의 상처를 갖고 있는 사람은 없을 것만 같았다. 감정적으로 친밀한 사람이 생겨도 마찬가지였다. 나는 아버지 못지않게 관계를 맺는 데 서툴렀다. 멀어진 세계에도 침묵이 편했다. 그 어떤 세계 앞으로도 뒤늦은 메시지는 전송하지 않았다. 말하지 않으면 실체가 되지 않는 거라고, 나는 그렇게 믿었다. 그건, 내가 가진 허약하지만 유일한 보호막이었다.

❧

등단 소식을 들은 건, 계획에 없이 문래를 다녀오고 서너 달이 지난 뒤였다. 밤늦게 귀가하여 방문을 여니 고전적인 통신 수단인 전보 한 통이 책상 위에 놓여 있는 게 보였다. 그날 밤, 그 전보를 읽고 또 읽었다. 밤이 끝나 갈 즈음엔 내가 안에서부터 키워 온 나의 집에도 드디어 조명이 켜진 거라고 믿게 되었지만, 그 믿음은 그리 오래 지속되지 못했다.

시간이 흐를수록 내 안의 집은 자꾸만 흐릿해져 갔다.

서른 이후론 버스 정류장을 기웃거리는 대신 기차역과 기차역, 공항과 공항 사이를 오갔다. 떠나고 돌아오는 사람들로 분주한 기차역과 공항의 대합실에서는 차고 건조한 바람이 불었다. 대합실 구석자리에 앉아 탑승 시간을 기다리다가 문래 6가의 친구들과 열심히 타러 다녔던 엘리베이터를 떠올리며 몇 번인가 혼자 웃은 적은 있었지만, 그들의 얼굴이나 이름은 기억나지 않았다. 돈이 조금이라도 생기면 가방을 챙기고 나가 도시의 경계나 국경 밖을 떠돌아다녔던 건 어쩌면 어딘가에서 좋은 소설에 대한 해답을 얻을지도 모른다는 기대감 때문이었을 것이다. 하지만 아무리 먼 곳을 다녀와도 철학이 없는 빈 언어만이 이야기를 가장했다. 나는 너무 일찍 내 안의 집으로 이수한 이방인이었는지도 모른다.

그런 날이 있었다.

나는 글을 쓰는 사람들과 함께 거리 위에 있었는데 모서리를 돌 때마다 문래가 나타났다. 문장 밖에도 문래가 남아 있다는 건 모르지 않았지만 오랫동안 보려 하지도, 들으려 하지도 않았으므로 나에겐 없는 것과 마찬가지였다. 불에 그을린 건물이 있던 문래와 난방과 전기가 끊긴 문래, 철제 가림막으로 폐쇄된 문래를 우리는 지나갔다. 그곳 어딘가에 나와 닮은 사람이 있을 거란 생각이 들자 슬프면서도 당황스러웠다. 나는 자주 멈춰 서서 주위를 두리번거릴 수밖에 없었다. 잘 쓰고 싶었을 뿐, 무엇을 써야 하는지에 대해선 알지 못했고 깊이 고민해 보지도 않은 내가 허상처럼 문래와 문래 사이에서 서성였다. 그럴 때……

그럴 때, 그 소리는 나조차 알아차리지 못할 만큼 고요하게 내 귓가에서 모였다가 부서지는 과정을 반복하고 있었을까. 그 소리에 장착된 타이머는 내가 맞춰 놓은 것이 아니니 나로선 알 수 없는 일이었다.

어느 날, 나는 몸도 마음도 지친 상태로 부모님 집에 갔다. 어머니는 외출 중이었고 아버지는 거실 소파에서 몸을 둥글게 만 채 깊은 잠을 자고 있었다. 정수 처리장에서 30년이 넘는 공무원 생활을 마감한 아버지는 이제 15인승 중고 미니 버스를 사서 공항과 호텔 사이를 오가며 관광객과 그들의 가방을 실어 나르는 일을 하고 있었다. 팁을 받은 날이면 아이처럼 좋아했고, 교통순경 대신 새롭게 도로를 지키게 된 무인 카메라에 찍혀 벌금 고지서가 날아온 날이면 의기소침하게 돌아앉아 있곤 했다. 그는 또 악몽을 꾸고 있는 듯했다. 그의 곁에 앉아 보았다. 그의 가슴속 열망이 지은 집에는 여행

작가나 역사학자의 서재가 있지 않을까, 가끔 그런 생각을 했다. 원목의 튼튼한 책상, 크고 높은 책장, 여기저기 널려 있는 읽다 만 책들, 그리고 그 모든 것을 에워싸는 종이의 사각거리는 소리와 빛이 이동하면서 드러났다가 사라지는 그 안의 우아한 질서들…… 그는 자신의 꿈에 대해 말하지 않았으므로 확실한 건 없었지만 군인도, 교통순경이나 버스 기사도 살지 않는 곳이었다는 것 정도는 나도 알 것 같았다. 그의 머리맡에 놓인 책 한 권을 나는 물끄러미 내려다봤다. 세상이 내게 왜 썼느냐고 물었지만 끝내 대답을 내놓지 못했던, 내 이름으로 출간된 책 중의 한 권이었다. 페이지가 접힌 채 펼쳐져 있던 책을 집어 한쪽에 놓은 뒤 아버지의 어깨에 손을 올렸다. 나에게는 할 일이 하나 생겼다. 수십 년 동안 이어진 그의 악몽을 허공으로 다시 돌려보내기 위해, 가능하다면 영원히 돌아오지 못하도록, 나는 제법 단호한 손길로 그의 어깨를 흔들기 시작했다.

❧

저는 지금 두 달째 미국의 중부 도시에 체류하고 있습니다. 앞으로 석 달 후, 몇 번의 낭독회와 한국 문학 수업을 마치고 나면 귀국할 예정이에요. 이곳에서의 생활은 무척 단조로워서, 때때로 저는 창밖의 세상과는 무관하게 오직 자신만의 작업대에서 우주의 원리를 터득해 가는 시계공이 된 듯한 기분에 휩싸이곤 합니다.

오늘 오후, 저는 자전거를 타고 도시의 북쪽에 다녀왔어요. 도시의 북쪽은 다운타운이 있는 동쪽과 함께 우범 지역으로 분류되니 혼자서는 절대 가지 말라는 충고를 들은 그 순간부터, 제 머릿속엔 도시의 북쪽으로 향하는 짧은 여행이 계획되고 있었습니다. 도시의 동쪽은 버스와 지하철이 구석구석 잘 연결되어 있어서 밤에만 다니지 않는다면 사실 그리 위험한 곳이 아닙니다. 극장과 박물관, 미술관이 모여 있으니 갈 기회가 많은 곳이기도 하고요. 그러니 제가 갈 곳은 북쪽일 수밖에 없었던 거예요.

북쪽은 우범 지역이라기보다는 빈민가라고 해야 더 어울릴 것 같은 곳이었습니다. 하긴, 가난하면 위험해진다는 게 보통의 사람들이 갖고 있는 상식이긴 하죠. 자전거가 전진할수록 가난의 농도는 짙어졌습니다. 제 숙소가 있는 센트럴 지역이나 주로 백인 중산층이 모여 사는 서남쪽과는 비교 자체가 불가능한 스산한 풍경이 이어졌지요. 공동화(空洞化) 현상도 꽤 진행됐는지 문과 창문을 판자로 막아 놓은 집도 빈번하게 나타났습니다. 주택 대출금을 갚지 못하여 집의 소유권이 은행으로 넘어가게 되면, 온갖 범죄에 유용한 공간이 되는 빈집은 그렇게 봉쇄 조치 되는 거라고 들었습니다. 입구도 출구도 없는 집은 인간의 공간이 아니라, 신이 무심히 내던진 주사위처럼 비현실적으로 보였습니다. 온기도 정체성도 상실한 집들, 철학이 없는 빈 언어처럼. 빈집이 많아서인지 북쪽의 거리는 한산했습니다. 간혹 마주치게 되는 사람들은 대부분 흑인이었고요. 쓸 만한 쓰레기를 찾아내어 때 묻은 유모차에 담는 노인, 낮부터 술에 만취하여 제대로 걷지도 못하는 남자, 가방 대신 까만 비닐봉지에 소지품을 넣어 들고 가는 여자, 랩인지 욕인지 구분하기 힘든 말을 중얼거리며 지나가는 소년…… 그곳에서 사람들은 그렇게 살고 있었습니다. 원래의 계획은 도시의 북쪽 경계까지 가는 거였지만 목표 지점의 중간에도 닿기 전에 저는 예감했던 것 같아요. 제가 곧 포기할 거라는 걸, 언제나처럼 무모하게 여행을 시작했다는 것에 깊은 후회를 하며.

무서웠기 때문입니다.

누군가 갑자기 나타나 제 뒷덜미를 잡아챌까 봐, 혹은 어딘가에서 총소리라도 들려올까 봐 저절로 몸이 위축됐습니다. 그래서 흑인 남자 한 명이 저에게 손짓을 하며 다가오는 게 보였을 때, 저는 반사적으로 핸들을 꺾고는 온 힘을 다해 페달을 밟기 시작했죠. 그는 그저 구걸을 하려던 것이었는지도 모르고 길을 물으려 했던 것일 수도 있는데도 말이에요. 곧 4차선 도로가 나왔지만 저는 브레이크를 걸지 않았습니다. 가속도가 붙은 자전거는 도로를 가로질렀고 그때 오른쪽에서 달려오는 자동차가 제 시선에 스치듯 잡혔습니다. 저 차와 곧 부딪히겠구나, 저는 생각했습니다. 믿어지지 않게도 그 짧은 순간에 너무 많은 것이 기억났어요. 그리고 그 기억의 상자는 찰칵, 하는 소리와 함께 열렸지요. 처음 들었을 때와 달리 그 소리는 부드럽고 아늑했습니다. 최초의 감각이 나의 마지막을 위로해 주는 방식인 걸까, 그런 과장된 회한에 빠져들 만큼 그 소리가 다가온 두 번째 방식은 전혀 아프지 않았습니다.

저를 향해 달려오던 그 자동차는 불과 10센티미터 정도의 간격을 두고 제 앞을 휘익 지나갔습니다. 작은 폭풍 속인 듯 단단하게 응결된 바람에 머리칼이 휘날렸지요. 저는 이내 자전거와 함께 외로 넘어졌지만 죽지도 않았고 크게 다치지도 않았습니다. 그새 모여든 서너 명의 흑인들이 괜찮으냐고 걱정스럽게 묻더군요. 누군가는 방금 저를 칠 뻔하고도 그대로 달아나 버린 자동차의 번호를 알려 주기도 했습니다.

무릎과 어깨에 통증이 느껴졌지만 걷는 데는 아무 문제가 없었습니다. 모여 있던 사람들에게 괜찮다고, 다치지 않았다고 말한 뒤 자전거를 끌면서 절뚝이며 걷는데 문래의 그 방이 생각났습니다. 낯선 도시에서 마주한 또 하나의 문래 때문일 수도 있고 기억의 입구에서 귓가를 감싸던 찰칵, 하는 소리 탓이었는지도 모르겠습니다. 나른한 촉감의 시간이 배어 있던 오직 혼자만의 방, 자주 구름이 스며들어와 내 몸을 덮어 주었던, 그러나 때로는 추운 대합실처럼 막막하기도 했던 그 방에 어느새 저는 들어와 있었지요. 저는 그 방을, 그 방이 있던 동네와 그 동네에 살았던 사람들까지 마치 처음부터 없었던 것처럼 모른 척하며 살아왔지만, 알고 있었습니다. 그 방이 저에게 새겨 넣은 상처가 내 문학의 시작이었다는 것을요. 우리는 모두 저마다의 상처에 빚을 지며 쓰기도 하고 읽기도 하는 거겠죠. 만약 그때 제가 조금이라도 울었다면, 그건 단지 뜻밖의 장소에서 한 뼘 더 넓게 보게 된 풍경에 도취되었기 때문일 거예요. 또 한 시절이 지나고 나면 이해하기 힘든 과장된 회한으로 남게 될 그런 도취감. 통증은 정말이지 아무것도 아닙니다.

　그러니 K……

　언젠가 제가 당신에게서 받은 그 질문과 다시 맞닥뜨리게 된다면 그때는 또 다른 K들에게 좀 더 많은 것을 말해도 되지 않을까요. 그럴 때 당신은 들을 수 있겠지요, 결국 말해지지 못할 이야기까지. 아마도 저는 그 이야기를 이렇게 시작하고 있을 것입니다. 내 고향은 문래라고, 나의 문장(文)이 그곳에서 왔다(來)고……

208

추천 우수작

다른 얼굴

············

천운영

1971년 서울에서 태어났다. 2000년
《동아일보》 신춘문예로 등단했다. 소
설집 《바늘》《명랑》《그녀의 눈물 사
용법》《엄마도 아시다시피》, 장편 소
설 《잘 가라, 서커스》《생강》이 있다.

줄이 길었다. 그녀 앞으로 여섯 명. 차례를 기다리는 동안 그녀는 이후 일정에 대해 생각했다. 계피와 생강을 어느 상점에서 살지. 어느 화원에서 달리아 구근(球根)을 더 다양하게 보유하고 있을지. 아리랑을 지우자 은행에서 집까지 동선이 깔끔해졌다. 시급한 것은 수정과가 아니라 달리아였다. 구근을 심기에는 이미 늦은 감이 있었지만 색의 조화를 생각한다면 울타리 쪽에는 역시나 달리아였다. 새 모이통을 채울 혼합 곡식도 사야 했다. 그렇다면 아무래도 바우하우스가 나았다. 동선 조정을 마쳤을 때, 마침맞게 차례가 왔다.

그녀는 데스크로 한 발짝 다가서며 상냥하게 인사했다. 좋은 아침 좋은 점심 좋은 저녁. 그 말은 30년 전 이 도시에 처음 도착했을 때 그녀가 할 수 있는 유일한 말이었다. 하지만 목소리에 상냥함을 더하면 인사말 이상의 것을 얻을 수 있다는 걸 알았다. 30년이 지나 언어를 유창하게 구사하게 된 지금, 목소리에 숨겨져 있던 초조한 기운이 말끔히 사라지자 상냥함만이 남았다. 저절로 풍겨 나오는 기분 좋은 향기처럼. 방심하고 짓는 표정에도, 가만히 움직이는 발걸음에도. 상냥함은 그녀를 설명하는 거의 모든 것이었다. 그렇게 저절로 나온 상냥한 인사말에는 힘이 있었다. 적어도 은행원의 은색 넥타이를 느슨하고 만들고, 이 도시 사람들의 전형적인 표정인 근엄한 얼굴을 누그러뜨릴 만큼의 은밀한 힘.

"좋은 아침. 뭘 도와드릴까요?"

데스크의 남자는 사무적이지만 친절한 목소리로 그녀를 맞았다. 그런데 갑자기, 그녀는 갑자기 얼어붙었다. 시간을 거슬러 30년 전으로 돌아간 것만 같았다. 적당한 단어를 찾지 못하는 외국인처럼, 눈만 깜빡이며 입을 꾹 다물어 버렸다. 아니면 30년이 훌쩍 지나 늙은이가 되어 버린 것도 같았다. 방향을 잃고 기억을 잃어 어리둥절해하는 치매 노인.

"음……"

그녀는 가방에 손을 넣은 채 멍하니 서서 남자와 눈을 맞췄다. 남자의 눈은 따뜻한 회색이었다. 가슴팍에 달린 아크릴 명찰로 시선을 옮겼다. 글자가 작아 이름을 읽을 수는 없었지만, 불새 모양의 은행심벌은 선명했다. 은행 업무를 보기 위해 줄을 선 것을 그녀가 잊을 리 없었다. 그녀는 치매 환자가 아니었다. 소통이 두려운 외국 여행자도 아니었다. 닷새 치 매상을 모아 온 탓에 평소보다 많은 돈이 지갑에 들어 있었다는 것도 잊지 않았다. 그리고 지갑은 가방 안에 있어야 한다는 것도. 손을 넣으면 바로 닿는 주머니 안에. 언제나 어김이 없는 그 위치에. 그녀는 가방을 데스크에 올려놓고 안을 들여다보았다. 다시 들여다보고 뒤져 봐도 반드시 있어야 할 지갑은 보이지 않았다.

"음…… 그러니까 내가…… 지갑이 없네요?"

남자가 그녀를 빤히 쳐다보았다. 회색 눈동자가 차갑게 흔들리며 그녀가 한 말을 이해하려고 애쓰고 있는 것 같았다. 하지만 그녀가 할 수 있는 말은 그것뿐이었다. 머릿속이 하얗게 비어 버렸다. 여태 이런 일은 없었다. 그녀는 뭔가 흘리고 다니는 사람이 아니었다. 소지품이 손을 타 본 적도 없었다. 그녀는 가방에서 손을 빼내 데스크에 올려놓았다. 빈손이 공손하게 바닥을 보이고 있었다.

이내 상황 파악을 끝낸 듯 남자의 입가에 미소가 번졌다. 이해한다고, 더러 그런 실수들을 한다고, 안됐지만 자신이 도와줄 것은 없다고. 너그럽지만 조소 섞인 미소였다.

"그럼 준비가 되면 다시 오시겠습니까?"

준비가 되면…… 그녀는 기억을 더듬었다. 지갑을 마지막으로 본 게 언제였는지. 집에 두고 온 것은 아닌지. 아니다. 스시집 열쇠를 찾느라 가방을 뒤질 때만 해도 분명히 있었다. 지갑 자석에 열쇠고리가 붙어 있는 걸 떼어 냈으니까. 스시집을 나와서는 피트니스 센터에 들러 한 시간가량 운동을 했고, 내친김에 시간을 조정해서 마사지를 받았다. 그사이 지갑을 꺼낸 적은 없었다. 지갑은 가지고 나오지 않은 게 아니라, 잃어버린 것이었다.

"부인? 다시 오시겠습니까?"

남자가 재차 물었다. 그녀는 줄 서서 기다린 자신의 순번을 남자가 끝내려 한다는 걸 알았다. 그녀가 황급히 말했다.

"아니요, 다시 올 게 아니라, 잃어버렸어요. 지갑을요. 어쩌지요?"

"분실 신고를 해 드릴까요? 신분증 가지고 계세요?"

"지갑에 같이 들어 있을 텐데."

"그럼 사회 보장 번호를 불러 주세요."

그녀는 일단 번호를 불러 준 다음 생각했다. 오는 길에 누군가 그녀의 몸이나 가방을 스치고 지나간 적이 있었는지. 그녀가 기억하는 한은 없었다. 마사지 숍이나 피트니스 센터 탈의실에서 손을 탈 수도 있을까? 그럴 리가 없었다. 그곳은 흘린 머리핀 하나라도 잘 보관했다가 주인을 찾아 주던 곳이었다. 회원 카드를 꺼내지 않아도 얼굴을 알아볼 정도로 회원 관리 시스템이 철저한 곳. 그럼 어디였을까.

"일단 분실 신고 먼저 한 다음에 사용 내역이 있는지 보겠습니다. 저희 은행에 한 장의 신용 카드와 네 개의 계좌가 있는데, 모두 정지시킬까요?"

그렇지. 지갑 안에 현금만 있었던 게 아니지. 신용 카드가 석 장에 현금 카드가 석 장…… 은행 두 군데를 더 들러야 했다. 그 밖에 백화점 카드가 있고, 각종 회원 카드를 일일이 다시 발급받으려면…… 그녀는 무엇보다 교통 카드가 아쉬웠다. 이제 겨우 닷새를 썼을 뿐이었다. 재발급도 안 되고, 달이 바뀌기 전까지는 어쩔 수 없이 동전을 준비해 다녀야 했다. 꽤 번거로울 것이었다. 동전 없이 기차를 탔다가 낭패를 겪었던 때가 떠올랐다. 하필이면 기차 내 동전 교환기는 고장이 나 있었고, 다른 칸으로 가 보려는데 검표원이 나타났다. 서른 배에 달하는 벌금을 내지는 않았지만, 의도된 무임승차가 아님을 설명해야만 했다. 의심하는 사람이 있는 것도 아닌데 목적지에 도착할 때까지 그녀는 사람들의 시선을 신경 쓰며 표정 관리를 하느라 진땀을 흘렸다. 아주 오래전 일이었다.

"일단 정지시켰고요. 신용 카드 최종 사용일은 2일 14시 38분. **에서 75.40유로. 본인이 사용한 것 맞습니까?"

사흘 전 오후 2시면, 성훈네와 점심을 먹었고, 그녀가 계산을 했다.

"맞아요."

"351로 시작되는 계좌는 한 시간 전에 마지막 인출이 있었네요. 2천 유로. 본인이 사용한 것 맞습니까?"

"언제요?"

"11시 40분. 한 시간 전에요."

"아닌데…… 그때 난 마사지 숍에…… 나 아니에요."

새 계좌. 비밀번호. 그녀는 오늘 새 현금 카드를 등록할 예정이었다. 지갑에는 은행에서 발급받은 비밀번호 안내장과 새로 받은 카드가 함께 들어 있었다. 개인 비밀번호를 입력해야 비로소 카드를 쓸 수 있었는데. 그녀가 아니라 지갑을 가져간 사람이 등록과 개시를 대신한 셈이었다. 그녀는 비로소 피해의 심각함을 깨달았다. 현금은 물론이고 통장에 든 돈까지. 동전의 번거로움과는 비할 바가 아니었다.

"지갑을 언제 잃어버리셨는데요?"

"글쎄요…… 그게……"

"오늘 총 3회에 걸쳐 출금이 있었어요. 전부 6천 유로. 모두 이 지점 현금 인출기에서 인출됐네요?"

도대체 누가, 언제 어디서. 그래, 그 남자. '토토스시'에 왔던 그 아랍 남자. 입구 카운터 옆에 서 있었지. 그녀는 가게에 들어가면 항상 가방부터 카운터에 올려놓은 다음 주방으로 들어간다. 남자는 손만 뻗으면 닿을 수 있는 바로 그 위치에 서 있었다. 그 아랍 남자가 지갑을 훔쳐 갔다. 지갑은 잃어버린 게 아니라 도난당한 것이었다. 분실이 아니라 절도였다.

"아마…… 세 시간 전일 거예요. 맞아요. 세 시간."

토토스시에 도착한 것이 9시 무렵. 머문 시간은 채 20분이 넘지 않았을 것이다. 그때 스시집을 나와 곧장 은행으로 왔더라면. 피트니스 센터에 들르지 않았더라면. 예약 시간을 바꿔 가면서까지 마사지를 받지 않았더라면. 그녀가 조금이라도 의심을 했더라면. 그래서 남자가 나간 다음 곧바로 가방을 확인해 봤더라면. 그런데 정말 그 남자가 지갑을 훔쳐 갔을까? 믿을 수가 없었다. 남자는 웃고 있었다. 웃으면서 인사까지 하고 나갔다. 그렇게 선량한 눈을 가진 남자가 정말 지갑을 훔쳐 갔을까? 하지만 그 남자가 아니고서는, 다른 가능성은, 없었다.

"CCTV, 그거, 확인해 볼 수 있어요?"

"개인에게는 공개가 안 되고, 경찰이 요청하면 보여 줄 수 있어요. 일단 경찰서에 가서 도난 신고를 하십시오. 그래야 보험이나 다른 문제도 해결할 수 있고. 그런데 이상하네요. 어떻게 비밀번호를 알았을까요? 세 번 만에 비밀번호를 알아내기는 어려울 텐데. 세 번 오류가 나면 자동으로 출금 금지가 됩니다만."

"그건……"

"아랍계 남자였어. 터키 식품점 카림처럼. 턱수염이 이렇게 넓게 나 있었는데, 길지는 않고 그냥 면도한 자국만 보이는 정도 있지? 거뭇거뭇. 눈썹도 진하고 머리숱도 많고. 아무튼 전형적인 아랍 사람 얼굴이었어. 스물다섯에서 서른 사이? 젊었어. 키는 당신보다 좀 더 큰 것 같고. 약간 마른 체형인데 그렇다고 아주 마른 건 아니고."

그녀는 경찰에 말한 그대로 남편에게 말했다. 경찰은 그녀가 설명한 절도범의 인상 착의를 보통 체격의 평범한 외모를 가진 20대 후반의 남자로 정리했다. 그녀는 더 자세히 설명해 줄 준비가 되어 있었지만 그걸로 끝이었다.

"주방에서 재료 확인하고 있는데 뭔가 이상한 느낌이 드는 거야. 그래서 돌아봤더니 웬 남자가 서 있지 않겠어? 카운터 옆에. 가게에 나 혼자 있는데 당연히 놀라지. 그래도 아주 차분하게 물어봤어. 무슨 일이야? 그랬더니, 사람 안 구하니? 하고 물어봐. 그래서 아니, 그런 계획 없는데? 했지. 그러니까 씨익, 웃는 거야, 참 순한 웃음이었어. 그리고 안녕, 인사를 하고 나가데? 그래서 참 이상한 일도 다 있네, 그랬지 뭐. 아침부터 일자리를 구하러 다니는 것도 이상하고. 우리가 어디 구인 광고를 낸 것도 아닌데 어떻게 찾아왔나, 그것도 이상하고. 다 이상했지."

"구인 광고를 냈다고 해도 스시집에서 아랍인을 구하겠어? 말도 안 되는 소리지. 그래서 그냥 그러고 보냈어?"

"응. 한 치도 의심 안 했어. 도둑처럼 안 생겼단 말야."

"도둑이 어디 도둑이라고 써 놓고 다니나?"

"웃는 게 선했다고. 아주 맑았어. 이상하긴 했지만, 그래도 그렇게 웃는 사람을, 어떻게 의심해."

"잘했어. 지갑을 잘 잃어버렸다는 게 아니라. 그때 알아차렸으면 또 어쩔 건데? 몸이라도 뒤져 보자 할 거야? 또 그랬다가 해코지라도 하면."

"해코지할 사람처럼 안 보였다니까? 그런데 그 조그만 스시집에 무슨 돈이 있을 거라고 도둑질을 하러 와? 아이 참, 오늘따라 현금은 왜 그렇게 많아. 차일피일 미루다가 닷새 치나 밀려서. 다른 때는 이틀에 한 번은 가는데. 하필이면 또 비밀번호 안내장이 보일 게 뭐야. 탁자에 있기에 그냥 지갑에다 쑥 넣어 가지고 나왔단 말이야."

"일이 그리되려니까 그런 거지. 가게는 작아도 이 도시에서 제일 오래된 스시집이잖아. 줄도 서서 먹고 가고 그러니까, 뭐 훔쳐 갈 거 없나 작정하고 찾아온 거지. 그냥 사람 안 다치고, 더 나쁜 일 안 생기고, 그걸 다행이라고 생각하자. 그 돈 없다고 당장 죽는 것도 아니고."

그는 잃어버린 돈에 대해 쩨쩨하게 구는 사람이 아니었다. 그리고 잘못을 탓하거나 화를 내는 사람도 아니었다. 처음 만난 순간부터 지금까지 변함이 없었다. 그녀가 유학 생활 2년 만에 학업을 포기하고 결혼을 결심하게 만들었던 그 사람 그대로. 지금은 머리숱이 조금 줄고 입가에 잔주름이 앉았지만 여전히 반듯하고 잘생긴 얼굴이었다. 확실히 나이 든 티가 나긴 했다. 나이 든 얼굴에는 그 사람이 살아온 인생이 자서전처럼 씌어 있기 마련이라는데, 그녀는 그가 쓴 책이 마음에 들었다.

"뭘 그렇게 멍하니 봐? 아직도 지갑 생각 하는 거야?"

그는 커다란 손으로 그녀의 등을 쓰다듬어 주었다. 그의 손길에 모든 걸 일러바친 어린애처럼 후련한 기분이 들었다. 그가 고맙기는 했지만 미안한 마음이 없는 건 아니었다. 그녀는 풀이 죽은 목소리로 말했다.

"난 왜 이렇게 순진한 걸까. 이 나이 먹도록 그거 하나 못 알아보고. 왜 의심을 못 하지? 누가 그렇다면 그런가 보다, 사람 좋게 생겼으면 좋은가 보다. 나 정말 바본가 봐. 맨날 이렇게."

"아이고, 여사님 살못이 아니네요. 사람 의심 안 하고 사는 게 뭐가 잘못입니까?"

"그런데 여보, 어떻게 사람이 그렇게 선하게 웃으면서 도둑질을 할 수가 있지? 도둑질하는 게 즐거웠나? 도둑질하는 걸 숨기려고 웃었나? 어머나 여보!"

"왜, 왜 또 무슨 일이야."

"그 사람이 내 지갑 가져가는 거, 그거 난 못 봤어."

"뭐야, 그 사람 아니야?"

"아니, 그러니까 지갑은 내가 돌아보기 전에 벌써, 벌써 벌써 가져간 거지. 그래 놓고, 내가 보니까 웃은 거지. 웃으면서 도둑질한 게 아니라, 도둑질한 다음에 웃은 거야. 안 들킨 게 좋아서 웃었나? 내가 깜빡 속아 넘어가니까 좋아서 웃었나? 뭐야?"

"맞아, 당신은 깜빡 잘 속지. 뭐라 하는 게 아니라. 잊자 잊어. 아는 사람한테 속은 것도 아니고. 그래. 걔 누구야, 당신 그렇게 고생시켰던. 아이고 그 이름이 생각 안 나네? 당신 사인 위조범 될 뻔했던."

"호준이? 걔도 사람 참 좋게 생겼는데. 난 절대 안 잊어버리지 그 이름. 우리가 얼마나 잘해 줬어."

"그래 맞어, 호준이. 아내가 시골 사람이라 도통 뭘 못 먹고 그래서, 당신이 김치랑 해다 주고."

"김치뿐이야? 구두랑 외투랑 옷장 뒤져서 입을 만한 거 다 찾아서 갖다 주고. 나랑 사이즈가 비슷했거든. 아이, 지금은 이렇게 웃네. 그땐 얼마나 무섭고 떨렸어. 엄마 감옥 가는 거야? 우리 별이가 그러면서 눈물을 뚝뚝 흘려."

"하늘이는 지 누나 손만 꼭 붙들고 있고."

"나야 뭐 그냥 하라는 대로 사인한 거밖에 없는데. 당신하고 얘기

218

가 다 된 거라니까, 남편 대신 사인하는 게 뭐가 문제냐 싶었지. 그런데 사인 위조범이라니."

"옛날엔 다 그러고 살았잖아. 아예 작정하고 덤벼든 사람을 어떻게 당해 내. 집 구하는 데 보증인 세우는 게 오죽 어려워? 그것만으로도 감지덕진데. 임대 계약서에 내 이름 올려놓고. 신고하자니 당신은 공범 되는 거고. 신고를 안 하자니 나갈 생각을 안 하고. 참 머리도 좋아. 완전 계획적으로 말이야. 그때 그 집에서 얼마를 더 버텼더라?"

"1년 계약 끝나고 반년 더."

"난 걔 와이프가 더 무섭더라. 눈 똑바로 치켜뜨고서는 자기는 모르는 일이라고. 당신이 사인해 준 거 아니냐고. 바락바락 소리를 지르고. 그냥 굽신거리면서 고맙다 할 땐 언제고. 사람이 어쩌면 그렇게 얼굴을 싹 바꾸는지."

"그랬어? 어머, 난 왜 기억이 안 나지?"

"어떻게 기억이 안 나? 얼마나 악을 쓰고 덤볐는데."

"전혀 기억이 안 나. 느물느물 웃던 호준이 얼굴만 기억나네."

"아무튼지 간에, 돈이 속 썩이나? 사람이 속을 썩이지. 속 썩은 걸로 치면 2호점 매니저 했던 그 여자애. 걔 누구야. 별이가 언니 언니 하며 잘 따르고."

이번엔 그가 먼저 이름을 기억해 냈다. 이름을 기억해 내자 그 이름의 얼굴이 따라왔다. 이름들, 얼굴들, 사연들, 다시 이름들. 그들은 함께 겪어 온 기억들 속으로 들어갔다. 지금은 웃으며 이야기할 수 있는 황망한 기억들. 조금씩 시간을 거슬러 그들이 처음 스시집을 시작했을 무렵까지. 그가 아직 시립 오페라단의 첫 한국인 단원이 되기 전의 일이었다. 그녀가 20대에 아이 둘을 연이어 낳고 난 다음 일종의 향수병에 걸려 있었을 때, 그녀에게 자그마한 스시집을 해 보자고 한 것이 그였다. 무턱대고 시작한 터라 어려움이 많았다. 그래도 그는 연습을 마치고 와 밤늦도록 스시를 쥐고 쪽잠을 잔 다음 새벽 시장을 보고 다시 연습을 가고, 그녀는 아이들을 키우며 홀과 카운터를 보았다. 자그마하게 시작한 스시집이었지만 그녀가 재미를 붙인 결과로 지금은 시내에 3호점까지 두고 있었다.

"그땐 그걸 어떻게 다 해냈나 몰라."

"그러게. 어떻게 그걸 다 했지?"

그들은 소회에 젖어 입을 다물었다. 기억의 반추가 끝나는 지점은 바로 거기였다. 고난해서 행복했던 시절. 그곳에 다녀오면 언제나 다시 힘을 얻었다. 그들도 어려운 시절을 보냈다는 것. 그럼에도 주변 사람들에게 인색하게 굴지 않았다는 것. 그들은 언제나 베풀며 살아왔다는 것. 그들이 가진 그 단단한 자부심이 그들을 위안해 주었다.

그녀는 낮게 숨을 쉬었다. 긴장이 풀어지며 몸이 노곤해졌다. 은행과 경찰서를 오가며 종종거린 탓이었다. 그래도 남편의 도움을 받지 않고 혼자 그 일을 다 해낸 것을 스스로 대견하게 생각했다. 허둥거리지도 우왕좌왕하지도 않았다. 차분하게 동요 없이 그 일을 모두 해냈다. 지금 당장 그녀가 할 일은 없었다. 내일 담당 수사관이 정해지면 연락이 올 것이라고 했다. 그때 가서 수사에 협조하면 되었다. 그것은 이 나라 국적을 가진 사람의 의무이기도 했다.

"오페라하우스는 도대체 언제 완공된대? 언제까지 이런 데서 연습을 해야 해?"

"모금이 생각보다 잘 안 되나 봐. 시 예산은 한정된 거고."

"벌써 몇 년째야? 한국 같았으면 세 번은 지었을 거야."

"지금 5년 되어 가지? 앞으로 5년이 더 걸릴지도 모를 일이고. 내 달에는 모금 공연이 있을 거야. 시에서는 거기에 기대를 걸고 있기는 한데."

"그래도 순전히 시민의 돈으로 완공하겠다는 건 좀 무리 아니야?"

"무모하니까 더 의미 있지."

"그래, 이 나라니까 가능한 일이지. 한국 같았으면 어림도 없는 일이야, 그치 여보? 아 참, 바우하우스 몇 시에 문 닫지?"

뒤늦게 달리아가 생각났다. 수정과를 위한 생강과 계피도. 서둘러 가면 살 수 있을 것이었다. 그들은 차를 타고 바우하우스로 향했다. 차 안에서 그들은 튤립을 대신할 꽃이 뭐가 좋을지 의논했다. 꽃은 파티가 끝나고 심어도 되지 않겠느냐고 그가 물었지만, 그녀는 절대 그럴 수 없다고 했다. 후식보다 중요한 게 정원이었다.

그녀의 정원은 완벽해야 했다. 주말에 사람들이 다 모일 텐데. 시든 튤립으로 손님을 맞을 수는 없었다. 그리고 작은 새들을 위한 혼합 곡식도 모이통에 채워 놓아야 했다. 몸집이 작은 새들은 땅콩보다는 곡식을 더 좋아했다. 그리고 수정과는 질항아리를 꺼내 담으면 될 듯했다. 장식으로 걸어 뒀던 조롱박을 국자 대신 사용하고 뚜껑은 조각보로 얹고. 꽤 어울리는 조합이었다.

수사과는 3층이었다. 도난 집수를 빈딘 1층의 경찰과는 딜리 담당 수사관은 사복 차림이었다. 그녀는 6인용 회의 테이블이 있는 작은 방으로 안내되었다. 테이블에는 컴퓨터 한 대만 덩그러니 놓여 있었다. 뒤로 문이 닫히는 소리가 들렸을 때, 그녀는 조금 움츠러드는 기분이 들었다. 하지만 컴퓨터를 사이에 두고 수사관과 마주 앉아 얘기를 시작하자 그 기분은 금세 사라졌다.

"키가 몇 센티쯤 되는지 기억할 수 있어요?"

"숫자로는 정확히 모르겠는데…… 그게 몇 센티나 되려나?"

"그럼 나랑 비교해서 어떤가요?"

"작아요."

"얼만큼, 이만큼? 이만큼?"

이마를 가리켰던 수사관의 손이 눈썹으로 코로 조금씩 내려갔다. 그녀는 손바닥을 활짝 펴서 머리 위로 올렸다.

"나보다 한 뼘 정도 컸어요. 이만큼."

"부인 키가……"

"156이에요."

"그럼 175 정도 될 거 같은데. 어때요?"

확신할 수는 없지만 대략 그럴 것 같았다. 고개를 끄덕였다. 그 후로 같은 방식으로 질문과 답변이 이어졌다. 몸집 얼굴 모양 피부색깔…… 조금 더 크거나 작거나, 조금 더 길거나 짧거나. 그녀는 편안하게 놀이를 하듯 문답을 마쳤다.

"지금까지 당신이 말한 대로 인상착의를 정리했어요. 맞는지 확인해 보세요."

"맞는 거 같아요."

"그럼 이제 여기에 그대로 쓰시면 됩니다. 당신이 직접, 당신 필체로 써야 해요. 다 쓰시면 밑에 사인하세요."

그녀는 두 장의 종이를 건네받았다. 하나는 수사관이 그녀의 말을 받아 적은 종이였고, 또 하나는 그녀가 직접 적어야 할 빈 종이였다. 수사관의 글씨체는 다소 신경질적이었다. 길쭉하게 쭉쭉 뻗은데다 움라우트는 저만치 떨어져 찍혀 있었다. 그녀는 받아쓰기 시험을 보는 학생처럼 또박또박 옮겨 적었다. 눈동자 색깔에서 잠시 멈추었다. 검은색이라고 생각했으나 쓰려고 보니 갈색이었던 것도 같았다. 크게 영향을 미치지 않을 것 같아 그냥 검은색이라고 적었다. 그녀는 어쩐지 남이 해 온 숙제를 베끼고 있는 기분이 들었다. 한참 만에 옮겨 쓰기를 마치고 사인까지 끝냈다.

"당신이 도와줬으면 하는 일이 있는데요. 지금부터 사진을 몇 장 보여 드릴 거예요. 이전에 비슷한 전과가 있는 사람들 중에서 추린 사진인데. 물론 당신이 말한 인상착의를 근거로요. 그러니까 총 백, 정확히 백아홉이군요. 이 중에 그 사람이 있는지 봐 주시겠어요? 비공식적인 겁니다. 당신이 원하지 않으면 안 해도 됩니다. 하지만 수사에 도움이 될 겁니다. 하시겠습니까?"

그녀는 기꺼이 하겠다고 말했다. 수사관이 종이 하나를 더 내밀었다.

"서약서예요. 나가는 순간 여기서 있었던 일은 모두 잊으세요. 그 어디에서도, 그 누구에게도, 그 어떤 것도 발설하지 않겠다고 약속하세요. 어떤 사진을 봤는지. 그 사진 속에 누가 있었는지. 혹시 그 사진 중에 아는 사람이 있다면, 그 사람이 전과자였다는 사실을, 알은척해서도 안 됩니다. 범죄를 저질렀던 사람이라도 인권이 있으니까요. 무슨 얘긴지 이해하시겠어요?"

누구에게 무슨 얘기를 하겠는가. 그녀가 알 만한 사람이 또 누가 있겠는가. 모두 다 도둑들이라는데. 게다가 아랍 도둑일 텐데. 그녀는 잠깐 터키 식품점 카림을 떠올렸지만, 카림처럼 친절한 사람이 범죄자일 리는 없었다. 범죄자에게도 인권이 있다는 말은 모르겠지만, 어쨌든 그녀는 남자를 찾아낼 자신이 있었다. 그녀는 자신 있게 이름을 적어 넣었다.

"그럼 시작할까요? 머리 모양이나 수염은 변하기도 하니까 염두에 두지 마시고요."

수사관이 컴퓨터 화면을 그녀 쪽으로 돌려 주었다. 사진이 나타났다. 인물의 정면과 좌우 측면을 찍은 사진이었다. 그녀는 미간을 좁힌 채 얼굴에 집중했다. 곱슬머리에 구레나룻. 토토스시에 온 남자는 구레나룻이 없었다. 아니라고 말하자 두 번째 얼굴이 나타났다. 이마 모양이 비슷했지만 눈 크기가 딴판이었다. 그 남자는 눈이 컸다. 이렇게 사납게 빛나는 눈이 아니었다. 순진하게 웃으며 인사하는 눈이었다.

"아니에요. 이 사람 눈이 너무 작네요."

"이 사람은 어때요?"

"음…… 아닌 것 같아요.

"다음으로 넘어갈게요. 이 사람은요?"

"이렇게 안 생겼어요. 아주 순한 얼굴이었다니까요."

그 남자와 있었던 시간은 길어야 이삼 분이었다. 하지만 그녀는 남자의 얼굴을 정확히 기억하고 있었다. 사람 안 구하니? 하고 물으며 눈을 살짝 내리깔았다가 떴을 때, 길고 진한 속눈썹이 멀리서도 확연히 보였다. 눈주름을 접으며 순진하게 웃었지. 그런데 그 전에

224

는 어땠지? 그녀가 이상한 기분이 들어 돌아봤던 바로 그 순간. 그때도 그렇게 똑같이 웃고 있었나? 갑자기 자신이 없어졌다. 그녀가 기억하고 있는 얼굴이 진짜 그 남자의 얼굴인지. 왜 그녀의 기억 속에는 남자의 웃는 얼굴만 남아 있는지.

어느 순간 틀림없다고 믿었던 기억이 혼돈 속에 들어갔다. 사진 속의 얼굴들은 실재감이 없었다. 사진 속의 얼굴들은 모두가 잡혀 온 자들의 얼굴이었다. 범죄를 저지른 자의 얼굴이 아니라 잡힌 자의 얼굴. 범죄를 저지르는 얼굴이 아니라 들켜 버린 자의 얼굴. 벌을 받기 위해 절차를 받고 있는 자의 얼굴. 들키지 않고 잡히지 않았다면 찍히지 않았을 사진. 사진 속의 얼굴에는 분노와 억울함과 불안함만이 가득했다.

그리고 무수한 얼굴들이 지나갔다. 다른 사람의 얼굴이었지만 같은 얼굴들의 연속이었다. 짓눌리고 초조하고 화나고 불안하고 억울한, 얼굴. 누군가 웃는 모습을 보고 있으면 저절로 입꼬리가 올라갈 때처럼, 그녀의 안면 근육들이 범죄자의 얼굴을 따라 움직이고 있는 것 같았다. 그녀의 눈꼬리도 함께 억울하게 처지고, 분노로 입매가 흔들리고, 이마가 짜증으로 찡그러지고…… 그녀는 그만 보고 싶었다. 아무나 지목하고 끝내 버리고 싶었다. 하지만 그렇게 할 수가 없었다. 손가락질 한 번이면 끝날 일인데 힘없이 고개만 가로저으며 아니, 라는 말만 기계적으로 반복했다. 없어. 아니야. 다음. 아니야. 아니야.

지옥에 있는 것만 같았다. 범죄자의 일그러진 얼굴들로 꽉 채워진 지옥. 눈을 감을 수도 뜰 수도 없었다. 생각을 할 수도 안 할 수도 없었다. 숨이 가빠지고 팔다리가 떨렸다. 새로운 사진이 나타날 때마다 몸의 다른 부분에서 통증이 났다. 눈에서 귀로, 손목에서 등으로. 그녀는 토토스시에 왔던 남자의 얼굴이 애타게 보고 싶어졌다. 웃으면서 도둑질한 그 얼굴이 차라리, 천사의 얼굴이었다.

그녀는 백아홉 명의 사진을 다 보고 난 후에야 그 지옥문을 빠져나올 수 있었다. 왜 중간에 그만두고 뛰쳐나오지 않았는지는 그녀도 모를 일이었다. 그녀는 한동안 경찰서 입구 기둥을 붙들고 서 있었다. 주저앉지 않기 위해 안간힘을 써야 했다. 빨리 집으로 돌아가고 싶었지만 두 다리가 꼼짝을 하질 않았다. 뭔가 아름다운 걸 봐야만 움직일 수 있을 것 같았다. 지옥의 살풍경을 이겨 낼 만한, 그 어떤 것이라도.

그녀는 휴대폰을 꺼냈다. 번호를 누르는 손이 자꾸 엇나갔다. 그녀는 가까스로 통화 버튼을 눌렀다. 속이 메스껍고 어질머리가 일었다. 토할 것 같았다. 신호가 이어질 때마다 하늘이 점점 노랗게 내려앉았다.

"엄마?"

천상의 목소리였다. 그녀의 작은 천사. 딸애의 목소리를 듣는 순간, 그제야 숨통이 트이고 숨이 쉬어졌다. 귓속의 웅웅거림도 서서히 사라져 갔다. 그녀는 다른 어떤 소리도 침범하지 못하도록 휴대폰을 귀에 딱 붙였다. 눈에 막이 걷히면서 하늘이 제 색을 찾았다. 눈물이 날 것 같았는데 이상하게 미소가 지어졌다.

"응 별아, 엄마야."

"응 엄마, 웬일이야 이 시간에? 목소리가 이상해. 무슨 일 있어?"

"아무 일 없어. 그냥 갑자기 별이 목소리 듣고 싶어서 전화했는데? 그런데 금방 끊어야겠어. 엄마가 다시 할게. 사랑해."

시끌벅적 명절 분위기가 났다. 남자들은 숯을 피워 고기를 구웠다. 여자들은 상을 차리고 아이들을 먹였다. 큰 애들은 음식을 담아 구석진 방으로 숨어들어 갔다. 작은 애들은 얼른 음식을 받아먹고 새들처럼 이리저리 몰려다녔다. 1년에 두 번, 아이들까지 다 모여 점심부터 저녁까지 노는 날이니, 명절이라면 명절이었다. 모두 시립 오페라단원. 총 스물두 명의 정식 단원 중 일곱이 한국인이었다. 그가 발판을 마련해 놓지 않았더라면 불가능한 일이었다. 남자들은 그녀를 형수님이라고 불렀고 여자들은 형님이라고 불렀다. 아이들에게 그녀는 큰엄마였다.

파티를 하기에 더없이 좋은 날이었다. 구름 한 점 없는 쾌청한 하늘에, 바람은 기분 좋게 선선했다. 정원은 완벽하게 정리되어 있고, 별이 생일 파티 때 썼던 청사초롱까지 꺼내 걸었다. 3년 만에 꽃을 피운 백동백을 못 보여 주나 싶었는데, 지지 않은 꽃이 아직 세 송이나 매달려 있었다. 말똥을 얻어다 톱밥을 섞어 만든 비료를 꾸준히 준 덕분이었다. 모든 것이 완벽했다. 이렇게 화창한 날씨는 이 도시에서 얼마 안 되는 축복이었다.

그런데 뭔가 허전했다. 빠뜨린 것도 없고 기분 상할 일도 없었는데 이상하게 시큰둥한 기분이 들었다. 아이들이 그녀에게 안겨 들며 새살거려도, 가까이 지내는 성훈네가 새로 연 마사지 숍에 대한 정보를 알려 줘도, 도무지 흥이 나지 않았다. 그녀는 괜히 주변을 살피며 아이들이 꽃을 함부로 꺾지는 않는지, 장식으로 걸어 놓은 조롱박과 복조리가 비뚤어지지는 않는지 끊임없이 확인하고 있었다.

숯이 사그라질 즈음 그녀는 예성대로 수성과를 실항아리에 남아 내놓았다. 사람들이 테이블로 모두 모이기 시작했을 때 그녀는 조롱 박을 미처 준비하지 못한 것을 알았다. 성훈네가 국자를 찾아 나오 는 것을 만류하고 매달린 조롱박을 하나 떼어 내 깨끗이 씻어 왔다. 그러는 동안 남편은 사람들에게 도난 사건 얘기를 시작한 모양이었 다. 도난 사건은 확실히 솔깃한 이야기였다. 모든 사람의 시선이 그 에게로 향해 있었다. 그에게 마저 못한 이야기가 있다는 생각이 들 었지만, 굳이 들려줄 필요도 없는 것이라고 그녀는 생각했다. 그녀 는 거들지 않고 가만히 들었다. 어차피 그런 이야기는 그녀보다 그 가 더 실감 나게 잘했다.

"범죄는 다 거기서 나와요. 걔네 동네 가 봐요. 아주 살벌해요. 정 부에서도 골머리를 앓잖아요? 세금은 제일 적게 내는 사람들이 무 상 교육 혜택은 다 받아 가고. 애들 학교 가 보면 터키시(Turkish)가 반이에요. 왜 우리 세금으로 걔네들을 교육시켜요?"

"그래도 함부로 어쩌지 못하잖아요. 걔들 없으면 여기 노동 시장 완전히 붕괴되는데. 진짜 문제는 걔들이 지네 문화를 포기 안 한다 는 거지. 도무지 융합할 생각이 없어."

"그건 그렇고, 그래서요, 통장에 있는 돈을 다 가져갔어요? 그냥 모르겠다고 하시지. 어차피 개인 비밀번호도 입력 안 한 상태였다면 서. 그럼 은행 잘못이 되는 건데?"

"은행 직원도 똑같이 얘기했대. 웃으면서. 그냥 모른다고 하지 그 랬느냐고. 저 사람더러 순수하다고, '정직하다'라는 단어를 썼다고 했나? 그랬어? 암튼 어이없으니까 웃은 거지."

"본인이 비밀번호 관리를 못 한 거면 보상 못 받는 거죠?"

"당연히 못 받지."

"그래서 얼마나 가져간 거예요?"

"좀도둑이 횡재한 거지 뭐."

"그래서 얼마나 되는데요?"

"뭘 자꾸 물어. 속상하게."

"그걸 어디다 기부를 했으면, 인사라도 받을 거 아냐. 우리 오페라하우스 모금에 냈어 봐요. 이름도 새기고. 아니면 막말로, 길거리 거지들한테 나눠 줬어 봐. 얼마나 고마워하며 받을 거야."

"아, 맞다, 맞다. 중앙역에 책 읽는 거지 알죠?"

"늙은 개랑 같이 있는 그 거지? 그런데 왜?"

"죽었나 봐요. 어제 지나가면서 봤는데, 꽃이랑 초랑 초콜릿이랑 잔뜩 놓여 있더라고요."

"어머나, 정말? 나 휴대폰에 그 사람 찍어 놓은 거 있어."

얼른 휴대폰을 꺼내 앨범을 뒤졌다. 사람들이 머리를 모았다.

"여기, 이 사진 맞지?"

"맞아요. 와, 잘 찍으셨네요. 분위기 좋다."

"이게 지난가을일걸? 그림이 너무 좋아서. 그 개는 어떻게 됐어? 불쌍해서 어떻게 하니?"

"없던데요? 시에서 어떻게든 했겠죠. 개 함부로 안 하잖아요. 그런데 형님 폰 바꾸셨네요?"

"으응. 지난번 한국 들어갔을 때."

"진짜 화면 크고 좋네요. 볼 만하다. 진짜 잘 만들어요, 그죠? 지난번 연초에 수상 연설할 때 한국 따라잡겠다고 한 거 들으셨죠? 아 정말 짜릿하더라구요. 좋기는 한데, 사람들이 부쩍 경계를 하는 거 같아요. 탄원들 중에도 한국인 비중이 너무 크다고. 지난번에 막

내 들어올 때 은근히 보이콧하더라구요."

그녀는 사람들의 말을 흘려들으며 앨범을 들여다보았다. 미동도 없이 책을 읽던 비쩍 마른 남자. 그 옆에 그림처럼 앉아 있던 그레이하운드 종의 늘씬한 개. 그 개는 어떻게 됐을까? 돌봐줄 사람을 잃었으니. 사료라도 한 포대 사다 줄걸 그랬다. 그게 얼마나 한다고. 사진은 찍었으면서 왜 그런 생각은 못 했을까. 늘 거기 있을 거라고 생각해서였을까? 그 길의 벤치나 소화관, 아니면 조금 튀는 설치 작품처럼?

"경계할 만도 하지. 진짜 많이 성장했다 우리나라. 내가 처음 왔을 때는 거기가 어디냐고 지도 들고 와서 묻는 애들도 있었어. 필리핀 옆에 있는 나라 아니냐고. 안다고 해도 한국 사람이면 다 광부나 간호사로 온 줄 알고. 성악 전공은 나 하나밖에 없었잖아. 성악이 뭐야, 유학생도 별로 없었는걸."

"여기 한인회가 거의 다 광부로 오셨던 분들이죠? 저번에 한인회 가셨다면서요. 거긴 뭐하러 가셨어요?"

"회장이란 분이 하도 와 보라고 해서. 자꾸 거절하기도 민망하고. 왠지 피하는 느낌 주는 것 같고."

"거기 좀 이상하죠?"

"한인회장이 무슨 대단한 감투라고, 회장 선거 중이었나 봐. 서로 싸우고 욕하고 헐뜯고. 보기 안 좋더라고. 그래서 나도 부른 거구. 한 표라도 더 얻으려고. 아휴, 다신 안 갔어."

"어차피 패 갈라서 싸울 걸 뭐하러 뭉쳐 지내나 몰라요. 민족성인가? 한인회란 게 어디 가나 그 모양이더라구요."

"돈도 꽤 벌었을 텐데, 이상하게 피해 의식이 있어."

230

"자존감이 없어서 그래요. 노동자로 온 사람들이라. 우리랑 좀 다르잖아요?"

"다르지. 아무래도 여기서 힘들게 버텼을 테니까. 문화라는 것도 모르고. 지금은 아예 한국으로 돌아가서 모여 산다던데? 고국 가서는 행세깨나 하는 모양이던데."

"행세가 될까요? 그분들 아직도 70년대 생각만 하고 있잖아요. 저번에 보니까 한국 가져간다면서 소시지랑 커피랑 뭐 잔뜩 사 가더라고요. 치약까지. 그런 거 한국에 있겠냐면서."

그녀는 슬그머니 자리에서 일어나 등나무 쪽으로 뛰듯이 걸어갔다. 아까부터 신경이 쓰였는데, 꼬마 애들이 폴짝폴짝 뛰며 내기를 하듯 등나무 꽃을 잡아 뜯고 있었다. 자리에 앉아 아이들을 향해 주의를 줄 수도 있었지만, 괜히 소리를 높여 대화를 끊고 싶지 않았다. 그녀가 다가가자 아이들이 손을 위로 쭉 뻗은 채 움직임을 멈췄다.

"애들아, 큰엄마 꽃을 그렇게 때리면 안 되지. 꽃이 아프잖니. 안 그래?"

그녀의 말에 아이들은 순순히 팔을 접었다. 그중 가장 큰 계집애가 아이들을 몰고 나무 그네 쪽으로 갔다. 한꺼번에 그네에 올라타면 안 된다는 말을 하려다 그만두었다. 그녀는 일어선 김에 사람들을 피해 거실로 들어갔다. 통유리창은 반쯤만 열어 두었다. 그녀가 할 일은 이제 없었다. 저녁에는 미리 준비해 놓은 만두소로 함께 만두를 빚어 먹을 것이다.

소파에 깊숙이 몸을 넣었다. 볕을 받은 가죽 소파가 따뜻하게 데워져 있었다. 그녀는 느긋하게 앉아 창밖을 내다보았다. 튤립 자리에 금어초를 심은 것은 잘한 일이었다. 색과 모양으로 치자면 튤립이 더 화려하지만, 금어초도 제법 청초하니 화사한 맛이 있었다. 그 녀는 우주 비행사가 지구를 내려다보듯 자신의 정원을 멀찍이 바라 보았다. 그녀가 하나하나 심고 가꾸고 배치한 완벽한 행성. 고국에 서 가져온 백동백과 북쪽의 히아신스가 어우러진 아름다운 행성. 국 경도 없고 인종도 없고 사악함도 없는 푸르른 행성. 포근하고 평화 로운 기운에 스르르 눈이 감겼다.

톡톡. 유리창 두들기는 소리가 들렸다. 모이통을 쪼는 새부리처럼 작고 경쾌한 울림. 계집애였다. 자기보다 더 작은 꼬마들을 데리고 대장 노릇을 하더니, 부하들은 어디다 버리고 혼자 와 빼꼼 고개를 내밀고 있었다.

"큰엄마, 큰일 났어요." 그녀가 눈을 뜨자마자 기다렸다는 듯이 계집애가 발을 동동 구르며 말했다. "달팽이가 꽃을 먹으려고 해 요." 조그만 손가락을 꼿꼿이 세워 연못 쪽을 가리켰다. "두 마리예 요. 어떻게 해요, 큰엄마?"

계집애의 두 볼이 발그레 상기되어 있었다. 계집애는 그녀가 심판 관이 되어 주길 바라고 있었다. 얼굴을 보아하니 아이는 꽃의 편이 었다. 하지만 그녀는 달팽이 편도 들어주어야 한다고 가르쳐 주고 싶었다. 점점 더 심각해지는 아이의 표정이 여간 사랑스러운 게 아 니었다.

"큰엄마 꽃을 다 먹어 버리겠어요. 저랑 같이 가서 혼내 줘요, 네?"

때마침 밖에서 한꺼번에 터진 웃음소리가 들려왔다. 여자들은 고 개를 뒤로 꺾고 웃으며 박수를 쳤다. "여보, 이리 좀 나와 봐." 웃음 소리를 비집고 그의 목소리가 들려왔다. 계집애의 얼굴을 보면서 그 의 목소리를 듣는 순간, 그녀는 자신의 시큰둥한 기분이 어디에서 연유했는지 알게 되었다.

아무도 그녀의 정원에 대해 말하지 않았다. 백동백을 누구도 눈여겨보지 않았다. 말똥 비료 덕분에 동백꽃이 더 환한 것을 사람들은 궁금해하지 않았다. 얼마나 도둑맞았는지 돈은 헤아리면서 지지 않은 동백꽃은 헤아리지 않았다. 정원 가꾸기를 즐기는 이 나라 사람들 같았으면 오자마자 꽃 이름을 묻고 칭찬하고 비결을 물었을 텐데. 그녀가 손수 심고 가꾼 아름다운 정원을. 아직 때를 못 벗어서. 똑같이 시에서 월급 받는 오페라단원이라도 30년을 산 그녀와 같을 수는 없겠지.

그녀는 생각했다. 내일은 꽃을 꺾어야지. 그 꽃을 들고 중앙역에 가야지. 그녀가 직접 키운 꽃을 가져다줘야지. 그는 그녀의 꽃을 받을 충분한 자격이 있었다. 어쩌면 개의 행방을 알아볼 수도 있을 것이다. 그런 생각을 하니 시큰둥한 기분이 좀 누그러졌다. 그녀는 계집애의 손을 잡고 밖으로 나왔다. 그리고 귓속말로 계집애에게 심판을 내려 주었다.

"가서 조금만 먹으라고 말해 줘. 알겠지?"

계집애는 득달같이 연못 쪽으로 뛰어갔다. 꽃을 지키는 어린 파수꾼 같았다. 당장 꽃과 달팽이는 계집애에게 맡겨 두어도 될 듯했다. 그녀는 그의 등 뒤에 멈춰 서서 어깨 위에 손을 얹었다. 그가 손을 뒤로 돌려 그녀의 손을 다정하게 잡았다 놓았다.

"어서 와. 봉구 얘기 하고 있었어."

"그래서요. 그래서 어떻게 됐는데요?"

사람들은 금방이라도 웃을 준비가 되어 있는 표정으로 그를 쳐다보고 있었다. 그는 잠깐 시간을 두고 사람들의 시선을 즐긴 다음,

말을 이어 갔다.

"어떻게 되긴. 이 사람이 주방에서 가만히 지켜보니까. 손님이 연어초밥을 가리켜도 스시. 마구로를 가리켜도 스시. 우나기도 스시. 뭐냐고 묻는 것마다 스시, 스시, 스시. 누가 스신지 몰라서 물어? 손님이 얼마나 기가 막히겠어. 맞지, 여보?"

그녀는 가만히 고개를 끄덕였다. 봉구 얘기가 나오면 그녀도 함께 거들며 흉내를 내곤 했는데, 오늘은 역시나 흥이 나지 않았다. 그녀는 백동백나무에 꽃이 두 송이밖에 남지 않은 걸 확인했다. 그러곤 연못 쪽을 보았다. 계집애는 치마를 모으고 연못 앞에 쭈그려 앉아 있었다. 손나발을 하고 뭔가 소곤거리는 시늉도 했다.

"그런데 거기서 끝이 아니야. 그 정도 했으면 그냥 얼른 들어와야 하는데 당당하게 서 있는 거야. 그래서 어쩌나 보자고 손님이 또 물은 거지. 스시는 얼마나 배우면 만들 수 있냐고."

"얼마나 배우면 만들 수 있는데요?"

"일주일."

"진짜예요?"

그녀는 계집애가 달팽이에게 들려 줬을 얘기를 생각해 보았다. 달팽아 조금만 먹어라, 아니면 달팽아 이제 그만 먹어라?

"지가 들어온 지 일주일 됐거든. 일주일이면 다 만든다고. 너도 만들 수 있어, 그랬다는 거야. 그래서 그때부터 걔 이름이 봉구스시가 됐어. 내가 붙여 줬지. 나중에 잘 배워서 그 이름 걸고 스시집 차리면 되겠다고. 이름도 어찌나 잘 어울리는지. 봉구. 딱 봉구 짓 하는 애를 2년이나 데리고 있었잖아. 일 끝나면 일본 유학생 붙여서 일어도 따로 가르쳐 주고. 그때부터 홀에는 일본 애들 하나씩 꼭 써."

"와, 일본어도 가르쳐 주시고 훌륭하시다. 그런 사장님이 어딨어요. 그런데 한국 애들 안 쓰고요? 한국 유학생들 많잖아요."

"아무래도 스시집이잖아. 중국 애들이 하는 스시집하고 구별이 가야 하니까. 요즘엔 월남 애들까지 스시집을 해요. 우리가 보면 흉내만 겨우 낸 건데, 간장도 이상한 거 쓰고. 우린 기꼬만만 쓰거든. 여기 애들이 어디 간장 맛을 구분하나. 동양인 얼굴 구분 못 하는 거랑 똑같아."

봉구 얘기의 끝은 언제나 거기였다. 그녀는 사람들과 덩달아 한바탕 웃은 다음, 연못 쪽으로 걸음을 돌렸다. 더 이상 자리를 지키고 있을 이유가 없었다. 계집애는 그녀가 다가가는 것도 모른 채 뭔가에 골몰해 있었다. 흙바닥에 그림을 그리는 것도 같았다. 그녀는 계집애 등 뒤로 가 조용히 앉았다.

"달팽이한테 잘 말해 줬니?"

계집애가 후딱 일어났다. 깜짝 놀랐다는 시늉을 하더니, 배시시 웃었다. 그러곤 그녀를 내려다보며 말했다.

"제가 잘 말했어요. 큰엄마 꽃이니까 너무 많이 먹으면 안 된다고."

"그러니까 달팽이가 뭐래?"

계집애는 한참 골똘히 생각했다.

"알겠대요. 이제 다 먹고 집에 간대요."

그러곤 환하게 웃었다. 볼의 솜털이 햇빛을 받아 발랄하게 빛났다. 아이는 달팽이에게 그만 흥미를 잃었는지 손을 탈탈 털고는 자리를 떴다. 어른들이 있는 방향으로 앙감질로 뛰어갔다.

그녀는 계집애처럼 치마를 감아쥐고 연못 앞에 쭈그려 앉았다. 계집애가 골몰했던 것을 상상하며 연못 주변을 살폈다. 원래 정원의 일들은 순수한 사람들의 시선을 붙드는 법이었다. 연못 주변에서는 더 다양한 일들이 일어난다. 작은 벌레들과 물고기들과 물풀들의 일. 무릎에 손을 얹고 그 위에 턱을 얹었다. 그러고 있으려니 토라져 혼자 떨어져 나온 어린 계집애가 된 기분이 들었다. 그녀는 그 낯선 느낌이 싫지 않았다. 그래서 진짜로 토라진 사람처럼 입술을 내밀고 손가락으로 괜히 흙을 헤쳐 보았다. 흙은 언제나 놀라울 정도로 촉촉하고 차가웠다. 올해는 연못에 가시연을 띄워도 좋겠다.

뭔가 딱딱하고 뾰족한 것이 손끝을 찔렀다. 그녀는 냉큼 손을 거뒀다가 다시 만져 보았다. 이번엔 물컹하고 끈적한 것이 만져졌다. 달팽이. 무언가에 쿡 눌려 등껍데기가 부서진 달팽이. 뾰족하게 깨진 껍데기가 살을 뚫고 들어간, 그래서 살이 뭉개지고 끈적한 진액으로 범벅이 된, 달팽이.

고개를 돌려 계집애를 찾았다. 아이는 제 엄마 옆에 앉아 수정과에 든 곶감을 뒤늦게 받아먹는 중이었다. 볼을 쪽 오므려 곶감을 빨아 대는 표정이 다디달았다. 엄마 품에 숨은 아이의 그 뽀얀 얼굴에는 어떤 흔적도 남아 있지 않았다. 그녀 손에 품은 달팽이는 뭉개진 살이 꿈틀 살아, 죽어 가고 있는데. 그녀는 저도 모르게 손을 탈탈 털고는 자리에서 일어났다. 햇살에 눈이 부셨다. 그녀는 눈을 감지 않았다. 눈을 똑바로 뜨고 계집애 앞까지 성큼성큼 걸어갔다. 계집애가 웃으며 돌아봤다. 그녀는 계집애를 향해 차갑게 쏘아붙였다.

"웃어?"

계집애는 영문을 모르겠다는 표정으로 눈을 맞추었다.

"뭘 잘했다고 웃어?"

계집애의 얼굴에 웃음기가 가셨다. 그녀는 계집애의 손목을 움켜

쥐었다. 계집애가 손목을 비틀어 빼내려는 걸 더 세게 쥐었다. 팔을 쭉 들어 올려 계집애를 일으켜 세웠다. 의자가 나동그라지면서 계집애도 바닥으로 나동그라졌다. 땅바닥에 철푸덕 무릎을 찧고 엎어졌다. 그녀는 그대로 방향을 틀어 연못 쪽으로 걸음을 옮겼다.

"가자, 가서 보자. 네가 뭘 했는지, 가서 보자고, 엉?"

계집애는 엉덩이를 뒤로 빼며 안간힘을 썼다. 그럴수록 그녀의 손에도 더 힘이 들어갔다. 발부리로 잔디를 파 올리며 기를 쓰고 버텼다. 누군가 그녀의 팔뚝을 잡았다. 그녀는 거칠게 뿌리쳤다. 거친 몸부림에 그녀의 팔꿈치가 누군가의 턱을 후려쳤다는 것을 알았다. 돌아보았을 때 남편이 거의 울 것 같은 표정으로 그녀를 보고 있었다. 정작 울음을 터뜨린 것은 계집애였다. 그녀는 다시 계집애 쪽으로 시선을 돌렸다.

"여보, 왜 이러는 거야? 무슨 일인데 이렇게."

그는 한 손으로 자신의 턱을 움켜쥐고 있으면서도 또 한 손으로는 그녀를 놓치지 않으려 애를 쓰며 가까스로 말했다. 뒤늦게 사람들이 몰려들자 계집애가 갑자기 울음소리를 높였다. 그의 만류에도 그녀는 이를 악물고 계집애의 손목을 움켜쥔 채 잡아당겼다가 밀치기를 반복했다. 그녀가 흔드는 대로 아이의 몸이 이리저리 춤을 췄다. 계집애는 한쪽 팔을 버둥거리며 발악하듯 울어 댔다. 벌건 잇몸을 드러내고 침을 질질 흘리며 울고 또 울었다.

찡그린 얼굴이 흉측했다. 벌건 잇몸이 벌레 같았다. 콧물이 기품을 뿜으며 흘러내리고 눈물이 그 위를 덮었다. 목젖이 부풀었다 쪼그라들기를 반복하며 침을 끌어 올렸다. 벌레 먹어 시커먼 충치 사이로 곳감 찌끼기가 니딜니딜 붙어 있었다. 너 이상 사악할 수 없을 정도로 추했다. 사랑스러운 아이의 얼굴이 그렇게 추악하게 일그러질 수 있는지 그녀는 믿을 수가 없었다. 그런 얼굴은 절대로 보고 싶지 않았다.

"왜 울어? 네가 뭘 잘했다고 울어?"

"애가 무슨 짓을 했다고. 아니 잘못을 해도 그렇지. 이게 도대체. 미쳤어요?"

아이를 떼어 내려고 애 엄마가 그녀의 팔을 꼬집어 댔다. 그녀는 그럴수록 더 세게 쥐고 더 세게 흔들어 댔다. 누군가 그녀의 손가락을 하나하나 잡아 뗐다. 어느 순간 그녀의 손아귀에서 계집애가 맥없이 빠져나갔다. 제 엄마가 얼른 아이를 품에 안았다. 그녀는 다시 아이를 붙잡으려 했지만, 그가 더 빨리 그녀를 잡아 안았다. 아이의 울음소리가 귀청을 찢었다.

"울지 말라고! 누가 울래? 울지 말고 웃어! 웃으라니까? 어디 아까처럼 웃어 봐아!"

그녀가 내지른 비명에 가까운 고함 소리가 계집애의 울음소리를 덮쳤다.

"웃어 보라고옷! 울지 말라고옷!"

그녀는 마지막이라는 듯, 죽을힘을 다해 소리를 질렀다.

사방이 조용했다. 계집애의 울음소리도 끊어졌다. 어린애의 딸꾹질 소리만 딸꾹딸꾹 끊어질 듯 이어졌다. 아이는 제 엄마 품에 안겨, 그녀는 남편의 품에 각각 안겨, 한동안 서로를 노려보고 있었다. 악마를 목격했다는 듯 입을 헤벌린 채. 딸꾹딸꾹. 먼저 시선을 피한 것은 계집애였다. 아이는 제 엄마 겨드랑이 사이에 머리를 박았다. 그는 미심쩍은 속도로 그녀를 풀어 주었다. 그가 떨어진 틈새로 찬바람이 획 불었다.

그녀는 허리를 꼿꼿이 세우고 정원을 가로질러 갔다. 건물 뒤편 창고로 들어가 연장함에서 호미를 찾아 들었다. 그리고 다시 천천히 정원을 가로질렀다. 연못 그늘진 곳에 잡초가 웃자란 것을 여태 보지 못하고 있었다니. 그녀는 속으로 자신의 상냥하지 못한 손길을 탓했다. 그러곤 연못의 가장 구석부터 호미질을 하기 시작했다. 구석진 곳일수록 더 신경을 써야 했는데. 연못가의 잡초를 다 뽑은 다음, 새로 심은 금어초 밭으로 이동했다. 그녀는 꽃 무더기 속에 몸을 감추고 계속해서 호미질만 했다.

파티는 끝났다. 사람들은 만두도 먹지 않고 하나둘 가방을 챙겨 떠났다. 등 뒤로 그녀의 집을 떠나는 사람들의 작별 인사 소리가 들렸다. 누군가 큰소리로 형수님을 부르는 소리를 들은 것도 같았다. 그녀는 뒤도 돌아보지 않았다. 그녀는 그것이 누구를 지칭하는지 아는 바가 없는 사람 같았다. 그녀가 누군가를 배웅하지 않은 일은 처음이었다. 어둠이 깔리고 청사초롱에 불빛이 비로소 선명히 빛날 때까지 그녀는 호미질을 멈추지 않았다.

달라질 것은 없었다. 그녀는 언제나처럼 이른 새벽에 일어나 꽃을 돌볼 것이고, 새벽안개의 냄새로 하루의 날씨를 점칠 것이다. 매일 토토스시에 들러 가게를 살피고, 잊지 말고 매일 은행 업무를 볼 것이다. 은행에 가면 언제나 그랬듯이 상냥하게 인사를 건넬 것이다. 그녀는 상냥한 여자니까. 상냥하지 않을 이유가 뭐가 있겠는가. 세상이 이렇게 조화롭고 아름다운데. 그리고 그녀는 상냥하고 아름다운 얼굴로 늙어 갈 것이다.

추천 우수작

백 일 동안

· · · · · · · · · ·

최
은
미

1978년 강원도 인제에서 태어났다.
2008년 《현대문학》에 단편 소설 〈울
고 간다〉를 발표하며 등단했다. 소설
집 《너무 아름다운 꿈》이 있다.

마을로 들어서면 여섯 개의 산봉우리가 보였다. 산들은 골짜기와 골짜기 사이에서 솟아나 마을을 둥글게 에워싸고 있었다. 봉우리들은 해발 500미터가 조금 넘었다. 공기도 구름도 그 위로 잘 넘어다니지 못했다. 마을은 바람이 없고 안개가 많았다. 산 경사면에서 미끄러진 공기가 밤새 마을을 떠돌다 아침이면 산허리에 하얗게 차올랐다.

제이봉은 마을 제일 안쪽에 있었다. 다른 봉들과 달리 삼부 능선쯤에 구릉지가 있었는데 산은 거기서부터 방향을 틀면서 동물의 꼬리처럼 휘어져 내려와 제이봉 안쪽에 또다른 공간을 만들었다. 제이봉이 감싸고 있는 그곳은 분지 속의 분지, 골짜기 마을에서도 가장 깊은 골짜기라고 할 수 있었다. 거기 제이골에 그의 땅이 있었다.

제이골 인근에 사는 마을 아이들은 땅이 풀리기 시작하면 이런 노래를 불렀다.

아침 먹고 땡. 점심 먹고 땡. 저녁 먹고 땡.
창문을 열었더니 비가 오더라.
지렁이 두 마리가 기어가더라.
아이고 무서워. 해골바가지.

아이들은 땅바닥에 수그리고 앉아서 노래를 불렀고 다 부르고 나
면 땅 위에 두개골 하나가 그려졌다.

부슬비가 내리기 시작했다. 그는 우산을 펼쳐 들었다. 마을에서
제이골까지 그는 매번 걸어서 갔다. 제이골에 땅을 사기 전에도 그
는 달에 한 번은 내려와 이 길을 걸었다. 걸으면서 언젠가는 꼭 저
땅을 사리라, 마음먹었다. 어쩌면 사는 게 아니라 되찾는 거라고 생
각했는지도 모른다.

마을 중앙에서 시작된 길은 과수원을 끼고 길게 이어지다 제이봉
의 구릉지 밑을 돌면서 한적해졌다. 독미나리가 우거진 진입로를 돌
아 들어가면 제이골이었다. 진입로 앞에 이르면 그는 항상 바위에
앉아 쉬었다. 땀을 닦으며 바라보는 제이봉의 선과 구릉지에서 불어
오는 바람, 흙냄새, 이 모든 것을 음미하며 제이골에 이르는 삼사십
분의 시간을 그는 좋아했다.

그가 제이골에 땅을 샀던 15년 전에 비해 마을엔 들고 나는 사람
들이 늘었다. 외진 분지 마을이었지만 마을 사람들 대부분이 매달리
는 과일 농사는 해마다 풍년이었다. 먹으러 오는 사람, 쉬러 오는 사
람, 살러 오는 사람이 골짜기마다 소리 없이 찾아들었고 등산객들

도 여섯 개의 봉우리를 계절마다 찾아왔다. 그때마다 여러 이야기들이 골짜기를 떠돌았다.

어느 가을에는 40대 남자가 제삼봉으로 들어와 죽은 일이 있었다. 어느 봄에는 50대 등산객이 제육봉에서 철쭉을 뜯어 먹고 목에 마비가 와 헬기로 이송되기도 했다. 철쭉이라도 뜯어 먹지 않으면 밀려오는 봄을 어쩌지 못하는, 누군가에게 50은 그런 나이였다. 그는 그 나이들을 모두 지나 이제 60이 되었다.

그의 이름은 강상기. 그는 60년 전에 한 여인의 아이로 태어나 100일 뒤 그 여인을 여의었다. 스물여섯 되던 해에 군청 공무원으로 직장 생활을 시작해 지방 서기관으로 정년 퇴임을 했다. 3년 전에 아내와 사별했고, 슬하에 지난 3년간 한 번도 얼굴을 보지 못한 딸 하나가 있었다. 총재산 3억. 총콜레스테롤 200. 공복 혈당 99. 최고 혈압 160.

그는 이제 남모르게 죽고 싶지도, 철쭉을 뜯어 먹고 싶지도 않았다. 그가 하고 싶은 것은 하나였다. 제이골 그의 땅에 집 한 채를 짓는 것. 그는 그 일을 위해 60년을 기다린 것만 같았다.

❧

정년 퇴임식을 앞두고 그는 아파트를 팔았다. 아내와 딸과 함께 20년 가까이 살던 집이었다. 아내가 죽은 뒤 그 혼자서 3년을 버틴 집이기도 했다. 집 판 돈은 그날로 사위한테 보냈다. 제이골 집터 옆에 컨테이너를 올리고 짐은 이미 옮겨 놓은 상태였다. 퇴임식만 끝나면 뒤돌아보지 않고 제이골로 들어갈 생각이었다. 건축 사무소에

244

서는 여름 장마가 시작되기 전에 집이 올라갈 거라고 했다. 곧 땅이 풀리고 터다지기가 시작될 것이다. 그는 몇 달이 걸리건 집 짓는 현장을 지킬 생각이었다.

가슴에 양란 코르사주를 꽂고 퇴임식 송사를 들으면서 그는 집 이름을 자미재로 해야겠다고 생각했다. 자미재. 그는 늙은 형사처럼 미간을 모으고 앉아 집 이름을 중얼거렸다. 청사 근처의 중식당에서 열린 퇴임식 뒤풀이에는 직원들 대부분이 참석했다. 여러 인사들이 얼굴을 비추러 왔고 자리는 어느 해보다도 시끄러웠다. 군 의원 출마를 앞두고 명예 퇴임을 하는 이도 있었고 정년에 맞춰 수필집을 출간한 이도 있었다. 그가 앉은 테이블에는 주로 젊은 직원들이 모여 있었다. 그들 눈에는 미련도 명예도 없이 시골로 들어가는 강상기가 제일 고고해 보이는 듯했다. 은퇴하면 고향에 내려가 집 한 채 짓고 사는 게 최고죠. 저는 나중에 아내랑 펜션 차리려고요. 저는 언덕 위에 황토 집을 짓고 송아지 한 마리를 키울 거예요. 그래도 전원 집으로는 한옥만 한 게 없죠. 그렇죠 국장님, 집 다 지으시면 저희 꼭 초대하셔야 돼요? 그러나 그들 중에 강상기 국장이 제이골에 집을 짓고 무엇을 하려는지 아는 사람은 아무도 없었다.

그는 감정이 드러나지 않는 표정으로 홀을 훑다가 다시 자미재 생각에 빠져들었다. 아내가 죽은 뒤 그는 오랫동안 꿈꾸던 계획을 하나씩 실행해 나갔다. 한옥 전문 건축 사무소를 소개받고, 도면을 수정해 가고, 소장과 함께 태백산맥 곳곳의 산판을 돌며 나무를 보러 다녔다. 주말이면 제이골에 내려가 터다질 곳의 땅을 꼼꼼히 열어 보았다.

햇빛이 좋은 산에서 자란 잘 마른 육송으로 지은 집. 모두에게 존경받는 솜씨 좋은 목수를 모셔 와 기둥 하나, 보 하나도 정성스럽게 올린 집. 군더더기를 걷어 낸 민도리 맞배집에 장식이 없는 세살문을 달 것이다. 대청에 앉으면 제이봉의 팔부 능선쯤이 보이도록 서까래의 처마를 잡고 마당에는 백토를 깔아야지. 산돌을 박은 낮은 담으로 마당을 포근히 감싸고, 그는 그 마당에 단 한 그루의 나무만을 심을 생각이었다.

잘 마른 나무집에서 살아갈 생각에 빠져 있는 60세 남자 강상기. 그는 어떻게 보면 그가 꿈꾸는 나무만큼이나 잘 마른 사람이었다. 그는 각질은 있어 보여도 기름기는 느껴지지 않는 몸을 갖고 있었다. 입이 짧은 체질 때문인지 날이 선 성정 때문인지 눈빛에는 여전히 긴장감이 남아 있었고, 염색을 하지 않아서인지 인위적인 느낌이 없었다. 복용하는 약은 혈압약 하나뿐 주요 장기와 관절 또한 나빠지기 직전의 정상 범위에서 아직은 심한 손상 없이 움직이고 있었다. 햇빛이 좋은 곳에 서 있으면 60년만큼의 피로가 얼굴에 드러났지만 얼핏 보면 미생물이 꼬이지 않는 오래 마른 나무처럼 스스로 편안해 보이기도 했다.

퇴임식 다음 날 서까래 자재가 제이골로 들어왔다.

"뿌듯하시죠? 나머지 자재는 제재소 거쳐서 며칠 뒤에 들어올 거예요."

현장 소장이 그보다 더 뿌듯해하며 말했다. 청송 일대에서 어렵게 구한 금강송이었다. 둥근 원목 형태 그대로 천장을 채우면서 처마선까지 이어지기 때문에 서까래는 그가 기둥과 함께 가장 신경을 쓴 부재였다.

그는 가지런히 쌓인 금강송 원목을 쓰다듬어 보았다. 수액이 다

빠지도록 1년 넘게 건조시킨 나무였다. 좋은 냄새가 났다. 나이테의 중심도 잘 잡혀 있고 옹이도 적었다. 나무도 옹이가 적은 게 안 지저분하지, 그는 생각했다.

그러나 그는 이 좋은 나무에 오래 집중하지 못했다. 전날의 퇴임식 뒤풀이가 내내 머리를 어지럽혔다. 술이 심하게 취한 누군가가 비틀대며 걸어와 그의 테이블을 내리쳤던 것이다.

"국장님. 가시는 겁니까? 허 주임은 외근 갔다 아직도 안 왔는데."

웅성거림이 잦아들었다. 과장은 테이블을 붙들고 선 채로 그한테 얼굴을 들이대며 피식거렸다. 꼿꼿이 앉아 있었지만 그는 마음 한쪽이 쓰려 왔다. 과장은 15년 전에 갑자기 사라져 버린 허 주임의 동기이자 친구였다. 과장은 눈을 내리감은 강상기한테서 등을 돌리더니 다른 테이블로 걸어갔다.

"허 주임은 아직도 안 왔다고! 그런데 어디들 가십니까."

아무도 과장을 말리지 않았다. 15년 차 이상의 직원들에게 허 주임은 아픈 이름이었다. 매일 얼굴을 보던 동료가 사라져서 15년째 돌아오지 않고 있었다. 허 주임은 강상기가 신입 때부터 직접 가르친 직원이었다. 그는 허 주임이 사회생활에 적응해 나가고, 결혼을 하고, 아이를 낳으면서 인생의 고비를 넘는 것을 지켜보았다. 어떻게 잊을 수가 있단 말인가. 허 주임은 강상기가 한때 사랑한 여인이기도 했다. 그 또한 15년째 허 주임을 찾고 있었다.

잔 안개가 며칠 동안 제이봉을 감쌌다. 서까래 자재가 들어오고 이틀이 지났는데도 목수팀이 오지 않았다. 비가 쏟아질 듯해 금강송 위에 방수포를 덧씌우고 있을 때 강상기는 목수가 중환자실에 있다는 연락을 받았다. 이력도 평판도 좋은 유명한 대목장이었지만 여든을 바라보는 나이가 아무래도 무리였던 듯했다. 이리저리 뛰어다니던 소장이 하루 뒤에 다시 전화를 했다.

"대목장님 밑에 부편수로 있던 배 목수라고 있는데요. 작년부터 대목장님이 건강이 안 좋아서 배 목수가 현장에서 거의 도편수 역할을 했다고 합니다. 수제자라네요. 제가 오늘 배 목수가 올린 집을 두 군데 가 보고 왔는데 믿고 맡겨도 될 것 같습니다."

다른 인력과 자재가 대기 중이었기 때문에 시간을 마냥 끌 수도 없었다. 그는 소장의 제안에 따랐고, 그렇게 해서 배 목수라는 남자가 부하 목수들을 이끌고 제이골로 들어오게 되었다.

배 목수는 그의 스승과는 분위기가 달랐다. 나무를 만지며 산다기보다 동물 사체를 손질하며 사는 사람처럼 몸에서 진한 향이 났다. 초봄이라 아직 쌀쌀한데도 배 목수는 제이골에 들어서자 점퍼를 벗었다. 반팔 티셔츠 아래로 드러난 팔에 있는 듯 없는 듯 근육이 돋아 있었다. 몸에서 나는 향과는 달리 잔잔하게 돋아난 우아한 근육이었다. 대패질 때문이겠지, 강상기는 배 목수의 팔과 얼굴을 번갈아 훑었다. 나이는 그보다 서너 살 아래쯤, 그러니까 아직은 50대로 보였다. 개운치 않았다. 오랜 공무원 생활을 한 강상기는 실력보다는 직함을 중요시하는 습관이 있었다. 자신의 일생을 걸고 짓는 집을 대목장이 아니라 대목장의 제자한테 맡긴다는 게 불안했다.

"나무 좀 볼까요?"

배 목수는 집주인 따위에는 관심이 없다는 듯 나무 쪽으로 걸어

갔다. 배 목수가 금강송 위의 방수포를 벗겼을 때였다. 제일 먼저 소장의 다리가 휘청했다. 곧이어 다른 목수들과 일꾼들 입에서 끙 소리가 섞인 탄식이 새어 나왔다. 파란 가루를 체 쳐 놓은 것처럼 아래쪽 금강송이 무언가에 뒤덮여 있었다. 곰팡이였다. 어제만 해도 보이지 않던 것이었다. 제이골에 옮겨진 뒤로 비를 맞은 것도 아니었다. 이런 상황을 막자고 철저히 건조시킨 나무가 아니던가. 강상기는 눈으로 보고서도 이해할 수가 없었다.

얼이 나간 사람들 사이에서 제일 먼저 행동을 개시한 건 배 목수였다. 배 목수는 나무 관리 소홀에 대해 소장한테 호통을 치더니 목수와 인부 들을 일사불란하게 지휘하며 금강송 원목들을 분리했다. 그러고는 대패를 들어 곰팡이가 돋아난 나무껍질을 벗기기 시작했다. 촌각을 다투는 환자에게 응급 처치를 하는 의사처럼 엄청난 집중력이었다. 곰팡이와 나무껍질은 한쪽에서 바로 태워졌다. 배 목수는 땅의 습기가 침투 못 하게 비닐을 깔게 한 다음 통풍이 잘 되는 굄목의 간격을 일일이 지시하면서 금강송을 다시 괴어 올렸다. 소장한테는 제재소에 있는 다른 자재의 상태를 점검하게 하고, 쓸 만한 고목재를 보유한 목재상을 일러 주면서 만약의 사태에 대비하게 했다. 그러고는 병이 나아가는 자식을 살피듯 껍질이 벗겨진 금강송을 다시 하나하나 들여다보았다.

강상기는 배 목수가 곰팡이를 제압하고 현장을 정리하는 과정을 놀라운 눈으로 지켜보았다. 배 목수를 거절할 명분이 없어졌음을 강상기는 깨달았다. 소장의 말대로 믿고 맡겨도 되는 상황이 돼 버린 것이었다. 금강송 처치를 마친 배 목수는 제이골을 한번 훑더니 코로 습기를 빨아들였다.

"여기에 나무집이라. 만만치 않겠습니다. 축추우욱한 게."

무슨 냄새일까. 사타구니 냄새와 머리털 냄새와 손바닥 냄새를 합쳐 놓은 것 같은 이상한 냄새가 건너왔다.

"잘 부탁합니다. 목수가 후덕하면 집도 후덕해진다고 하지 않습니까."

강상기는 숨을 참으며 배 목수한테 손을 내밀었다.

"무슨 말씀을요. 집이야 주인 따라가는 거지요."

배 목수가 강상기의 손을 받았다. 몇 달간 자신의 일터가 될 곳을 찬찬히 둘러본 배 목수는 어두워져서야 부하들을 이끌고 마을로 내려갔다.

밤 10시가 넘은 시간에 소장이 취한 목소리로 전화를 했다. 꽤 마신 듯해 데리러 갔더니 마을 포장마차에 혼자 앉아 있었다.

"죄송해요, 아저씨. 다 제 불찰입니다."

소장은 어려서의 버릇대로 그를 여전히 아저씨라고 불렀다.

"금강송 다 날리는 줄 알고 기절할 뻔했어요. 그게 좀 비싼 나무여야 말이죠. 너무 고가라 기둥하고 서까래에만 쓰기로 한 건데, 그 며칠 사이에, 아…… 정말."

고등학생 때부터 청사를 들락거리던 소장은 삼촌의 직장 동료였던 강상기를 잘 따랐다. 학생 때부터 한옥 배운다고 뛰어다니는 게 그의 눈에는 기특해만 보였는데 그 아이가 어느새 마흔이었다.

"나무에 청나는 게 제일 골치거든요. 곰팡이가 정말 징글징글한 놈들이라. 껍질 다 벗겨 냈으니까 괜찮겠죠? 아…… 괜찮아야 되는데. 비 오지 말라고 굿이라도 해야 할까 봐요."

"그쯤 해라. 다 산 경험이지."

그러나 그건 그들의 산 경험이지 강상기의 산 경험은 아니었다. 이 집을 지으면 그의 평생엔 다시 집 지을 일이 없지만 그들은 계속 집을 지어 나갈 것이었다. 자신은 돈을 지불하고 그들은 산 경험을 얻는다는 생각이 들자 강상기는 쓸쓸해졌다.

"아저씨한테 이게 어떤 집이에요. 남은 거 다 털어서 짓는 집이잖아요. 아줌마 병원 계시는 동안 목돈 나가고. 이제 아저씨한테 누가 있어요. 이 집뿐인데. 아…… 제가 더 신경 썼어야 되는데."

강제로라도 일으켜야 입을 닫을 것 같았다.

"근데요 아저씨. 제이골이요, 좀……"

소장이 풀린 눈으로 그를 올려다보았다.

"좀…… 뭐랄까. 아, 좀…… 불안해요."

불안이라. 현장 소장이 건축주한테 할 말은 아니었다. 그는 취한 소장을 차에 태워 와 컨테이너 한쪽에 눕혔다. 제이봉에 걸려 있던 찬 안개가 밤공기를 타고 소리 없이 내려왔다. 강상기는 어둠이 내린 제이골을 천천히 훑었다. 낮에 다녀간 배 목수의 털 냄새가 제이골에 그대로 배어 있었다. 축축한 단백질 냄새, 다른 수컷의 누린내였다. 그는 소주병을 따 들고는 집터 여기저기를 돌며 소주를 뿌렸다.

❧

강상기는 아침마다 제이봉을 탔다. 매일 아침의 규칙적인 산행은 그가 은퇴 후 계획했던 중요한 일과 중 하나였다. 그는 제이봉이 자신을 단련시켜 줄 거라고 믿었다. 심폐 기능뿐 아니라 눈빛까지도, 마음만 먹으면 그는 한 달 전이나 1년 전보다 강해질 수 있었다.

구릉지에서는 자미재가 지어지는 현장이 한눈에 내려다보였다. 초석을 세워 놓은 집터 옆에서 목수들의 치목이 한창이었다. 땅은 봄기운을 받아 조금씩 부풀어 오르고 있었다. 그는 집터 앞쪽의 마당터를 가늠해 보았다. 그가 소장에게 공사 기간 중 지켜 달라고 한 것은 두 가지였다. 땅이 풀리면 마당에 나무 한 그루를 옮겨 심을 것이니 마당 터에서는 작업을 하지 말 것. 그의 허락 없이는 어떤 이유로도 제이골의 땅을 파지 말 것. 그는 중장비 기사가 땅을 고르는 동안에도 옆을 떠나지 않았다.

컨테이너는 두 채였다. 하나는 그가 기거하는 곳이었고 하나는 목수들이 쉬거나 연장을 보관하라고 지어 놓은 곳이었다. 목수들은 마을에서 숙식을 해결하면서 아침에 트럭을 타고 제이골에 들어와 저녁에 다시 트럭을 타고 제이골에서 나갔다. 배 목수 일당을 눈으로 훑으면서 그는 집이 올라가는 몇 달만 견디자고 생각했다. 그동안만 저들을 참아 내면 제이골은 온전히 그의 차지가 되는 것이었다.

금강송 껍질에서 곰팡이가 발견된 뒤로 현장은 나무 보관에 총력을 기울였다. 비가 들이치지 않도록 덧집을 설치하고 통풍 상태도 매일 점검했다. 그러나 베어 내고 깎아 내고 말려도 나무는 나무였다. 나무들은 끊임없이 송진을 흘렸고 곰팡이 포자들은 그 송진으로 날아와 어떻게든 번식을 하려고 했다. 막내 목수가 수시로 덧집에 들어가 목재 표면을 잿물로 닦아 냈다. 그리고 며칠에 한 번씩은 토치램프로 나무를 그슬렸다.

"이래도 곰팡이가 번지면 정말 답이 없는 겁니다. 같이 사는 수밖에요."

토치램프 불꽃에 땀을 흘리면서 막내 목수가 말했다. 그는 아내가 이 얘기를 들었다면 어땠을까 생각해 보았다. 아내는 제이골도 한옥도 싫어했을 것이다. 아내는 그가 무엇을 해도 좋아하지 않았다. 아내는 불만 속에서 살다가 불만 속에서 병들어 불만 속에서 생을 마쳤다. 그한테만이 아니라 딸애한테도 마찬가지였다. 딸애가 조금만 느려도 닦달을 했고 어떤 성과를 갖다 바쳐도 만족하지 못했다. 스스로도 지치는지 가끔은 혼잣말처럼 변명도 했다. '내가 이러고 싶어서 이러는 줄 아니?'

그는 딸애가 아내 밑에서 고통받았다는 것을 안다. 딸애는 결혼을 해서도 아이를 낳지 않았다. 피임 실패라는 불운이 그 애를 덮치지 않는 한 딸애는 아마도 영원히 아이를 낳지 않을 것이다. 그는 그것이 아내 때문일지 자신 때문일지를 생각해 보다가 자신 때문일 거라고 결론을 내리며 죄책감에 잠겨 드는 날이 많았다.

그가 정점에 있었던 마흔다섯, 그 일이 일어났던 15년 전 이전에도 그는 자신이 아내한테 무언가를 잘못했다는 느낌을 지우지 못하며 지냈다. 뭔가를 잘못한 것 같은데 그게 무엇인지 도저히 알 수가 없어서 집에 들어설 때마다 답답하고 무거웠다. 어쩌면 결혼을 했다는 자체가 아내한테 저지른 잘못인 것 같았다. 아내가 그한테 불만을 표시하지 않는 건 잠자리에서뿐이었다. 관계가 끝나고 나면 그는 아내한테 말했다. '내가 너무 빨랐지.' 그러면 아내는 괜찮다고 대답했다. 단 한 번도 안 괜찮다고 한 적이 없었다. 할 바를 다 했다는 듯 말없이 일어나는 아내를 보면서 그는 아내의 몸에 처음으로 들어갔다 나왔을 남자를 생각했다. 어떤 남자인지는 알 수 없지만 적어도 너무 빠른 남자는 아니었을 것이다, 그는 눈을 감았다.

베 목수의 목소리기 제이골을 울렀다.

현장으로 달려 내려갔더니 남자아이 하나가 목재 옆에서 울고 있었다. 신발을 신고 나무에 올라갔다고 배 목수가 혼을 낸 모양이었다. 잘 타이르면 되지 울릴 필요까지 있나 싶어 그는 배 목수 옆을 지나면서 헛기침을 한번 했다. 그는 아이를 컨테이너 앞으로 데려가 주스를 따라 주었다.

"괜찮니?"

아이는 주스를 꿀꺽꿀꺽 들이켜면서 컵 너머로 그를 빤히 쳐다보았다. 자세히 보니 아이는 구릉지에서 칼싸움을 하며 노는 마을 아이들 중 하나였다. 아이는 기분이 좀 풀렸는지 나뭇가지를 주워 땅에 그림을 그리기 시작했다. 아침 먹고 땡. 점심 먹고 땡. 저녁 먹고 땡. 창문을 열었더니 비가 오더라. 지렁이 두 마리가 기어가더라. 아이고 무서워. 해골바가지.

그는 요새도 아이들이 그 노래를 부르면서 해골을 그린다는 게 신기했다. 그 노래는 강상기가 어렸을 때도 부르던 노래였다.

"노래는 누가 가르쳐 줬니?"

그는 치아를 드러낸 두개골 그림을 보면서 물었다.

"우리 형이요. 우리 형 칼싸움 잘한다요."

아이는 두개골에서 그치지 않고 몸도 그려 나갔다. 아이가 구부러진 갈비뼈를 획획 그리고 났을 때 아이의 형이 왔다. 형은 의외로 스물은 넘어 보이는 청년이었다.

"너는 참 큰 형을 뒀구나."

"우리 형 군인이다요."

아이가 형 뒤로 숨으며 혀를 날름거렸다. 청년은 제대를 한 지 얼마 안 됐는지 남방 속에 군용 러닝셔츠를 걸치고 있었다.

"목수가 야단을 좀 쳤네. 가서 잘 달래 주게."

그러나 청년은 강상기의 얼굴을 보더니 몸이 굳어 버린 듯 움직이지 않았다. 아이가 잡아끄는데도 정신을 못 차리던 청년은 강상기를 보면서 이렇게 말했다.

"죄송합니다."

청년은 꾸벅 인사를 하더니 다시 말했다.

"정말 죄송합니다."

청년은 마당 터를 지나면서 한 번, 독미나리 진입로를 돌아 나가면서 또 한 번, 뒤를 돌아 강상기를 보았다. 그들이 시야에서 사라질 때까지 강상기는 그 자리에 서 있었다. 설명할 수 없는 찝찝함이 밀려왔다. 그렇지만 강상기는 알아차리지 못했다. 청년이 15년 전 구릉지에서 칼싸움을 하며 놀던 마을 아이들 중 하나라는 것을.

❦

여섯 개의 봉우리를 뒤덮었던 산벚꽃들이 지고 이제 땅은 완전히 풀려 있었다. 흙은 무르고 부드러웠다. 강상기는 구릉지 아래쪽에서 혼자 봄을 나고 있던 자미화나무를 일꾼들의 도움을 받아 마당터로 옮겨 놓았다. 목수들은 월말이면 나흘씩 휴가를 갔다. 그는 제이골에 혼자 있을 수 있는 월말을 잡아 나무를 심었다.

마당 한가운데의 구덩이에 자미화나무를 세우고 흙을 덮기 전, 강상기는 등을 수그리고 앉아서 이 나무 아래로 돌아와야 하는 것들을 생각했다. 강상기는 구덩이 안의 땅속으로 손을 뻗어서 나무의 뿌리와 뿌리가 매달고 있는 흙늘을 소심스레 쓸어 보았다. 여름이 되어 집이 올라가고 나면 이 나무에 꽃이 필 것이다. 그 꽃은 한여름이 지나는 백 일 동안 피고 지는 꽃이었다. 나무를 붉게 뒤덮으며 피는 그 꽃은 자미화라고도 했고 목백일홍이라고도 했다. 그가 자란 고장에선 나무껍질을 손으로 긁으면 꽃이 움직인다고 해서 간지럼나무라 부르기도 했다.

외조모에게 자신의 어머니 얘기를 들었던 스무 살 무렵에 강상기는 혼자서 처음 제이골을 찾았다. 제이골에는 아무것도 없었다. 골짜기 한쪽에서 자미화 한 그루만이 자라고 있을 뿐이었다. 그는 자미화가 자생하는 나무가 아니라는 걸 알게 되었고, 그래서 누군가 어느 한때 이곳에 머물면서 자미화를 심었을 거라고 믿게 되었다. 그가 자미화를 보여 준 유일한 여인이 허 주임이었다.

허 주임을 떠올리면 강상기는 그녀와 지냈던 청사 건물이 함께 떠올랐다. 허 주임을 처음 만났을 때 강상기는 계장이었다. 갓 들어와 눈이 반짝반짝하던 허 주임은 강상기가 하는 모든 말에 귀를 기울였다. 회의 시간에 허 주임이 고개를 한번 끄덕여 주면 그는 일주일이 잘 풀렸다. 허 주임이 아직 미혼일 때 그들은 처음 관계를 가졌다. 한 번이었다. 우연히 닿은 팔꿈치에 화들짝 놀라듯이 우발적으로 일어난 일이었다. 그도 허 주임도 그 한 번을 잊으려고 노력했고 실제로도 점차 잊었다. 허 주임이 결혼을 하고 아이를 낳고 복귀를 하는 동안 몇 년이 흘러갔다. 그는 그동안 직급이 하나 올라갔다. 정신없이 일에 몰두하던 때였다. 집에 들어가면 아내는 여전히 그에게는 쌩한 채로 중학생인 딸아이를 괴롭히고 있었지만 그는 씻고 곯아떨어지기에도 바빴다.

그런 마흔 중반의 강상기 앞에 어느 날 다시 허 주임이 서 있었다.

반짝거리는 모습이 아닌 지치고 찌든 모습이었다. 허 주임은 어린아이와 직장에 기를 다 뺏기고 숟가락 들 기운도 없는 30대가 되어 있었다. 그는 허 주임이 자신한테 도움을 요청하고 있다고 느꼈다. 한때 열렬히 사랑했고 삶의 고민을 나누던 남편은 이제 그 고민의 일부분일 뿐, 허 주임은 어디서도 시원한 물 한 줄기 수혈받지 못한 채 책임이라는 울타리 안에서 허덕대고 있었다. 그 또한 겪어 온 시간이었다. 그는 허 주임에게 팔을 내밀었고 허 주임은 강상기의 품으로 쓰러졌다. 허 주임을 안을 때 그는 마지막 순간까지 사정을 지연시킬 수 있었다.

허 주임이 둘째를 가지기 전까지 그들은 1년 가까이 관계를 계속했다. 장마가 끝나고 한여름이 시작될 무렵이었다. 그날은 강상기의 마흔다섯 번째 생일이기도 했다. 그가 허 주임을 제이골에 데려갔던 건 생일을 특별하게 보내고 싶어서였을 것이다. 한여름 제이골에서는 자미화가 막 피어나고 있었다. 그해의 백 일이 시작된 것이었다.

강상기는 그날 허 주임이 다른 때와는 달리 얼굴이 굳어 있다는 걸 눈치채지 못했다. 생일에 사랑하는 여자와 제이골에 갔다는 사실에 그는 조금 들떠 있었다. 자미화나무 아래에 기대앉아 있다가 그는 누구에게도 하지 않았던 자신의 얘기를 꺼내 놓았다.

"어느 골짜기로 들어와서 아이를 낳은 여자가 있었어. 정말 더운 여름에."

그랬다. 그가 하려는 건 자신의 어머니 얘기였다. 조모한테 들은 그대로는 아니었다. 조모가 그에게 말해 준 건 '니 에미가 백 일 된 너를 낳고 떠났다'는 짧은 사실뿐이었다.

"여자는 백 일 동안 아이와 함께 골짜기에 머물렀어."

집안에서는 죽은 사람으로 취급받았지만 그는 어렴풋한 느낌으로 어머니가 죽지는 않았다는 것을 알고 있었다. 철이 든 이래로 그에겐 어머니를 떠올릴 때면 따라오는 생각이 있었다. 죽지 않고 어딘가에 살아 있다면, 그의 어머니라는 여자는 혼자서도 아니고 그의 아비와도 아닌, 다른 남자와 그 짓을 하며 살고 있을 확률이 크다는 것. 마흔다섯의 강상기는 자신이 그 생각을 스무 살 이후로 접었다고 믿고 있었다.

거대한 솥 같은 제이골을 한여름 빛이 조금씩 달구고 있었다. 자라면서 얻어들은 지명과 인상 들을 합해 그는 백 일 동안의 시간이 머물러 있는 풍경 하나를 만들어 왔다. 자신의 마음속 신화인 그곳에 앉아 강상기는 언제나 고개를 끄덕여 주던 사랑하는 이에게 자신을 꺼내 보이는 중이었다.

"지금도 나는 흰 종이가 있으면 그런 그림을 그려. 봉우리에 둘러싸인 작은 마을. 거기서도 더 들어간 어떤 골짜기. 그 골짜기엔 마당에 자미화가 피어 있는 작은 집 한 채가 있지. 그 안에서 젊은 여인이 아기한테 젖을 먹이고 있어. 자미화가 지면 떠나야 하지만 그래도 꽃이 피어 있는 동안은, 그들은 즐거워."

강상기는 스스로의 얘기에 취해 제이골을 바라보았다.

"이 땅을 사서 여기에 집을 지을 거야."

허 주임은 말이 없었다. 강상기는 그들이 기대고 있던 자미화나무를 올려다보았다. 그가 나무껍질을 살살 긁자 바람이 불지 않는데도 꽃이 하늘거리며 움직였다. 정말 간지러운가 봐. 그는 소년처럼 웃음을 터뜨렸다. 그때 허 주임이 입을 열었다.

"그 백 일이 끔찍했을 수도 있죠."

기나긴 생의 여러 날들과 함께 세상 전체가 사라진다고 해도 어느 한순간만은 칼집처럼 남아서 우주를 떠돌아다닐 것 같은 때. 강상기에게는 그때가 그랬다. 허 주임한테 그 말을 듣던 순간의 햇빛이 그는 지금도 생생했다.

그때 강상기에겐 어떤 생각들이 왔다 갔을까. '어린애를 놔두고 외간 남자랑 붙어먹는 그렇고 그런 여자 주제에 어디서 감히.' 그런 생각이었을까? 아니면 '아이의 아비가 아닌 다른 남자의 품에 있는 여자들을 다 색출해서 찢어 버리고 싶다'는 생각이었을까? 그런 생각이 아주 없지는 않았을 것이다. 그러나 그건 강상기 자신도 의식하지 못할 만큼 저 밑바닥에서 맴도는 생각이었다. 그 말을 들었을 때 강상기는 다만 그 자리에 허 주임과 같이 앉아 있는 게 너무 힘들어서 무작정 일어나 제이봉 안쪽으로 들어섰다. 성큼성큼 걷지라도 않으면 자신의 감정을 어떻게 처리해야 할지 몰랐던 것이다.

15년이 지난 지금도 그는 그날 자신이 걸어 올라갔던 제이봉의 길들이 선명히 보였다. 옮겨 심은 자미화나무에 기대앉은 채 강상기는 제이봉을 바라보았다. 한 남자가 휘청거리면서 산을 올라가고 있다. 그 뒤를 한 여자가, 배 속에 아이를 품은 한 여자가 따라 올라가고 있다. 허 주임은 왜 그렇게 모진 말을 했을까. 허 주임을 찾으면 그는 꼭 묻고 싶었다.

🌿

5일이 넘어가자 빛은 금세 무너워섰나. 습하고 더운 공기가 제이봉을 넘지 못하고 안에서 맴돌았다. 목수들은 여전히 길게 누워 있는 나무 부재에만 매달려 있을 뿐 초여름인데도 집터에는 초석만 덩그랬다.

"아침에 기둥 세우고 저녁에 상량한다고 하잖아요. 치목만 잘 끝나면 한옥은 집 올라가는 게 금방입니다. 기대하세요, 아저씨."

집에서 싸 온 밑반찬과 과일을 컨테이너 안의 냉장고에 들여놓으면서 소장이 말했다. 조바심이 나는 건 집주인일 뿐 목수들은 그들이 짜 놓은 시간 안에서 마음껏 땀을 흘리면서 바쁜 하루를 보내고 있었다. 전기 대패와 기계톱 소리, 끌과 망치 소리가 하루 종일 제이골을 채웠다. 대팻날에 밀려 나온 나뭇조각과 톱밥 들이 습기를 흡수하면서 현장에는 어느 때보다도 나무 냄새가 가득했다.

그 현장은 오로지 배 목수를 중심으로 움직였다. 부재들의 규격과 모양, 그것들이 맞물려 이룰 전체 구조가 모두 배 목수의 머리에서 펼쳐져 배 목수의 손을 타고 나왔다. 집의 기둥과 보와 도리가 될 나무들에 대패질과 마름질이 끝난 이후부터 현장엔 긴장감이 높아졌다. 부재끼리 짜 맞추어지는 부분을 깎아 내는 동안 배 목수의 예민함과 집중력은 극에 달했다. 배 목수는 한 치의 오차도 허용하지 않았고 부재의 각이 1밀리미터라도 어긋나면 대패질한 목수한테 당장 불호령이 떨어졌다.

배 목수한테 10분에 한 번씩은 궂은 소리를 들으면서도 부하 목수들은 쉬는 시간이 되면 배 목수한테 음료수와 수건을 건네며 둘러앉아 웃고 떠들었다. 그러다가도 일이 시작되면 다시 초긴장 상태로 돌아갔다. 강상기는 소란스러움과 질서가 오가는 시끌벅적한 현장에서 좀처럼 눈을 떼지 못했다. 그들은 모두 일을 하고 있었다. 그곳에서 일을 하지 않고 어슬렁거리는 것은 강상기뿐이었다.

강상기는 한쪽에 우두커니 선 채로 온 신경을 모아 나무에 먹줄을 놓는 배 목수를 바라보았다. 강상기는 여자들이 남자들의 어떤 모습에 마음을 뺏기는지 잘 알고 있었다. 배 목수는 땀이 떨어져서 나무에 스미는 것도 모르는 것 같았다. 제이골에 여자가 있다면 그 여자는 지체 없이 배 목수한테 걸어갈 거라는 걸 강상기는 알았다. 지금 제이골의 왕은 배 목수였다.

강상기는 덧집으로 들어가 토치램프를 만지작거렸다. 막내 목수는 중간 목수한테 혼나느라고 정신이 없었고 어느새 그는 막내 목수가 하던 허드렛일을 하나씩 주워 하고 있었다. 저쪽에서 소장의 웃음소리가 들렸다. 어느 결에 배 목수와 친해졌는지 이제 소장 녀석은 배 목수 쪽에서 살살거리느라 여념이 없었다. 그는 토치램프에 불을 붙였다.

강상기에게도 그런 때가 있었다. 일로 빛나던 때. 지금은 군의 대표 관광 사업이 된 것들이 다 그의 머릿속에서 나오던 때. 군의 기획통으로 불리며 칼같이 날아다니던 때. 아내를 제외한 주위의 모든 여자들이 그에게 선망의 시선을 보내던 때. 생각해 보면 허 주임과 가까워진 것도 그때였다.

불꽃이 금강송을 타 넘었다가 잦아들었다. 그는 제이봉을 바라보았다. 둘째를 가졌다고 허 주임이 말했다. 그러니 이제 정리했으면 좋겠다고. 저쪽 중간 능선쯤에서 한 말이었다. 그의 백 일에 끔찍하다는 수식을 붙인 한 시간쯤 뒤의 일이었다. 그도 허 주임과의 관계를 언제까지나 이어 갈 수 있다고 생각한 건 아니었다. 둘째를 가졌다면 이쯤에서 멈추는 게 옳았다. 그렇지만 그게 왜 바로 오늘이란 말인가. 허 주임이 다른 생각을 품은 채 자신의 가장 내밀한 말을, 그만하라는 말도 없이 끝까지 다 듣고 있었다고 생각하자 그는 모욕감을 느꼈다. 그런 강상기한테 허 주임이 덧붙였다. 남편의 아이라고. 그도 당연히 그들의 둘째겠거니 했었다. 그러나 허 주임이 남편의 아이라고 못 박자 강상기는 그게 자신의 아이일지도 모른다는 생각에 폭풍처럼 휩싸여 버렸다.

그렇지만 어떤 생각이 일었든 그게 사랑하는 여자를 그 산골짜기에서 죽게 하고 싶을 정도는 아니었다. 언성이 오갔고, 정신을 차려 보니 허 주임이 한참 아래의 비탈로 떨어져 있었다. 사람들은 이런 상황을 통틀어 실족이라고 하는 것 같았다. 강상기는 허 주임한테로 뛰어 내려갔다.

제이골에 어둠이 내리고 다시 동이 터 올 때까지 강상기는 허 주임 옆에 앉아서 그녀를 기다렸다. 그러나 저쪽으로 건너간 허 주임은 다시 돌아오지 않았다. 강상기는 두 가지를 생각했다. 하나는 마을의 경찰서로 내려가 신고를 하는 것이었다. 부적절한 관계에 있던 여직원과 등산을 하던 중 그녀가 갑자기 발을 헛디뎌 숨이 끊어졌다고 말하는 것. 모든 정황이 그를 손가락질하더라도 다 고하고 허 주임의 시신을 남편과 아이에게 돌려주는 것.

하나는 허 주임을 그대로 땅 밑에 묻는 것이었다. 그러나 강상기는 둘 중 어느 것도 하지 못했다. 그는 허 주임을 근처 그늘 아래에 반듯하게 눕혔다. 주말 지나고 다시 널 데리러 올게. 강상기는 그렇게 중얼거리고는 제이골을 빠져나왔다. 그리고 그해 여름이 다 가도록 그곳에 다시 가지 못했다.

한 주가 지나고 두 주가 지나면서 강상기는 차라리 등산객이 허 주임을 발견해 주길 바라게 되었다. 어떤 벌을 받아도 좋으니 모든 게 명명백백히 밝혀져서 이 일이 여섯 개의 골짜기를 떠도는 완결된 이야기 중 하나가 되기를. 그러나 아무 일도 일어나지 않았다. 세상은 생각보다 허술했다. 허 주임의 실종이 청사를 술렁거리게 했지만 강상기에게 끝까지 의심을 들이대는 경찰은 없었다.

여름이 거의 지나고 아침저녁으로 선선한 바람이 불어올 무렵, 속이 폐인처럼 망가진 강상기는 더 버티지 못하고 제이골에 갔다. 허 주임이 한여름 내내 자신을 기다렸을 거란 생각이 그제야 그를 뒤흔들었다. 뼈라도 수습해야 했다. 그는 그해의 마지막 꽃잎을 떨구고 있는 자미화를 지나 허 주임을 눕혀 놓았던 곳으로 올라갔다. 그러나 당연히 거기에 있을 거라고 생각했던 허 주임은 자리에 없었다. 경찰서로 사체 신고가 들어온 것도 없었다. 산짐승이 물어 간 건 아닐까 싶어 몇 날 며칠 제이봉을 헤매고 뒤졌지만 허사였다.

강상기는 이런저런 돈을 끌어모으고 퇴직금 중간 정산을 받아 그해에 바로 제이골의 땅을 샀다. 그때부터 제이골 동서남북을 차곡차곡 파 나가면서 그는 지금껏 허 주임을 찾고 있었다.

치목이 끝나고 기둥이 세워진 날 큰비가 내렸다.

기둥 사이로 비계가 설치되고 들보가 올라간 날도 비가 내렸다.

목수와 일꾼 들이 내려가고 혼자 남은 밤에 강상기는 덧집에 앉아 비 내리는 집터를 내다보았다. 비는 들보를 덮어 놓은 방수포를 타고 흘러내리다가 그 아래의 강철 비계를 두드리면서 다시 흘러내렸다. 제이봉의 토사와 제이골의 진흙도 빗줄기와 함께 흘러내렸다. 그는 땅이 숨직이는 것을 실시간으로 보았다.

며칠 동안의 비에 다시 습기를 머금은 금강송들도 그의 등 뒤에서
조금씩 움직였다. 금강송은 그의 집이 되기 전에 그와는 전혀 상관
없는 생물의 집이 되려는 것 같았다. 비가 모든 것을 위협하고 있었
다. 그는 하늘을 원망했다.

이곳엔 15년 동안 이런 비가 내렸을 것이다. 강상기는 제이골 땅
밑 어딘가에서 빗물과 함께 움직이고 있을지도 모를 허 주임을 생각
했다. 아무리 비가 퍼붓고 땅이 움직인다고 해도 허 주임을 제이골
밖으로까지 옮기진 못했을 거라고, 그는 그 희망만은 놓지 않았다.
집이 다 완성되면 그는 허 주임을 찾아 자미화 밑에 묻어 줄 생각이
었다. 그리고 꽃이 피고 지는 백 일 동안 지난 생을 반성하면서 제이
골에서 늙어 죽을 생각이었다.

☙

소장은 상량식 준비에 분주했다. 기둥을 세울 때 따로 고사를 지
내지 못했기 때문에 강상기는 상량식에 먹을거리를 많이 준비하라
고 일렀다. 소장의 말대로 기둥이 올라가고 나자 금방이었다. 배 목
수는 못질 하나 하지 않고 나무를 결구해 집의 골격을 금세 만들어
놓았다. 마룻대를 거는 상량식을 하고 나면 드디어 서까래와 기와가
올라가는 것이었다. 상량식은 그동안 고생한 목수들의 날이기도 했
다. 머리 고기를 큰 걸로 주문해야겠다면서 소장은 신이 나 있었다.
얄미울 때도 있었지만 그래도 현장 일꾼들과 목수들을 두루 잘 챙긴
소장 덕에 큰 사고 없이 상량까지 왔다는 걸 그는 알고 있었다.

오전에 비가 내렸기 때문에 상량식은 오후에 했다. 떡과 돼지머리,

과일과 술이 풍성하게 차려졌고 공사에 관계된 사람들과 마을 사람 몇이 다녀갔다.

"복이 있는 집주인이 좋은 목수를 얻는 거라던데, 축하드립니다."

다들 강상기한테 덕담 한마디씩을 했다. 그러고는 잔은 배 목수와 부딪쳤다.

"배 목수님. 다음에도 저랑 일하시는 겁니다. 아셨죠?"

소장이 배 목수한테 술을 따르며 말했다. 몇 잔 주고받은 소장이 배 목수를 일으켜 집 아래로 이끌었다. 그러더니 대들보 한쪽에 이름을 새겨 넣으라고 부추겼다. 소장 녀석의 오지랖에 강상기는 부아가 치밀었다. 상량문에 이미 목수 이름이 들어가 있는데 어디에 낙서질이란 말인가. 이건 엄연히 그의 집이었다. 몇백 년이 지나 사람들이 이 집을 해체했을 때 그의 이름이 아니라 배 목수의 이름 석 자를 보게 할 수는 없었다. 강상기는 배 목수를 끌어와 앉히고는 술을 넘치게 따라 주었다. 공사 기간 내내 까칠했던 배 목수는 그날따라 풀어지며 술을 꽤 마시고 있었다.

배 목수한테 혼이 났던 남자아이와 형이라는 청년도 불렀지만 아이만이 친구 몇을 데리고 와 고기를 먹었다.

"형은 잘 있니?"

"우리 형 좋은 칼 많아요."

"그래? 어떤 칼인지 궁금하구나."

"나뭇가지보다 더 딱딱하다요. 긴 칼, 쪼그만 칼, 이상한 칼, 구부러진 칼. 획획!"

아이가 팔을 칼처럼 휘두르며 그의 몸을 마구 찔렀다.

"칼은 우리 형 보물 1호. 만지면 맞는다요."

마당 터에서 한참을 뛰어놀던 아이들을 진입로까지 데려다 주고 오니 날이 저물어 있었다. 목수들도 그새 자리를 정리하고 내려간 듯했다. 언제 비가 왔나 싶게 하늘은 구름 없이 개어 있었다. 곧 달이 뜰 것 같은 저녁이었다.

집이 거의 완성되어 간다는 생각에 모처럼 마음이 잔잔해진 강상기는 자미화한테로 걸어갔다. 술기운이 남았는지 몸이 나른했다. 강상기는 두 팔로 자미화를 안고는 나무줄기에 뺨을 댔다. 자미화의 나무껍질은 윤기가 흐르면서 매끄러웠다. 그는 뺨 근처의 나무껍질을 살살 긁어 보았다. 그러자 잎이 하늘거리면서 움직였다. 정말 간지럽나 보네. 그는 소년처럼 웃음을 터뜨렸다. 옮겨 심은 첫해에는 꽃이 잘 안 핀다고 들었던 게 떠올랐다. 올여름에 정말 꽃을 볼 수 있을까 싶어 그는 가지를 하나하나 쓸어 보았다. 가지만 만져도 뿌리의 감촉까지 다 느껴졌다. 콧잔등이 시큰해져 왔다. 그는 얼굴을 문지르면서 자미재로 걸어갔다.

강상기는 자미재 기둥에 기대앉아 잠깐 졸았다. 눈을 떴을 때는 밤이었다. 저만치 마당에서 자미화가 달빛을 받고 있었다. 강상기가 막 일어서려고 했을 때였다. 어둑한 마당으로 누군가 비틀거리면서 걸어 나오는 것이 보였다. 배 목수였다. 목수들과 내려간 게 아니라 지금까지 컨테이너에서 자고 있었던 모양이었다. 배 목수는 술이 덜 깬 건지 잠이 덜 깬 건지 조금씩 흐느적거리면서 마당 한가운데로 갔다. 그러더니 자미화 앞에 섰다.

강상기는 숨을 멈췄다. 배 목수가 자미화 앞에 서서 바지를 끄르고 있었다. 어두웠지만 강상기는 똑똑히 보았다. 배 목수의 몸에서 솟아 나와 자미화를 향하고 있는 배 목수의 성기를. 탱탱하게 고개를 든 성기가 어둠 속에서 몇 번 꺼덕대더니 배 목수가 감싼 손에 가려졌다. 배 목수는 비틀거리는 몸에 중심을 세우고는 자미화 나무둥치에 오줌을 갈기기 시작했다. 배 목수의 세찬 오줌 줄기가 자미화의 매끄러운 나무껍질을 타고 내려가 흙을 적시고 땅 아래의 뿌리로 뜨겁게 스며들어 갔다. 강상기는 숨 한 번 쉬지 못하고 그 광경을 지켜보았다.

강상기는 생각했다. 다른 어느 때도 아닌 바로 지금, 저놈을 죽여 버려야겠다고.

진심을 다해 누군가를 죽일 수 있는 찬스를 평생에 한 번 쓸 수 있다면 강상기는 그것을 지금 쓰고 싶었다. 강상기는 연장이 있는 컨테이너로 갔다. 배 목수가 갈아 놓은 대팻날이 어둠 속에서 빛나고 있었다. 그 옆으로 망치, 그 옆으로 여러 모양의 정이 보였다. 그는 가장 뾰족한 정을 집어 들었다. 마당으로 나오자 배 목수는 벌써 저 아래 진입로 쪽으로 걸어가고 있었다. 그는 정을 잡아 쥐고 배 목수의 등을 노리며 뛰어갔다. 그러나 돌아 들어온 트럭이 배 목수를 태우더니 순식간에 방향을 틀어 빠져나갔다.

"ㅇㅇㅇㅇㅇ……"

강상기는 트럭을 쫓아서 달리다 멈췄다. 그러고는 포효하는 짐승처럼 길게 한번 울부짖었다. 강상기는 그르렁거리면서 다시 집으로 뛰어갔다. 자미화에서는 냄새가 진동하고 있었다. 그는 마당 한쪽의 호스를 끌어와 물을 틀고는 자미화나무에 대고 미친 듯이 뿌려 대기 시작했다.

제이골에는 달빛이 한창이었다. 달빛은 마당 한가운데로 고스란히 내려와 제어할 수 없는 분노로 콧김을 뿜는 남자, 잇새로 알아들을 수 없는 신음을 내뱉으며 얼룩을 지우는 남자, 강상기를 비추었다. 나무껍질에 부딪친 물방울들이 달빛을 받으며 사방으로 튀었다.

봉우리에 둘러싸인 작은 마을. 거기서도 더 들어간 어떤 골짜기. 달이 뜬 밤에 나무에 물을 주는 남자. 구릉지에서 보면 그 광경은 한 폭의 수채화 같았다.

❧

그날 밤 강상기는 크게 앓았다. 컨테이너에 고열로 쓰러져 있는 그를 소장이 병원으로 데려갔다. 그는 폐렴 진단을 받고 입원했다.

"제가 더 챙겨 드렸어야 되는데. 죄송해요 아저씨. 이제 나이도 있으신데, 컨테이너에서 지내시는 건 아무래도 무리였어요. 입원한 김에 푹 쉬세요. 오늘 서까래 올라갔어요."

강상기는 자신이 보지 못한 사이에 서까래가 된 금강송을 떠올렸다. 소장은 저녁마다 들러서 그에게 공사 진행을 얘기하고 갔다. 오늘은 기와가 올라갔어요. 오늘은 흙벽을 쳤어요. 소장은 하나씩 외관을 갖춰 가는 자미재를 휴대폰으로 찍어 보냈다. 강상기는 마루가 깔리고 창호가 달리는 자미재를 병실에 누운 채 휴대폰으로 보았다.

낮잠에서 깨어나 여기가 병실인가 어딘가 멍해질 때면 그는 아내도 병원에서 이런 기분이었을까, 생각했다. 쉰다섯, 병들어 죽기에는 이른 나이에 아내는 떠났다. 죽기 며칠 전 혼수상태에 들어간 아내를 보면서 그는 아내가 지쳤을 때 혼잣말처럼 하던 말을 떠올렸다.

'내가 이러고 싶어서 이러는 줄 아니.'

아마도 그 말은 진짜였을 것이다. 세상에서 제일 슬픈 말은 그 말일지도 모르겠다고, 병실 천장을 보고 누워서 강상기는 생각했다. 어쩌면 딸애가 아이를 낳지 않는 건 그 말을 하지 않기 위해서인지도 몰랐다.

"아저씨. 말씀하신 대로 건넌방 도배해 놨어요. 따님한테 연락을 해 보는 게 어떠세요."

소장이 보낸 휴대폰 사진을 보다가 강상기는 몇 번 딸애의 번호에 손을 올려 보기도 했었다. 그러나 전화를 걸지는 못했다. 분명 그의 번호가 뜰 텐데도 딸애는 매번 여보세요, 라고 전화를 받았다. 네, 아버지. 네, 저예요. 아니면 그냥 퉁명스럽게라도 네, 하고 받아 주었으면 했다. 여보세요, 하며 그를 밀어내는 딸애의 싸늘한 음성을 들으면 그는 이대로 못 일어날 것 같았다.

왜 그랬을까. 허 주임의 시신을 찾아 제이봉을 헤매고 온 뒤 그는 한동안 제정신이 아니었다. 연차를 내고 집에 널브러져 있다가 그는 갑자기 무언가가 절실해져서 벌떡 일어났다. 유전자 검사를 해 봐야겠다고 강상기는 생각했다. 그가 진짜로 아내를 의심한 건 아니었다. 아내의 첫 남자가 자신은 아니었지만, 그는 아내가 결혼 후에는 자신에게만 충실했다는 것을 알고 있었다. 딸애는 누가 봐도 그와 판박이였다. 그래도 그는 확인하고 싶었다. 그것만이 자신이 이 세상에 살아 있다는 것을 증명해 주는 끈 같았다. 실제로 유전자 검사를 하지는 않았지만 그는 딸애의 방을 서성이다 딸애의 머리카락을 집어 지퍼백에 넣기까지 했었다. 그는 딸애가 그 모습을 본 게 아닐까 지금까지도 생각했다. 그러지 않고서는 열여섯 살이던 그때 이후로 딸애가 자신을 사람 취급 하지 않는 게 설명이 되지 않았다. 그걸 본 거야. 그 미친 싯을 본 서야. 상상기는 폐렴이 기흉으로 발전해 열흘 더 입원을 했다.

　환자복을 벗고 퇴원을 해서 마을 중앙로에 섰을 때 강상기는 자신이 갑자기 늙어 버린 느낌이 들었다. 그는 정말로 노인이 된 기분이었다. 소장이 차로 데려다 주겠다고 했지만 그는 거절했다. 항상 그랬듯이 마을에서 제이골까지 걷고 싶었다.

　"참, 혹시 마을에 아는 청년 있으세요?"

　소장이 퇴원 짐을 차에 실으면서 물었다.

　"어떤 청년이 병원에 와서 아저씨 무슨 병이냐고 물었다고 하던데요. 이것밖에는 내드릴 수 없다고 하면서 상자 하나를 놓고 갔대요. 제가 자미재에 실어다 놓을게요."

　강상기는 소장이 옆 좌석에 내려 놓는 상자를 무심코 바라보았다.

　부슬비가 내리고 있었다. 강상기는 우산을 펼쳐 들었다. 길옆 과수원에는 과일이 한창이었다. 분지 안에 과일 익는 냄새가 가득한 계절, 한 여인이 그를 낳던 계절이었다. 그가 한 여인을 잃은 계절이기도 했다. 그는 부른 배를 이끌고 이 골짜기로 찾아들었던 여인이 저기 어디쯤에 앉아서 과일을 먹었기를 바랐다. 독미나리를 뜯어 먹었더라도 어쨌든 그는 살아남아 60년을 살았으니 이제는 아무것도 묻고 싶지 않았다.

　진입로를 돌자 자미재의 지붕이 보였다. 기역자형의 아담한 한옥이 제이골 한가운데에서 그를 맞았다. 그는 먼저 건넌방으로 갔다. 새하얗게 도배가 된 벽을 그는 두 손으로 쓸어 보았다. 한쪽에는 색깔이 고운 이불 한 채도 놓여 있었다. 그는 누군가 젊은 여인이 이 방에서 아기에게 젖을 먹였으면 좋겠다고 생각했다. 겨울 명절에 한

번, 여름 휴가철에 한 번, 이 방에서 어린아이의 웃음소리를 들을 수 있다면 그는 더 바랄 게 없을 것 같았다.

부슬비마저도 그치자 제이골에는 그의 발자국 소리만 들렸다. 그는 컨테이너가 있던 자리를 괜히 서성여 보기도 하고 목수들이 걸터앉아 쉬던 돌을 건드려 보기도 했다. 덧집이 있던 자리와 치목을 하던 터에서 강상기는 한참 동안 맴을 돌았다. 와자지껄한 웃음소리와 활기 들이 어딘가에 숨어 있다가 다시 살아올 것 같았다. 소장이 금방이라도 아저씨, 하며 그의 팔을 잡을 것 같았다. 그는 사방을 둘러보았다. 제이골은 너무도 고요했다. 깊고 깊은 골짜기에서 그는 이제 정말로 혼자가 되었다.

강상기는 자미재 대청에 반듯하게 누웠다. 이대로 몸을 누이고 다시 일어나지 못해도 아무도 모를 거란 생각이 들었다. 어스름이 내려왔다. 강상기는 누운 채로 멍하니 서까래를 보았다. 그때 긴가민가한 기척이 느껴졌다. 강상기는 집도 땀을 흘리는가, 생각하다가 자리에서 일어나 앉았다. 그는 코를 킁킁거리며 기둥으로 다가갔다. 기둥을 쓸었더니 손바닥에 끈끈한 액체가 엉겨 붙었다. 송진이었다. 강상기는 고개를 들었다. 송진은 배 목수가 흘린 체액이라도 되는 듯이 서까래와 들보 곳곳에서 배어 나와 기둥으로 흘러내리고 있었다. 강상기는 발밑에서부터 소름이 올라오는 걸 느꼈다. 송진이 흐르는 나무 위를 새파란 솜털들이 뒤덮고 있었다. 솜털은 천장과 처마, 기둥과 벽을 빼곡히 채우면서 자미재 전부를 장악하려는 중이었다.

강상기는 뒷걸음질을 치며 뒤꼍으로 달려갔다. 그는 한 손에 하나씩 토치램프를 들고 왔다. 그리고 제일 강한 강도로 불을 붙였다.

그는 토치램프 하나를 기둥 쪽으로 괴어 놓고 불꽃을 분사했다. 나머지 하나는 직접 손에 들고 보조 의자 위로 올라갔다. 그는 토치램프의 불꽃이 서까래에 가 닿도록 발꿈치를 최대한 치켜들며 팔을 뻗었다.

오직 곰팡이를 없애야 한다는 일념 하나였다. 긴 입원으로 쇠약해진 강상기는 마른 다리를 후들후들 떨면서, 핏대가 오른 목을 더 잡아 빼 얼굴 근육을 이마 쪽으로 밀어 올리고, 팔을 조금이라도 더 뻗으려고 괴상한 소리를 내뱉으며 기력을 다해 끙끙거렸다.

불꽃이 기둥에 옮겨 붙은 것과 강상기가 의자 아래로 떨어진 것은 동시였다. 옆에 괴어 놓았던 토치램프의 불꽃이 몇 배로 커진 채 기둥을 타고 올랐다. 강상기가 놓친 토치램프도 반대쪽 기둥으로 나가 떨어지면서 불꽃을 옮겼다. 강상기는 어떻게든 불을 꺼 보려고 방바닥에 엎드려 잡히는 대로 물건을 휘저었다. 그때 강상기의 손에 상자 하나가 걸렸다. 청년이 준 상자였다. 강상기는 홀린 듯 상자를 열었다. 손가락 길이만 한 나뭇가지가 들어 있었다. 색이 짙고 굵었다. 얼핏 보면 닭의 목뼈 같기도 했다. 그러나 강상기는 그 뼈를 만져 보지 못했다. 불꽃이 서까래 쪽까지 번지면서 천장에서도 연기가 일기 시작했다. 그는 허리를 구부리고 쿨럭거리다가 삔 다리를 끌면서 자미재를 빠져나왔다.

강상기는 등에 홧홧한 불기운을 느끼면서 구릉지로 기어 올라갔다. 돌아서서 보니 기와 아래에서 검은 연기가 뭉글거리고 있었다. 그는 아무것도 믿을 수 없었다. 60년을 기다려 얻은 집이었다. 집은 불길에 휩싸이는가 싶더니 습기에 막혀 치직거리면서 검은 연기를 내뿜었다. 집은 타는 것 같기도 했고 타지 못하는 것 같기도 했다. 불꽃과 습기의 경계를 가늠할 수 없는 채로 집은 고약한 연기만을 쉬지 않고 뿜어 냈다. 그는 연기에 먹힌 금강송이 우지끈 무너지면서 대청 위로 쏟아져 내리는 것을 보았다. 자미재는 붉게 타오르는 대신 시커멓게 스러지고 있었다.

그때 강상기의 눈에 빛깔 하나가 스쳐 갔다. 강상기는 눈을 크게 떴다. 무너지는 자미재 옆에 창창히 서서 잎을 펼치고 있는 것은 자미화나무였다. 완성된 자미재를 다 둘러보면서도 강상기가 시선을 피하며 외면했던 나무. 자미화는 검은 연기에 장단을 넣듯 가지를 풀어 헤치면서 일렁였다. 강상기는 그 가지마다 꽃이 피어난 것을 보았다. 꽃은 세상에서 가장 진한 거름이라도 받아 마신 듯이 그가 이제까지 봤던 어떤 자미화보다도 붉었다.

"더러워. 더러워."

꽃을 본 강상기는 더는 서 있지 못하고 무릎을 꿇으며 주저앉았다.

한여름밤이었다. 주저앉은 남자는 골짜기에 엎드려 밤새도록 흐느껴 울었다. 자식의 자식을 안아 볼 수 없는 남자. 그의 이름은 강상기였다.

추천 우수작

단지 살인마

최
제
훈

2007년《문학과사회》신인문학상을
수상하며 작품 활동을 시작했다. 소
설집《퀴르발 남작의 성》과 장편 소
설《일곱 개의 고양이》《나비잠》등이
있다. 한국일보문학상을 수상했다.

1

  범죄의 악몽에서 벗어나고 싶었습니다.

  수차례 강간·살인을 저지른 흉악범의 변명 아닌 변명이었다. 술 김에 충동적으로 길 가는 여대생을 성폭행한 게 처음이었다. 범행 이후 그는 정상적인 생활을 할 수 없었다고 한다. 극심한 죄책감에 시달리며 밤마다 가위에 눌렸다고. 결국 새로운 범행만이 이전 범행의 기억을 지워 줄 거라는 생각으로 그는 두 번째 범행을 저질렀다. 이번에는 강간에 살인까지 덧붙여졌다. 두 번째 범행의 기억은 또 어쩌겠나. 다시 세 번째 범행으로 지우는 수밖에.

  해괴한 발상이지만, 효과는 있지 않았을까? 기사를 보면서 그런 생각을 했다.

2

사회가 갈수록 흉악해진다고 사람들은 말한다. 실제로 강력 범죄가 눈에 띄게 증가세를 보이고 있는지는 모르겠다. 어쩌면 범죄 발생률은 예나 지금이나 별반 차이가 없는데 메아리 때문에 그렇게 느껴지는 것일 수도 있다. 사방에서 울리는 고성능 메아리.

요즘은 모든 화제가 증폭되어 돌아다닌다. 이슈가 되는 검색어 하나를 포털 사이트 검색창에 쳐 보면 금세 확인할 수 있다. 비슷비슷한 기사들, 똑같은 사진들, 이를 퍼 나른 각종 웹 페이지가 끝없이 이어진다. SNS에서는 사람들의 한마디가, 그 한마디를 리트윗한 한마디가 미처 읽을 새도 없이 격류처럼 흘러간다. 정보의 망망대해로.

일말의 회의도 없이 계속되는 자기 복제. 정작 검색창에 쳐 넣은 단어는 한없이 가벼워져 휘발되는 느낌이다. 혹은 한없이 무거워져 제 무게에 압사되는 느낌. 자기가 자기 자신을 지우는 시스템이라…… 생각해 보면, 매우 윤리적인 소멸이다.

지금쯤이면 '단지 살인마'의 검색어 순위가 많이 떨어졌을지도 모르겠다. 하지만 조만간 단숨에 1위로 등극할 것이다. 큰 거 한 방이 기다리고 있으니까.

3

첫 번째 희생자는 스포츠머리를 한 20대 남자였다. 날이 긴 칼에 썰린 자상이 목부와 가슴에 10여 군데 있었으며 오른손 새끼손가락이 잘린 채였다. 시신은 인적이 드문 컨테이너 야적장에서 발견되었다. 남자는 인근 도시에서 집창촌을 운영하는 폭력 조직의 말단 조직원임이 밝혀졌다. 최근에 경쟁 조직으로 옮겨 갔다는 사실도.

세간의 이목을 끌 만한 사건은 아니었다. 나 역시 그런 사건이 있었는지조차 몰랐다. 관련 기사를 챙겨 본 건 한참 후의 일이었다. 기사에 따르면 시신 주변을 수색했지만 새끼손가락은 발견되지 않았다고 한다.

두 번째 희생자인 여고생의 시신은 공사장에 쌓아 놓은 콘크리트 하수관 안에서 발견되었다. 교복이 찢어지고 온몸이 타박상으로 울긋불긋했으나 성폭행 흔적은 없었다. 그녀가 모 아이돌 그룹의 사생 팬이라는 사실 때문에 이 사건은 한동안 뜨거운 이슈가 되었다. 얼마 전 그녀 때문에 곤란을 겪은 '오빠'를 보호하기 위해 아이돌 그룹의 팬클럽이 나선 게 아니냐…… 그 와중에 여고생의 오른손 새끼손가락과 약손가락이 잘렸다는 사실은 그리 주목을 받지 못했다.

'연쇄 살인범(serial killer)'이란 용어를 처음 사용한 FBI 범죄 심리 분석관 로버트 레슬러에 따르면, 그 살벌한 칭호를 얻기 위해서는 최소한 세 건의 살인이 필요했다. x·y·z, 세 개의 좌표가 있어야 3차원 입체 공간에 한자리를 차지하는 것이다.

4

노파의 시신은 반지하 셋방에 한 달 넘게 방치돼 있었다. 경찰이 문을 따고 들어가자 지독한 시취에 눈을 뜨기도 힘들었다고 한다.

그 시취가 윗집 새댁을 괴롭히지 않았다면 노파는 구더기에 덮여 한참을 더 누워 있었을 것이다.

노파는 근방에서 제법 알아 주는 유명 인사였다. '예수 천국, 불신 지옥'이라고 쓰인 붉은 십자가를 들고 다니며 종일 노방 전도에 열을 올렸다고 한다. 아무나 붙잡고 호통을 쳤으며 중지로 삿대질하는 독특한 버릇 때문에 행인들과 심심찮게 말다툼을 벌였다고. 둔기로 머리를 맞아 사망했는데 오른손 새끼손가락과 약손가락, 그리고 유용하게 사용하던 가운뎃손가락이 잘린 채였다. 어느 신문에선가 '단지(斷指) 살인마'라는 용어가 등장했다.

오른손 검지까지 손가락 네 개가 잘린 네 번째 희생자가 나오자 온 나라가 발칵 뒤집혔다. 자동차 부품 공장을 경영하는 50대 사장은 공장 뒤편 저수지에서 익사체로 떠올랐다. 그는 불법 체류 외국인 노동자들을 박봉으로 고용해 주말도 없이 부렸다고 한다. 사장이 죽은 직후 공장 직원들이 뿔뿔이 흩어지는 바람에 수사는 난항을 겪었다. 하지만 그들 중 범인이 있으리라고 믿는 사람은 많지 않았다.

청년과 여고생과 노파와 중년남. 단지 살인마는 그야말로 남녀노소를 가리지 않았다. 그 말은 누구든 표적이 될 수 있다는 뜻이었다. 경찰은 이 전국구 연쇄 살인범을 잡기 위해 합동수사본부를 꾸렸고 가용 경찰력을 총동원해 신속히 해결하겠다며 국민을 안심시켰다. 실제로 몇 명이나 안심했는지는 모르겠지만.

"막 죽이는구나, 막 죽여. 사람 목숨이 파리 목숨이네."

식당에서 살비방을 먹고 있는데 누군가 텔레비전 뉴스 화면을 향해 혼잣말을 내뱉었다. 뼈에 붙어 있던 심줄을 질겅질겅 씹다가 나도 와락 짜증이 치밀었다. 인간 세계든 주식 시장이든 항상 예측 불가능한 변수가 문제였다. 할 일이 그렇게 없나? 왜 이유 없이 마구잡이로 사람을 죽인단 말인가. 이왕 죽일 거면, 이유 있는 살인을 할 것이지.

5

17은 맵시 있게 생긴 숫자다. 16의 미숙함과 18의 성숙함 사이에서 꼿꼿이 고개를 쳐든 오연함. 열일곱 살 때 매일 교실에서 얼굴을 마주치던 친구들은 지금 어디서 어떻게 지내고 있을까? 평균적인 결혼 적령기에 가정을 꾸렸다면 어린이집에 다니는 자녀가 있을 테고, 슬슬 튀어나오는 아랫배를 걱정해야 할 나이들이다. 모두들 어딘가에서 부지런히 밥벌이하며 세파를 견디고 있겠지. 그래도 학창 시절이 좋았다고 술자리에서 이따금씩 회상하면서.

나는 그들 중 승범이와 준석이의 행방을 수소문했다. 전산화가 잘된 사회라 사이버 흥신소에 의뢰하자 이틀 만에 기별이 왔다.

준석이는 중견 건설 회사에 다니고 있었다. 작년에 결혼했고 지금은 중국 대련에서 파견 근무 중이었다. 뒷줄 아이들 중엔 그나마 성실한 녀석이었다. 승범이는 서울에서 개인택시를 몰고 있었다. 화곡동 다세대 주택에 살며 결혼 4년 차에 딸이 하나. 자식, 체육교육과가서 체육 선생님 하겠다더니. 설렁설렁 애들이나 족치면서 인생 공으로 사는 직업이라고. 어쨌든 한 놈이라도 남아 있어서 다행이었다. 행여, 죽었으면 어쩌나 했다.

그사이 다섯 번째 희생자가 나왔다. 근육질 헬스 트레이너의 사인은 질식사. 체내에서 다량의 수면제 성분이 검출되었다고 한다. 누가 찍었는지 시신 발견 당시의 사진이 인터넷에 돌아다녔다. 손가락 다섯 개가 모두 잘린 뭉툭한 오른손은 곰의 앞발처럼 보였다. 출혈이 많지 않은 걸 보니 절단은 사후에 이루어진 듯했다. 절단면이 보기 흉하게 너덜너덜한 게 다소 의외였다. 네 건의 범행을 저지르는 동안 손가락을 열 개나 잘라 본 베테랑 아닌가.

인터넷으로 단지 살인마에 대한 정보를 면밀히 검토했다. 정보는 폐차장의 찌그러진 차들처럼 첩첩이 쌓여 있었고 훑어보는 중에도 계속 늘어났다. 단지 살인마에 대한 공포는 상당 부분 범행의 비정형성에서 기인했다. 연쇄 살인범이라면 으레 보이기 마련인 패턴이란 게 없었다. 희생자 유형도 범행 장소도 살해 방법도 제각각이었다. 사건을 연결해 주는 고리는 카운트다운을 하듯 하나씩 사라지는 손가락뿐이었다.

온라인상에는 온갖 가설과 억측과 불안과 호기심이 난무했다. 각각의 손가락이 가지는 역사적, 문화사적 의미부터 야쿠자 관련 설, 상상으로 그린 살인마의 캐리커처와 팬 카페까지. 애거서 크리스티의 《그리고 아무도 없었다》를 언급하며 결국 열 명을 채워야 이 엽기 행각은 끝날 거라는 주장에 누군가 달아 놓은 댓글이 인상적이었다. '발가락은 무시하냐.'

범죄 심리학자와 경찰 프로파일러들도 이 천방지축 연쇄 살인범에 대해 그럴싸한 분석이나 방비책을 내놓지 못했다. 낯선 사람을 조심하라는, 초등학교에 입학한 아이에게 엄마가 해 줄 법한 주의가 고작이었나. 틀린 말은 아니지만, 사실 낯익은 사람을 더 조심해야 한다. 지난해 범죄 통계에 따르면 전체 살인 사건의 52퍼센트는 면식범의 소행이었다. 그중 '친구'는 4.3퍼센트.

설마…… 출력한 자료를 사건별로 분류하던 중 눈이 번쩍 뜨였다. 누구도 눈치채지 못한 패턴을 발견한 것 같았다. 약간의 유연성을 발휘한다면, 희생자들은 십계명의 순서에 따라 살해되고 있었다. 종이에 또박또박 써 가며 정리해 보았다.

1. 나 이외에 다른 신들을 섬기지 말라 : 보스를 바꾼 조직원
2. 우상을 만들지 말라 : 아이돌 그룹 사생팬
3. 하나님의 이름을 망령되이 부르지 말라 : '예수 천국, 불신 지옥'을 외친 노파
4. 안식일을 지키라 : 주말도 없이 일을 시킨 사장
5. 부모를 공경하라 : 헬스 트레이너?

다섯 번째 희생자의 자료를 샅샅이 뒤져 보았으나 부모에 대한 언급은 없었다. 기사들은 오직 살인마에만 초점을 맞추고 있었다. 그래도 유가족 반응을 한두 줄 싣는 게 보통인데. 그 헬스 트레이너는 부모와 연을 끊은 게 아닐까? 어쩌면 부모를 정신 병원이나 산골 요양원에 가둬 버렸는지도 모른다. 아무튼 인면수심의 불효자였음에 틀림없다.

침대에 드러누워 눈을 감았다. 어지러웠다. 가슴이 두근거렸다. 조금 전까지만 해도 확실히 마음을 정한 건 아니었는데…… 두근거리는 가슴을 사늘한 손길이 쓱, 쓸고 갔다. 어떻게 저 수많은 분석과

가설과 억측 들 중 십계명을 언급한 게 하나도 없단 말인가. 범죄 영화나 드라마를 좋아하는 이들에겐 그리 어려운 패턴도 아닐 텐데. 왜 하필 내 눈에 띄었을까. 알아듣기 힘든 속삭임이 귓바퀴를 간질였다.

여섯 번째 계명은 '살인을 하지 말라'였다. 살인을 하지 말라, 살인을 하지 말라. 이준석과 양승범은 살인자였다. 열일곱 살 소년의 인격을 무참히 살해했다. 지금 내가 품고 있는 생각이 바로 그 증거였다. 이게 인간의 탈을 쓰고 할 수 있는 생각인가.

6

생각보다 준비물이 많았다. 슈트와 구두, 전기 충격기, 라텍스 장갑, 헤어 캡, 마스크, 밧줄, 헤드 랜턴, 김장용 비닐 봉투, 덕트 테이프, 커터 칼, 니퍼. 커터 칼 외에는 가진 게 없어 전부 새로 장만해야 했다. 슈트는 백화점에서 조르조 아르마니를 구입했다. 영화 〈다크 나이트〉에서 배트맨이 입었다는 차콜 그레이 핀 스트라이프로.

"잘 어울리시네요."

어깨선을 잡아 주는 여점원의 손길이 은근했다. 거울 속에는 세련된 30대 전문직 남성이 서 있었다. 키 작고 겁 많은 찹쌀모찌가 아니라.

먼지가 뽀얗게 앉은 프라이드를 몰고 온종일 승범이의 택시를 쫓아다녔다. 운전을 자주 하지 않는 내가 택시를 미행하는 건 쉬운 일이 아니었다. 몇 번이나 접촉 사고가 날 뻔했고 실 건너는 사람을 보

지 못해 번번이 급브레이크를 밟아야 했다. 슈트와 함께 산 아르마니 와이셔츠가 땀으로 푹 젖었다. 승범이 녀석, 여전히 성격이 급했다.

날이 저문 후 적당한 기회를 잡아 차를 세워 놓고 재빨리 택시 뒷 좌석에 올라탔다. 대시보드에 택시 운전 자격증이 붙어 있었다. 양 승범. 불만이 가득한 표정의 사진과 눈이 마주치자 나도 모르게 고 개를 돌렸다.

"일산 가구 단지 갑시다."

몇 군데 답사를 거쳐 낙점한 장소였다. 주변이 휑하고 뒤쪽에 야 산이 있어 작업에 안성맞춤이었다.

"죄송한데, 오늘 일찍 들어가야 해서 일산까지 갔다 오기가 그러 네요."

예상치 못한 상황이었다. 언제나 변수가 문제라니까.

"어…… 금방 갈 텐데. 제가 지금 급해서요. 따블 드릴게 갑시다."

나는 거의 애원조로 말했다. 다행히 '따블'에 승범이는 망설임 없 이 차를 출발시켰다.

"기사님, 오늘 무슨 날인가 봐요."

"날은 아니고, 와이프가 임신 중인데 몸이 안 좋다고 자꾸 징징거 려서. 나 참, 스파게티를 먹으면 나을 것 같대요."

승범이는 헷, 헷, 헷, 웃었다. 열일곱 살 때와 똑같은 웃음이었다. 키도 거의 그대로인데 단단하던 몸뚱이만 오븐에 돌린 것처럼 푸석 하게 부풀어 있었다.

택시는 지그재그로 차선을 바꾸며 외곽 순환 도로를 시원스럽게 달렸다. 머리를 양쪽으로 묶은 여자애가 룸미러에 매달려 도리질하 듯 흔들렸다. 라디오에서 장윤정의 노래가 흘러나오자 승범이가 흥얼거리며 따라 불렀다. 뒷머리에 새치가 삐죽삐죽 튀어나와 있었다. 솔직히, 마음이 조금 흔들렸다. 앞니도 없이 병싯 웃고 있는 딸내미나 스파게티가 먹고 싶다는 배불뚝이 부인 때문은 아니었다. 천하의 양승범이 이젠 종일 택시를 몰아 세 식구 먹여 살리기 바쁜 통통한 아저씨라는 사실을 눈으로 확인하자, 왠지 김이 샜다고 할까. 리스크에 비해 기대되는 수익이 형편없이 쪼그라든 듯한 기분이었다. 그렇지만 아직 손절할 시점은 아니었다.

택시가 고양 인터체인지를 빠져나올 즈음 고개를 디밀어 택시 운전 자격증을 유심히 들여다보는 척했다.

"기사님, 혹시 한수고 나왔어요?"

승범이가 룸미러로 나를 흘끔거렸다. 다분히 경계하는 눈초리였다. 하긴 지금의 모습을 고교 동창에게 보이고 싶지 않겠지.

"그런데요."

"맞구나. 나 재영이야, 김재영. 1학년 3반, 제일 앞줄에 앉던."

"아아……"

감탄사의 꼬리가 힘없이 늘어졌다. 택시 안의 공기는 이내 텁텁하게 가라앉았다. 우리는 어색한 분위기에서 급조된 밝은 목소리로 대화를 주고받았다. 승범이는 화제를 가급적 현재에 국한시키기 위해 애썼고 나는 고등학교 때의 추억을 끈질기게 물고 늘어졌다. 곤혹스런 웃음으로 받아넘기는 승범이의 모습이 재미있었다.

"김재영, 가다마이 쫙 빼입으니까 폼 나는데. 무슨 일 하고 있어?"

"증권 회사 다녀."

절반 정도는 사실이었다. 난 주식 시장에 넘쳐나는 기대와 불안을 야금야금 살라 먹는 전업 부자였다. 꽤 재능 있는. 데이 트레이

딩만으로 대기업 과장 월급에 해당하는 수익을 꾸준히 올렸다. 보람이나 성취감과는 거리가 멀었지만 '사회 공포증' 진단을 받은 내게는 안성맞춤의 일이었다. 골방에서 한 손에 마우스를 잡고 클릭, 클릭, 클릭. 선명한 빨강과 파랑만이 존재하는 세계. 이 세계에서 빨강은 장미도 피도 정열도 사랑도 아닌 오직 수익이었다. 파랑이 바다도 하늘도 희망도 우울도 아닌 오직 손실인 것처럼.

"애는?"

"아직 결혼 안 했어. 근데 넌 체육 선생님 하겠다고 그러지 않았나?"

"허, 기억력 좋네. 그게 하고 싶다고 하는 거냐. 근데 증권맨이 이 시간에 가구 단지엔 왜 가는 거야? 전부 문 닫았을 텐데."

"거기서 가구점 운영하는 친구를 만나기로 했어. 너 재수한다는 얘기까진 들었는데, 체교과 못 간 거야?"

"자식, 정말 기억력 좋네."

"체육 선생님 됐으면 잘했을 텐데. 애들 조지는 건 전문이었잖아, 하하."

승범이가 거칠게 콧김을 내뿜었다. 택시가 속도를 줄이지 않고 커브를 도는 바람에 몸이 왼쪽으로 휙 쏠렸다.

"개인 택시는 벌이가 괜찮나?"

"……"

"요즘 애 둘 키우려면 장난이 아닐 텐데."

택시가 급정거를 했다. 타이어 밀리는 소리가 이빨 가는 소리처럼 들렸다.

"내려."

승범이는 뒤도 돌아보지 않고 말했다. 주변은 어두컴컴한 벌판이었다.

"아직 다 안 왔는데."

"걸어가."

"아, 왜 그래. 쪼끔만 더 가면 되네. 따블 준다니까."

승범이가 운전석에서 천천히 몸을 돌렸다. 가로로 째진 눈이 써늘하게 빛났다.

"내리라고, 이 찹쌀모찌 새끼야."

심장이 벌렁거렸다. 얼굴이 뜨겁게 상기되었다. 반대로 몸은 차갑게 얼어붙어 살짝만 움직여도 우두둑, 부서져 내릴 것 같았다. 오래전 학창 시절처럼. '찹쌀모찌'는 여자처럼 살결이 희고 말랑말랑한 내게 준석이가 붙여 준 별명이었다.

"왜, 옛날이 그리워? 네 캐릭터가 가물가물한가 본데, 나가서 한따까리 할까?"

얻어맞고, 돈 뺏기고, 그런 건 참을 만했다. 나만 당하는 것도 아니었으니까. 나만 당하는 일은 따로 있었다. 제일 뒤에 앉은 승범이는 이따금 쉬는 시간이나 점심시간에 제일 앞자리의 나를 불렀다. 늘어선 책상 사이를 지나는 동안 흘끔거리며 외면하는 아이들의 시선이 느껴졌다. 난 억지웃음을 지었다. 이깟 일 아무것도 아니라는 듯이. 승범이는 날 어린애처럼 무릎에 앉히고 바지 지퍼를 내렸다. 잡아, 찹쌀모찌.

"내가 택시 운전하니까 우습게 보이지? 이젠 막 친구 같고 그렇지? 깝치지 마, 새끼야. 나 양승범이야, 양승범."

그래, 맞나. 넌 양승범이지. 흔들리던 마음을 다잡고 계획을 실행에 옮기기로 했다. 무차별적인 거악에 나의 정당한 작은 악을 슬쩍 끼워 넣는 계획을. 기대 수익은 역시 리스크를 감수할 만큼 매력적이었다. 시간이 흘렀지만 변한 건 없었다. 승범이가 막 그걸 깨우쳐 줬다. 고맙다, 친구야. 나는 가방 속을 더듬어 전기 충격기를 찾았다.

7

손에 낀 라텍스 장갑을 팽팽하게 잡아당기는데 승범이가 정신을 차렸다. 자신이 야산의 나무둥치에 밧줄로 묶여 있다는 사실을 깨닫는 데 다소 시간이 걸렸다. 녀석은 눈을 끔벅이며 나를 올려다보았다.

"야, 야, 너 지금 뭐 하는 거냐?"

가방에서 김장용 비닐봉투와 덕트 테이프를 꺼냈다.

"야, 장난 그만하고 이거 풀어 줘."

나는 입을 가리고 있는 마스크를 내렸다.

"장난으로 보여?"

"재영아, 왜 이래? 옛날 철없을 때 일을 가지고."

"그러게, 옛날 일인데. 근데, 그 옛날 일에 나만 아직도 얽매여 있다고 생각하니까…… 억울하더라고."

"아이, 뭐래. 재영아, 김재영 씨. 내가 잘못했다. 정말 잘못했어. 무릎 꿇고 싹싹 빌 테니까, 얼른 이거 풀어 줘. 응?"

녀석은 비굴한 웃음을 흘리며 애원했다. 그 한 꺼풀 웃음 뒤에서 벌벌 떨고 있는 야비한 짐승이 보였다. 언제든 달려들어 물어뜯을 기회만 엿보고 있는. 나는 마스크를 다시 올리고 다가갔다.

"야! 이거 빨리 안 풀어! 살려 주세요! 사람 살려!"

승범이가 몸을 뒤틀며 목이 터져라 소리쳤다. 당황한 나는 재빨리 녀석의 머리에 비닐 봉투를 뒤집어씌웠다. 덕트 테이프로 목을 싸매는데 손이 바들바들 떨렸다. 비닐에 김이 서리며 승범이의 일그러진 얼굴이 흐릿하게 지워졌다. 비닐 봉투가 커다란 허파처럼 숨을 쉬었다. 들썩이는 움직임이 점차 빨라졌다. 피가 튀거나 힘을 써야 하는 방법은 증거를 남길 위험성이 커서 가장 정갈한 방법을 골랐건만, 이것도 지켜보고 있기가 힘들었다.

나는 자리를 피해 수풀 사이를 이리저리 걸었다. 풀벌레 소리가 발걸음을 따라왔다. 하늘에는 반으로 접은 듯 선명한 반달이 걸려 있었다. 나무들이 내뿜는 피톤치드 덕분인지 차차 흥분이 가라앉았다.

15분쯤 지나 돌아와 보니 비닐 봉투는 더 이상 숨을 쉬지 않았다. 구두코로 축 늘어진 승범이의 다리를 툭툭 찼다. 아무런 반응이 없었다. 나는 승범이를 마주 보고 쪼그려 앉아 잠시 숨을 골랐다. 찹쌀모찌의 복수는 끝났고, 이제 단지 살인마가 될 차례였다.

헤드 랜턴을 쓰고 니퍼로 오른손 손가락을 하나씩 잘랐다. 사진에서 본 너덜너덜한 절단면을 이제야 이해할 수 있었다. 사람의 뼈마디를 자른다는 게 생각보다 까다로운 일이었다. 한 번에 안 잘리다 보니 상당히 혐오스러운 광경이 랜턴 불빛 속에 펼쳐졌다. 그럴수록 손아귀에 힘이 빠져 작업은 더 너저분해졌고, 좀 더 강력한 도구를 준비했어야 하는 건데……

간신히 오른손의 손가락 다섯 개를 다 자르고 나자 미처 생각지 못한 문제에 봉착했다. 나머지 하나는 왼손 엄지손가락을 잘라야 하나, 새끼손가락을 잘라야 하나! 오른쪽에서 왼쪽으로 절단의 방향성을 고려한다면 엄지손가락이 답이었다. 하지만 양손의 대칭성을 생각한다면 왼손도 새끼손가락부터 잘라야 했다. 단지 살인마는 다음 범행 때 어떤 손가락을 자를 작정이었을까?

우스운 일이었다. 여섯 번째 손가락을 결정하는 문제로 살인을 결심할 때보다 더욱 심각한 고민에 빠졌다. 그 소모적인 집착을 나 자신도 이해하기 힘들었다. 어차피 정답도 없는 마당에. 그동안 검토한 자료를 바탕으로 단지 살인마의 심리를 분석하며 니퍼를 이리저리 옮기고, 그대로 따르고 싶은 건지 아니면 반대로 가고 싶은 건지 내 심리를 분석하며 또 이리저리 옮기고…… 결국 새끼손가락으로 결정했다. 그냥, 자르기가 더 수월하기 때문이었다.

집에 돌아와 꼼꼼히 샤워를 하고 잠자리에 들었다. 잠수용 납 벨트를 서너 개 두른 것처럼 몸이 침대 속으로 한없이 가라앉았다. 꿈을 꾸었다. 니퍼로 종이 인형을 오리느라 끙끙대는 꿈을. 손가락이 곱아들고 녹슨 니퍼는 끽끽거리며 제멋대로 움직였다. 종이에 인쇄된 노란 머리 여자애가 너덜너덜 문드러진 몸으로 나를 흘겨보았다.

8

다음 날 점심으로 스파게티를 먹었다. 알리오 올리오 에 감베레띠 파스타. 국수 한 그릇에 왜 이렇게 긴 이름이 필요한지 모르겠지만 맛은 괜찮았다. 테이블에 조그만 아로마 향초를 켜 놓은 것도 마음에 들었고. 이탈리안 레스토랑에서 정식으로 만든 스파게티를 맛보는 건 처음이었다. 내 또래 남자들이 처음으로 레스토랑에서 스파게티를 맛보는 건 대부분 첫사랑과 함께일 것이다.

계산을 하는데 카운터 뒷벽에 붙은 사진 패널에 눈길이 갔다. 하얀 모래사장과 푸른 바다, 푸른 하늘이 어우러진 풍경. 야자수가 있고 구름이 있고 수상 가옥 형태의 리조트가 바다 위에 둥글게 늘어서 있었다.

"저긴 어디죠?"

나비넥타이를 맨 아가씨가 신용 카드를 돌려주며 싱긋 웃었다.

"몰디브요. 너무 아름답죠?"

"예, 아름답네요. 당장 사진 속으로 뛰어들고 싶네요."

양승범의 시신은 이틀 후에 발견되었다. 남편이 귀가하지 않자 부인은 경찰에 실종 신고를 했고 GPS로 일산의 야산 어귀에 세워진 빈 택시를 찾아냈다. 때가 때이니만큼 경찰은 곧장 수색에 들어갔다. 내가 만든 범죄 현장을 묘사한 기사 수백 개가 삽시간에 인터넷에 떴다. 왼손으로 넘어간 단지 살인마에 대한 불안과 공포가 또다시 전국을 휩쓸었다.

조마조마한 마음으로 매일 새로 올라오는 뉴스를 클릭했다. 머릿속으로 그날의 일을 하나하나 복기하면서. 실수는 없었다. 지문이나 머리카락 따위 발견되지 않을 것이다. 택시 내부도 깨끗이 닦았다. 니퍼와 차량 블랙박스는 한강에 던졌고 손가락 여섯 개는 길거리 쓰레기통에 나눠서 버렸다. 달라진 건 없었다. 미치광이 살인마의 무고한 희생자가 하나 더 늘었을 뿐.

불안감이 웬만큼 가시자 갑자기 의식의 공백이 찾아왔다. 심각한 긴 아니고 '인생 뭐 있나' 성노의 한숨 섞인 공백. 비눗방울 하나가 터지지도 않고 머릿속을 둥둥 떠다니는 것 같았다. 만사가 귀찮고 무의미하게 여겨졌다. 당연한 후유증이라는 생각이 들었다. 인간이 저지를 수 있는 최고 수준의 악행을 경험했으니까.

당분간 주식은 잊기로 했다. 차트는 눈에 들어오지 않고 마우스를 잡은 손은 뻣뻣하게 굳어 매매할 때마다 손해만 보았다. 우울한 파랑의 세계였다. 대신 몰디브로 여행을 떠났다. 역시 처음 가 보는 해외여행이었다. 레스토랑의 사진에서 보았던 바다 위 리조트에 숙소를 정하고 종일 선베드에 누워 빈둥거렸다. 헤르만 헤세의 《데미안》을 챙겨 갔으나 한 번도 펼쳐 보지 않았다. 인도양의 사파이어 빛 바다와 하늘만으로 의식의 공백을 메웠다. 가장 넓은 공간과 가장 깊은 심연으로 이루어진 파랑의 세계. 그래, 인생 뭐 있나.

돌아와 보니 단지 살인마의 희생자 숫자가 일곱으로 늘어나 있었다. 만삭의 임산부였고 사인은 인슐린 과다 투여로 인한 저혈당 쇼크. 왼손 새끼손가락과 약속가락이 잘린 채였다.

만일 내가 그날 승범이의 엄지손가락을 잘랐다면…… 가장 먼저 든 생각은 그런 것이었다. 그랬다면 놈은 임산부의 약지가 아닌 검지를 잘랐을까? 예상 못한 바는 아니었다. 연쇄 살인범도 뉴스를 본다는 가정하에, 그 혹은 그녀가 보일 반응은 둘 중 하나였다. 꿋꿋이 여섯 번째 범행을 다시 저질러 자기 길을 가거나, 너그러이 모방범을 받아들이고 일곱 번째로 넘어가거나.

미리 예측한 시나리오 중 하나였건만, 그럼에도 혼란스러웠다. 계획대로 나의 개인적 복수가 사이코패스의 연쇄 살인 속에 너무나 자연스럽게 스며들었다는 점이. 그 혹은 그녀가 너무나 쉽게 나를 인정하고 받아들였다는 점이. 어쩌면 다른 가능성도 생각해 볼 수 있을 것이다. 어쩌면……

9

"전…… 정관 수술을 했거든요. 지금은 형편이…… 아니, 솔직히 애를 갖고 싶지 않아서. 아내한텐 비밀로 했어요. 그 사람은 아이를 아주 좋아하죠. 제가 수술한 걸 알면 난리를 쳤을 거예요. 그런데 어느 날…… 아내가 임신을 했다는 겁니다. 활짝 웃으면서. 당장 비뇨기과에 가서 검사를 받았죠. 잘 묶여 있다고 하더군요. 하아."

남자는 코를 만지고 안경을 밀어 올리고 긴 앞머리를 쓸어 넘겼다. 둥글둥글한 복코가 뿔테 안경에 붙은 플라스틱 모형처럼 보였다. 첫인상을 말하자면, 사람을 죽일 위인으로는 보이지 않았다. 남자도 왜소한 체구에 곱상하게 생긴 나를 보며 같은 생각을 했을지 모르겠다.

"어떻게 하면 좋을지 모르겠더군요. 날 배신하다니, 날! 내가 얼마나 사랑했는데. 속에선 미친 듯이 열불이 끓어오르는데, 그걸, 밖으로 꺼낼 수가 없는 거예요. 점점 불러 오는 아내의 배가 내 숨통을 틀어막았어요. 그 속에서 꿈틀거리는 작은 괴물이…… 아, 내가 미쳤나 봐요."

남자는 두 손으로 머리를 감싸 쥐었다. 여의도공원에는 벚꽃이 한창이었다. 산뜻하게 차려입은 10대 커플이 우리 앞을 지나갔다. 벤치에 나란히 앉은 살인자 커플 앞을.

남자는 일산 가구 단지에서 야간 경비원으로 일한다고 했다. 그날 그가 바람결에 들었다는 소리는 아마 승범이의 마지막 비명이었을 것이다. 평소 '남의 일에 함부로 나서지 말자'라는 신조를 지녔던 그는 갑자기 귀신에 홀렸는지(남자의 표현이었다) 야산으로 올라가 범행 현장을 목격했다. 굳이 내 집까지 뒤를 밟은 건 확실하게 신고하기 위해서라고 했다. 당시 단지 살인마 신고 포상금이 2천만 원이었다. 지금은 더 올랐을 테고.

남자의 고백에 따르면, 휴대전화를 꺼내 112를 누르는 손가락을 붙잡은 건 속삭임이었다. 귓바퀴를 간질이는 알아듣기 힘든 속삭임. 그 유명한 단지 살인마의 범행을 우연히 눈앞에서 목격한 게, 정말 우연일까? 그런 의구심이 남자를 충동질했다. 결국 그는 2천만 원을 포기하는 대신 그보다 훨씬 더 비싼 근심거리를 처리하기로 결심했다.

"아, 그때 그냥 포상금이나 챙겼더라면……"

내가 돌아보자 남자는 어깨를 옹송그리며 시선을 피했다.

예상대로 그는 부인을 살해했음에도 비교적 수월하게 수사 선상에서 벗어났다. 경찰들 눈에 그는 사이코패스에게 사랑하는 부인과 아이를 동시에 잃은 비극의 주인공이었다. 알리바이가 대충 확인되자 복중 태아의 유전자 검사도 하지 않은 모양이었다. 단지 살인마의 후광 덕분이었다.

"매일 악몽에 시달려요. 배를 가른 아내가…… 핏덩이를 안고 찾아와요. 집에 혼자 있으면 경찰이 문을 박차고 들어올까 봐 늘 가슴이 조마조마해요. 사이렌이 울려 화들짝 창밖을 내다보면 아무것도 없고."

이런 자가 어떻게 살인을…… 놀라웠다. 자신의 심약한 성정을 누구보다 본인이 잘 알았을 게 아닌가. 더욱 놀라운 건, 십계명의 일곱 번째가 '간음하지 말라'라는 사실이었다.

"얼마 전에 여덟 번째, 좀도둑이 살해당했잖아요. 손가락 여덟 개가 잘려 있다는 뉴스를 보다가…… 화장실로 달려가 구역질을 했어요. 머릿속이 뒤죽박죽 이상한 거예요. 마치 내가 그 연쇄 살인범인 것 같은……"

여덟 번째는 '도둑질하지 말라'. 신의 뜻은 거창한 사원이나 요란한 의식이 아니라, 이런 터무니없는 우연을 통해 이 땅에 내려오는 건가.

"전 당연히 선생님이……"

"선생님이라고 부르지 말라니까요. 내가 왜 댁의 선생님입니까?"

"예, 죄송합니다. 아무튼 그쪽이 단지 살인마라고 생각했는데, 문득 그런 생각이 드는 거예요. 혹시 선생님, 아니 그쪽도…… 나와 같은 처지가 아닐까. 어쩌다 잘못 끼어든…… 역시 제 예상이 맞았네요."

남자는 울먹이는 얼굴로 나를 바라보았다.

"그래서요? 그래서 어쩌자고 절 찾아온 겁니까?"

"그냥 답답해서…… 이런 속내를 누구한테 털어놓을 수 있겠어요."

남자의 찌그러진 울상에 공감을 바라는 미소가 번졌다.

"이제 우리…… 어쩌죠?"

우리? 맙소사. 나는 머리를 감싸 쥐었다. 벚꽃 한 송이가 눈앞의 허공을 가르며 살랑살랑 떨어져 내렸다.

두 건의 범인은 확실했다. 나머지 여섯 건의 살인에는 몇 명의 범인이 있을까?

"또 악몽을 꿨어요. 아기가, 그 핏덩이가 거머리처럼 들러붙어서, 나를 뜯어 먹었어요. 아귀처럼."

새벽 3시였다. 요즘은 하루가 멀다 하고 남자로부터 전화가 걸려왔다. 갈수록 상태가 안 좋아졌다. 남자는 악몽 때문에 잠을 설쳤고 나는 남자 때문에 잠을 설쳤다. 남자가 나의 악몽이었다.

"수면제 먹고 잠을 좀 청해 봐요."

"수면제 안 들은 지 한참 됐다니까요. 낮엔 경찰이 찾아왔어요. 이것저것 꼬치꼬치 묻더라고요. 어떡하죠? 어떡하죠?"

"진정해요. 다 허깨비란 거 알잖아요. 경찰은 지금 단지 살인마 쫓기에 바쁘다고요."

"아니, 아니, 절 조사했던 형사가 정말로 왔었다니까. 수사 중에 아내의 내연남이 밝혀졌다고 하더라고요. 나보고 알고 있었냐고."

침대에서 벌떡 몸을 일으켰다.

"이봐요, 그게 무슨 소리예요? 차분히 말해 봐요. 경찰이 당신 정관 수술 한 건 알고 있어요? 다른 남자 애였다는 걸?"

내가 버럭 소리를 지르자 남자는 주눅이 들어 웅얼거렸다.

"아뇨, 아직 그런 건 아니고…… 근데 분명히 의심하는 눈초리였어요. 아, 어떡하죠? 아내는 이미 화장했으니까 괜찮은데, 의료 기록조사하면 수술받은 거 나오지 않나요? 조금만 파고들면 가짜 알리

바이도 탄로 날 텐데."

휴대전화를 귀에 붙이고 냉장고로 갔다. 생수를 병째 몇 모금 들이켰다. 미치겠네. 어쩌다 이런 혹이 붙어 가지고……

"틀림없이 다시 올 거예요."

남자는 울부짖기 시작했다.

"아아, 도저히 안 되겠어요. 못 견디겠어요. 심장이 터져 버릴 것 같아. 차라리 자수하는 게 낫겠어요."

"안 돼요!"

내 심장이 먼저 터져 버릴 판이었다.

"어차피 다 알아낼 텐데…… 못 견디겠어요. 걱정 마세요. 그쪽 얘기는 하지 않고, 내 죄만 자백할게요."

그 말이 지켜질 가능성은 제로였다. 형사 앞에서 진술을 시작하는 순간 횡설수설 내 범행을 목격한 얘기부터 나올 게 뻔했다.

"이봐요, 진정해요. 생각을 해 봅시다, 생각을. 일단…… 그래요, 여기를 벗어나야 돼요. 일본으로, 아니 몰디브에 가 있어요. 내가 경비하고 다 준비해 줄 테니까. 몰디브 안 가 봤죠? 백사장하고 푸른 바다하고, 정말 지상 낙원이에요. 당신은 휴식이 필요해요."

"그러면 뭐해요. 어차피 시간문젠데. 애까지 죽였으니 난 사형을 당할지도 몰라요. 자수하면 정상이 참작되지 않을까요?"

"쓸데없는 생각 말고, 일단 여길 벗어나서 마음을 좀 추슬러요. 그동안 내가 여기 일을 처리해 놓을 테니까."

"처리를…… 어떻게요?"

"생각해 놓은 방법이 있어요. 아니, 이럴 게 아니라 우리 만나서 얘기합시다. 지금 가구 단지에 있죠?"

"예."

"내가 그리로 갈게요."

창밖에는 비가 주룩주룩 내리고 있었다. 다시 준비물을 챙겼다. 전기 충격기, 라텍스 장갑, 밧줄, 헤드 랜턴, 덕트 테이프…… 니퍼 대신 쓸 수 있는 도구는 조그만 과도밖에 없었다. 지난번보다 훨씬 난잡한 작업이 될 것 같았다. 아홉 개나 잘라야 하는데.

11

차 앞 유리로 빗방울이 달려들었다. 와이퍼가 쓸고 또 쓸어 내도 빗방울은 모지락스럽게 달려들었다. 침침한 헤드라이트 불빛은 코앞만 간신히 비출 뿐이었다. 찔끔찔끔 나타나는 도로를 조심스럽게 미끄러져 나아갔다. 창에 부딪치는 빗소리가 먼 곳에서 타전한 모스 부호처럼 들렸다. 의미를 해독할 수 없는 모스 부호.

승범이 무릎에 앉아 그 짓을 해 줄 때도 그랬지만, 이런 일이 두번째라고 딱히 수월해지는 건 아니다. 조금 무뎌질 뿐. 아주 조금. 게다가 이번 범행은 성격이 전혀 달랐다. 승범이의 경우 내가 직접 기획한 프로젝트였다면 이건 붙잡혀 마지못해 하는 야근이었다. 당연히, 내키지 않았다. 그래도 어쩔 수 없었다. 누군가는 야근을 해야 회사가 돌아가니까.

가구 단지로 들어가는 아치형 문이 보였다. 기둥 옆에 남자가 우비를 걸치고 서 있었다. 나는 마음을 모질게 먹었다. 두 번까진 괜찮다. 세 번째부터 연쇄 살인범이다. 차를 세우자 남자가 뒷문을 열고 올라탔다.

"비도 오는데, 미안합니다."

"괜찮아요."

가방에 손을 넣어 전기 충격기를 쥐었다. 문득 아이러니하다는 생각이 들었다. 남자가 단지 살인마의 아홉 번째 희생자가 되는 이유는 진실을 발설하려 했기 때문이다. 십계명의 아홉 번째는 '거짓 증언을 하지 말라'인데.

12

바람이 분다. 나는 흔들린다. 삐거덕삐거덕, 텅 빈 공간에 소리가 울린다.

여기가 어디쯤인지 모르겠다. 나는 철거하다 만 폐건물 2층에 매달려 있다. 목에 밧줄을 건 채로.

역시 사람을 겉모습으로 판단하면 안 돼. 뒷좌석에서 날아온 올가미에 목이 졸리면서 그런 생각을 했다. 남자는 보기보다 영리했다.

아니, 내가 멍청했다. 그가 나와 똑같은 마음을 품을 수 있다는 걸 왜 미처 생각 못 했을까? 이미 전력이 있는데.

오히려 그는 나보다 한 발 더 나아갔다. 아홉 번째 희생자를 만드는 대신 범인을 만들기로 한 것이다. 그게 더 근본적인 해결책이니까. 손가락을 자르느라 고생할 필요도 없고. 똑똑한 친구였다.

남자는 숨통이 끊어진 나를 차 트렁크에 구겨 넣고 곧장 이리로 왔다. 미리 답사를 해 놓은 게 틀림없었다. 무슨 기현상인지 모르겠지만, 죽은 후에도 모든 게 또렷이 보였다. 남자가 나를 둘러메고 계단을 오르는 게, 낑낑거리며 나를 천장에 매다는 게, 밧줄을 당기며 어금니를 악무는 모습까지. 승범이도 부옇게 김이 서린 비닐 뒤에서 나를 보고 있었을까?

남자가 품에서 검은 비닐봉지를 꺼냈다. 비닐봉지에는 푸르뎅뎅하게 변한 손가락 일곱 개가 들어 있었다. 저런 미친놈, 자기가 자른 아내의 손가락을 보관하고 있었다니. 그는 손가락을 내 재킷 주머니에 쑤셔 넣고 자리를 떴다.

경찰은 나를 임산부 살해범으로 지목할 것이다. 승범이와의 관계도 곧 밝혀낼 테고. 나머지 범행들도 어떻게든 나의 소행으로 몰아가려 하겠지. 그래야 이 지긋지긋한 단지 살인마에서 벗어날 수 있을 테니까.

그나저나 이 멍청이가 장소를 잘못 골랐다. 늦어도 이삼 일 안에 사람들 눈에 띌 장소에 제단을 꾸몄어야지. 날도 더워지는데 이게 무슨 꼴인가.

벌써 몇 번이나 해가 뜨고 졌는지 모르겠다. 아무도 오지 않는다. 그래서 나는 여기 매달려 꺼멓게 썩어 가고 있다. 무너진 벽으로 건조한 봄바람이 불어 들어와 그나마 다행이다. 너무 흉한 몰골로 발견되고 싶지는 않다.

누군가 폐건물 앞에 세워진 내 프라이드를 이상하게 여기면 좋으련만. 아니면 그 멍청이가 마음이 달아 익명의 제보라도 하겠지. 아무튼 기사만 뜨면 '단지 살인마'는 한동안 검색어 1위를 놓치지 않을 것이다. 각종 의혹 제기와 함께 뒷공론이 벌어질 테고, 내 과거가 샅샅이 파헤쳐질 테고, 팬 카페가 몇 개 더 생길지도 모르겠다. 나는 무수히 복제되며 가볍게 휘발될 것이다. 혹은 무겁게 압사되거나.

거짓 증언을 하지 말라. 그래, 이제야 아귀가 들어맞는다. 범인이 모두 몇 명인지 모르겠지만, 나는 단지 살인마가 됨으로써 거짓 증언을 하는 셈이다. 나는 그들을 대표하여 속죄하는 제물이다. 나는 어린양이다. 강제로 속죄하는 어린양이다.

바람이 분다. 나는 흔들린다. 삐거덕삐거덕, 텅 빈 공간에 소리가 울린다.

모서리

윤
성
희

1973년 경기도 수원에서 태어났다.
1999년 《동아일보》 신춘문예에 단편
소설 〈레고로 만든 집〉이 당선됐다.
소설집으로 《레고로 만든 집》《거기,
당신?》《감기》《웃는 동안》이 있고,
장편 소설로 《구경꾼들》이 있다. 이
효석문학상(제14회), 현대문학상, 이수
문학상, 올해의예술상, 황순원문학상
을 수상했다.

1

큰외삼촌의 팔순 잔치에 갔다가 친척들에게 얼굴이 좋아졌다는 말을 수없이 들었다. 그때마다 나는 대답했다. 작년에 담배를 끊었다고. 새해 결심이었는데 그걸 지금까지 지켰다고. 아무도 엄마의 안부를 묻지 않았다. 만약 외삼촌들이 엄마는 잘 지내느냐고 물었다면 이렇게 대답했을 것이다. 네, 열 살은 더 어려지셨어요. 팔자 주름도 없어졌다니까요. 이대로라면 새아버지보다 더 젊어질 것 같아요. 엄마는 독감에 걸렸다는 말을 전해 달라고 부탁했지만 나는 하지 않았다. 외삼촌들은 당신들이 한때 애지중지했던 막냇동생이 어떻게 지내는지 내게 차마 묻지 못했다. 밥상을 뒤엎은 건 외삼촌들이었으니까. 해물탕 국물이 사방으로 튀었고, 새아버지는 종일 벽지를 닦았다. 새아버지는 인터넷에 "벽지에 묻은 김치 국물 제거하는 법 좀 알려 주세요" 하고 질문을 남기기도 했다. 이런 답이 있더라.

도배를 새로 하세요. 그보다 더 웃긴 답은 이거야. 액자로 얼룩을 가리세요. 웃기지? 정말로 액자로 거길 다 가릴까 생각해 봤어. 그것도 근사할 것 같아서. 새아버지는 웃었고 엄마는 웃지 않았다. 나는 웃었다. 웃기지 않은 이야기였는데도 웃음이 났다. 벽지에 묻은 얼룩은 말끔히 지워졌다. 그래도 나는 액자를 열 개나 사서 선물했다. 액자에 끼울 사진이 없다며 엄마와 새아버지는 여행을 다니기 시작했고, 여행지에서 찍은 사진이 늘어나자 모양이 예쁜 액자들을 사모으기 시작했고 ...... 그래서 결국 거실은 액자로 둘러싸이고 말았다. 당신들이 밥상을 뒤엎은 바람에 막냇동생 부부가 한 달이면 열흘 이상은 여행을 다니게 되었다는 것을 외삼촌들은 모르리라. 나를 보자 달리 할 말이 없었던 외삼촌들은 그저 내게 얼굴이 좋아 보인다는 말만 했다. 그러자 옆에 앉아 있던 외숙모들도 따라서 물었다. 좋은 일 있니? 얼굴이 좋아 보인다. 점점 외삼촌들과 판박이가 되어가는 사촌 형과 누나 들도. 형수와 매형 들도. 잘 지내지? 얼굴이 좋아 보이네. 그러면 나도 같은 말로 대답했다. 네, 잘 지내요. 작년에 담배를 끊었거든요. 화장실 거울 앞에 서서 오랫동안 얼굴을 들여다보았다. 하나도 좋아 보이지 않았다.

  같은 테이블에 앉은 사촌 형이 접시 가득 갈비를 담아 왔다. 상현이 형은 셋째 외삼촌의 막내아들이었는데, 7천만 원이 넘는 연봉을 받던 회사를 때려치우고 지방으로 내려가 숭어 양식을 한다고 했다. 나는 숭어가 어떻게 생긴 생선인지 궁금했지만 묻지 않았다. 형은 갈비를 안주 삼아 소주 한 병을 마셨다. 접시에 뼈만 남았다. 나는 연어 샐러드를 먹었다. 얼굴이 좋아 보인다는 말을 자꾸 듣다 보니 고기에 손이 가지 않았다. 내게 처음으로 술을 먹인 사람이 누구인지 알아? 나는 형에게 말했다. 형은 누구냐고 물었다. 나는 형을 가리켰다. 나? 기억이 안 나는데. 형은 그렇게 말하고는 자리에서 일어났다. 열 살인가 열한 살때였을 것이다. 어떤 자리였는지는 기억이 나지 않지만 형이 내게 맥주를 먹인 것만은 생생하게 기억났다. 맥주를 한 모금 마실 때마다 형이 내 입에 땅콩을 넣어 주었다. 상현이형이 잠시 후 육회를 가지고 왔다. 우리는 육회를 안주 삼아 소주한 병을 나눠 마셨다. 한번 놀러 와. 연어보단 숭어가 더 맛있지. 원없이 먹게 해 주마. 상현이 형이 명함을 주었다. 나는 명함을 휴대폰케이스에 넣었다.

초등학교 교장 선생님인 넷째 외삼촌이 일어나 노래를 불렀다. 〈메기의 추억〉이란 노래였다. 노래가 끝나기도 전에 큰외삼촌이 눈물을 흘렸다. 내가 얼른 죽어야 우리 아들을 만날 텐데. 30년도 넘은 주사였기 때문에 친척들은 아무도 삼촌을 말리지 않았다. 스물일곱 살에 친구들과 바닷가에 놀러 갔다가 물에 빠져 죽었다는 사촌 형의 사진을 나는 한 장 가지고 있다. 중학교 2학년 때 엄마가 교통사고를 당해 병원에 입원한 적이 있었다. 다리와 골반이 부러졌다. 병원이 큰외삼촌댁과 가까웠고, 마침 사촌 형 부부가 분가를 해서 빈방도 있었기 때문에 나는 엄마가 퇴원할 때까지 그 집에 잠시 살았다. 학교에 가기 싫은 날이면 죽은 사촌 형의 방에 숨어서 하루 종일 잠을 잤다. 그러다 잠에서 깨면 책상 서랍을 뒤져 보았다. 사진은 그때 훔친 깃이었다. 사촌 형은 바위에 서서 팔짱을 끼고 있었다. 머리가 짧았다. 군인처럼. 바위 아래에서 위를 바라보며 찍은 사진이라 다리가 길어보였다. 사진에는 사진을 찍은 사람의 손가락이 같이 찍혔다. 나는 사촌 형의 얼굴보다 그 손가락을 더 자주 들여다보았다. 갸름한 손가락. 틀림없이 여자이리라. 그 여자는 사촌 형이 죽었을 때 울었을까? 장례식장에는 왔을까? 모두 내가 태어나기 전의 일이었다.

집에 돌아오기 전에 큰외삼촌에게 봉투를 드렸다. 니가 돈이 어디 있다고. 외삼촌이 손사래를 쳤다. 엄마가 전해 드리래요. 나는 봉투를 반으로 접어 큰외삼촌의 양복 주머니에 찔러 넣었다. 형이 일찍 죽는 바람에 집안의 장남이 되어 버린 수현이 형과 악수를 했다. 안녕히 계세요, 형님. 왜 막내 삼촌이라고 안 부르고? 수현이 형이 농담을 했다. 내가 태어났을 때 이미 청년이었던 사촌 형을 나는 어째서인지 엄마의 남동생으로 착각했었다. 내가 막내 삼촌? 하고 부르면 형은 늘 왜? 하고 대답했다. 그때마다 친척들이 깔깔거리며 웃었는데 그때는 왜 그렇게 사람들이 웃는지 이해하지 못했다. 나를 골리는 재미에 빠진 친척들은 아무도 내게 사실을 이야기해 주지 않았다. 외할아버지의 장례식장에서야 그가 막내 삼촌이 아니라 사촌 형이라는 것을, 그것도 서열이 가장 높은 사촌이라는 것을 알았다. 넌 그걸 못 알아차리냐. 이름에 돌림자를 쓰는데도. 다른 사촌들이 날 바보라고 놀렸다. 나는 울었다. 울어도 되는 날이었으니까. 담배 끊은 거 잘했다. 잘 가라. 열세 명이나 되는 사촌 형과 사촌 누나 들이 저마다 내 어깨를 툭툭 치면서 말했다. 형수님과 매형 들도. 금연을 한 게 내 인생에서 가장 잘한 일이라는 생각이 들자 내 자신이 좀 한심하게 느껴졌다. 태어나서 한 번도 칭찬을 받아 본 적이 없는 아이가 된 기분이었다. 그래서 나는 집으로 가는 버스가 와도 타지 않고 버스 정류장에 앉아 있었다. 좀, 춥고, 싶었다. 울고 싶다. 보고 싶다. 자고 싶다. 가고 싶다. 떠나고 싶다 ...... 나는 싶다로 끝나는 말들을 떠올려 보았다. 에취. 재채기가 났다. 일곱 번째로 버스가 왔고 나는 타고 싶다, 타고 싶다, 라고 중얼거리며 버스를 탔다.

2

집에 돌아와 보니 조가 침대에 누워 잠을 자고 있었다. 보일러 온도를 어찌나 올려 놓았는지 집 안이 후끈했다. 나는 발로 조의 다리를 건드려 보았다. 오래간만이다. 조는 일어나지 않았다. 엄마가 재혼을 하고 그래서 내가 집을 나온다고 했을 때, 가장 좋아한 녀석이 바로 조였다. 부모님과 싸울 때마다 피시방에서 시간을 때워야 하는 일은 이제 끝이라며. 독립한 기념이라며 현관 자물쇠를 번호 키로 바꿔 주기도 했다. 그걸 사기 위해 아르바이트까지 했다며 우리 집에 드나들 때마다 조는 늘 생색을 냈다. 비밀번호도 자기 생일로 해 놓았으면서. 나는 보일러 온도를 내리고 창문을 열어 환기를 시켰다. 파란색 가방을 맨 아이가 도로 한가운데 쪼그리고 앉아서 무엇인가를 들여다보고 있었다. 승용차 한 대가 아이 앞에서 멈추었다. 그러고는 아이가 일어날 때까지 움직이지 않았다. 경적을 울리지도 않았다. 운전 기사는 좋은 사람일 거야. 나는 생각했다. 승용차 번호는 1732였다. 이번 주 행운의 번호로 정하리라. 나는 로또복권을 살 때 1, 7, 3, 2 네 숫자를 꼭 넣으리라 결심했다. 에춰. 기침이 났다. 감기 걸렸어? 조가 물었다. 나는 창문을 닫았다. 에춰. 다시 한 번 기침을 했다. 아니. 괜찮아. 언제 깼어? 뒤돌아 보니 여전히 침대에 누워 있었다. 아니 안 잤어. 너 오는 것도 다 들었어. 조가 눈을 감고 말했다. 자기 집처럼 이곳을 드나들던 조가 발길을 끊은 것은 작년 여름이었다. 에어컨 살 때까지 다신 이 집 안 온다. 그렇게 말했지만 실은 그 때문이 아니었다. 여자 친구가 생겼기 때문이었다. 여자 친구에게 밥을 사 주기 위해, 커피를 사 주기 위해, 주말이면 같이 영화를 보기 위해, 조에게는 돈이 필요했다. 그래서 매일 새벽 6시에 부모님 가게로 출근을 해서 전을 부쳤다. 호박전, 고추전, 녹두전, 깻잎전, 김치전, 그리고 동그랑땡. 조가 부친 전들이 박스에 담겨 전국으로 배달되었다. 일하고 연애하고 자고. 일하고 연애하고 자고. 그사이 여름이 지나고 가을이 지나고 겨울이 반이나 지나갔다. 나는 서운하지 않았다. 그 덕분에 마지막 학기 수업을 단 한 번의 결석 없이 마칠 수 있었다. 어디 갔다 왔어? 조가 물었다. 큰외삼촌의 팔순 잔치에 갔었다고 나는 말해 주었다. 뷔페였어? 맛있었겠다. 난 밥도 안 먹고 널 기다렸는데 넌 뷔페에 갔구나. 조가 여전히 눈을 감은 채 중얼거렸다. 갈비도 있었겠네. 초밥도. 새우구이도 있었어? 나는 이불로 조의 얼굴을 덮었다. 조용히 좀 해. 그러자 조가 대답했다. 라면 끓여 주면 조용히 할게.

달걀을 찾으려고 냉장고를 열어 보니 먹다 남은 어묵볶음이 있었다. 나는 끓는 물에 어묵볶음을 넣고 라면을 끓였다. 라면 먹어. 스누피가 그려진 상을 펼쳤다. 스누피가 자기 집 지붕에 누워 눈을 맞고 있는 그림이었다. 혼자 밥을 먹을 때면 상에 그려진 눈송이를 세면서 밥을 씹곤 했다. 그러면 체하지 않았다. 원래는 슈로더가 피아노치는 그림이 그려진 상을 사고 싶었는데 구할 수가 없었다. 스누피의 빨간색 집 위에 라면을 끓인 냄비를 올려놓자 조가 자리에서 일어났다. 오랫동안 머리를 자르지 않았는지 머리가 어깨까지 닿았다. 라면에 뭘 넣은 거야? 조가 어묵볶음에 들어 있던 낭근을 건져

내며 투덜댔다. 반찬 남은 게 있어서 그냥 넣었어. 너 어묵볶음 좋아
하잖아. 조는 어묵볶음도 좋아하고 라면도 좋아하지만 먹다 남은
어묵볶음을 넣고 끓인 라면은 좋아하지 않는다고 말했다. 그래도
맛있게 먹어 주었다. 조가 먹는 모습을 보니 배가 고파졌다. 나도 한
젓가락만. 나는 크게 한 젓가락 집어서 한입 가득 넣었다. 한 젓가
락 먹고 나니 또 한 젓가락이 먹고 싶어졌고 그래서 한 젓가락을 더
집어 먹었다. 조가 국물만 남은 냄비를 가리키며 말했다. 난 몇 가닥
구경도 못 했다. 나는 남은 국물에 물을 조금 더 넣고 라면 하나를
다시 끓였다. 수프는 반만 넣었다. 조가 먹는 모습을 구경하다 결국
또 한 젓가락을 빼앗아 먹었다. 뷔페 가서 실컷 먹고 온 녀석이 양심
도 없지. 조가 투덜댔다. 라면을 다 먹고 나는 책상 서랍에서 반으로
접어 둔 종이를 꺼냈다. 오늘은 한 번으로 쳐야 해. 조가 말했지만
나는 바를 정 자 두 획을 추가했다. 바를 정 자가 하나 완성되어 모
두 열아홉 개가 되었다. 95개. 내가 조에게 라면을 100번 끓여 주면
조는 내게 선물을 하나 사 주기로 했다. 라면 더 먹을래? 조가 이불
을 뒤집어쓰고는 다시 자리에 누웠다. 나는 설거지하기가 귀찮아 상
을 구석으로 밀어 놓았다.

　침대에 등을 기대고 앉아 어제 하던 게임을 이어서 했다. 25번째
판을 깨지 못해 다음 단계로 넘어가지 못한 지 이틀이나 되었다. 염?
조가 내 이름을 불렀다. 뒤돌아 보니 베고 있던 베개를 빼서 내게 주
었다. 등에 대고 앉아. 허리 아파. 그리고 그 판은 단순하게 생각해
야 깰 수 있어. 그렇게 말하고 조는 다시 눈을 감았다. 베개는 하나
뿐이어서 조가 자는 날이면 나는 수건을 말아 베고 자야 했다. 조는
코를 심하게 고는 편이었는데, 이상하게도 내 베개를 베면 코를 골

지 않았다. 나는 휴대폰을 뒤집어 화면을 거꾸로 놓고 오랫동안 들여다보았다. 그래도 답은 보이지 않았다. 그러다 문득. 어떤 일이 있어도 베개만은 양보하지 않던 녀석인데. 나는 조의 코에 손가락을 대 보았다. 자? 혹시 어디 아파? 조가 일부러 숨을 멈추는 게 느껴졌다. 나는 게임을 끝내고 인터넷에 들어가 실시간 검색어를 살펴보았다. 조, A가 두 살 어린 남자랑 사귄대. 조는 가수 A를 좋아했는데, 3년 전인가는 크리스마스 이브 콘서트에 혼자 간 적도 있었다. 나보고 같이 가자고 안 해 줘서 그때 나는 조가 진심으로 고마웠다. 응. 조가 대답했다. 조, 편의점에서 빵을 훔친 고등학생이 자살했대. 나는 말했다. 편의점 점장이 경찰에 넘기지 않는 조건으로 빵 값의 100배를 가지고 오라고 했기 때문이었다. 응. 조가 대답했다. 조, 도둑이 금고를 훔쳐 도망 가다 금고에 깔려 죽었대. 웃기지? 조가 응, 하고 대답했다. 그런데 그 금고에는 돈이 한 푼도 없었대. 더 웃기지? 조가 아니, 하고 대답했다. 조, 어떤 테러리스트가 폭탄을 제조해 우편으로 부쳤는데 우표가 모자라서 반송이 되었대. 자기가 부친 건 줄도 모르고 그걸 열어 보다 폭탄이 터져 죽었대. 웃기지? 조는 아무 대답도 하지 않았다. 조, 자는구나? 그러자 조가 대답했다. 안 자. 그리고 그 기사 이상해. 어떤 테러리스트가 폭탄을 보내면서 진짜 자기 주소를 밝히냐? 조의 말을 듣고 보니 정말 이상한 기사였다. 이상해. 이상해. 조가 중얼거렸다. 이상하다는 말은 자꾸 하면 할수록 더 이상하게 들려. 내가 말했다. 나는 인터넷 검색창에 '이상한 일들'이라고 입력해 보았다. 몇 개의 블로그에 들어가 보았는데, 그다지 이상하지 않은 일들을 이상하다고 적어 놓은 사람들이 많았다.

해가 졌다. 어두워졌지만 일어나기 귀찮아 불을 켜지 않았다. 〈이 상한 일〉이라는 제목의 노래가 검색되기에 들어 보았다. 한 번 듣고 한 번 더 들었다. 노래가 끝나자마자 침대맡에 올려 둔 자명종이 울 렸다. 내가 고2 때, 하도 지각을 해서 담임 선생님이 사 준 시계였다. 상습 지각생 여덟 명은 선생님에게 자명종 선물을 받고도 계속 지 각을 했다. 조가 일어나 자명종을 손바닥으로 두드렸다. 그러자 알 람이 꺼졌다. 자명종은 2년도 버티지 못하고 고장이 났지만 그땐 이 미 고등학교를 졸업한 후여서 아침 일찍 일어날 일도 별로 없었다. 고장 난 시계는 시도 때도 없이 알람이 울렸는데 종이 울릴 때마다 깜빡 잊었던 일들이 떠올라 나름대로 요긴하게 쓰였다. 가스레인지 에 냄비 올려놓은 걸 잊고 있었을 때. 엄마의 생일을 지나칠 뻔할 때. 꼭 봐야 할 텔레비전 프로그램이 시작될 때. 이상한 일이라면 이런 걸 이상한 일이라고 해야 하나. 오늘 잊고 있던 일이 있는지 생각해 보려는데 조가 침대에서 일어났다. 왜? 불 켜 주게? 조가 스위치를 켰다. 아니, 집에 가게. 그렇게 말하고는 다시 스위치를 껐다. 치사한 놈. 나는 자리에서 일어나 조가 끈 형광등을 다시 켰다. 신발을 신고 있는 조의 등을 한 대 쳐 주려다가 말았다. 그래도 작년 추석에 우 리 엄마에게 모듬전 한 박스를 보내 준 녀석이었다. 올 설에도 보내 줄지 모른다며 엄마는 내심 기다리는 눈치였다. 바래다 줄게. 나는 방바닥에 던져 둔 잠바를 집어 들었다. 잠바는 따뜻했다. 조가 필요 없다고 말했다. 심심해서 그래. 나는 맨발에 운동화를 신었다.

골목길은 좁고 어두웠고 버스 정류장까지는 10분 이상 걸어야 했 다. 그래서 월세가 싼 거라고 방을 보러 온 내게 집주인은 말했다.

이 동네는 이상해. 어떻게 모든 집마다 문패가 달려 있냐? 우리는 문패에 적힌 이름들을 하나하나 읽어 가며 골목길을 걸었다. 조는 우리 집에 올 때마다 일부러 가장 먼 골목길로 돌아왔는데, 그 길에 자기와 이름이 같은 문패가 달린 집이 있기 때문이라고 했다. 나는 조를 따라 갈림길에서 오른쪽 골목길로 들어섰다. 걷다 보니 발이 시려 왔다. 한참을 걷다 조가 자기 이름이 적힌 문패를 가리켰다. 내 집이야. 어때? 지붕 위에 빨간색 고무 대야가 올려져 있는 게 보였다.

저건 뭐야? 조는 한참 생각하더니 여름에 저기서 목욕을 해, 하고 대답했다. 좋겠다. 20대에 벌써 집도 사고. 나는 조의 어깨를 두드려 주었다. 버스 정류장에 도착하자마자 조의 집으로 가는 버스가 왔다. 조는 버스를 타지 않았다. 우리는 정류장 의자에 앉아서 사람들의 신발을 구경했다. 구두가 셋. 운동화가 다섯. 부츠가 넷. 슬리퍼가 하나. 겨울에 슬리퍼라니. 보기만 해도 추워졌고 그러자 엉덩이가 시리다는 생각이 들었다. 버스가 또 왔다. 버스는 정류장을 조금 지나친 다음에 멈췄다. 조는 버스를 향해 천천히 걸었다. 조? 뒷모습을 보다 나도 모르게 조를 불렀다. 왜? 조가 뒤돌아봤다. 그사이 버스는 조를 기다리지 않고 출발했다. 한잔할까? 내가 말했다. 그러자 조가 빙그레 웃었다.

맥주 두 잔과 프라이드 치킨 한 마리를 주문했다. 작년 봄에 조와 같이 왔던 술집이었다. 그때 조는 프라이드 치킨을 혼자 두 마리나 먹었다. 기본 안주로 눈깔사탕같이 생긴 뻥튀기가 나왔다. 조는 그중에서 연두색만 골라 먹었다. 노란색, 주황색, 빨간색. 우리는 이 뻥튀기를 신호등이라고 불렀다. 나는 빨간색 뻥튀기를 입에 넣었다.

그리고 맥주를 마셨다. 입안에서 뻥튀기가 탁탁 소리를 내며 녹았다. 조는 치킨이 나오기도 전에 맥주 한 잔을 비웠다. 여기요. 조가 카운터를 향해 소리쳤다. 종업원이 다가오자 조가 맥주잔을 들었다가 내렸다. 잠시 후 종업원이 프라이드 치킨과 맥주 한 잔을 가지고 왔다. 나는 남은 맥주를 마저 마시고 빈 잔을 종업원에게 내밀었다. 여기 기름 깨끗한 거 쓰나 봐. 맛있네. 조는 이젠 냄새만 맡아도 기름이 신선한지 아닌지 알 수 있다고 했다. 달인 나셨네. 나는 조에게 달인을 찾는 프로그램에 나가 보라고, 나가서 우승하게 되면 부모님 가게가 유명해질지도 모른다고 했다. 우리는 닭다리를 하나씩 사이 좋게 나눠 먹었다. 한 잔이 두 잔이 되고 세 잔이 되었다. 교복을 입은 여학생들이 우리 옆 테이블에 앉았다. 여기 양념 하나와 오백 두 잔요. 종업원은 학생들에게 신분증을 달란 말을 하지 않고 맥주를 가져다주었다. 둘은 맥주가 흘러 넘치도록 세차게 건배를 했다. 한 여학생은 빨간색 뻥튀기만 또 다른 여학생은 연두색 뻥튀기만 먹었다. 아저씨. 앵두콘 빨간색하고 연두색만 골라 주시면 안 돼요? 주인이 주방에서 고개를 내밀고는 퉁명스럽게 대답했다. 안 된다. 둘은 이내 한 잔을 비우고 또 한 잔을 시켰다. 조가 고개를 숙이고는 내게 속삭였다. 미성년자 아냐? 나는 조에게 뻥튀기의 이름이 신호등이 아니라 앵두콘이었다고 말했다. 앵두콘이라니. 하나도 앵두 같지가 않았다. 신호등이고 앵두콘이고 그게 뭔 상관이야. 미성년자한테 술 팔면 영업 정지란 말이야. 나는 조에게 우리가 처음으로 술을 마신 게 언제였는지를 생각해 보라고 말하려다 말았다. 그것도 조의 부모님 가게에서였다. 물론, 영업이 끝난 가게에 몰래 들어가 마셨지만. 우리 이야기를 들었는지 한 여학생이 나를 째려보았다. 걱정 마세요. 고등학생 아니니까. 둘은 고등학교 동창인데, 졸업 후에 가끔 교복을 입고 만나 술을 마신다고 했다. 교복 입고 술 마시면 술맛이 더 좋아진다나. 그 말을 들은 조가 미안하다며 사과를 했다. 교복을 입은 여자들은 맥주 다섯 잔과 닭 한마리를 순식간에 먹고 자리에서 일어났다. 저렇게 입고 오늘 5차는 가는 거 아냐? 조가 웃었다. 어떻게 다시 교복을 입고 싶을 수 있을까? 그러게 말이야. 갑자기 조가 무엇인가 생각난 듯 빙그레 웃었다. 난 정말 학교 가기 싫어. 왜 그런지 내게 물어봐 줄래? 조가 말했다. 왜 가기 싫은데? 내가 물었다. 이유가 꼭 있어야 해? 조가 버럭 화를 내며 대답했다. 조의 목소리가 너무 커서 다른 테이블의 사람들이 우리를 쳐다보았다. 우리는 입을 막고는 소리 죽여 가며 웃었다. 그건 고등학생 시절 우리 둘이 자주 하던 놀이였다. 지금 점심 먹기 싫은데 왜 그런지 물어봐 줄래? 왜 밥 먹기 싫은데? 그러면 화를 내며 대답하는 거였다. 이유가 꼭 있어야 해? 우린 그걸 찰리 브라운 친구들 흉내 내기라고 불렀다. 우리는 고등학교 1학년 때 '피너츠'라는 동아리 모임에서 만났다. 모집 광고에 찰리 브라운과 스누피의 얼굴이 그려져 있기에 만화 동아리인 줄 알고 갔더니, 《피너츠》라는 만화를 원서로 읽는 영어 스터디였다. 조는 2학년 선배들에게 스누피는 왜 하루 종일 지붕에 앉아 있는데 치질에 안 걸릴까요? 따위의 질문만 했다. 우리는 6개월이 지나 강제 탈퇴를 당했다. 그사이 우리는 단짝 친구가 되었고, 찰리 브라운과 친구들의 말투를 배웠고, 그리고 만화 속 캐릭터들처럼 대화를 했다. 이를테면 식당에서 만나면 이렇게 말을 하는 것이다. 내 식판은 늘 60센티미터 거리에 있는데 가끔은 90센티미터 거리에 있는 것 같이, 하고. 우리도 교복 입고 술 마실까? 소가 말했다. 교복이 아직도 있냐? 있다 해도 살이 쪄서 안 맞을걸. 나는 절대 다시 입고 싶지 않은 옷으로 교복과 군복을 꼽았다. 맞아. 군복도 있구나. 조가 팔짱을 끼고 무엇인가 생각하는 표정을 지었다. 한참 만에 조가 입을 열었다. 그럼 군복을 입고 술 마실까? 나는 앵두콘 빨간색을 조의 얼굴을 향해 던졌다. 미친놈. 빨간색 앵두콘은 조의 얼굴을 맞은 다음 조의 맥주잔 속으로 떨어졌다. 군복을 입고 절대 군대 이야기를 안 하는 거야. 어때? 군대 이야기 하는 놈이 술값 내는 걸로. 조가 맥주를 한 모금 마셨다. 조의 말을 듣고 보니 그것도 나쁘지 않을 것 같았다. 내기라면 자신 있으니까. 아예 한 달 치 술값은 어때? 조가 내 말에 콜, 하고 대답했다. 내기에서 진 적이 없음. 나는 게임 회사 이력서에 그렇게 쓴 적도 있다. 서류 심사는 통과할 줄 알았는데 전화는 오지 않았다.

3

군복을 입기 전에 냄새를 맡아 보았다. 작년 예비군 훈련을 갔다 와서 빨지도 않고 옷장에 던져 두었는데 다행히 땀 냄새는 나지 않았다. 그래도 페브리즈를 잔뜩 뿌렸다. 현관을 나섰다가 잠바 주머니에 지갑을 넣어 둔 게 생각났다. 어차피 내기에서 이길 텐데. 돌아갈까 말까. 잠시 망설였다. 군화 끈을 풀기 귀찮아서 무릎 걸음으로 방까지 기어갔다. 책갈피에서 비상금을 꺼내 지갑을 채웠다. 그리고 지갑 한쪽에 꽂혀 있는 사진을 꺼내 군복 왼쪽 가슴 주머니에 넣었다. 손바닥으로 왼쪽 가슴을 한 번 쳐 보았다. 그러다 문득 다른 사진이 생각났다. 내 돌 사진 뒷장에 숨겨 둔 죽은 사촌 형의 사진. 나는 앨범을 뒤져 그 사진을 찾아냈다. 왼쪽 주머니에 넣었던 사진을 꺼내고 죽은 사촌 형의 사진을 넣었다. 그리고 다시 손바닥으로 왼쪽 가슴을 두 번 쳤다.

버스 정류장에 가 보니 아직 조는 오지 않았다. 나는 조에게 도착! 이란 문자를 보냈다. 곧! 답이 왔다. 그리고 정말로 곧! 조가 탄 택시가 내 앞에 멈췄다. 버스가 끊기면 택시비가 아깝다며 집까지 걸어가던 녀석이 택시를 타다니. 동그랑땡을 부치더니 배가 동그랑땡이 되었냐? 나는 조의 배를 가리키며 놀렸다. 난 오늘 뚱보야. 어제도 뚱보였지. 아마 난 앞으로도 계속 뚱보일 거야. 조가 말했다. 나는 웃었다. 나와 조가 가장 좋아했던 스누피의 말이었다. 난 오늘 개야. 어제도 개였지. 아마 난 앞으로도 계속 개일 거야. 한때, 2학년 3반의 유행어가 되기도 했다. 난 오늘도 꼴찌야. 어제도 꼴찌였지. 아마 난 앞으로도 계속 꼴찌일 거야.

조는 카페에 가서 커피를 마시자고 했다. 택시를 타고 오는데 온통 거리에는 카페만 보이더라고. 그런데 군복 입은 남자 둘이 커피 마시는 장면은 어디서도 본 적이 없는 것 같다고. 조의 말을 듣고 보니 그런 장면은 드라마에서도 본 적이 없는 것 같았다. 오늘은 커플룩까지 입었으니 그럼 어디 커피 한잔 마셔 볼까? 커피 전문점을 찾아 헤맬 필요가 없었다. 버스 정류장에 앉아서 사방을 둘러보니 눈에 보이는 가게만 다섯 군데가 넘었다. 조는 아메리카노를 주문했다. 나는 메뉴를 한참 들여다보다 캬라멜 마끼야또를 주문했다. 조가 웃었다. 틀림없이 비웃음이었다. 우리는 창가 자리에 나란히 앉았다. 캬라멜 마끼야또는 엄청 달았다. 왜 군복을 입으면 단 음식이 생각날까, 따위의 진부한 생각이 머릿속에 맴돌았다. 나는 색깔만 다른 패딩 잠바를 입은 연인이 횡단보도에 서서 신호등이 바뀌길 기다리는 것을 보았다. 신호등이 녹색으로 바뀌자 남자가 여자의 손을 놓고는 뛰기 시작했다. 나는 배달 오토바이가 신호를 무시하고 도로를 지나가는 것을 보았다. 뿔테 안경을 쓴 남자가 담배꽁초를 화단 사이에 버리는 것을 보았다. 등산복을 입은 할아버지 할머니가 포장마차에서 어묵꼬치 사 먹는 걸 보았다. 열. 그때 멍하니 창밖을 바라보던 조가 말했다. 지금까지 빨간색 목도리를 한 사람이 열 명 지나갔어. 나는 숟가락으로 잔 바닥에 남은 커피를 저었다. 너 그거 칼로리가 얼마인 줄 알아? 밥 한 공기랑 똑같아. 조가 내게 말했다. 나는 내일 운동을 할 거니 걱정 말라고 대꾸해 주었다. 술을 마실 때는 밤새 이야기도 자주 하던 우리였는데 막상 커피를 마시니까 할 말이 별로 없었다. 그래서 나와 조는 계속 창밖만 바라보았다. 반바지 입은 사람 보거든 일어나자. 조가 말했다. 커다란 배낭을 멘 여자가 갑자기 길 한가운데 멈춰 서서 움직이질 않았다. 지나가던 사람들도 하나둘씩 멈춰 여자에게 무엇인가 말을 걸기 시작했다. 심지어 지나가던 외국인도 여자에게 말을 걸었다. 뭘까? 궁금하면 니가 가서 물어봐. 싫어. 조가 자리에서 일어났다. 왜 물어보러 가게? 아니, 화장실. 조가 화장실에 간 동안 여자를 에워쌌던 사람들이 하나둘씩 떠났다. 조가 돌아왔을 때는 배낭을 멘 여자도 사라진 다음이었다. 뭐야? 어떻게 됐어? 조가 물었다. 나는 대답해 주지 않았다. 당연한 일이겠지만 반바지를 입은 사람은 지나가지 않았다. 이제 카페에는 우리 둘만 남았다. 종업원이 쓰레기 봉투를 들고 지나갔다. 술이나 마시러 가자. 조가 자리에서 일어났다. 그러게 왜 이 겨울에 반바지 입은 사람을 찾냐? 내가 핀잔을 주었다. 조가 청소

중인 종업원을 가리켰다. 반바지를 입고 있었다.

밖에 나오니 추워서 저절로 몸이 떨렸다. 카페에서 커피를 마실 때는 매콤한 골뱅이 안주에 맥주 생각이 났는데, 막상 밖에 나오니 따뜻한 국물이 먹고 싶어졌다. 조가 건너편 술집을 가리켰다. 붉은 색 등이 주렁주렁 달려 있는 집이었다. 조가 도로 양쪽을 살피더니 뛰었다. 나는 휴대폰을 꺼내 무단 횡단 하는 조의 뒷모습을 찍었다. 나는 신호가 바뀌기를 기다린 다음 횡단보도를 천천히 건넜다. 군복 입고 교통사고 나면 얼마나 슬프겠냐. 나는 건너편에서 나를 기다리던 조에게 말했다. 조가 내게 준법정신 투철해서 좋겠네, 하고 빈정댔다. 술집 문을 열자 종업원들이 어서 오세요, 하고 우렁차게 소리쳤다. 소리가 너무 커서 깜짝 놀랐다. 또 메뉴판이 너무 두꺼워 한 번 더 깜짝 놀랐다. 메뉴판이 스무 장도 넘었다. 첫 장부터 끝 장까지 다 보고 나니 아무것도 먹고 싶지 않았다. 음식 사진들은 만들어 놓은 지 몇 시간은 된 후에 찍은 것 같았다. 뭐가 잘 팔리냐고 물었더니 종업원이 매운홍합탕하고 오돌뼈가 맛있다고 했다. 그럼 그거랑 소주 한 병요. 오돌뼈는 매웠고 매운홍합탕은 이름처럼 더 매웠다. 조는 기본 안주로 나온 당근을 오독오독 소리 내며 씹었다. 조는 매운 음식이 싫어졌다고 말했다. 매운 음식을 먹을 때 흘리는 땀도 싫고, 매운 음식을 먹을 때 나는 눈물도 싫다고. 나는 조를 위해 계란말이를 시켜 주었다. 건배를 했다. 나는 소주 한 잔을 마시고 홍합탕의 국물을 떠먹었다. 오돌뼈를 먹었다. 조는 술 한 잔에 계란말이 하나씩. 이내 한 병을 비우고 한 병을 시켰다. 오돌뼈를 먹다가 문득, 오돌뼈가 고기의 어느 부위인지가 궁금해졌다. 조는 오돌뼈가 어느 부위인지는 모르지만 원래 이름이 오도독뼈라는 것은 알고 있

다고 했다. 나는 오돌뼈를 씹으면서 오도독 소리가 나는지 생각해
보았다. 나는 것 같기도 했고 안 나는 것 같기도 했다. 소주 한 병
을 또 비웠다. 나 혼자 오돌뼈를 다 먹었다. 아까, 자기가 보낸 소포
를 받고 죽었다던 그 테러범. 생각해 보면 참 불쌍해. 술에 취한 조
가 말을 했다. 헤어지자던 여자 친구한테 선물을 보냈어. 체크 무늬
셔츠였어. 그랬는데 며칠 후에 내 앞으로 소포가 온 거야. 열어 보
니 내가 여자 친구한테 보낸 선물이랑 똑같은 셔츠가 있더라고. 조
는 그 셔츠가 여자 친구가 화해의 선물로 보낸 거라고 생각했다. 똑
같은 체크 무늬 셔츠를 입고 여행을 가는 게 소원이라고 여자 친구
가 종종 말했기 때문이었다. 그런데 셔츠를 입어 보려니 팔도 들어
가지 않을 만큼 작았다. 알고 보니 그건 자신이 얼마 전 여자 친구
한테 보낸 소포였다. 보낸 사람 주소와 받을 사람 주소를 거꾸로 썼
던 것이다. 자기가 만든 폭탄에 죽다니 바보 같은 놈. 그렇게 말하고
는 조가 술 한 잔을 마셨다. 그러고는 홍합탕의 국물을 연신 퍼먹었
다. 맵다. 매워. 담배 연기도 맵고. 겨울 바람도 맵고. 조가 중얼거렸
다. 내 전화를 안 받는 여자 친구도 맵고. 나는 조의 잔에 술을 따라
주었다. 건배. 조는 건배를 하지 않았다.

조가 하품을 했다. 조는 술을 마시다 중간에 조는 버릇이 있었다.
그러다 남들이 술에 취할 때쯤 일어나 2차를 가자고 졸라 댔다. 이
런 날 눈이 내리면 좋을 텐데. 나는 창밖을 보았다. 밖은 보이지 않
고 실내 풍경만 되비쳤다. 새벽인데도 손님들은 계속 들어왔고, 종업
원들은 여전히 우렁찬 목소리로 소리쳤다. 가게에 들어오는 사람들
의 머리가 젖지 않은 걸 보니 눈은 내리지 않는 것 같았다. 일기 예

보에는 폭설이 내린다고 했는데. 꾸벅꾸벅. 나는 조가 고개를 떨구며 조는 걸 구경하며 소주 한 잔을 마셨다. 조가 남긴 계란말이도 먹었다. 조, 다음 주에 소개팅시켜 줄까? 조가 고개를 끄덕였다. 조, 우리 여행 갈까? 아프리카. 너무 멀면 가까운 태국도 좋고. 조가 또 고개를 끄덕였다. 조, 나보다 먼저 성공하면 안 돼. 끄떡끄덕. 조, 다음 달에 내 생일인데 선물 하나 사 주라. 봐 둔 시계가 있거든. 끄덕끄덕. 졸고 있는 조를 놀리는 일은 재미있었다. 나는 휴대폰을 꺼내 동영상 촬영 모드를 선택했다. 조, 앞으로 우리 집에서 자고 갈 땐 숙박비 3만 원씩 내. 조가 끄덕끄덕. 조, 나 좋아하지. 끄덕끄덕. 나는 졸고 있는 조를 계속해서 찍었다. 조, 행복해? 끄덕끄덕. 그 장면을 찍은 다음 휴대폰을 껐다. 조가 깨어나길 기다리다 나도 깜빡 잠이 들었다. 꿈속에서 나는 아빠와 같이 코미디 프로그램 공개 녹화를 구경하러 간 엄마를 보았다. 임신 8개월인 엄마는 배가 아파 오는 것도 모르고 계속 웃었다. 그러다 마침내. 진통을 느낀 엄마가 아빠의 손을 잡았다. 아빠의 얼굴은 꿈속에서도 보이지 않았다. 그저 손만 보였다. 방송국에서 태어난 내 이야기는 그날 밤 9시 뉴스에 보도되었다. 염, 너 첫 월급 타면 나 양복 하나만 사 주라. 조의 말이 희미하게 들렸다. 고개가 아래로 떨어지려는 걸 간신히 참았다. 염, 니 집에서 같이 살면 안 될까? 나는 고개를 저었다. 조가 낄낄거리며 웃는 소리가 들렸다. 나는 눈을 떴다. 조가 커피값을 냈기 때문에 술값은 내가 냈다. 그나저나 왜 군대 이야기는 안 하는 거지. 술에 취하면 잘도 하던 녀석이.

우리는 술집을 나왔다. 집에 갈까? 조가 시계를 보더니 한 시간만 있으면 첫차가 온다고 했다. 기본 요금밖에 안 나오는 거리에 살면서. 조는 하루에 두 번이나 택시를 탈 수 없다고 대꾸했다. 우리는 좀 걸었다. 눈이 오나 봐. 조가 하늘을 쳐다보았다. 정말 눈이 내리는 것 같았다. 하지만 몇 발자국 걷자 눈은 금방 사라졌다. 조가 다시 뒤돌아 갔다. 거기에만 눈이 내리고 있었다. 자세히 보니 지붕에 쌓여 있던 눈이 바람에 날리는 거였다. 우리는 가만히 서서 눈을 맞았다. 조, 눈은 쌓이는 걸까 포개지는 걸까 겹쳐지는 걸까. 조가 손을 하늘로 뻗었다. 그게 뭔 말이야. 그게 그거지. 조가 말했다. 나는 조에게 한 번도 눈사람을 만들어 본 적이 없다고 고백을 했다. 조는 장사에 바쁜 부모님을 대신해 동생을 돌봐야 해서 눈사람을 자주 만들었다고 했다. 눈이 바람에 다 날렸는지 더 이상 떨어지지 않았다. 조는 다시 걷기 시작했다. 나는 한 발자국 뒤에 서서 조를 따라 걸었다. 어느 아파트 정문 앞에 서서 조가 말했다. 새벽에 아파트 단지를 산책해 봤어? 그것도 괜찮아. 조와 나는 아파트 단지 안을 걸어 다니며 불이 켜진 집이 모두 몇 군데 있는지 세어 봤다. 불이 켜진 집은 단 두 곳이었다. 새벽 4시 반에 일어나다니. 저 집은 할머니가 사나 봐. 내 말에 조가 아닐지도 모른다고 대답했다. 왜 일찍 일어났다고 생각해? 늦게 자는 건지 어떻게 알아? 놀이터에는 아직도 눈에 쌓여 있었다. 조가 눈을 만져 보았다. 단단하게 얼어서 손가락도 들어가지 않았다. 눈사람은 못 만들겠다. 우리는 그네에 앉았다가 엉덩이가 시려워서 바로 일어났다. 주차장 입구에 누군가 눈사람을 만들어 놓았다. 조가 그걸 발견하고는 뛰어갔다. 눈과 입은 그렸는데 코는 그려 넣지 않은 눈사람이었다. 나는 주머니를 뒤져 보았다. 100원짜리가 있기에 그걸로 코를 만들어 주었다. 예쁘지가 않았다. 동전을 도로 주머니에 넣었다. 군복 단추를 하나 뜯어서 그걸로 코를 만들어 주었다. 콧구멍까지 있는 코가 되었다. 나보고 눈사람 옆에 서 있으라고 하더니 조가 사진을 찍어 주었다. 니가 코를 만들었으니 이건 니가 만든 거나 다름없어. 이런 걸 화룡점정이라고 하는 거야. 조가 사진을 찍으면서 말했다. 나는 조에게 호주머니에 넣어 둔 사촌 형의 사진을 보여 주었다. 조가 보도블록에 올라서 사촌 형처럼 포즈를 취했다. 나는 바닥에 쪼그리고 앉아서 조의 모습을 찍었다. 다리가 길어 보이도록. 내 손가락이 사진에 살짝 찍히도록. 내가 찍은 사진과 사촌 형의 사진을 번갈아 보던 조가 물었다. 그런데 누구야? 나는 우리 집안에서 가장 똑똑했던 사람이라고 말해 주었다. 몇 살인데? 스물일곱. 그러자 조가 우리랑 동갑이야? 하고 물었다. 바보. 흑백 사진을 보고도 동갑이란 말이 나오다니. 아니. 스물일곱이었어. 이 사진을 찍었을 때. 그러자 조가 사진을 들고는 가로등 아래에 갔다. 가로등 아래에 서서 조는 사진을 오랫동안 들여다보았다. 그 모습을 멀리서 바라보다 나도 모르게 울컥 눈물이 났다. 그리고 이유 없이 눈물이 나는 내가 창피해서 눈사람을 발로 걷어찼다. 얼었다 녹았다 다시 언 눈사람은 부셔지지 않았다. 조가 다가와 사진을 내 왼쪽 가슴 호주머니에 넣어 주었다. 그리고 손바닥으로 가슴을 두어 번 쳤다. 주차장에서 차 한 대가 나왔다. 이 아파트 단지에서 가장 빨리 출근하는 사람이었다. 경비원이 우리를 발견하고는 뭐 하는 거냐고 물었다. 우리는 예비군 훈련을 가는 중이라고 대답했다. 그리고 재빨리 아파트 단지를 나왔다.

버스 정류장에는 버스를 기다리는 사람이 한 명도 없었다. 우리는 정류장 의자에 앉아서 청소부들이 쓰레기들을 청소차에 싣는 걸 구경했다. 하루가 시작되는 기분은 늘지 않고 하루가 지나가 버렸

다는 생각만 들었다. 새벽은 하루의 시작일까 하루의 끝일까? 나는
조에게 물었다. 해가 지고 해가 뜨는 사이. 그건 어디에 속하느냐고.
조가 팔짱을 끼고 한참을 생각하더니 대답했다. 뭐긴 뭐야. 어제와
오늘이 겹쳐지는 시간이지. 그래서 그 시간에 술이 가장 맛있는 거
야. 청소차가 요란한 소리를 내며 우리 앞을 지나갔다. 저기, 있잖아.
조가 조심스럽게 말문을 열었다. 나 부모님 가게에서 일할까 봐. 아
르바이트 말고. 부모님이 하던 일을 물려받는 것도 나쁘지 않을 것
같아. 나는 지난 25년간 단 하루도 문을 닫은 적이 없다는 '행복 모
듬전' 가게의 상호가 새겨진 앞치마를 입고 있는 조의 모습을 상상
해 보았다. 그렇게 전을 부치다, 난, 늙어 가겠지. 우리 부모님처럼.
조가 한숨을 쉬었다. 나는 그것도 나쁘지 않을 것 같다고 대답해 주
었다. 나중에 너 팔순 잔치에 가서 내가 노래 불러 줄게. 우리 엄마
의 팔순 잔치에서 부르고, 우리 새아버지 팔순 잔치에서도 부르고,
니 팔순 잔치에서도 부르고. 모두에게 노래를 불러 줄 거야. 나는 허
밍으로 〈메기의 추억〉이란 노래를 불렀다. 노래가 끝나기도 전에 버
스가 왔다. 조가 자리에서 일어났다. 조, 우리 집에 가서 라면 먹을
래? 내가 끓여 줄게.

　조가 잠시 생각하더니 싫다고 했다. 그러고는 뒤도 돌아보지 않
고 버스를 탔다. 나는 정류장에 앉아 부르던 노래를 마저 불렀다.

　조의 이름과 같은 문패가 달린 집을 찾아서 골목길을 돌고 돌았
다. 졸렸다. 하품이 났다. 한 며칠 눈이 내렸으면 좋겠다는 생각을
했다. 눈이 쌓이고 쌓였으면. 그래서 어제 내린 눈이 어느 것이고, 오
늘 내린 눈이 어느 것인지, 내일 내린 눈이 어느 것인지, 알아차릴 수
없었으면. 나는 생각했다. 쌓인 눈 위에 발자국을 남기지 않으리라.

사람들이 만들어 놓은 발자국 위에 내 발자국을 포개 걸으며 이 겨울을 보내리라. 마침내 조의 이름이 적힌 문패를 찾았다. 고개를 들어 보니 빨간색 고무 대야 위로 해가 떴다.

수상소감

· · · · · · · · · · · ·

심사평

· · · · · · · · · · · ·

작품론 이지훈

수상소감

할 수 있는 것이 이것밖에 없다.
최근엔 그런 생각을 자주 한다.
그런 생각이 든다면 그것을 할 밖에.
할 수 있는 것이 이것밖에 없, 는 것이 아니고 이것을
할 수 있, 는 것이다.
그러면 해야지. 그 있는 것을 해야지. 그 도리밖에는 없다.
적어도 문학에서는 아무도 닥치라거나 이제 그만 잊으라고 하지 않
는다.
다행이라고 생각한다.

이런 소식을 들으면 여전히
"어떡하지, 싶으면서도 격려가 된다.
쓰는 것을 계속하다 보면 앞으로의 계획이 뭐냐는 질문을 받게 되
는데
언제나 내 대답은 같다.

계속 쓰는 거.

가급적 오래, 그렇게 대답하고 싶다."

심사평

이효석문학상이 올해로 15회를 맞는다. 특정한 작가를 기리며 제
정된 문학상이 국내에 여럿 있지만, 특히 이효석문학상은 등단 15년
이내 작가의 작품들을 그 대상으로 하고 있다. 한국 소설 문학의 품
격과 전통은 물론이고, 그 변화의 추이를 예민하게 반영하고 젊은
문학에 애정 어린 격려와 지지를 보내 준 이 상이 내내 건재하기를
바라 마지않는다.

예년과 다름없이 심사는 예심과 본심으로 나누어 진행되었다. 예
비 심사에서는 김형중, 백지연, 이수형, 차미령 등 네 명의 평론가가
2013년 6월부터 2014년 5월까지, 문예지 등을 통해 발표된 한 해
단편 소설계의 수확을 긴 시간을 두고 검토하였다. 그 결과, 기준
영의 〈이상한 정열〉, 김사과의 〈여름을 기원함〉, 최은미의 〈백 일 동
안〉, 이장욱의 〈기린이 아닌 모든 것에 대한 이야기〉, 황정은의 〈누
가〉, 조해진의 〈문래〉, 박솔뫼의 〈어두운 밤을 향해 흔들흔들〉, 천운
영의 〈다른 얼굴〉(이상, 발표 일자순) 등 아홉 편이 본심에 오르게 되
었다.

본심은 지난 8월 5일 서울의 이효석문학재단 사무실에서 개최되었다. 심사위원장인 소설가 오정희와 소설가 구효서, 문학 평론가 방민호가 네 명의 예심 위원과 함께 아홉 편의 소설에 대해 다양한 의견을 나누었다. 그중에서도 특히 기준영, 김사과, 황정은, 조해진, 박솔뫼, 천운영 제씨의 소설이 비교적 자주 거론되었다.

기준영의 〈이상한 정열〉에는 세련되고 모던한 감각으로 의외의 순간을 포착하는 작가의 장기가 잘 드러나 있었으며, 조해진의 〈문래〉는 자전 소설이 가진 애틋한 깊이와 품을 작가 고유의 섬세한 필치로 확인해 주고 있었다. 한편, 박솔뫼의 〈어두운 밤을 향해 흔들흔들〉은 사회적인 문제의식을 실험적인 작풍으로 소화하는 작가의 개성이 역력했다. 이 소설들은 각 작가들의 작품 경향을 암시하는 동시에, 현재 젊은 소설의 다양한 지류를 독자들에게 선보일 수 있으리라 기대된다.

짧지 않은 토론 끝에 본심에서 집중적인 논의 대상이 된 소설들은 김사과의 〈여름을 기원함〉, 천운영의 〈다른 얼굴〉, 황정은의 〈누가〉였다. 김사과와 천운영의 소설은 각기 한국 소설사의 한 세대를 웅변하는 작가의 작품들답게 상이한 접근법과 스타일을 보여 주고 있었다. 따라서 두 소설에 대해서는 심사위원 간의 의견 차이도 그만큼 예리하게 드러날 수밖에 없었다. 김사과의 〈여름을 기원함〉에 내포된 도발적인 문제의식과 형식적인 과감성, 천운영의 〈다른 얼굴〉에 용해된 시간의 깊이와 견고한 짜임새는 열렬한 지지와 완곡한 반대에 동시에 부딪치게 되었다. 수상작으로 호명되지는 못하였지만, 우리는 이 두 작가의 패기와 성숙이 또 다른 방향에서 섬세한 응답을 받기를 바라 마지않는다.

그런 측면에서 보자면, 황정은의 〈누가〉는 명실상부한 올해의 수상작이다. 〈누가〉는 예심 위원 전원이 추천한 소설이며, 본심의 모든 심사위원이 관심을 표명한 유일한 후보작이다. 작가 황정은이 발표한 최근 일련의 소설들은 예외 없이 읽는 이를 놀라게 하는 소설적 순간들을 품고 있다. 이 작가가 현재 정점을 향해 가는 도중이며, 작가의 작품들이 곧 현재 한국 소설의 한 정점에 근접해 있다 해도 과언은 아닐 것이다. 층간 소음이라는 이웃 간의 익숙한 분쟁을 가져온 올해의 수상작 〈누가〉는 인간 삶에 도사리고 있는 유령적 순간을 날카롭게 묘파하는 황정은 소설의 압도적인 위력을 유감없이 보여 준다. 도시 하위 계급의 삶의 풍경에 해박한 작가는 이번에는 그 계급 내부의 갈등으로 직핍하는 동시에, 개인적인 성소에 대한 희원이라는 인간 보편의 영역에까지 도달하고 있다. 그러한 면면들이 서정과 파격을 한 작품에 용해시킨 작가 특유의 스타일로 가시화된다는 점도 기억해 두고 싶다.

이번 수상이 작가 황정은의 행보에 따뜻한 힘이 되기를 바란다. 아울러 후보작에 오른 다른 아홉 명의 작가들과 변함없이 성원해 주시는 독자들께도 진심으로 감사드린다.

이효석문학상 심사위원회

〈누가〉를 읽는 몇 가지 독법

0. "대체 이 사람들은 사람에게 왜 이렇게 하는 걸까"

아래층이야 씨발 년아. (67)[1]

당신이 소설에 관해 어떻게 생각하고 무엇을 기대하든 간에, 이효석의 이름으로 수식되는 문학상의 수상 작품에서 이런 문장을 만나리라고는 쉽게 예상하지 못했으리라. 더군다나 그것이 '사려 깊은 상징들과 문장들'[2]을 마치 시처럼 써 냈던 작가 황정은의 것이라면 더욱더. 우리는 《百의 그림자》가 그려 냈던 서정적인 세계와 그녀의 따뜻한 단편들을 여전히 기억하고 있지 않은가. 차라리 그녀는 "모두를 당혹스럽고 서글프게 만든 것"에 대해 말하는 작가가 아니었

---

1 인용 면수는 발표 지면(《문예중앙》 2013년 겨울)을 기준으로 함.
2 신형철, 〈『百의 그림자』에 부치는 다섯 개의 주석〉, 《백의 그림자》, 민음사, 2010년.

던가.[3]

　물론 지난 황정은의 소설에서도 욕설 자체를 발견하는 것이 어려운 일이었다고 할 수는 없지만, 저 문장은 더 이상 담담하지도, 서글프지도 않다. 대신 '야만적'이다. 황정은은 "〈누가〉의 마지막 문장은 씨발 놈아가, 아니고 씨발 년아, 인데 화자가 남자였어도 마찬가지였을 것"이라며 그 욕설이 "훨씬 무섭고 공격적이라는 생각"[4]을 한다고 말했다. 그렇다면 무서운 것은 '아래층'인가 아니면 '씨발 년'이 된 그녀인가? 도대체 누가 누구를 공격하고 있다는 것인가?

　우리가 황정은에게 기대하는 것은 여전히 어떤 종류의 감성일지도 모르겠지만, 저 공격적인 문장은 또한 어떠한가? '이제 사람이 싫어졌다'는 작중 인물의 고백이 당신에게도 예사롭지 않게 들린다면, 그리고 우리의 아래층에서 당신을 향해 내뱉는 욕설이 귓가를 간질인다면, '씨발 년'이 되는 것은 무엇인지 한번 생각해 볼 필요가 있지 않을까.

1. '누가' 소음인가

시끄러운 소음에 지쳐 조용한 집을 구하던 그녀는 마음에 드는

---

3 "나는 그날의 나들이에 관해서는 할 말이 많다고 생각해왔다. / 모두를 당혹스럽고 서글프게 만든 것은 내가 아니라고 말이다."(〈상류엔 맹금류〉,《자음과모음》 2013년 가을).
4 〈이달의 소설-작가의 말〉, 웹진문지 2014년 3월.

334

집을 찾아 이사를 오게 된다. 원래 그녀가 살던 곳은 심지어 음악도 소음이 되는 곳이었으므로, '귀가 먹먹할 정도로 아무런 소리가 없'는 그곳이 그녀는 좋았다. 하지만 웬일인가. 누가 싸우지 않았냐고 묻는 이상한 위층 여자의 방문으로 그녀의 고요함은 깨져 버리고 만다. 더군다나 밤늦게 쿵쾅거리는 위층의 여자애들까지. 이제는 스피커의 노랫소리가 아니라 이상한 사람들이 내는 소음이 그녀를 괴롭히기 시작한다.

여기까지 읽는다면 이 소설은 '층간 소음'의 문제를 다룬 소설임에 틀림없다. 같이 사는 공동 주택임에도 예의가 없는 사람들이 항상 문제인 것이다. 우리 모두 쉽게 공감할 수 있지 않은가. 전철에서는 다른 이들을 배려하지 못하는 사람이 길을 막고, 쿵짝거리는 길거리의 시끄러운 스피커, 위층에서는 밤낮 없이 뛰어다니는 애들까지, 그녀의 말대로 '요즘은 어디나 이상한 사람들 천지'다. 과도하게 친절했다가 장사가 잘 안 되자 쉽게 정색해 버리는 비디오 대여점 사장은 어떠한가. 정말 "사람이 싫어질 것" 같은 현실이다. 그녀의 피곤함을 이해하지 못할 바 아니다.

그런데 여기서 한 걸음만 더 나가 보자. 세상엔 이처럼 이상한 사람들이 많은데 도대체 이 사회는 무엇을 하고 있는가. 그녀는 소음에 지쳐 공공 기관에 민원을 넣어 보았지만 아무 소용이 없다. 제멋대로투성이인 사람들을 관리하기에 공공 기관은 무기력하기 짝 없는 것. 문제는 그녀의 가난에 있다는 생각이 드는 것도 이 지점이다.

그녀는 그때 자신이 계급적 인간이라는 것을, 자신이 속한 계급이라는 걸 알았다. 이런 거였구나. 이웃의 취향으로부터 차단될 방법이 없나

는 거. 계급이란 이런 거였고 나는 이런 계급이었어. (……) 더 좋은 집
에서 산다는 것은 더 좋은 골목, 더 좋은 동네에서 살게 된다는 것이
고 더 좋은 동네라는 것은 이웃의 소음과 취향으로부터 차단될 수 있
는 방법이 있는 동네일 테니까. (57)

역시 가난이 문제다. 가난하다는 것은 다른 사람으로부터 차단될
수 없다는 것이고, 그것이 우리의 삶을 피곤하게, 지난하게 만든다.
여기까지 읽는다면 이 소설은 단순히 층간 소음을 다룬 소설이 아
니라 우리가 처한 '계급'이라는 삶의 조건을 문제 삼는 소설일 것이
다. 그런데 이 소설에서 문제가 계급이라면, 무엇이 잘못된 것일까.
배려 없이 행동하는 가난한 사람들의 저 뻔뻔스러움? 아니면 자기
들만 좋은 곳에 사는 돈 많은 사람들의 욕심? 무언가 이상하다. 우
리는 계급의 문제를 '더 좋은 동네'로 터무니없이 단순화시키는 그
녀의 목소리를 믿어도 될까.

그렇다면 이 지점에서 조금만 더 나가 보기로 하자. 혹시 그녀가
피해자가 아니라면 어떠할까. 그녀는 "별것도 아닌 용건으로 문을
두드리고 아 사람 바쁜데"(52) 피곤하게 하는 인간들이 많다고 투정
하지만, 정작 피곤한 사람은 그녀뿐이 아니다. 그녀도 위층 여자가
했던 것처럼 다른 집에 찾아가 소음을 일으키며, 개에 대해 묻고, 똑
같이 미친년 취급을 받는다. 위층 여자와 그녀는 같은 행동을 하고,
그리하여 서로 피해자가 되는 것이다. 더욱이 소설의 마지막 부분에
서 그녀는 쿵쾅거리며 온갖 물건을 집어 던져 아래층 사람에게 피해
를 주지 않는가. 아래층 사람이 그녀에게 심한 욕설을 내뱉는 이 자
리에서, 그녀는 피해자이면서 동시에 가해자가 된다.

이처럼 층간 소음도 아니고 단순한 계급 갈등도 아니라면, 〈누가〉라는 소설은 이렇게 읽을 수 있겠다. '우리는 누구나 피해자이면서 가해자'[5]라서 서로에게 소음일 뿐이고, 이것은 가해자와 피해자를 더 이상 구분할 수도 없는 암울한 현실에 대한 이야기라고. '이웃의 취향으로부터 차단될 방법이 없는' 계급은 연대는커녕 최소한의 이해나 소통도 어렵다는 것.[6] 계급적 연대의 좌절과 절망.

이러한 독해는 물론 타당하고, 이것은 이 소설을 읽는 적절한 관점인 듯하다. 그런데 여기서 한 걸음 더 나간다고 한다면, 피곤한가? 하지만 우리는 아직 이 소설에서 이야기하지 않은 것이 있다. 이상한 위층 여자의 방문으로 이야기를 시작했지만 이 소설은 사실 바닥의 얼룩을, 다시 말해 '노인의 흔적'을 닦고 있던 그녀의 모습으로부터 시작한다. 그렇다면 이제 우리는 이 소설을 읽기 위해 저 좌절과 절망 속으로 한 걸음 더 나갈 수 있다.

2. '누가'에 남은 것

이사 왔을 때 도배 풀 흔적으로 끈적끈적한 거실 바닥만 대충 닦고 지냈는데 일주일이 지나자 풀기가 방으로 확장되어서 침대 바로 앞까지 바닥이 끈적끈적했다. 시큼한 냄새도 났다. (……) 없어지는 듯해도 없어지지 않아서 닦아내고 닦아내도 마르고 보면 끈적였다. (49)

---

5 김윤식, 〈새들, 둥지를 떠나다〉, 《문학사상》, 2014년 3월, 245면.
6 우찬제, 〈이달의 소설-선정의 말〉, 웹진문지, 2014년 3월.

그녀는 몇 시간째 끝나지 않는 청소를 하고 있다. 이 끈적끈적함, 시큼한 냄새는 무엇인가. 없어지는 듯해도 없어지지 않고 닦아 내도 닦이지 않는 이 불쾌한 감각은 무엇인가. 오랫동안 혼자 산 노인의 집에는 그의 냄새가 짙게 배어 있었고, 벽지와 바닥에는 진한 얼룩이 져 있었다. 이 냄새와 얼룩을 지우기 위해 했던 도배는 오히려 끈적거리는, 시큼한 냄새를 남겼다. '소음'이 같은 시공간에서만 직접적으로 감각되는 방식이라면, 이러한 끈적거림과 냄새는 조금 다르다.

시끄러운 타인들의 소음, 간섭, 그리고 '망해 가는 모습'으로부터 해방되기 위해 이 집에 온 그녀는 초라한 노인 한 명을 본다. 이 노인은 조용한 집에서 '산속의 짐승'처럼 홀로 고립되어, 그리하여 죽은 지 몇 달 만에야 발견될 듯한 모습으로 살고 있었다. 그녀가 이곳으로 이사를 오게 됨으로써 이 노인은 곧 다른 곳으로 이사를 갈 것이고, 어디서든 지금과 다르지 않게 조용히 죽어 갈 것이다.

이처럼 노인에 주목하여 이 소설을 읽는다면, 이것은 '소음'도 되지 못한 채 사라져 가는 존재에 관한 이야기가 된다. 고만고만한 인간들이 시끄러운 소음을 내며 뒤엉켜 살아가는 가운데, 그것조차도 되지 못하는 존재가 있는 것이다.

> 그런데 이상하기도 하지. 나는 정당하게 세를 내고 이 집으로 들어왔을 뿐인데 노인을 내쫓았다는 기분이 든다…… 여기를 나가서 노인은 아마 더 좋지 않은 곳으로 갔을 것이다…… (59)

그런데 이상한 일 아닌가. 노인은 벌써 이사를 가서 이 공간에 없지만, 닦이지 않는 감각은 여전히 남아 그녀를 뒤흔든다. 이사하는 날 그녀는 노인의 머릿기름으로 얼룩진 벽지를 보고, 다시금 그 방의 벽감을 발견하면서 '관'을 떠올린다. 그러므로 그 방에 침대를 둔 그녀는 노인의 흔적과 함께, 노인의 죽음과 함께 있는 것이다. 다시 말해 노인의 부재와 함께 있으면서 그녀는 노인의 생각에 사로잡혀 있다. 부재와 함께 있다는 표현이 이상하지만, 그것이야말로 소음이 아닌, 체취가 전해지는 방식이 아니겠는가.

> (부장은) 정말로 진심으로 곤란하고 미안하고 당신의 고통에 공감한다
> 는 것처럼 말했지. 안 그랬더라면 좋았을 것이다. 안 그러니까. (61)

노인에 대해, 노인이 맞이하게 될 이후의 '좋지 않을' 삶에 대해 상상하다 얼핏 잠이 든 그녀는 깨어나서 자신의 선배를 내쫓았던 회사의 부장에 대해 생각한다. 이 배치가 절묘하다. 부장은 자신이 내쫓은 부하의 고통에 공감하는 것'처럼' 말하지만, 실은 그 고통에 전혀 관심이 없다. 그럼에도 그런 척한다. 왜냐하면 빌려 준 돈을 받아야 하는 입장에서는 "딱딱하게 독촉하는 것보다는 친절하게 독촉하는 것이 인간적인 면에서, 어필이 되고 훨씬 수금이 잘된다는 업계 보고가 있었으므로, 친절하게 독촉"해야 하니까. 부장은 그런 것을 잘 알고 있으므로 쫓아내는 마당까지 미안한 감정을 연기하는 것이다. 실제로 감정이란 문화적으로 규정되어 사회적으로 존재하는 것이고, 특히 이 시대의 그것은 시장이나 합리성이란 단어와 떼어 놓고 생각할 수 없지 않은가.
반대로 그녀는 자꾸 노인을 자신이 '내쫓았다는 기분'이 든다. "노인은 방을 유지할 능력이 없었을 뿐이고 내게는 있었을 뿐. 그냥

그것뿐. 만사가 그뿐"(60)임이 분명한데도 그녀는 자꾸 노인이 생각
나는 것이다.

왜 이렇게 참을 수 없는 일이 많아졌을까. 다른 사람들은 이런 걸 어
떻게 참고 있는 걸까. 그보다 나는 여태까지 어떻게 참아왔지? 뭔가
요령 같은 것을 잃어버린 것 같다는 생각이 든다 완전히…… (65)

이 지점에서, 분노를 일으키기 직전 '요령 같은 것을 잃어버'렸다
고 말하는 그녀의 고백은 단순한 분노 조절 장애 따위를 가리키는
것일까? 그래서 위층의 소음을 더 이상 참을 수 없다고 말하는 것
일까? 하지만 그렇지 않을 수도 있을 것이다. 그녀가 잃어버린 요령
은 자신의 감정을 시장 합리성으로 변환시키는 요령 같은 것일 수
도 있다. 부장과 같은 인간처럼 타인의 고통을 외면하는, 자신을 괴
롭히는 노인의 흔적과 냄새에 무관심하기 위한 요령 같은 것. 그리
하여 요령을 잃어버린 그녀는 이제 참을 수 없다.

그녀는 잠시 서 있다가 가장 가까이 있는 것부터 집어 천장을 향해 던
졌다. 어둠 속에서 뭘 집었는지도 모르게 거실에서 부엌으로 부엌에서
방을 오가며 구두, 달력, 상자, 책, 컵, 숟가락, 숟가락과 젓가락을 손
에 잡히는 대로 다시 한 줌, 국자, 의자, 접시들, 쓰레기통, 토스터, 책,
책을 몇 권 더, 베개, 극건성용 크림 대용량, 작은 서랍, 가방, 지갑, 사
전, 기타, 기타, 기타…… (66)

그녀가 위층을 향해, 동시에 아래층을 향해 집어 던지는 물품의

목록에는 일관성이 없다. 의미도 없다. 다만 그녀는 '소음'을 내고 있을 뿐. 층간 소음을 발생시키는 그들이 아니라, 노인의 존재에 대해 무관심한 그들에게, 이제 그녀는 소음으로 되돌려 준다. "지금의 나하고 그 노인 사이엔 거의 아무것도 없"다는 것, "니들하고 나하고는 다른 게 없지. 완전 같"다는 것, "나는 이게 다 무서워서 불쾌"하다는 것. 다시 말해, 노인에 대해, 나에 대해, 인간에 대해 무관심한 너희들의 '요령'이 결코 장난이 아니라는 것.

그녀는 타인의 간섭에서 차단될 수 있는 권리를 찾아 여기에 왔다. 하지만 결국 그녀가 맞이한 타인의 흔적이란 "없어지는 듯해도 없어지지 않아서 닦아 내고 닦아 내도 마르고 보면 끈적"인다. 그녀의 방에선 닦이지 않는 노인의 흔적, 그리고 "나하고 그 노인 사이엔 거의 아무것도 없다"는 인식 같은 것들이 시끄러운 소음 사이사이에서 시큼한 냄새 같은 것들로 풍겨 오고 있는 것이다. 그렇다면 이 소설은 차라리 그 얼룩을 닦아 내서는 안 된다고, 아니 닦아 내는 것은 불가능하다고 말하는 것은 아닐까.

3. 위층과 아래층 사이에서

노인의 끈적끈적함과 시큼한 냄새에 반응하여 다시금 소음으로 분출시키는 그녀를 무엇이라고 이름 붙이면 좋을까. '빨리 자야지'라고 생각하는 그녀와 분노하며 울부짖는 그녀는 완전히 다른 사람이다. 그리고 이것에 대해 '아래층'이 문에 바짝 붙어 있어 소곤소곤,

열쇠 구멍에 대고 친절하게 알려 주고 있다. '씨발 년'이라고. 그녀는 드디어 '씨발 년'이 되었다고.

이제 이 공격적인 말에 대해 생각해 볼 차례다. '씨발 년'에 대해서라면, 황정은의 고통스러운 소설《야만적인 앨리스씨》(2013)가 할 말이 많은 듯하다. 그렇게까지 하지 않아도 상관없겠지만, 이 소설을 경유한다면 〈누가〉에 대해 조금 더 과잉 해석하는 것도 가능할지 모르겠다.

《야만적인 앨리스씨》에서 동생과 함께 엄마의 가정 폭력에 시달리던 앨리시어는, 엄마의 폭력을 '씨발됨'이라고 표현한다.[7] 아무 이유도 없이, 시도 때도 없이 동생과 앨리시어를 괴롭히는 엄마는 물론 나쁜 년이다. 하지만 이 소설에서 정말로 나쁜 사람들은 따로 있다. 결국 동생이 엄마의 폭력을 피하다 사고로 죽음에 이르렀을 때, "몰랐다"고, "아무런 소리도 듣지 못했다"고, "남의 집 사정이라 개입할 수 없었다"고 말하는 이웃 사람들. 오히려 앨리시어의 엄마는 동생의 죽음에 대해 "다른 이들을 압도하며 슬퍼"하고, 고통스러워한다. 그리고 그 "고통은 진짜"이다. 앨리시어의 엄마는 분노를 통해 고통을 주는 인간이면서, 동시에 그 고통을 진짜로 응시하는 인간이다. 앨리시어가 거리로 나서는 것은 이 지점이다.

---

7 "그녀는 그럴 때가 있고 그럴 땐 멈추지 않는다. 그럴 때 그녀는 어떤 사람이라기보다는 어떤 상태가 된다. 달군 강철처럼 뜨겁고 강해져 주변의 온도마저 바꾼다. 씨발됨이다. 지속되고 가속되는 동안 맥락도 증발되는, 그건 그냥 씨발됨이라고 말할 수밖에 없는 씨발적인 상태다."(《야만적인 앨리스씨》, 문학동네, 2013년, 40면).

앨리시어는 씨발 년이다. / 씨발 년으로 이 거리에 서 있다. (《야만적인 앨리스씨》, 159)

이것으로 부족하다면 다음과 같은 문장은 어떤가.

(그대는) 불시에 앨리시어의 냄새를 맡게 될 것이다 (……) 그대는 얼굴을 찡그린다. 불쾌해지는 것이다. 앨리시어는 이 불쾌함이 사랑스럽다. 그대의 무방비한 점막에 앨리시어는 달라붙는다. 앨리시어는 그렇게 하려고 존재한다. 다른 이유는 없다. 그대가 먹고 잠드는 이 거리에 이제 앨리시어도 있는 것이다. (《야만적인 앨리스씨》, 160)

앨리시어는 이 거리의 한복판에 서서 무관심한 사람들에게 불쾌한 냄새를 환기시킨다. 무관심하고 요령 있는 사람들에게 달라붙어 그들을 뒤흔든다. 황정은은 앨리시어의 "나이가 얼마쯤인지 짐작을 잘 할 수가 없"으며, 그 모습이 "그로테스크한 골격을 가진 여장 노숙인인데 되게 노인 같기도"[8] 하다고 말한다. 이것은 정확히 〈누가〉의 그녀가 갖는 모습 아닌가. 그녀는 노인의 불쾌한 냄새를 통해 노인이 되고, 노인의 입이 되어 말하는 '씨발 년'이 되었다. 위층과 아래층, 정확히 그 사이에서 그녀는 '씨발 년'이 되어 사람들을 공격한다.

사실 그녀가 이렇게 분노할 필요가 무엇이겠는가. 그녀는 내일 출근해야 하니까 "아 씨 빨리 자야 되는데…… 내일…… 내일 때문에

---

[8] 복도훈, 황정은, 〈뫼비우스의 씨발 월드, 그 바깥을 꿈꾸기〉, 《자음과모음》 2014년 봄, 217면.

라도 빨리"(61) 자야 하는데, 위층의 소음 정도야 요령 있게 넘길 것이지 이런 '실례'와 수고를 할 까닭이 없지 않은가. 그러므로 이 공격은 노인의 흔적에 대한 나의 반응이며, 인간의 고통에 대한 사람들의 무심함에 대한 반응이고, 모든 감정을 시장 합리성에만 쏟아버리는 '요령'에 대한 그녀의 날것 그대로의 감정이다. "외롭고 두려운 것도 관성이 되"[9]어 있는 삶에 대한 절망적 분노이다.

4. "어떤 할아버지가 여기 살았거든? 근데 지금은 어디 갔는지 몰라"

이 집에서 어제 누가 싸우지 않았어요? 어제요? 누가요? 누가 막 싸우고 울면서 우리 애기 불쌍해서 어쩌나 그러지 않았어요? (50)

두 사람의 목소리가 혼란스럽게 뒤섞인 위의 대화에서, '누가' 싸웠는가? 위층의 '미친년', 혹은 그녀 자신인가? 아니, 아무도 싸운 사람은 없다. 이 소설에서 실제로는 누구도 싸우지 않는다. 차라리 싸우는 사람도 없어서, "도대체 그 지랄을 들은 집은 있는데 지랄을 했다는 집은 없"(51)다. 필요한 건 오직 "더 튼튼하고 더 완벽하고 더 철저한 자물쇠"(60)뿐.

다시, 무섭고 공격적인 이 글의 첫 문장을 떠올린다. 특별하게 어두운 밤, 전등 스위치도 찾을 수 없어서 '자리 자체를 잘 가늠할 수'

---

9 〈낙하하다〉,《파씨의 입문》, 창작과비평, 2012년, 77면.

도 없는 밤. 오히려 코드를 뽑아 놓은 인터폰이 밝게 빛나고, 그것 옆에서 조용히 들려오는 목소리. 이것을 어떻게 들어야 할까. 이 목소리를 듣고 조금 전에 발생시킨 소음을 미안해할까. 아니면 다시금 튼튼한 자물쇠를 떠올릴까.

하지만 우리는 그녀가 잠에서 깨어 노인에 대해, 나와 너에 대해 한참을 떠들었다는 것을 알고 있다. 당신이 저 문장을 보고 어떤 것을 떠올렸든 간에, 이제 그것은 그리 피곤한 것만은 아닐 것이다. 왜냐하면 당신은 저 목소리로 인해 우리의 위 아래층이 다른 인간들로 빈틈없이 꽉 채워져 있다는 사실에 대해 새삼스레 소름 끼치게 되었을 것임에 틀림없으므로. 아니 조금 다르게 말해 본다면, 당신은 저 목소리로 인해 아래층에, 우리의 '누가'에 누가 사는지에 대해 조금은 궁금하게 되었을 것이 틀림없으므로.